中国农业发展银行服务脱贫攻坚系列丛书

我所经历的脱贫攻坚故事

中国农业发展银行◎著

中国金融出版社

责任编辑：黄海清　童祎薇
责任校对：李俊英
责任印制：丁淮宾

图书在版编目（CIP）数据

我所经历的脱贫攻坚故事／中国农业发展银行著．—北京：中国金融出版社，2023.1

（中国农业发展银行服务脱贫攻坚系列丛书）

ISBN 978-7-5220-1490-6

Ⅰ．①我… Ⅱ．①中… Ⅲ．①故事—作品集—中国—当代 Ⅳ．①I247.81

中国版本图书馆CIP数据核字（2022）第016786号

我所经历的脱贫攻坚故事
WO SUO JINGLI DE TUOPIN GONGJIAN GUSHI

出版
发行　中国金融出版社
社址　北京市丰台区益泽路2号
市场开发部　(010) 66024766，63805472，63439533（传真）
网上书店　www.cfph.cn
　　　　　(010) 66024766，63372837（传真）
读者服务部　(010) 66070833，62568380
邮编　100071
经销　新华书店
印刷　天津市银博印刷集团有限公司
尺寸　185毫米×260毫米
印张　22.5
字数　440千
版次　2023年1月第1版
印次　2023年1月第1次印刷
定价　102.00元
ISBN 978-7-5220-1490-6
如出现印装错误本社负责调换　联系电话 (010) 63263947

丛书编委会

指导委员会： 钱文挥　解学智　湛东升
　　　　　　　王昭翮　孙兰生　徐一丁　赵　鹏
　　　　　　　张文才　朱远洋　周良伟　李小汇

编写委员会：
　　主　任： 钱文挥　湛东升
　　副主任： 徐一丁　张文才
　　成　员： 邵建红　杜彦坤　陆建新　欧阳平
　　　　　　　陈小强　李国虎　陆　兵　李　玉
　　　　　　　李卫娥　周建强　杨德平　武建华
　　　　　　　赵建生　李振仲　吴　飚　刘优辉
　　　　　　　肖　瓴

本书编写组： 陈艳菊
　　　　　　　李　晖　吕维彬　战　勋　祁海涛
　　　　　　　王芸琪　高　乐

序言
PREFACE

  消除贫困、改善民生、逐步实现共同富裕，是社会主义的本质要求，是中国共产党对人民的庄严承诺。党的十八大以来，以习近平同志为核心的党中央把脱贫攻坚摆在治国理政的突出位置，作为实现第一个百年奋斗目标的重点任务，纳入"五位一体"总体布局和"四个全面"战略布局，采取一系列具有原创性、独特性的重大举措，组织实施了人类历史上规模空前、力度最大、惠及人口最多的脱贫攻坚战。经过全党全国各族人民共同努力，我国脱贫攻坚战取得全面胜利，完成了消除绝对贫困的艰巨任务，创造了又一个彪炳史册的人间奇迹。

  金融扶贫，特别是政策性金融扶贫是国家层面的重要制度安排。中国农业发展银行作为我国唯一的农业政策性银行，自1994年成立以来，始终将服务国家战略和"三农"事业发展作为重要政治任务和职责使命，聚焦重点区域领域，特别是对贫困地区加大支持力度，资产规模突破8万亿元，贷款余额7.37万亿元，是我国农村金融体系中的骨干和主力。党中央打响脱贫攻坚战以来，农发行在全国金融系统率先发力，确立以服务脱贫攻坚统揽业务发展全局，坚定金融扶贫先锋主力模范目标不动摇，构建全行全力全程扶贫工作格局，大力支持易地扶贫搬迁、深度贫困地区、产业扶贫、"三保障"专项扶贫、定点扶贫、东西部扶贫协作和"万企帮万村"行动等，全力以赴支持打赢脱贫攻坚战。

  脱贫攻坚期，农发行累计投放精准扶贫贷款2.32万亿元，占全国精准扶贫贷款投放额的四分之一；2020年末扶贫贷款余额1.5万亿元，投放额和余额始终稳居全国金融系统首位；连续5年荣获全国脱贫攻坚奖，5个集体和3名个人在全国脱贫攻坚总结表彰大会上荣获表彰，在历年中央单位定点扶贫成效评价中均获得"好"的等次，树立了"扶贫银行"的品牌形象，为脱贫攻坚战全面胜利贡献了农业政策性金融的智慧和力量。

习近平总书记指出："脱贫攻坚不仅要做得好，而且要讲得好。"2021年，农发行党委决定组织编纂"中国农业发展银行服务脱贫攻坚系列丛书"，系统总结政策性金融扶贫的成功经验，传承农发行服务脱贫攻坚精神，为支持巩固拓展脱贫攻坚成果、全面推进乡村振兴提供启示和借鉴。系列丛书共6册，依次为《农业政策性银行扶贫论纲》《中国农业发展银行金融扶贫"四梁八柱"》《中国农业发展银行金融扶贫模式》《中国农业发展银行定点扶贫之路》《金融扶贫先锋》《我所经历的脱贫攻坚故事》，从理论思想、体制机制、产品模式、典型案例、先进事迹等维度，全景式展现农发行服务脱贫攻坚的历史进程和实践经验。

本书为系列丛书第六册，是从征集到的400多个故事中选编出来的，分为上下两篇，上篇主要是农发行服务脱贫攻坚顶层设计、特殊政策出台、重要产品研发、创新模式探索的故事，下篇主要是支部共建、定点帮扶、消费扶贫、驻村帮扶的故事。这些故事主题鲜明，题材多样，感情真挚，催人奋进，既有重要历史的回顾，又有感人动情的瞬间，从不同层面、不同角度重温了脱贫攻坚历程，从小场景、小细节，生动鲜活地讲述了农发行各级干部，尤其是驻村第一书记、一线扶贫干部尽职履责、无私奉献、忘我工作的扶贫故事，从一个侧面反映了农发行五年来服务脱贫攻坚的历史贡献，以及全体员工永远跟党走的共同心声。虽然经历故事者的身份不同、年龄不同、岗位不同，但相同的是他们践行办行宗旨，投身脱贫攻坚事业，对党无限忠诚，用实际行动诠释了农发行人的赤子情怀，用真情实绩，向党中央和全国人民交上了一份合格的历史性答卷。

在一年多的编写过程中，编写组得到了来自农发行系统内外各位领导的悉心指导和各级行、各部门的大力支持。在此，谨向长期以来关心、支持和直接参与农发行服务脱贫攻坚工作的各级领导表示衷心感谢，向奋战在脱贫攻坚一线、为政策性金融扶贫事业作出贡献的广大同仁致以崇高的敬意！

由于编者水平有限，书中难免有疏漏、不当之处，敬请读者批评指正。

"中国农业发展银行服务脱贫攻坚系列丛书"编写委员会
2022年6月

目录 CONTENTS

上 篇

激情燃烧的金融扶贫岁月	刘世恩	3
践行初心使命　助力脱贫攻坚	周桂娟	12
为有源头活水来	陈志猛	20
初心如磐担责任　扶贫路上显深情	张孝成	28
脱贫攻坚梦　无悔是初心	冯 学	37
重心重行　在扶贫路上行稳致远	邹菊方	43
沿着总书记的足迹前行	蒋群星	53
金融活水润阜平	侯秀军　张瑞宁　吴永杰	59
支农扶贫在路上　初心热血洒满黄土地	马 欣	63
扶贫路上的贴心人	贾 俊	66
坚守金融初心　勇担责任使命	聂守鸿	69
陆家村有故事	方 洁	72
磨砺务实作风　助力脱贫攻坚	姜占发	75
易地搬迁斩穷根　后续扶持奔小康	翟羽佳	78
河龙贡米的扶贫搭桥人	张宇强	81
从这本红色相册说起	王姝杰	84

跨越1600公里的前进	曾雪柔 / 88
用创新托起贫困户的致富梦	王和新 / 92
茶香浸润扶贫路　茗醇滋养产业兴	黄　丹 / 96
扶贫路上显真情	王洪涛 / 100
脱贫攻坚路上的5位女战士	郑　青 / 103
农业政策性金融助力中益乡脱贫攻坚托底"两不愁三保障"	邓静秋 / 108
引得金融活水来　脱贫致富花盛开	舒光宝　周志健 / 111
一桶方便面，啃出百姓富	马　骥 / 116
教育扶贫为"冰花娃"们扫除风霜	胡　垚 / 119
锦绣山水间　平安乐居梦	喻岚屏 / 121
从"糊口羊"到"脱贫羊"再到"致富羊"	赵小龙 / 127
老李的扶贫"三字经"	许志刚 / 131
"小"厕所"大"民生	闫　锐 / 134
生命永驻扶贫村	马　静 / 136
东庄村：从深度贫困村到乡村振兴示范村的跨越	唐鲲鹏 / 140
行军床的故事	柴　明 / 145
我的脱贫帮扶"5+1"	宋　勇 / 148
一枝一叶总关情	张铜钢 / 151
我的定点扶贫故事	关冬宇 / 155
一个"外乡人"的扶贫路	邢永波 / 161
从固定资产维度扶真贫、真扶贫	李国君 / 164
农发行人在锦屏	秦小军 / 167

下　篇

竭智倾心历苦累　只为百姓无苦悲	卢　强　张禹佳 / 173
常念桑梓苦　不忍无边穷	张勇刚　许　琳 / 177
小产业托起致富大梦想	程维政 / 181
李淳的微信朋友圈	魏宏勋 / 185
滴滴山泉水　浓浓扶贫情	马　震 / 188
鸿雁领头飞　反哺助脱贫	张　歆 / 192
娃娃们笑了　老乡们的心暖了	赵　楠 / 196
扶贫无悔释青春　鞠躬尽瘁交答卷	张哲斌 / 200

目录 | CONTENTS

如果脱贫有颜色	刘　静	204
让足迹在脱贫攻坚一线闪光	吕建锋	208
孩子爸爸回来了	关博航	211
地瓜、土豆的扶贫故事	陈洪涛	216
驻村扶贫共筑中国梦	崔秀成	219
苏苏村换上了"新帽子"	吕维彬	222
勇立潮头当尖兵	左汝南	225
用生命点燃希望的灯光	李　魏	228
安家	蒋秋怡	231
跨越两千公里的初心与使命	王卫东	235
老中青的"买买买"	应炯剑	238
一条"服装线"的千里奔赴	王少石	240
魂牵路的那一头	陈立喜	242
四载扶贫须臾过　未曾磨染是初心	王　杰	245
五年风雨扶贫路　"懒汉"养出脱贫蜂	留　嵩	249
同心同行　筑梦远航	龚建华	254
送"礼"	李　薇	257
我和黄坳村	杨六六	260
进退之间　方显本色	林琮翔	263
初心如磐担使命　扶贫路上铸浓情	王海鹏	266
黄杏熟了	朱经瑞	271
北呼村里来了一位"四多"书记	范国军	274
嵩山脚下扶贫情	岳怀涛	277
莫道桑榆晚　扶贫情满天	陈婷慧	280
用有限的生命　创造出无限的价值	肖　荣	284
用力用情扶真贫　同心同行致富路	黄子玲	287
隆林战贫战疫故事汇	莫威英	290
不负韶华　走完扶贫最后一公里	许　鹏	294
走进大山深处的驻村干部"黄阿叔"	黄海军　郑　青	297
小山村中尽付家国情深　扶贫路上更显使命担当	石建麟	302
搬新家换新颜　幸福生活在眼前	蔡　阳	306
"给没给"和"给不给"	屈　洋	310
并肩奋战助力脱贫　携手攻坚情满杉乡	杨绍帆	313

奋战一线的扶贫伉俪	郭俊伟 / 321
一篮子鸡蛋的故事	董志坚 / 324
"亲人"给予的心安	郝晓晓 / 327
心怀家国情，扶贫曲共鸣	魏家鸣 / 330
风从戈壁起　人自春天来	王　磊 / 334
芨芨滩铺上了"花地毯"	马丽娟 / 341
吐格曼贝什村脱贫记	张振威 / 344

上篇

激情燃烧的金融扶贫岁月

2021年2月25日,习近平总书记在全国脱贫攻坚表彰大会上庄严宣告:"我国脱贫攻坚取得了全面胜利,现行标准下9899万农村贫困人口全部脱贫,832个贫困县全部摘帽,12.8万个贫困村全部出列,区域性整体贫困得到解决,完成了消除绝对贫困的艰巨任务。"这是民族复兴征程上的历史丰碑,也是人类减贫史上的精彩答卷。中国创造了彪炳史册的人间奇迹,而农发行作为农业政策性金融机构,更是以强烈的政治担当,全力推进了这一伟大工程。作为一名金融扶贫事业的创业者、亲历者、参与者,回想起农发行金融扶贫创业路上激情燃烧的岁月,回想起曾经为农发行的金融扶贫事业添砖加瓦,我为之骄傲、自豪。

激情四射的创业团队

2015年8月,总行人力资源部通知我到扶贫开发事业部上班。当时徐一丁任扶贫开发事业部总经理,我当他的助手,任副总经理。从此,我开启了金融扶贫事业的创业之路,投身于火热的金融扶贫事业。创业艰难百战多,这份事业从一开始就面临重重困难。我从2015年8月到扶贫金融事业部,直到2016年12月离开,在部里待了近一年半。

创业之初扶贫部的人很少,2个部门老总,3个处长,四五个兵,总共不到10个人,但这支队伍每个人都像打了鸡血一样,每天晚上加班到十点半是常态,经常要到十二点,周六、周日一定有一天要来加班。我爱人跟我说:"你挂职回到了北京,但跟没有回来一个样!"当时部里的常态是,一丁总经理白天开完会回来,下午五点到五点半一定是接着开部里的会,一直开到晚上八点多,然后大家散会开始加班。因为早就过了饭点,所以经常没有饭吃,而且那时伙食补助也不够吃。当时总行不允许个人向饭卡里充值,有时我们就订外卖。我在办公室储备了饼干、麦片等可以充饥的食物,常常一边吃一边开会。当时队伍的创业氛围也很好,不分领导和员工,大家讨论问题特别激烈，头脑风暴说来就来，有时员工有好的想法就会否定领导，因为面对这项前无古人的事业，大家心里着急，有观点就讲出来。

■ 在农发行总行机关与时任总经理徐一丁合影

2016年春节刚过，总行筹备召开首次全行脱贫攻坚工作会议，扶贫部负责起草行领导在会议上的讲话，特别是解学智董事长的讲话尤其重要，是农发行金融扶贫的总动员令。因为涉及农发行服务脱贫攻坚的战略定位、工作格局、指导思想、基本原则、发展目标、工作重点等重大问题，其间经过反复研究讨论，十易其稿。记得在全行脱贫攻坚工作会议召开之前，大约在2016年5月13日，一丁总经理、我和许立民3个人要陪鲍行长到山东省分行出差。由于一丁总经理下午参加了总行一个会议，散会后坐汽车赶到北京南站已经来不及了，只能由部内同事把我们送到灵境胡同地铁站，我们3个人坐地铁往北京南站赶去。紧赶慢赶到了北京南站，没有坐票，只有站票。我们3个人站在火车的过道里，开始讨论报告的修改。当晚到达山东临沂，我们持续修改到凌晨三点多，才把修改的内容敲定，扎扎实实地提出了农发行金融扶贫的思路，这就形成了2016年5月20日农发行首次脱贫攻坚工作会议召开时的主报告，就是《以服务脱贫攻坚统揽全局　尽心竭力助推全面建成小康社会》这篇宏文。这份文件成了农发行金融扶贫的重要文件，规划了农发行打赢脱贫攻坚战的蓝图，可谓是"看似寻常最崎岖，成如容易却艰辛"。后来当我和同事们回忆起这件事情时，都惊讶于当时自己充满斗志的状态，觉得人生就是一个历程，既要追求结果的成功，更要注重过程的精神，幸运的是，我们所经历的过程十分精彩！

2016年8月，我要调去贵州省分行任职，但因为工作需要，总行领导要求我在部里继续奋战到年底。记得2016年12月中旬，在我即将离开总行的时候，部门负责人和处长们都到湖南参加扶贫培训班了，我在行里守家。下午快下班时，鲍行长听取了脱贫攻坚工作考核办法的制定情况，要求进一步修改考核办法，第二天早上就要交稿。我便给汪栋处长打电话，他刚好已从湖南返回到首都机场，我请他赶到行里加班。我说我回家收拾去贵州的行李，他在行里加班，通过微信发给我修改。晚上十一点多的时候，他还没有交稿。我询问原因，汪栋处长说他那天胆囊炎犯了，从机场回来休整了一会儿。我顿时觉得十分过意不去，光考虑工作了，没有顾及同事的身体情况。我去了贵州省分行之后不久，就听说汪栋的胆囊被摘除了，成了"无胆英雄"。

汪栋实际只是扶贫部创业团队感人事迹的一个典型代表。每当我回忆起这些场景的时候，仍然会为之感动。农发行人全身心投入脱贫攻坚事业，为初心和使命而奋斗，这种崇高价值追求带来的喜悦和满足是任何现实利益无可比拟的。正是因为有了这样一支激情四射、勇往直前的金融扶贫队伍，农发行的金融扶贫事业才能迎难而上，取得一个又一个胜利！

要建立农发行的金融扶贫语言体系

创业之初，如何定义农发行金融扶贫，成为摆在我们面前的首要问题。此前，我一直从事粮油信贷业务，发现农发行在长期的信贷支农过程中已经形成了农发行特色的粮油信贷语言体系，如"钱随粮走、购贷销还、专款专用、库贷挂钩、封闭运行"等，对加强管理发挥了重要作用，因此当时我建议扶贫部团队首先就是要建立农发行扶贫语言体系，以便让人明白政策性金融扶贫怎么干。怎么入手呢？在一丁总经理的带领下，我们开始逐字逐句学习习近平总书记在中央扶贫开发工作会议上的重要讲话等，仔细领悟总书记每次讲话的新指示新精神，确确实实做到了学深悟透，运用到金融工作中去。在学习习近平总书记关于脱贫攻坚的重要论述中，我们逐渐摸索出农发行金融扶贫语言体系，"金融精准扶贫""扶贫投融资主体""政策性金融扶贫模式""政策性金融扶贫实验示范区"等概念应运而生，并融汇到扶贫部为行领导起草的在2015年10月16日参加扶贫开发金融服务论坛时发表的《充分发挥政策性金融扶贫攻坚主导作用》这篇讲话中，这是较早的一篇把习近平总书记关于精准扶贫的重要论述运用到政策性银行扶贫思路的文稿。

■ 农发行总行扶贫综合业务部筹办扶贫日论坛时的集体合影

说起这份讲话稿的起草，我记忆尤为深刻。这篇稿子写于2015年9月底的一个晚上，是扶贫部创业团队集体智慧的结晶。那天晚上，一丁总经理带着大家讨论，我负责执笔并在电脑上录入，部里的几个处长都在我办公室。大家你一言我一语，七嘴八舌、集思广益。我那天感冒了，在高烧和鼻涕眼泪中把大家的观点和想法一个字一个字地敲到电脑上，一直讨论到了凌晨两点，仿佛不知疲倦，气氛非常热烈。工作上的执着实际上就是人的一种意志，这在当时的我们身上体现得淋漓尽致。

所谓万事开头难，我们开始探索农发行金融扶贫语言体系，对建立健全政策性金融扶贫"四梁八柱"、在全国金融系统做到"七个率先"等工作的顺利开展奠定了基础。此后，农发行金融扶贫语言体系开始不断地扩展、不断地丰富。

破除易地扶贫搬迁的政策障碍

支持易地扶贫搬迁这件事情，倾注了创业团队的大量心血。易地扶贫搬迁贷款方案是一丁总经理调研后确定的思路。全国易地扶贫搬迁工作电视电话会议于2015年12

月1日在北京召开。中共中央政治局常委、国务院副总理李克强作出重要批示:"易地扶贫搬迁是实施精准扶贫、精准脱贫的有力抓手,是全面建成小康社会、跨越中等收入陷阱的关键举措。"对于农发行来说,易地扶贫搬迁这样一个市场潜力大、期限长、有专项规模的业务,把握住发展机遇,农发行业务就能上一个新的台阶,对未来发展影响深远。总行对易地扶贫搬迁贷款的营销高度重视。过去,政策性银行不太讲竞争,但当时的形势逼得我们不得不主动竞争。尤其是面对国开行这样一个强大的对手,对我们的创新精神和创新能力是一种考验和锻炼。在内心里,我们想着一定要把国开行超过去,当时也不是为了自己,就是为了农发行而战,说到底就是为了争抢扶贫业务。所以当时我们抓住参加国家部委有关会议的机会,一定要把农发行的扶贫思路讲出来,发出农发行的声音!

时任行长祝树民、副行长鲍建安从我们开始支持易地扶贫搬迁业务以来,在我部的多个汇报材料上批示"必须争第一""必须保证一定的份额"。2015年8月7日,农发行率先印发了易地扶贫搬迁贷款管理办法。8月14日,率先投放第一笔易地扶贫搬迁贷款,打响了金融支持脱贫攻坚的"当头炮"。国开行是我们的强大对手,但我们始终保持着强烈的创新自信,围绕获得易地扶贫搬迁贷款份额、基金份额、开立账户、发行债券等做了大量的协调工作,就是要创新引领、走在前面。后来,总行行领导在2016年召开的首次全国脱贫攻坚工作会议上用"六个率先""三个第一"进行了概括:率先在全国金融系统成立了扶贫金融事业部,率先投放首笔易地扶贫搬迁贷款,率先向省市县延伸扶贫金融服务机构并实现贫困县全覆盖,率先制订政策性金融扶贫五年规划,率先在银行间债券市场成功发行扶贫专项金融债和普通扶贫债,率先创建金融扶贫实验示范区;实现易地扶贫搬迁贷款审批投放量第一,易地扶贫搬迁专项建设基金份额第一,在农发行开立基本账户的省级扶贫投融资主体数第一。农发行的扶贫工作取得了实质性突破,朝着在打赢脱贫攻坚战中成为金融扶贫先锋、主力和模范的目标迈出了坚实的一步!

然而,我们很快也面临棘手的政策难题。在2016年4月前后,农发行已经投放了1300多亿元易地扶贫搬迁项目贷款,那时其他银行还没有投放易地扶贫搬迁贷款,我们遇到的最大政策难题就是争取将同步搬迁人口纳入搬迁范围。刚开始国家有关部委出台的易地扶贫搬迁初步方案中只锁定了1000万建档立卡贫困人口,未考虑同步搬迁人口。但是农发行已经投放的贷款中支持了同步搬迁人口,农发行的做法遭到了外部的质疑,国务院扶贫办刚开始认为不够精准,国开行也反映不精准。针对这个问题,总行行领导要求一定要精准支持,一丁总经理和我当时压力很大,我们感到了创业是真正需要担当的。在反复论证过后,我们还是坚持刚开始的想法,应该把同步搬迁纳入支持范围,抓住一切机会向有关部门阐明农发行支持易地扶贫搬迁同步搬迁的思路。我们给国家发展改革委递交了将同步搬迁人口纳入搬迁范围的请示，多次去汇报，但是国家发展改革委有关司局刚开始也没有表态。

记得在2016年9月正式出台"十三五"易地扶贫搬迁方案之前，全国政协开了一个关于易地扶贫搬迁的专题会，杜鹰副主任召集国家发展改革委、农发行和国开行相关人员开会讨论，总行派我参加了会议。杜鹰是国家发展改革委原副主任，很有权威。会上，我介绍了农发行支持易地扶贫搬迁的思路，特别是我讲到搬迁中必须统筹贫困人口和同步搬迁人口。杜鹰非常支持农发行的做法，他当时举了个例子，我印象十分深刻。他说："一个山上，有10户贫困人口、2户非贫困人口，把10户贫困人口搬下来，剩下的2户非贫困人口不搬的话，你还得给他修路、架桥，成本多高啊！"然后他转头问国家发展改革委的相关人员："是不是这个道理？"国家发展改革委的人也说："对，这样成本确实很高。"杜鹰又问国开行的参会人员："你们什么思路？"国开行刚开始实际上是不赞成贷款支持同步搬迁的，但是后来也说："我们和农发行的思路是一样的。"大家对于同步搬迁人口纳入易地扶贫搬迁支持范围的问题终于取得了共识。从全国政协回来之后，我和一丁总经理就此事在鲍行长的办公室给祝树民行长、鲍建安副行长进行了汇报，当时大家都很高兴，我的心情也一下子轻松了许多。特别是2016年9月，国家"十三五"易地扶贫搬迁规划下发之后，我们发现同步搬迁纳入了规划范围，农发行支持易地扶贫搬迁的思路和国家的政策是完全符合的，我们提供的意见建议成为国家出台"十三五"易地扶贫搬迁方案的重要参考，农发行政策把握是准确的！

应该怎么办好扶贫金融事业部

关于什么是扶贫金融事业部，刚开始大家也都没有搞清楚。事业部和总行是什么关系？事业部下面的部门怎么设？运作机制是什么？领不领金融许可证？这是一份前无古人的事业，政策性金融扶贫没有现成的路可以走，没有成熟的经验可以借鉴，面对困难矛盾多、不确定性多、自身能力不足的挑战，只能在摸索中前进。作为总行内设部门的"扶贫部"，名字前后就改了3次，先后叫"扶贫开发事业部""扶贫金融事业部""扶贫综合业务部（易地扶贫搬迁部）"。关于事业部的设置问题，我们当时写了好多种方案，反复论证。较典型的一种设想是，单独做大一个扶贫金融事业部，扶贫金融事业部下面再设几个部或中心，只要涉及扶贫的都纳入扶贫金融事业部。当然，这只是个初步的设想，总行领导没有同意。

2016年4月的一天晚上，为了争取在金融系统率先设立扶贫金融事业部，一丁总经理、我、杜耀陆、许立民一起反复研究农行的三农事业部、国开行的相关制度和设计，农行、国开行都是在事业部下直接设了相当于总行内设部门的机构。农发行不具备这样操作的条件，但是事业部还得有个架构。我们进行了无数次推敲后，认为事业部在总行授权权限内开展经营管理，实行单独核算，但不领取金融许可证，总行参照内设部门管理扶贫金融事业部。扶贫金融事业部内设部门的由来，当时讨论了多个版本，最后确定下来是根据时任国务院副总理汪洋2016年3月29日在金融扶贫工作座谈会上强调的"增加对贫困地区产业发展、基础设施建设、易地扶贫搬迁等的金融资金供给"的要求，明确扶贫金融事业部设扶贫综合业务部、产业发展扶贫部、基础设施扶贫部、易地扶贫搬迁扶贫部共四个部，扶贫综合业务部与易地扶贫搬迁扶贫部一套人马、两块牌子，产业发展扶贫部挂在粮棉油部，基础设施扶贫部挂在基础设施部，后来考虑到信贷管理、风险管理、财务管理的需要，又在信贷管理部、财务管理部等部门挂了扶贫牌子。形成方案提交总行党委研究，行领导认为是可行的。2016年4月8日就报到银监会，形成了后来的扶贫金融事业部格局。

扶贫贷款能不能保本经营

大家当时对农发行支持脱贫攻坚的最大质疑是，扶贫成本是否可控，能不能保本经营。也有人持"农发行支持脱贫攻坚会被拖垮"的观点。我们经过测算之后，就资金成本、运营成本、风险成本算了一笔账。我当时的观点是对扶贫业务不能实行全成本核算，理由一是从边际成本看，当时农发行贫困地区的组织架构是"一套人马，两套牌子"，贫困地区农发行营业机构既发放、管理新开发的精准扶贫贷款，也发放粮棉油、农业农村基础设施等原有贷款业务，这些机构发生的人头费、房产折旧费等运营成本可以看成是管理会计中的固定成本和沉没成本，为精准扶贫贷款发生的边际运营成本几乎为零。二是从政治层面看，对扶贫业务既要算经济账，更要算政治账。服务脱贫攻坚是党中央、国务院交给农发行的重大政治任务，对于农发行履行政策性银行职能、拓宽业务范围、提升核心竞争力和社会影响力等方面起到重要作用。因此，在精准扶贫贷款刚起步、体量小、占比低的特殊情况下，运营成本可以暂不考虑。三是开办扶贫业务可以拓展业务的"蓝海"。当时农发行的业务发展形势是，一半是粮棉油业务，一半是农业农村基础设施建设业务。粮棉油业务已经到了天花板，有的地方还有可能下降。农业农村基础设施建设业务各家银行都在竞争。只有通过创新业务，挖掘扶贫领域的"蓝海"，才能拓宽农发行的发展道路。我们建议建立相对独立的扶贫开发信贷管理制度，制定符合扶贫开发需要的信贷准入政策和标准；建立总行统一管理下相对独立的财务核算体系，探索事业部营业收入、成本费用的确认和分配方式，形成事业部利润模拟考核机制；建立相对独立的考评激励约束机制。

事实证明，在坚决扛起政策性金融扶贫政治责任后，因为背后有强大的国家信用作为支撑，农发行充分挖掘、广泛筹集金融资源，及时足额投入扶贫领域，既做到了优惠扶贫，又做到了保本微利，实现了"双赢"。

创业离不开创新引领

创业是没有现成经验可循的，坚持创新是扶贫创业的重要原则。时任董事长解学智强调，"要引领，就必须走在前面，就需要创新"，"充分发挥政策性银行在金融扶贫中的主导作用，创新金融扶贫机制"。时任行长祝树民强调，"扶贫开发业务是体现竞争力并需要不断创新的业务"。

我们在2015年创业之初就确定了创新引领的原则，扶贫工作做到创新引领，形成了符合贫困地区需求，具有农发行特色的扶贫组织体系、扶贫承贷主体、扶贫信贷产品、扶贫筹资渠道、扶贫信贷模式和核心业务能力；通过制定事业部组织架构、金融扶贫思路、扶贫贷款产品设计、精准台账体系、扶贫考核体系、扶贫贷款认定体系等方面顶层设计，形成了农发行金融扶贫的"四梁八柱"。

当时提出的创新思路主要包括：一是创新组织体系。鉴于扶贫开发金融服务的政策性强，以及定向、特惠、精准的特点，政策性金融应加强组织创新，建立健全扶贫金融事业部体制，对扶贫开发业务实行独立核算、专业化管理。二是创新承贷主体。为保证政策性扶贫资金的顺利落地、专款专用，政府应建立承接扶贫开发资金的专门平台。我们提出积极协助地方政府搭建专门的扶贫投融资公司，打通扶贫资金流通渠道。鉴于我国扶贫开发实行"省负总责、县抓落实"的体制，省级政府应搭建省级投融资平台统一承接扶贫资金。为打通扶贫资金落地的"最后一公里"，保证具体项目的顺利实施，市、县政府也应成立专门的扶贫投融资平台，可以鼓励省级投融资公司控股市县政府成立的扶贫投融资公司。三是创新信贷产品。扶贫开发是一项复杂的系统工程，涉及面广，既包括贫困地区的人居环境改善、基础设施建设、生态环境保护，也包括特色产业发展、贫困人口脱贫，扶贫业务以及方式方法需要不断创新。政策性金融应完善服务功能，拓展金融扶贫领域，不断加强产品创新，以更好地提升金融服务水平。四是创新筹资渠道。政策性银行的特惠金融扶贫离不开长期稳定的低成本资金来源。当时的形势是，政策性银行通过市场化发债筹集信贷资金支持扶贫开发，资金来源与运用价格倒挂，影响财务可持续，我们积极建议人民银行创新扶贫再贷款等货币政策工具。五是创新信贷模式。扶贫需要多层次金融体系的支持。我们建议政策性银行除了直接贷款方式之外，还可发挥政策性银行依托国家信用筹集资金便利的优势，探索通过批发贷款方式，对地方中小银行、合作性金融机构等主要扎根基层、服务贫困落后地区的金融机构提供融资支持，促进社会资金回流农村和贫困落后地区，以更好地实现扶贫到村、到户的精准扶贫、精准脱贫方略。六是创新政银合作机制。我们加强与国务院扶贫办的联系沟通，在2015年9月与国务院扶贫办在《政策性金融扶贫合作协议》中明确共同推进政策性金融扶贫实验示范区建设。农发行扶贫贷款产品创新率先在实验示范区先行先试，围绕脱贫攻坚目标与任务，实行全方位、多品种、整区域金融支持，打好"组合拳"。我们与国务院扶贫办共批复了4个地级市为政策性金融扶贫实验示范区，即广西百色、贵州毕节、陕西安康、河北保定。实验示范区创建打出了农发行的扶贫品牌，得到监管部门的充分肯定、地方党政的热烈响应。后来，为了进一步扩大影响力，探索政银扶贫合作机制，我们又提出与省级政府探索建立省级政策性金融扶贫实验示范区。

　　以上的点滴片段，体现的是政策性金融扶贫人创业不止、奋斗不息的精神。在总行党委的正确领导下和总行各部门的支持下，扶贫工作迅速推进，构筑起了后来农发行金融扶贫的"四梁八柱"，为打赢脱贫攻坚战奠定了坚实的基础。

　　一年半的创业经历，在我的职业生涯中只是短暂的一段，但却让我终生难忘。一丁总经理说我们是"战友"。我和我的"战友"们在政策性金融扶贫这条道路上坚守初心、奋勇拼搏，坚持敢担当、实干事、敢干事、善干事，带着"但愿苍生俱饱暖，不辞辛苦出山林"的情怀，全身心投入政策性金融扶贫事业，最终干成了事。也许，这才是那段激情燃烧的岁月带给我的不可磨灭的印记！

（作者：农发行青海省分行　时任农发行总行扶贫开发事业部副总经理　刘世恩）

我所经历的脱贫攻坚故事

践行初心使命　助力脱贫攻坚

　　2015年11月29日，中共中央、国务院颁布《中共中央　国务院关于打赢脱贫攻坚战的决定》，标志着我国脱贫攻坚进入攻坚拔寨的关键时期。当时，我刚调到农发行安徽省分行负责全面工作不到1个月的时间，那时的安徽也是脱贫攻坚任务较重的省份。为积极响应中央号召，贯彻落实好总行农业政策性金融服务脱贫攻坚的决策部署，作为安徽省分行主要负责人，要打赢这场硬仗，我既感到无比光荣自豪，也深切体会到挑战。在党中央必胜信念的引领下，在总行党委高度信任的激励下，我本着目标必达、使命必达的决心，大步向着脱贫攻坚的大路迈进，无论前方有多少困难，我必须扛起肩上的责任，义不容辞地完成好总行党委交办的光荣任务。

争做脱贫攻坚主战场上的"主力军"

　　统一思想行动。为贯彻落实好总行党委"以脱贫攻坚统揽业务全局"的战略部署，针对安徽省分行在金融扶贫领域相比同业处于明显劣势的实际，我在到岗履职的第一时间，就想要树立大家的信心，提振团结一致、勇于拼搏的士气，在安徽省分行全行范围内，组织开展了为期1个月的"提升思想认识、提高政治站位"大讨论活动。大家一致认为，通过直面现实、直指问题的思想洗礼，看问题的角度更加开阔，工作态度更加积极主动，全行干部员工的思想和行动也进一步统一到助力脱贫攻坚工作上来。正所谓"合军聚众，务在激气"，只有全行上下思想观念再解放，层层扛起守土振兴之责，才能"三军勇斗，莫我能御"。有了向困难斗争的精气神，大家对完成安徽省分行助力脱贫攻坚重任的信心更加坚定，勇气更加无坚不摧、无难不克。

　　建立高效组织保障。安徽省分行成立了脱贫攻坚工作领导小组，但面临时间紧、任务重的严峻形势。对于如何进一步提高领导小组的决策力，我一遍遍在脑海里思考构建各种方案，和班子成员商议后，决定在领导小组架构的基础上，再成立一个执行委员会，专门负责金融扶贫工作的日常经营决策与运营管理，这也是在全行系统率先成立的执行机构。事实证明，牢牢牵住"牛鼻子"，接下来的工作也就顺理成章地高效推进了。省级层面的架构搭好后，紧接着搭建二级行和县级支行的架构，我组织对全省20个国家级贫困县支行进行大摸底，要求必须走到每一个国家级贫困县。当时，安徽省分行上下士气高涨，大家加班加点，各个小分队扎实开展调研走访工作，以最快的速度、最高效的方式把情况摸清摸透。"没有调查研究就没有发言权"，充分掌握情况后，不仅国家级贫困县县级支行及所在二级分行迅速成功设立扶贫金融事业部，而且责任到人、任务到岗、务实高效的配套机制也同步建立，形成了省、市、县三级行脱贫攻坚组织框架，为全面决战决胜金融扶贫任务奠定了良好的组织机制保障。

服务政府模式大转变。当时，在支持金融扶贫方面，安徽省政府对国开行的认可程度要远超农发行。政府在部署农发行和国开行开展金融扶贫工作上，按照1∶9的比例配置份额，农发行仅占10%，这是非常被动不利的局面。如何破局迫在眉睫。当时，我焦急万分，如果这样配置份额，农发行在金融扶贫工作上发挥的作用就非常有限。头雁带领、群雁齐飞。我组织发动各级领导干部集思广益，只要有需要解决的难点、堵点，大家都要积极想办法、想对策。一时间，专题研讨、走访调研如火如荼，大家干劲十足，思路也极为开阔，各处室、各级行都积极与各级党政部门加强对接。我也通过多方协调，与安徽省分管金融扶贫工作的副省长积极沟通，最终说服安徽省政府，打破行政刚性，以市场化的方式优选合作银行。机会来之不易，但市场化意味着要真正"拼实力、拼服务"，这对安徽省分行来说要面临前所未有的思维模式和工作方式大转变，"等靠要"肯定是死路一条，必须要"敢闯拼"。我带领全行领导干部立下"军令状"，我本人也在省政府领导面前表决心，"干不好金融扶贫工作就辞职"。不经一番寒彻骨，怎得梅花扑鼻香。为在市场化竞争中闯出一条新路，全行上下敢拼敢闯、无所畏惧，围绕县级政府和县域经济开展了举全行之力、汇全员之智的精心对接。各级行创新开展了各种系列营销活动、政策大解读活动等，通过设计适销对路的产品，在县级政府选择合作银行的多轮投票中胜出，以真诚的服务和优异的成绩，成功获得政府和客户的充分信赖。农发行与国开行的份额实现了9∶1的大逆转。

乘势而上不获全胜不收兵。前期基础筑牢后，为快速扩大易地扶贫搬迁信贷份额，我们班子成员、业务骨干几乎没有休息，全行干劲十足，大家都深知此时正是策马扬鞭、奋起直追的紧要时刻，各级行马不停蹄地与政府有关部门联系沟通。在与省扶贫办签署了5年500亿元的《政策性金融扶贫合作协议》后，在前中后台的协调配合下，安徽省分行当年就完成了近300亿元的审批和超200亿元的投放。安徽省分行积极参与政府主导的各项活动，成功成为省易地扶贫搬迁融资理事会副理事长单位，还选派精兵强将全程参与安徽省"十三五"易地扶贫搬迁实施规划的编制，

我所经历的脱贫攻坚故事

同步制订安徽省分行的政策性金融扶贫五年规划。一仗接着一仗打，大家协同作战，变压力为动力，凤凰涅槃、浴火重生。我们取得了易地扶贫搬迁专项建设基金份额连续5年保持90%以上的成绩，安徽省分行也名副其实地成为安徽省易地扶贫搬迁贴息贷款主办行。

■ 周桂娟到金寨县长岭关村调研

改革创新不负干事创业的好时代

积极开拓业务模式创新。贫困地区涉农主体经营管理能力弱、市场风险大，核心问题是通过金融扶贫创新打造贫困主体的"造血"功能。为加快模式创新，积极响应总行党委要求，我组织全行开展了人人勇创新的活动。党中央创新提出"五个一批"脱贫攻坚路径，总行也提出要建立"四融一体"帮扶机制，围绕这两大创新关键，我们从五个方面开展创新活动。推广"蒙城模式"，实行五联贷产业扶贫，带动105家新型农业经营主体发展规模化经营和400户建档立卡贫困人口脱贫致富。在系统内率先应用批发贷款的"岳西模式"，支持岳西县182个村集体壮大集体收入，解决众多分布广、小而多、小而散的农村集体经济问题。探索"埇桥模式"，与增强供销社服务功能相结合，推动现代农业产业联合体发展。围绕教育脱贫，率先投放系统内首笔教育扶贫贷款800万元，支持定远县炉桥职业中学建设，实现职业教育扶贫工作的突破。围绕健康扶贫，创新承贷主体与运营主体相分离的"灵璧模式"，惠及灵璧县域近95万人，有效缓解了贫困地区看病难、看病贵和因病致贫、返贫问题。创新"土地＋N"模式，制定《农发行安徽省分行补充耕地指标、城乡建设用地增减挂钩节余指标流转收益返还质押担保业务暂行办法》，为贫困地区解决补充耕地和增减挂项目的担保问题提供政策保障。探索实行整区域扶贫综合授信，整合扶贫信贷产品，综合考虑实验示范区的贫困程度、经济发展等因素，动态调整授信额度，提高扶贫综合质效。

创建金融扶贫实验区。为把金融活水引入贫困地区，安徽省分行加强了顶层设计创新，与省政府签订《共创省级政策性金融扶贫实验示范区合作协议》，配套制订《安徽省分行产业扶贫工作实施方案》《安徽省分行支持的深度贫困地区扶贫工作实施方案》，推动贫困地区基础设施建设、光伏扶贫、旅游扶贫、特色产业扶贫等精准扶贫贷款业务的全面开展。

织密风险防控网。为防范脱贫攻坚中可能出现的金融风险，安徽省分行多路径创新风险缓释措施。在安徽省20个国家级贫困县（区）推行建立扶贫贷款风险补偿基金制度，开设专户用于核算风险补偿基金的归集、偿还和支出，做足风险防控措施。积极推广财政涉农资金整合模式，解决扶贫贷款项目还款资金来源问题。积极紧跟安徽省政府在全国率先提出的"4321"新型政银风险共担模式，采取有效风险补偿措施，进一步规范产业扶贫贷款方式，极大地缓释了安徽省分行承担的20%潜在风险，确保规模、速度、质量、结构、效益相统一。

打造绩效考评创新的"样板行"

科学运用管理工具。为更好助力脱贫攻坚，我带领员工积极探索管理会计在脱贫攻坚中的运用。2016年，财政部出台《管理会计基本指引》，为我们探索管理会计应用指明了方向。为利用好这一契机，我主持研究了《管理会计在农业政策性金融中的实践与探索》课题，探索运用管理会计理论。经过向多位专家请教，我明确了实现精细化管理、精准量化是根本。随着引入管理会计元素的先行先试，精细预测、精准控制理念融入制订脱贫攻坚经营计划和业务发展方案，利用多维精益管理会计分析，从业务条线和机构两个维度对经营过程与成果进行跟踪监控，掌握计划执行情况，分析评估业务发展偏差的原因及其影响，提出合理化建议。各级行都反映管理会计价值管理的运用对金融扶贫工作的指导更加精准有效。

持续加强内部管理。要实现高质量发展，尤其对于银行来说，高效且精细化的内部管理非常重要。为了挖潜内部管理质效，我提出要持续落实基础管理"4+1+2"管理措施，全面推行开好四个会，即开好项目调度会，把住项目营销关；开好风控委会议，把住风险管控关；开好贷审委会议，把住审查审议质量关；开好贷后管理例会，把住贷后管理防线。实行分管行长履职述职常态化机制，全面实现全流程标准化操作、全目录清单式管理。只有把握关键环节、关键流程，抓住关键人员，才能做好风险防控，真正将理念传导到位、责任落实到位、工作推动到位。

发挥绩效考评指挥棒作用。没有好的激励，就没有强大的动力和效率。同时，好的激励，也必须能体现出干多、干少、干好、干差不一样。我针对现状提议建立责、权、利相统一的绩效考评机制，在充分调研的基础上，推出了"三级九等"的等级行绩效考评制度。以省分行处室、二级分行、三级行为单位，按责任不同划分责任中心、利润中心，以考核工作质量为主，评价结果和奖金挂钩，适当拉开差距，在财务资源配置推动下，最大限度地调动各级行、各部门积极性。由于扶贫攻坚业务盈利空间相对较窄，按照总行扶贫金融事业部单独核算和报告办法要求，坚持聚焦扶贫业务、聚焦重点行，对扶贫业务盈亏平衡点进行分析，精准定位扶贫业务发展和财务可持续发展结合点，全力促进财务可持续发展。2016年以来，安徽省分行经营绩效考评始终保持系统前列，2017年、2018年连续两年居全系统第一位，特别是2018年，经营绩效考评全国第一、扶贫考评全国第一、创新考评全国第一，是全国农发行系统综合考评唯一的A+行、连续三年综合创利40亿元以上的行。

争做东西部协作扶贫"先进行"

深耕创新转型。2019年6月，我到农发行北京市分行履职，扶贫工作思路面临较大转变。脱贫攻坚的工作重心，由中部省份的直接扶贫，转至发达地区对中西部地区的"帮与扶"。北京市分行作为超大城市行，需要找到如何利用北京资源优势，助力脱贫攻坚的有效工作思路。为充分掌握北京实际，我推动开展了近两年的广覆盖、多层级、深沟通的"走镇进企"大营销行动，逐步探索出一条"利用总部经济优势，打破地域及路径依赖，聚焦贫困地区发展"的超大城市行扶贫思路。

授人以渔真帮扶。北京没有脱贫攻坚的地区，主要以东西部协作为主抓手，通过营销首都企业到对口帮扶的贫困地区建厂、投项目，支持贫困地区经济发展。我带着创新处的同事，带着真扶贫的诚意、扶真贫的举措，一家一家走访沟通意向客户，将农发行助力脱贫攻坚的使命担当传递给企业，不仅感动了企业，而且也通过设计产品，帮助企业与贫困地区建立帮扶机制，寻找需要帮扶的建档立卡贫困户参与企业项目的生产经营，达到了让企业增效、让贫困群众增收的双赢扶贫目的。探索跨区域精准帮扶，创新"总部融资+定向使用"异地扶贫贷款模式，支持中林森旅在吉林大安的月亮湖渔业养殖及旅游综合开发项目。创新"公司+家庭农场+贫困户"产业扶贫模式，支持大北农在吉林大安出栏25万头商品猪建设项目。创新"企业+银行+政府+捐赠物资+农户（贫困人口）"模式，支持中农控股精准产业扶贫。为发挥金融活水功能，我还积极推动北京市分行与北京市扶贫协作领导小组办公室签署《金融（银行）扶贫行动合作协议》，意向信贷100亿元支持受援地区特色产业扶贫、贫困乡村生活环境改善和扶贫开发。脱贫攻坚期间，北京市分行累计发放扶贫贷款35.17亿元，扶贫地区涵盖11个省份，直接带动4200多户贫困人口增收4000多万元。

疫情难阻扶贫志。2020年初，新冠肺炎疫情突然暴发，异地扶贫工作变得异常困难，对于对贫困地区有深刻了解的人来说，对贫困群众的生产生活更为担心。为此我第一时间安排人员尽快摸清北京市分行客户情况，要求及时帮助企业和贫困地区解决复工复产问题。当时，受疫情期间全国各地不同程度封路影响，我们支持的华都峪口禽业在河北贫困地区建立的鸡场面临饲料和雏鸡运输困难，养殖户推迟养殖计划，原材料价格上涨等困境，导致经营萎缩，收入下降，资金出现较大缺口。面对疫情，刻不容缓。为能尽快解企业燃眉之急，北京市分行上下齐心协力、担当作为，紧急梳理疫情防控有关政策，开通抗疫绿色通道，加班加点，连夜审议审批，使用人民银行疫情防控再贷款资金，向峪禽公司提供信用贷款1亿元，并在次日发放首笔2000万元应急贷款，及时解决了流动资金短缺，既保障了企业的复工复产，也保障了贫困户员工收入的稳定。

搭建扶贫助困平台。围绕总行和北京市政府东西部协作要求，积极开展"三个帮扶"，即捐赠帮扶、销售帮扶、购买帮扶。在捐赠帮扶方面，与市工商联、扶贫办、市光彩事业促进会共同携手支持"万企帮万村"精准扶贫行动，引入中国林产品公司、华中国际木业公司、北京世龙经略供应链管理公司等分别向大安、马关、锦屏、隆林等地区累计投入帮扶资金87.76万元。尤其是当时和中国林产品公司一起，到农发行定点帮扶的锦屏县进行捐赠帮扶时，还遇到了正在贵州地区实地调研的钱文挥董事长，有幸请钱董事长一同见证了爱心帮扶的光荣时刻。在销售帮扶方面，引入龙头企业帮扶总行和市级政府定点扶贫地区，仅大北农科技集团就认购定点扶贫县扶贫产品100万元。在购买帮扶方面，积极开展消费扶贫月活动，对接总行定点扶贫县，积极向各机构、各部门及广大干部员工推介贫困地区特色农产品，累计购买各类扶贫产品47万元。2020年，北京市分行荣获全国"万企帮万村"精准扶贫行动组织工作先进集体称号。

我所经历的脱贫攻坚故事

■ 钱文挥董事长带队参加捐赠仪式

听党话、跟党走，坚定理想信念永在心间

决胜脱贫攻坚是我党站在"两个一百年"奋斗目标历史交汇点上，向全国人民作出的郑重承诺。2021年2月25日，习近平总书记在全国脱贫攻坚总结表彰大会上发表重要讲话，庄严宣告，经过全党全国各族人民共同努力，在迎来中国共产党成立一百周年的重要时刻，我国脱贫攻坚战取得了全面胜利！聆听总书记讲话，我感慨万千！作为一名从事农村金融42年的老农发行人，能从事农业政策性金融助力脱贫攻坚工作是莫大的光荣。

回望来时路。我深深地感受到党的正确领导是打赢脱贫攻坚战的根本保障，对党忠诚就是要与党同心同德，听党指挥、为党尽责。在脱贫攻坚工作中，我始终以不折不扣地贯彻好、落实好党中央和总行党委的决策部署作为忠诚履职担当的最高标准。在抓金融扶贫工作中，头绪很多、问题很多，为把好方向、管好大局，我经常学习阅读习近平总书记的重要论著，也常常和同事朋友讨论其中的思想精髓，很多金融扶贫工作的思路和方法，都源于党的创新理论的启迪和启发。

加强党的建设。为做好强根铸魂促发展，针对普遍存在的重业务轻党建现象，我常常找同事谈心谈话，了解各级党组织带头人和党员的所思所想，开创性实施党建与业务"五五"分制的工作考核机制。通过动真格、讲实质的方式，将党建与金融扶贫质效统筹联动，推动各级党组织做到党建与脱贫攻坚工作同部署、同推进、同督促、同考核、同奖惩。大家纷纷表示，这样做能有效解决党建业务"两张皮"问题，更为重要的是让大家更加坚定了理想信念，时时处处都能体会到党的强大引领，干事创业有了更加崇高的价值引领。安徽省分行"三个五"党建工作法2017年、2018年连续两年被中宣部党建杂志刊用；北京市分行主题教育活动经验被《中国企业报》刊载，并评为国有企业党建"十佳案例"。

坚持错位发展。每一项重大任务就是一次创业，都会让自己有所感、有所悟、有所成长。在四十多年的干事创业经历中，在带领全行干部员工往前冲的战斗中，我深深地体会到，基于目前农发行实际，面对竞争激烈的市场环境、不断变化的政策需求，要打开农业政策性金融扶贫工作局面，积极贡献农发行力量，必须坚持走与同业错位发展的道路，以服务县郊经济作为突破点做好金融服务"三农"事业。只有坚持以客户为中心，通过一次又一次沟通对接，积极主动提供上门服务，不断提高自身能力水平，锲而不舍打通服务县郊经济的难点、堵点，用实力获得社会各界对农发行品牌价值的认同，才能真正实现让社会各界从不认可到主动说农发行"行"的转变。

聚焦政府需求。从江苏省分行、安徽省分行到北京市分行，服务"三农"助力脱贫攻坚，我历经了从主战场到城市行的不同工作环境，深刻体会到，只有聚焦服务政府发展战略，服务政府重大民生工程，本着帮政府"降成本、增税源、补短板、解难题"的服务理念，在处理好创新发展与合规经营的关系上，降低政府债务风险，合理配置政策性金融资金，农发行才能充分发挥作为农业政策性银行"当先导、补短板、逆周期"的职能作用，勇当金融扶贫先锋、主力和模范。

坚定前行路。2021年，全党开展党史学习教育，我自己经常在学习中思考党的百年奋斗历程，体会和感悟党取得丰功伟绩的艰辛与不易。当前绝对贫困已消除，但相对贫困还将长期存在，服务乡村振兴战略、巩固拓展脱贫攻坚成果同乡村振兴有效衔接的任务依然光荣而艰巨。在全面建设社会主义现代化国家的新征程上，在总行党委的正确领导下，我将继续努力奋斗，为农发行的美好明天作出新的更大奉献。

（作者：农发行北京市分行　周桂娟）

我所经历的脱贫攻坚故事

为有源头活水来

炙热的七月，每当热浪袭来，我总会想起武陵山深处的一座小县城——重庆酉阳，想起那段火热的攻坚岁月。在山城，我度过了难忘的五年，见证并参与了金融扶贫推动山乡巨变的史诗般的壮举，成为新时代脱贫攻坚战光荣的亲历者。

我在重庆工作五年，团结带领一班人，落实精准扶贫精准脱贫基本方略，结合当地实际，积极创新探索，力图在18个贫困县蹚出一条稳定脱贫的"新路子"。

在曾经的国家深度贫困县酉阳，我们探索出油茶产业"1+6"产业化联合体模式，为贫困地区依托特色产业脱贫、构筑返贫防线、走向乡村振兴提供了"酉阳答案"。

如今，脱贫攻坚战胜利收官，乡村振兴号角已经吹响，我也转战荆楚大地开始了新的使命征程。

安民之本，在于足用

2016年，我从福建来到农发行重庆市分行任职，这一年也是脱贫攻坚的开局之年。

作为农业政策性银行，农发行在金融扶贫和乡村振兴中一直发挥着无可替代的作用，在这场脱贫攻坚战役中，我们更是责无旁贷的金融主力军。在这个关键的节点，我来到重庆，等待我的是一场只能赢不能输的硬仗。

与外界的想象不同，重庆有发达的都市圈，也有贫困落后的偏远山区。在秦巴山区、武陵山区，分布着18个贫困县。过去，这里基础设施落后，山上的老百姓每天要走几个小时的山路到江里去取水，小孩子上学早上五六点钟就要出门。村民家里只有几亩薄田种点苞谷维持生计，青壮劳力基本都去了外地打工。当地有句民谚："养儿不用教，酉秀黔彭走一遭。"想要儿女体验一下什么叫辛苦，不用说太多，带他们到酉秀黔彭看看就知道了。

其实，我来到重庆的时候，这里的情况已经有了很大改观。随着脱贫攻坚战的号令打响，中西部贫困地区基础设施投入加大，重庆的贫困县大多通了高速公路，有的地方还通了高铁、建了机场，水电气网也在向农村地区延伸。

山乡正在呈现新貌。但当我来到基层调研，走进一些贫困户家中，看到的却并不都是充满活力的新生活——村民们搬迁到了安置区，房子宽敞了，但房子里面还是十分简陋的。山区耕地少，不成规模种田赚不到钱，为了讨生活，很多人还是选择走出去，干工地，当棒棒。

为什么挪了穷窝还断不了穷根？我不禁想起了古人的一句话："为治之本，在于安民；安民之本，在于足用。"只有发展产业，才能形成脱贫的内生动力和持续脱贫的效力，彻底挖掉穷根。农发行要发挥"当先导、补短板、逆周期"的作用，做好脱贫攻坚和乡村振兴的衔接，就必须在产业上下功夫。

我和很多贫困地区的党政领导交流过，他们不是没有意识到产业扶贫的重要性，但说起来容易做起来难。产业不像基础设施投入，有稳定的财政渠道，有国家政策保障，发展产业是有风险的，万一产业没选对，选对了要是没管好，发生风险怎么办？有的地方认为，既然是产业，就应该让市场主体去做，找外面有实力的老板来投资就行了。

然而，我们在调研中发现，对一些地处偏远、交通不便的区县而言，引进外来投资并非易事。以我的扶贫联系点酉阳县为例，这里位置偏僻，距离重庆即使走高速也要六个多小时车程，产业基础薄弱，缺乏配套，与其花九牛二虎之力引进星星点点外来投资，不如下决心盘活本地资源，自主发展产业，种下梧桐树，自有凤凰栖。

那么，产业扶贫这道题到底该怎么解？我在习近平总书记关于扶贫的重要论述中找到了答案。2015年，习近平总书记在中央扶贫开发工作会议上的讲话提出，"对贫困人口中有劳动能力、有耕地或其他资源，但缺资金、缺产业、缺技能的，要立足当地资源，宜农则农、宜林则林、宜牧则牧、宜商则商、宜游则游，通过扶持发展特色产业，实现就地脱贫"。

立足本地，结合实际，用这一方水土养好这一方人，这样的产业扶贫，才能对农民形成号召力，才可能有持续的生命力。

明确了产业扶贫的大方向，我和同事们开始调研当地的产业。虽然各县村都有一些特色产业，但都呈现小而散的特征。以酉阳为例，有的村种辣椒，有的村养山羊，有的村种油茶，有的村有七八个产业但没有一个主导，主体基本上以村组、家户为主，无论是经营能力还是抗风险能力都很薄弱。

关于选产业，我的想法是，最好选有悠久产业历史、较好种养基础、良好发展前景、加工后附加值高、产成品便于储存运输的，万一市场行情不好，"留得青山在，不怕没柴烧"。经过持续的走访调查，我们最终把目光放在了酉阳的油茶上。

我所经历的脱贫攻坚故事

■ 陈志猛陪同农发行总行党委委员、副行长徐一丁调研酉州实业集团油茶产品展区

■ 陈志猛调研考察酉阳油茶产业

酉阳位于武陵山腹地，几百年前，这里出产的茶油就被装上小船，顺着酉水经洞庭沿江而下，销往江浙等地。时代变迁，酉阳茶油曾一度没落，如今再次迎来历史机遇。

对油茶产业，我们从多个维度进行了论证。从经济价值考虑，油茶丰产期长达一百多年，出油率高，耐贮藏，其产成品茶油，不饱和脂肪酸含量高达90%，被誉为"油中之王"，符合优质食用油的消费方向。从操作层面看，酉阳山岗坡地多，气候温润，特别适合大范围种植油茶，产业可以覆盖每个乡镇，既能富民又能富县。此外，种油茶还能保持水土，改善环境，是促进经济发展、农民增收、生态涵养的一条好路子。

习近平总书记多次提到油茶在产业扶贫中的独特作用，在2015年"两会"上，总书记就关心江西的油茶产业，要求有关部委负责同志深入调研。2019年3月8日，全国"两会"上，总书记在参加河南代表团审议时指出："茶油是个好东西，我在福建时就推广过，要大力发展好油茶产业。"这更加坚定了我们选择油茶产业作为支持酉阳县主打扶贫产业的信心。

我随即组织市、区、县三级行业务骨干力量，对酉阳县油茶产业现状、发展前景、扶贫成效、农发行信贷支持策略等进行全面调研评估，形成专题报告。带着调研成果和融资方案，我们找到酉阳方面商谈，县委、县政府高度重视，多次召开专题会议，研究并采纳了我们的方案。

其作始也简，其将毕也必巨

脱贫攻坚，既然是攻坚就注定艰难，要善始善终，更要善作善成。找准产业只是第一步，接下来更艰巨的任务是设计产业支持模式。在此过程中，农发行要发挥融资融智功能，取得当地政府的信任和支持，把政府的组织优势和农发行的资金优势结合起来，形成强大的合力。

在酉阳县，油茶产业链条上的各类主体散而多，多而不大，大而不强，产量不高，经济效益低。酉阳原来也有七八万亩油茶，但由于产业化程度低，长在山上没人管，也没有人收购加工，久而久之竟成了荒林。

酉阳县政府也想推动油茶产业化，把产业扶贫落到实处，让老百姓真正受益，在每周的县委常委会上都专题听取油茶产业发展汇报，在政策、项目、补贴上都给予了支持。但现实依然困境重重，资金难题是油茶产业化面临的重大瓶颈，产业主体基本依赖政府扶持或者小额贷款，想要扩大经营，整合产业，依然存在较大的资金缺口。

李成群县长对我说："农发行的调研报告写得太及时了，我们本来指望就贷些款，哪想到你们连怎么搞都帮我们设计好喽！"

在政银达成共识的基础上，农发行酉阳县支行参与了全县油茶产业扶贫规划，重庆市分行提供"个性化服务"，制订了农发行支持酉阳油茶产业扶贫方案。在农发行的支持和推动下，酉阳县把茶油产业作为全县脱贫攻坚和乡村振兴的第一支柱产业，提出5年打造30万~50万亩的发展规划。

在具体的贷款投放方式上，因本地企业小而散，难以带动产业形成规模优势，必须有一个合适的公司来经营，发挥龙头作用，但当时在酉阳找来找去，就是找不出一个稍微有实力、有经营能力的公司。

为这个事，双方反复商量，必须有一个龙头企业来牵头，县里没有，就组建一家专业的龙头企业，由政府控股，然后整合资源，大力推进油茶产业规模化、标准化、品牌化和市场化建设。

这样，2018年底，酉阳县委、县政府决定，由酉州实业集团出资组建酉阳县酉州生态农业发展有限公司（以下简称酉州生态），负责推进油茶产业发展，承接农发行贷款。同时，县里划转了500亩土地给酉州生态作为育苗基地，酉州实业集团董事长同时担任酉州生态的董事长。

产业扶贫的初衷是脱贫致富，必须建立扶贫利益联结机制。怎么把利益链捋顺、走通，我和李县长以及酉州生态的同志谈了很多次，碰撞出了很多火花，一致倾向于采取"龙头企业+合作社+农户（贫困户）"的农业产业化联合体模式，带着合作社和农户一起干。由酉州生态与村集体经济组织签订油茶产业发展合同，村集体经济组织以流转土地经营权投资，并按照公司要求开展生产，带动农户以土地流转、入股分红、劳务等多种形式参与利益分配。

随后，我们向总行争取政策，得到总行支持，在重庆酉阳开展试点，采取"整体测算、统一授信、集中管控、分别用信"方式，对龙头企业和合作社整体授信，解决了合作社的授信测算问题。

从银行风险防控的角度，确定建立"风险补偿基金+龙头企业保证担保+保险"的风险防控机制：政府出资2000万元建立风险补偿基金，龙头企业酉州生态对合作社贷款提供保证担保。当合作社贷款出现不良时，风险补偿基金代偿贷款总额的70%，龙头企业对剩余30%的贷款本金和所有贷款利息提供代偿。为进一步控制和弥补农业生产、交易环节风险，酉阳县支行出资为合作社办理了以农发行为第一受益人的农业保险，覆盖农发行授信额度。

后来，我们给这个模式取了个名字，叫"1+6"产业化联合体模式，即"农发行+政府+龙头企业+农民合作社+风险基金+保险+保证"，并就其特点总结了四句话：

"政府主导。龙头带动。联合经营。一县一品。"

我们用这个模式，向酉州生态累计审批油茶基地建设项目贷款13.5亿元，累计投放7.3亿元，另外向38家农业合作社发放贷款8595万元。

在此模式带动下，2018年以来，全县油茶种植企业、专业合作社如雨后春笋般快速发展，油茶种植面积突破26万亩。其中农发行支持项目油茶种植面积20万亩，惠及34个乡镇142个自然村，带动4.4万余户农户增收，1.86万名贫困户通过土地流转、管护就业、股权分红等方式实现脱贫，参与生产经营的农户人均每年增收4000多元。"酉阳油茶"被评为国家地理标志，新建的油茶加工厂已投入使用，油茶产业真正成为酉阳的强县富民产业。

酉阳"1+6"产业化联合体模式具有很强的可复制性，我们利用"酉阳模式"，在万州落地支持了100万头生猪有机农业产业化建设项目，在石柱、丰都、忠县等地支持"一县一品"，都取得了良好的扶贫成效，得到了全国政协、国家乡村振兴局和总行有关领导的充分肯定，2020年被总行评选为解决"两不愁三保障"优秀案例。重庆市分行和酉阳县支行因为产业扶贫成绩显著，2021年双双被重庆市委、市政府授予重庆市脱贫攻坚先进集体称号。

行而不辍，未来可期

脱贫摘帽不是终点，而是新生活、新奋斗的起点。2021年的中央一号文件提出，要实现巩固拓展脱贫攻坚成果同乡村振兴有效衔接，全面乡村振兴大业正式拉开帷幕。

我在脱贫攻坚的开局之年赴任重庆，2021年适逢全面推进乡村振兴元年，我又来到农发行湖北省分行任职。能与这个大时代同频，我再一次感受到使命在肩。

乡村振兴的新征程上，产业振兴仍然是首要任务。踏上荆楚大地的那一刻，农村产业振兴的热潮就扑面而来。5月以来，我先后到省委、省政府汇报，到人民银行、银保监局、金融局以及有关省直部门拜访，农发行湖北省分行与省农业农村厅、省乡村振兴局及部分地市签订了战略合作协议。在沟通交流中，领导和同志们给我讲得最多的就是如何发挥农业政策性金融主力军作用，支持湖北振兴产业、实现农业产业化。

"湖广熟，天下足。"湖北是全国重要的农业生产大省，粮油、禽蛋、淡水产品、茶叶等重要农产品产量长期位居全国前列，为保障全国供给作出了突出贡献。然而，在推进现代农业的进程中，湖北在产业链、市场主体和农产品附加值提升等方面与先进省份仍有一定的差距。省委、省政府强调，要刻不容缓地推进农业产业化，以农业产业化带动农业全面升级、农村全面进步、农民全面发展。

来到湖北后调研的第一站，我去了革命老区红安县，考察了当地的瑞沣农业合作社。脱贫攻坚期间，这家合作社依托政府政策、院校科研和农发行贷款的支持，规模从最初的4亩地发展到40亩，为全县6000多亩地提供薯苗。

县委书记刘堂军介绍，红安县红薯常年种植面积约7.5万亩，适宜种植红薯的耕地超过40万亩，发展空间巨大。2021年，全县红薯种植面积将突破8万亩大关，形成3个千亩示范片、3个万亩示范线。进入乡村振兴新阶段，红安县计划在三到五年之内，通过设立产业发展基金，组建龙头企业，实现红薯种植面积突破30万亩、带动农户5万户、产值30亿元的目标。

刘书记的话对我触动很大。红安之行以后，我又到黄冈、黄石、孝感、蔡甸等地调研，一次又一次被农业产业化焕发的蓬勃生机所震撼。我深信，无论是巩固拓展脱贫攻坚成果，还是全面推进乡村振兴，都必须继续牢牢抓住产业这个"牛鼻子"，做好产业、做强产业，就是巩固拓展脱贫攻坚成果同乡村振兴最有效的衔接。

从省委、省政府要求和各县市的情况来看，产业振兴主要还是围绕"一县一品"的主线来做文章，这也就意味着持续探索推广产业化联合体模式大有可为。

站在新的历史节点，立足农发行"服务乡村振兴的银行"的战略定位，我们将继续坚持"政府主导、龙头带动、联合经营、一县一品"的思路，立足湖北实际，坚持

■ 陈志猛出席农发行湖北省分行与省农业农村厅、乡村振兴局三方战略合作协议签约仪式

创新引领，持续探索完善"1+6"模式，在推进产业链条化、标准化、品牌化、集约化、现代化上动脑筋、下功夫、出实招，推动更多的政策资源向地方主导优势产业聚集，支持有条件的县区奋力打造"百年产业"，让"1+6"、"1+7"乃至"1+N"模式在荆楚大地焕发出新的生命力。

潮平两岸阔，风正一帆悬。乡村振兴战略为农发行提供了广阔的空间，我将牢记支农为国使命，践行立行为民情怀，以奋斗者的姿态再出发、再拼搏，为农发行服务乡村振兴历史伟业奋力书写"湖北经验"，创造"湖北模式"！

（作者：农发行湖北省分行　陈志猛）

我所经历的脱贫攻坚故事

初心如磐担责任　扶贫路上显深情

2019年6月，根据组织安排，我从农发行江西省分行党委书记、行长调任贵州省分行党委书记、行长，自此，转身成为一名"贵人"。作为贵州省分行扶贫工作第一责任人，到贵州省分行工作以来，我全心全力带领全行干部员工践行"团结奋进、拼搏创新、苦干实干、后发赶超"的新时代贵州精神，围绕服务贵州脱贫攻坚突出注入农业政策性金融力量，在助力贵州彻底撕掉千百年来绝对贫困标签的同时，深刻践行了农发行人服务"三农"的初心使命。

干劲担当，一着棋活

在我以往的印象中，贵州是一个地形崎岖、土地贫瘠、基础落后、交通闭塞的地方。当初入贵州进一步了解到这里是全国贫困人口最多的省份，贫困面广、贫困量大、贫困程度深，脱贫攻坚工作任务较重、难度较大等情况后，我深感农发行服务脱贫攻坚使命光荣、责任重大。面对组织的重托，我既充满信心，又倍感压力，唯有实干，不负众望。

为了尽快摸清底数、理清思路，在到贵州省分行工作的第一个月里，我就走遍了辖内所有二级分行，主持了所有二级分行辖区支行负责人座谈会，集中力量进行调研，熟悉干部，摸清服务脱贫攻坚的堵点、精细化管理的难点、基层员工的痛点。走访政府职能部门、客户企业，了解融资需求，共商政策性金融支持脱贫致富新路径。赴人民银行、银保监局、地方金融监管局等单位汇报沟通，争取支持。

通过深入调研，我对贵州省情行情有了基本了解。从全省脱贫攻坚面临的形势来看，贵州受长期"欠发达、欠开发"的历史省情和地形地貌、地理区位等影响，脱贫攻坚面临农业农村基础薄弱、产业发展较为落后、脱贫人口基数较大、扶贫资金短缺等多重压力，"地无三尺平、天无三日晴""八山一水一分田"正是贵州受限于地理环境土地贫瘠、劳作不易，千百年来当地人民艰难艰辛的真实写照。从贵州省分行的工作情况看，自服务脱贫攻坚战打响以来，贵州省分行抢抓脱贫攻坚政策机遇，推进履职发展取得了突出成效，并成为全国标杆行之一，但由于国家集中清理地方政府隐性债务，传统的购买服务融资模式难以延续，加之受贵州地方财力薄弱、担保资源不足等因素的制约，此时贵州省分行也面临着服务脱贫攻坚后劲不足、创新转型乏力等突出问题。2019年上半年，全行信贷投放、项目储备出现急剧下滑态势，存、贷款规模呈现双降局面，同时，面对国家金融政策的调整和金融市场化竞争的新常态，少数干部员工思想不够解放、开拓精神不足，履职能力不完全适应市场化转型需要，在队伍建设、基础管理等方面都有大量工作需要做。而当时正值脱贫摘帽的决战决胜关键时期，决战面前，贵州省分行面临的一系列问题，对我而言既是压力，更是挑战。

脱贫攻坚是最大的政治责任、最大的民生工程、最大的发展机遇，一定要聚各方力量，确保打好、坚决打赢这场战役！

针对贵州省分行工作面临的形势任务，党委班子校准坐标，结合实际，提出了"党建统领、守正创新、管理强行、发展第一"履职发展的工作思路，迅速研究出台了《关于全力服务我省深入推进农村产业革命坚决夺取脱贫攻坚战全面胜利的意见》等专项金融服务方案，《关于推动两项指标流转项目运作的参考意见》《原政府付费项目债务风险防范化解实施方案》等系列政策措施，着力破解履职发展瓶颈难题。同时，制定《贵州省分行员工行为规范》《履职"十讲"规定》，引导员工尽职履责，进一步提高政治判断力、政治领悟力、政治执行力。研究下发《县级支行行长业绩评价办法（试行）》《重点专项工作任务挂钩考核实施方案》等专项考评办法，健全对省分行处室、二级分行和县级支行全覆盖的绩效考评体系，将全行资源力量向打赢脱贫攻坚战这场硬仗汇集，以最大决心、最大力度、最优惠政策服务贵州脱贫攻坚。

根据总行党委安排，自9月1日开始，我到中央党校进行了为期近五个月的脱产学习，深入学习了习近平新时代中国特色社会主义思想、关于扶贫工作重要论述等政治理论，更加深刻地认识到决战贫困，是亘古未有的历史性跨越，也是中国共产党人前赴后继的责任和担当，深切感悟到身处党的旗帜下、身处中国这个伟大国家，中国共产党把为中国人民谋幸福、为中华民族谋复兴作为初心使命，举全党全国之力，发奋自强，才有脱贫攻坚战全面胜利这一彪炳史册的"人间奇迹"。亲历奇迹，"四个自信"油然而生，异常真切。

在党校学习期间，我与班子成员保持密切联系，共同为贵州省分行履职发展凝聚奋进力量、密切外部关系，通过实行"书记抓、抓书记"工作体系，建立"分片负责、挂钩帮扶、团队作战"营销机制，组织开展常态化营销活动等强力举措，着力构建起全省协同联动、高效运行的服务脱贫攻坚组织体系，形成强大工作合力。半年间，贵州省分行党委各班子成员高频次深入基层调研服务脱贫攻坚工作，以抓具体抓深入的工作作风逐一研究解决问题，推动形成各行、各部门上下同心协作、勠力奋进，持续聚焦服务脱贫攻坚的浓厚氛围，通过一系列有力措施，促使全行服务脱贫攻坚带头示范的标杆立起来、扶贫项目专业团队服务强起来、党员干部争做先锋冲起来，为服务打赢脱贫攻坚战提供了坚强保障。在总行党委的关心帮助下，2019年下半年以来，贵州省分行扭转了业务大幅滑坡的局面，各项业务迈上了新的台阶。2019年，贵州省分行累计投放各项贷款505亿元，其中投放精准扶贫贷款290亿元，三大重点工作全面超额完成总行下达的目标任务，继续保持了总行综合绩效考评A类（优秀）、小组第一的成绩。

值得一提的是，围绕践行初心使命，聚焦为民服务解难题，在2019年7月23日水城县发生特大山体滑坡灾害事故后，我们第一时间启动应急响应机制，在黄金72小时内，投放1亿元救灾应急贷款支持灾后重建，得到总行和省委、省政府主要领导的充分肯定；当月，省、州两级行信贷前中后台通力协作，加班加点，无缝对接，仅用25个工作日便完成了"第四届中国绿化博览会博览园建设项目"从贷款申报到贷款审批所有流程。同年，贵州省分行支持建设的江口县国家储备林项目，列入全省国家储备林项目样板基地，其中创新的"三个三"机制被贵州省深改办作为典型经验向中央深改办推荐，与省政府地方金融监管局联合起草的《贵州绿色产业扶贫投资基金与农业政策性金融贷款联动支持贵州农村产业革命实施方案》，得到了省领导和总行的批准同意，通过探索创新风险补偿金模式支持农业产业发展，为全行业务转型发展打造了有力的增长极。

抗疫战贫　双战双胜

2020年是全面建成小康社会决胜之年，是全面打赢脱贫攻坚战收官之年，是实现"十三五"规划收官之年，是实现"两个一百年"奋斗目标承上启下的关键一年。然而，收官之年，风更高、浪更急、战更艰。

2020年年初，一场突如其来的新冠肺炎疫情来势汹汹、肆虐全国，打乱了脱贫攻坚原有的节奏，带来了严峻的考验，阻击新冠肺炎疫情叠加决战决胜脱贫攻坚，两场"硬仗"摆在了面前！

疫情防控就是责任，当看到媒体日甚一日的疫情报道时，我敏锐地意识到疫情防控形势的严峻性和复杂性，当即结束春节假期，在告别家人后，组织班子成员迅速返岗，多次召开党委会，研究落实疫情防控和服务疫情防控等工作，第一时间成立疫情防控工作领导小组、科学安排员工分批返岗、实行弹性工作机制、保障疫情防控物资,并组织全省70个分支机构在2月3日(节后第一个工作日)全部恢复对外正常营业和运营。在及时出台疫情防控"十条措施"、组织办公"十条要求"等系列举措,周密部署全行系统疫情防控工作的同时,坚持把做好政策性金融服务摆在首要位置,迅速研究下发《服务疫情防控信贷业务应急通道"九条措施"》《疫情防控流动资金贷款管理"十二条规定"》《信贷服务企业复工复产"六大举措"》等系列政策举措,并在全省范围内启动信贷业务应急通道,优化办贷流程,推行远程办贷、网络办贷等非常规措施,为疫情防控和企业复工复产提供优质高效的政策性金融服务。

在全省各级行的团结协作下,34亿元防疫应急流动资金贷款迅速流向全省防疫紧急物资采购第一线。54亿元粮油储备调控收购贷款紧急投放助力保供稳价惠民生。451亿元贷款通过"绿色通道"精准滴灌全省578家中小微企业,以农业政策性金融力量助力全省各地把新冠肺炎疫情耽误的时间抢回来,把造成的损失补回来。

尽管遭遇突如其来的新冠肺炎疫情,但如期实现脱贫攻坚目标是必须完成的"硬任务"。

2020年3月6日,习近平总书记在决战决胜脱贫攻坚座谈会上指出:"到2020年现行标准下的农村贫困人口全部脱贫,是党中央向全国人民作出的郑重承诺,必须如期实现,没有任何退路和弹性。"为助力决战决胜脱贫攻坚,总行先后召开服务贵州未摘帽贫困县脱贫攻坚挂牌督战调度会,时任总行党委书记、董事长解学智强调:中央要求脱贫攻坚的主要任务要在上半年完成,全行上下要有高度的紧迫感,以"人一之我十之、人十之我百之"的拼搏精神,力争提前超额完成全年任务。

背水一战,才能勇创新程。自2020年3月11日总行召开服务从江县脱贫攻坚挂牌督战视频会后,我白天走访调度、晚上奔波赶路,短短10多天,密集走访从江、紫云、威宁、赫章、纳雍、晴隆、望谟、榕江、沿河9个未摘帽贫困县,行程近4600公里,实现了对全省未摘帽贫困县支行或工作组现场挂牌督战全覆盖,并全部与当地党政召开现场座谈会,急商政策性金融助力攻克脱贫攻坚堡垒措施;组织党委班子其他成员通过电话、视频等非现场方式跟踪督战、协同调度,深入了解各深度贫困县特色产业、资源优势、发展现状等情况,找准摸清制约脱贫攻坚的症结梗阻。

主导贵州省分行研究制订下发《服务脱贫攻坚挂牌督战工作实施方案》,围绕责任落实、政策落实、工作落实"三项重点",全面谋划服务全省"9+3县(区)+2个定点扶贫县"农业政策性金融扶贫挂牌督战工作,按照分级督战、上下联动原则,建立省分行党委统筹、处室对口联系基层行、市县行抓落实的督战工作机制,成立12个挂牌督战攻坚队和2个定点扶贫攻坚队,明确督战和定点帮扶职责,加大金融服务力度,立下农业政策性金融服务挂牌督战"军令状"。同时,密集出台《重点专项工作任务挂钩

我所经历的脱贫攻坚故事

考核实施方案》《服务9个未摘帽深度贫困县脱贫攻坚"九条举措"》等一系列硬核举措，督促各分支机构全力以赴推动扶贫项目尽快落地见效。

■ 张孝成到沿河县开展金融服务脱贫攻坚挂牌督战

2020年，党委班子成员深入12个县（市、区）开展现场指导工作23次，通过视频、电话等方式对有关分支机构开展督导工作51次，12个县（市、区）所在市县行的负责人联合当地党政部门研究推进金融扶贫等工作172次。各级行干部员工再添激情、更鼓干劲，一鼓作气、毫不松懈推进挂牌督战。全行投放68.9亿元，同比多投放21.3亿元，突出助力9个未摘帽深度贫困县如期"摘帽"、巩固"3+2"脱贫成果，同时，积极落实减费让利惠企措施，对纳雍、从江等9个挂牌督战贫困县和定点扶贫县贷款首年再优惠，减费让利政策"落下去"，企业成本"减下来"，落地有声。

2020年11月23日，是一个值得铭记的日子。这一天，贵州省宣布包括望谟县在内的剩余9个深度贫困县退出贫困县序列。至此，国务院扶贫办确定的832个贫困县全部脱贫摘帽。12月3日，中共中央政治局常务委员会召开会议，习近平总书记在会上指出，经过八年持续奋斗，我们如期完成了新时代脱贫攻坚目标任务，现行标准下农村贫困人口全部脱贫，贫困县全部摘帽。这标志着全国全面建成小康社会取得伟大历史性成就，决战脱贫攻坚取得决定性胜利。全国上下万众一心和广大扶贫工作者向深度贫困堡垒发起总攻，啃下了最难啃的"硬骨头"，这是中华民族的伟大胜利，也是人类减贫史上的伟大奇迹。

■ 张孝成赴农发行望谟县支行开展督战金融服务望谟县脱贫攻坚座谈会

  在服务脱贫攻坚决战决胜的关键时期，总行党委的坚强领导和倾力帮助，给予了贵州省分行强有力的政策支撑，让贵州省分行全体党员干部备受鼓舞、倍感振奋、倍增干劲。2019年8月2日，总行时任党委书记、董事长解学智，时任党委副书记、副董事长、行长钱文挥莅临贵州调研指导，并与贵州省人民政府签订了《农业政策性金融支持贵州乡村振兴发展战略合作协议》，8月3日在贵州组织召开中国农业发展银行支持深度贫困地区脱贫攻坚工作推进会。此后，钱文挥、王昭翾、徐一丁等多位总行领导亲临贵州调研指导，总行多个部门条线的同志以多种形式给予了贵州省分行关心支持，形成了农发行各级党组织服务贵州脱贫攻坚强大的支撑力和攻坚力。也正是得益于总行党委的正确领导和关心帮助，贵州省分行全体干部职工坚持感党恩、听党令，争先奋进、担当作为，为打赢战疫战贫两场硬仗贡献了一份力量！

巩固成果　黔地浓情

  经风狂雨骤，得万川归流。从攻坚克难到经济复苏，从告别贫困到谷米满仓，农业政策性金融力量挺立坚强脊梁，助贵州与天地争春回，护航大山人民共享康宁与繁华，为打赢疫情防控阻击战和脱贫攻坚战凝聚了强大合力。

我有幸见证并亲身参与了脱贫攻坚这一对中华民族、对人类都具有重大意义的伟业。在贵州两年多的时间里，我与全行干部职工共同奋斗，看到了他们披星戴月、日夜辛劳的身影，看到了他们强烈的使命担当、深厚的家国情怀，深切地感受到他们的奉献与付出。比如，有的干部承受了许多常人难以承受的压力，忍受了许多常人难以忍受的委屈，克服了许多常人难以克服的困难，放弃节假日，加班加点，扎扎实实推动各项工作落实；有的舍小家为大家，长期不能和家人共享天伦之乐，用心用情办好一个个项目落地的实事，却往往不能照顾家里生病的亲人；有的放弃原本较为优越的工作生活环境，从城区到山区，作为驻村第一书记与乡亲们同吃同住同劳动，经历寒冬酷暑，埋头苦干。但是他们无怨无悔，他们走遍村宅农户、深入田间地头，他们抓党建、抓项目，察民情、解民忧，他们用自己的辛苦指数换来了贫困群众的幸福指数。党委班子成员段国明年初因意外受伤眼角膜脱落，但仍迅速投身到抗击疫情的"战场"；2月5日，其岳母突然病故，他请假返回昆明迅速从简办理丧事后，2月8日晚即返回工作岗位。在战疫这场没有硝烟的战场上，类似先进事迹数不胜数。正是这些战疫战场上"最可爱的人"，汇聚成了无坚不摧的伟力。他们守土有责、守土担责、守土尽责，用实际行动诠释了农发行人"支农为国、立行为民"的职责使命。

伟大事业孕育伟大精神，伟大精神引领伟大事业。在2021年2月25日召开的全国脱贫攻坚总结表彰大会上，贵州省分行经省委省政府推荐，荣获党中央、国务院表彰的"全国脱贫攻坚先进集体"荣誉称号，我本人作为获奖单位代表在人民大会堂参加了会议。会上，习近平总书记将脱贫攻坚精神总结归纳为"上下同心、尽锐出战、精准务实、开拓创新、攻坚克难、不负人民"，再一次深深地触动了我的内心，这就是我所看到的扶贫干部的真实写照。正是全国上下广大扶贫干部共同弘扬这种精神，困扰中华民族几千年的绝对贫困问题才能得到历史性解决，才实现了中华民族亘古未有的伟大跨越。在全国各族人民共同努力为全面建设社会主义现代化国家的历史宏愿而奋斗的新征程上，我们政策性银行更应该大力传承和弘扬脱贫攻坚精神，奋力开拓各项工作新局面。

殊荣的获得，得益于总行党委的坚强领导，得益于贵州各级党政及有关部门的大力支持，得益于全行1500多名干部员工的勠力同心、辛勤付出。自脱贫攻坚战打响以来，贵州省分行广大干部群众冲在一线，撸起袖子加油干，以"不破楼兰终不还"的决心和信心，铆足干劲决战脱贫攻坚、决胜全面小康，涌现出舍下幼儿全心服务紫云脱贫任务的任晓璇，"拴着"年轻同志搞扶贫项目与产品研发的何景飞，执着于上山下乡、为人民群众办实事的马骥等一批先进典型、精神标杆，构建起贵州省分行精神高地。

2021年2月3日至5日,在贵州发展的又一个关键节点,习近平总书记再次亲临贵州,从推动经济高质量发展、做好巩固拓展脱贫攻坚成果同乡村振兴有效衔接、持之以恒推进生态文明建设、提高保障和改善民生水平、毫不动摇加强党的建设五个方面,对贵州经济社会发展提出了总体要求,这对贵州启航现代化建设新征程具有里程碑意义。

思想就是力量,功崇惟志,业广惟勤,在高质量发展新征程上,我们党委班子成员及时召开会议,把学习领会习近平总书记视察贵州重要讲话精神、总行年度工作会议明确的"六个坚持"总体战略和"四个全力"发展战略等同党史学习教育以及贵州省委"牢记殷切嘱托、忠诚干净担当、喜迎建党百年"专题教育结合起来,深入学、认真悟、扎实干,奋力作出新贡献。

知之愈明,则行之愈笃。2021年是"十四五"规划开局之年,也是实现巩固拓展脱贫攻坚成果同乡村振兴有效衔接的起步之年。在这关键之年,当务之急是推动巩固拓展脱贫攻坚成果同乡村振兴有效衔接。贵州省分行拿出了像打脱贫攻坚战那样的精神状态,及时落实总行"四个不减"要求,与全部66个脱贫县(市、区)政府签订《巩固拓展脱贫攻坚成果同乡村振兴有效衔接战略合作协议》,聚焦易地扶贫搬迁后续扶持、产业发展等重点领域,上半年累计投放有效衔接贷款261亿元,位居31个省级分

■ 农发行贵州省分行、省工业和信息化厅、工业基金签署《贵州刺梨产业贷合作协议》

行第一位，聚力农村产业振兴，以田野为纸，以43亿元产业扶贫资金为笔，以制订差异化特色产业金融服务方案、创新农发风险补偿基金模式为墨，绘就蔬菜、茶叶、牛羊、刺梨、竹荪等12大特色产业蓬勃生长及10余万贫困群众奔小康、农村集体经济壮大之发展画卷。深化"四融一体"帮扶机制，接续做好定点帮扶工作，1月至6月向锦屏发放贷款1.42亿元；积极引进帮扶资源，累计引进捐赠资金37万元；持续开展消费帮扶，通过各级食堂购买锦屏县农产品10万元。

　　回想脱贫攻坚走过的路程，我们对乡村振兴之路的信心更加坚定。新时代已迈步，新征程已启航，宏伟目标等待着我们奋斗实现，辉煌未来等待着我们共同创造。征途漫漫，惟有奋斗。在全力服务巩固拓展脱贫攻坚成果同乡村振兴有效衔接的新征程中，我将重整行装再出发，策马扬鞭新征程，以矢志不渝、接续奋斗、开拓进取的精神，担当新使命，作出新贡献。

（作者：农发行贵州省分行　张孝成）

脱贫攻坚梦　　无悔是初心

　　唐代诗人杜甫曾有诗云："安得广厦千万间，大庇天下寒士俱欢颜。"即使在气象万千的盛唐时代，一代诗圣也难以实现其宏伟抱负，诗圣本人也失意潦倒、贫病交加。中国共产党一经成立，就把消除贫困、改善民生、实现共同富裕作为自己的重要使命，开启了有计划、有组织、大规模减贫的崭新篇章。特别是党的十八大以来，以习近平同志为核心的党中央将消除绝对贫困作为全面建成小康社会的底线任务和标志性指标，纳入"五位一体"总体布局和"四个全面"战略布局，汇聚全党全国全社会之力打响脱贫攻坚战，推动脱贫攻坚战取得了全面胜利，创造了人类减贫史上的奇迹。生逢伟大的新时代，是我们这一代人的幸运；有幸参与脱贫攻坚波澜壮阔的实践，是我们这一代人的光荣。

　　自脱贫攻坚战打响以来，我先后在云南、西藏两地工作。云南地处祖国西南边陲，是全国边境线最长的省份之一，是我国民族种类最多的省份，也是全国贫困县、贫困人口最多的省份。西藏是我国五个民族自治区之一，集边疆地区、少数民族地区、深度贫困地区、高寒缺氧条件艰苦地区于一体，是典型的贫中之贫、困中之困、坚中之坚。我始终牢记习近平总书记"全面实现小康，一个民族都不能少"的重要指示，秉承农发行人"支农为国、立行为民"的家国情怀，坚持把做好金融扶贫作为重大政治责任，在云南工作期间组织投放扶贫贷款1706.69亿元，推动农发行在云南的扶贫贷款投放稳居金融同业第一；在西藏工作期间推动农发行西藏自治区分行在全区金融同业中稳居对公贷款、扶贫贷款、易地扶贫搬迁贷款、产业扶贫贷款、粮油扶贫贷款和交通贷款"六个第一"，其中扶贫贷款约占全区扶贫贷款的近一半，为西藏率先实现整体脱贫摘帽、消除绝对贫困作出了应有贡献，得到当地党委、政府和总行的充分肯定。西藏自治区分行被评为西藏自治区五家"消费扶贫示范单位"之一，2019年以来西藏自治区分行先后有3名个人、3个集体荣获西藏自治区和总行脱贫攻坚先进荣誉称号。

坚持赤诚为民，忠于初心使命

习近平总书记要求我们"任何时候都不能忘记为了谁、依靠谁、我是谁"，始终把人民对美好生活的向往作为奋斗目标。我始终把人民放在心中的最高位置，坚守支农定位、站稳群众立场、贯彻群众路线，视群众安危冷暖为自己的切身大事，努力用真抓实干的实际行动增强贫困群众获得感、幸福感。

在提高政治站位中坚守群众立场。无论是在云南工作，还是在西藏工作，我始终认为，脱贫攻坚对于这两个地区而言，既是经济工作、民生工作，也是政治工作、民族工作。平日里讲得最多的就是"要对国之大者心中有数，坚定不移跟着党的要求走、跟着国家战略走、跟着国家发展规划走"，时刻要求身边干部职工自觉把打好脱贫攻坚战作为重大政治责任，牢牢抓在手上、扛在肩上、落实在行动上。到西藏工作以后，为了确保有限的金融资源投入到"三农"发展的重点领域和薄弱环节，提升助贫带富效益，我提出要做好土地、水利、能源、旅游"四篇文章"，大力支持路网、水网、电网、信息网、物流网"五网建设"，服务好设施农业和边贸物流业"两个重点"，推动金融扶贫更加聚焦，更好地发挥政策性金融"当先导、补短板、逆周期"作用。为了在全行形成大抓扶贫的工作氛围，通过规范脱贫攻坚工程领导小组和扶贫执委会议事决策，发出倡议书，组织劳动竞赛，构建全行、全员、全面、全年扶贫工作格局等形式，形成了全行上下晒成绩看扶贫、比效益看扶贫的浓厚氛围。

在攻克深贫堡垒中践行群众路线。地处中越边境的马关县，集边境、民族、贫困、山区、原战区等特征于一体，是832个国家扶贫开发工作重点县和云南省27个深度贫困县之一，面临基础设施落后、始终无法如期脱贫的难题。总行将马关县作为定点扶贫县之后，我作为云南省分行联系马关的定点扶贫小组组长，坚持每月都去马关实地调研一次。我被当地落后的基础设施、农牧民简陋的住房所深深刺痛，抱定了要攻克这个堡垒的信念和决心。在多次调研、深入思考、反复论证的基础上，我提出了"融智、融资、融商、融力、融情"的模式，投放云南省分行首笔网络扶贫贷款，得到总行和地方党政充分肯定。在总分行联动帮扶、金融造血支持下，通过"五融"并举，2020年马关县宣布脱贫摘帽，农发行定点帮扶的社会效益得到充分彰显。

在破解民生痛点中彰显宗旨意识。西藏交通、水利、清洁能源等基础设施建设滞后，既是影响经济社会发展的堵点，也是导致贫困群众出行难、用电难、饮水难等民生的痛点。我们认真贯彻落实精准扶贫精准脱贫方略，坚持民有所呼、我有所应，累计在西藏交通领域投放贷款485亿元，贷款余额440亿元，占全区的50%以上，在易地扶贫搬迁领域投放贷款151.5亿元，占全区同类贷款的99%，投放水利贷款54亿元，投放清洁能源建设贷款近40亿元，为西藏各族群众改善生产生活居住条件提供了有力保障。

坚持厉行创新，提升扶贫质效

创新是发展的第一动力。早在云南工作时，我就带领相关业务处室首创了"农地＋"市场化运作模式和贫困村提升的"鹤庆模式"。进藏工作后，面对西藏利率管控、市场发育程度低等特殊金融生态环境，我坚持向创新要动力、要质效，持续擦亮"扶贫银行"金字招牌，巩固农发行扶贫先锋主力模范行地位。

创新思路抓转型。主动适应地方政府债务清理对业务转型发展提出的新要求，组织制订《进一步推进调结构、补短板，促进业务高质量转型发展的实施方案》和《推进高质量发展的实施意见》，坚持走进市场、亲近政府、贴近客户、融进项目，开门迎客户、出门找业务、上门送服务，推动业务发展由主要依靠政府购买服务向市场化转型。坚持紧盯重点区域、重点客户、重点项目、重点同业，大力实施客户群建设"50"工程，组织开展客户营销春季攻势、"火热夏天""百日攻坚"，做大知心朋友圈，西藏自治区分行2020年客户群建设考核得分位居农发行系统第一。创新推进"融智、融志、融制、融治"工作，引导国企注人才、注资产、注现金流、注收益，帮扶指导各级地方政府融资平台市场化转型，与各地市签订战略合作协议全覆盖，自治区

■ 冯学考察曲水净土有机农业

我所经历的脱贫攻坚故事

产业办、扶贫办、金融监管局和藏金担保公司先后向日喀则、山南、昌都等重点地市选派了7名优秀业务骨干帮扶融智,深化政企银全面合作,实现了用产品说话、用服务竞争、用效率取胜。自治区领导以农发行"走进市场、走出'温室'"对西藏自治区分行的创新转型工作给予充分肯定。

创新模式兴产业。我深刻认识到,决胜脱贫攻坚、巩固扶贫成果,关键在于做大产业、做强企业、做优产品、做响品牌。为确保产业扶贫取得成效,我要求全行上下加强对区情、行情、产业的分析,加大对全区产业发展的支持力度。针对西藏产业小散弱、担保体系不健全、抗风险能力差的实际,我们积极创新"334""活体保"等金融服务模式,通过与政府、援藏单位、保险公司合作,构建政银保风险共担机制,构建"政府主导、市场运作、银行承贷、保险保障"的产业扶贫格局。通过该模式,我们成功落地"牦牛贷",采取"政府+国企+私企+农户+保险+银行"的方式,审批投放牦牛育肥全产业链贷款5000万元,为西藏金融扶贫工作提供了可复制可推广的经验,发挥了探索者、促进者、实践者的重大作用。我们紧跟自治区发展"七大产业"布局,加大对增收见效快、带贫能力强的青稞、牦牛、蔬菜种植、特色旅游、民族手工业等产业项目的金融支持,支持各族群众托稳"粮袋子""菜篮子""肉盘子",鼓足"钱袋子"。西藏自治区分行累计投放产业扶贫贷款62亿元,有效支持特色旅游、农牧业、粮油业、种养业、加工业等项目近200个,为各族群众脱贫致富提供了有力支撑。

■ 冯学在昌都调研牦牛育肥项目

创新服务战疫情。2020年以来，面对突如其来的新冠肺炎疫情，我牢记疫情就是命令、防控就是责任，与全行干部职工一道闻令而动，主动向自治区防疫领导小组、七地市和项目主管单位、重点企业致函请战，自治区防疫办将西藏自治区分行作为唯一金融机构列入全区保供稳市支持单位，我们坚持急事急办、特事特办、快批快办，为相关保供稳市企业、复工复产重点企业量身设计融资方案，组织发放了全区第一笔疫情防控民生物资保障贷款、第一笔粮油应急物资保障贷款，当年累计发放防疫保供应和复工复产贷款17.2亿元，为全区保供应、保稳定、保发展作出了积极贡献，自治区人民政府主要领导以"看得准、投得快、效果好"给予充分肯定。

坚持转变作风，发挥"头雁效应"

西藏平均海拔4000米以上，高寒缺氧、气候恶劣，被称为"人类生命的禁区"。在这里工作，需要付出更为艰辛的努力。进藏工作以来，我始终牢记组织重托，大力弘扬老西藏精神、"两路"精神、孔繁森精神，做到艰苦不怕吃苦、缺氧不缺精神、海拔高精神境界更高。

抓好班子队伍，凝聚战贫合力。俗话说，火车跑得快，全靠车头带。我们坚持从班子自身抓起，要求普通干部做到的，班子成员必须带头做到，首先是我带头做到。为了激发全行干部职工干事创业的热情，我先后多次为全行干部上党课，引导干部职工了解西藏、熟悉西藏、热爱西藏、建设西藏、长期建藏，亲自命题组织开展"论为·畏·位""我为农发行添光彩"现场作文大赛，组织"爱党爱藏爱行爱岗"红色党建活动月、庆祝中国共产党成立100周年"十红"活动等，坚持"建行就是建家"改善干部职工工作生活环境，实施"树正气、开正门、走正道、干正事、成正果"工程，传导正能量，提振精气神，在全行营造了比学赶帮超的浓厚氛围。

坚持转变作风，发挥引领作用。"脚下沾有多少泥土，心中就沉淀多少真情。"进藏工作两年来，我始终坚持在一线访真贫、察实情、出实招，跑遍了全区7个地市，足迹遍布30多个县区，调研行程达2万多公里。我永远忘不了拜谒易贡张国华将军故居、追寻张经武将军东嘎交锋故迹、重温江孜英雄城感人壮举、参观谭冠三将军纪念园等留下的感动，坚定了走好金融扶贫路、接力推进乡村振兴的信念。我始终坚持工作带头干、事情带头抓，自觉转变学风、作风，对扶贫重大工作传帮带、盯管跟、帮扶促，既带头督战，又率先出征，在制订重要融资方案、营销对接重大项目等方面亲力亲为、舍身忘我，无论是2020年疫情防控期间，还是节假日，只要在西藏，我都带头营销业务，狠抓发展。

坚持忘我奉献，心怀扶贫大业。习近平总书记指出："在高原上工作，最稀缺的是氧气，最宝贵的是精神。"在西藏工作这两年，我始终以老西藏们为楷模，克服困难、忠于职守、忘我奉献。因为强烈的高原反应，以及由此引发的心肌缺血等高原性疾病，我前前后后迫不得已到西藏自治区人民医院就诊10余次，因长期身处高原缺氧环境造成了肺部感染、喘息发作、低氧血症、双眼屈光不正、主肺动脉增宽等，也曾转院到云南大学附属医院多次就诊治疗，但我从未被困难压倒，一个人总是要有一点精神的。广大干部职工也始终坚持宁可生命折旧、不让使命欠账，有的班子成员丧假未满就提前返岗工作，有的员工坐着轮椅还坚持上班，展现了农发行员工的良好形象。

　　脱贫摘帽不是终点，而是新生活的起点。特别是西藏作为发展不平衡不充分特征最为明显的地区，实现乡村振兴责任重大、任务繁重。我将认真贯彻落实习近平总书记"七一"重要讲话精神，贯彻好总行专门为西藏制定的《关于全面贯彻新时代党的治藏方略支持西藏经济社会高质量发展的实施意见》，以功成不必在我的境界和功成必定有我的担当，着力推进巩固拓展脱贫攻坚成果同乡村振兴有效衔接，谱写好农业政策性金融支农报国、戍边卫藏的壮丽篇章！

（作者：农发行西藏自治区分行　冯　学）

重心重行　在扶贫路上行稳致远

习近平总书记强调，"贫困之冰，非一日之寒；破冰之功，非一春之暖。做好扶贫开发工作，尤其要拿出踏石留印、抓铁有痕的劲头，发扬钉钉子精神，锲而不舍、驰而不息抓下去"。

2019年6月，我来到农发行陕西省分行工作，担任陕西省分行党委书记、行长。几年来，我和陕西省分行党委班子丝毫不敢松懈，团结带领全行干部员工坚定信心，苦干实干，充分发扬上下同心、尽锐出战、精准务实、开拓创新、攻坚克难精神，深入钻研政策性金融支农业务，创新工作方法，把习近平总书记的殷切嘱托落实在服务脱贫攻坚的战场上。

以思想破冰引领发展突围

2019年，脱贫攻坚战在全国各地如火如荼地进行着，农发行各级机构不断加大信贷投放力度，全力以赴助力打赢脱贫攻坚战。

陕西是革命老区，也是全国贫困面大、贫困人口多、贫困程度深的省份之一。全国14个集中连片特困地区中陕西就有3个，107个县（区）中96个有扶贫任务、56个是贫困县（区）、11个是深度贫困县（区）。这对陕西省分行来说既是压力也是动力。根据总行党委第三巡视组2019年上半年巡视陕西省分行反馈的意见，陕西省分行现状是信贷业务发展长期停滞不前，贷款规模在农发行系统以及陕西省金融机构中占比均较低，精准扶贫贷款发展落后，对中央脱贫攻坚政策学用结合上不到位，2017年、2018年均未完成扶贫贷款任务，4个国家级贫困县机构扶贫贷款还存在零投放的问题。

履新之初，面临陕西省分行服务脱贫攻坚存在的大量问题和困难，我深感自己身上的责任和压力。为了尽快适应和熟悉陕西省分行工作，我到任后次日便组织召开专题会议，了解发展现状。为进一步掌握陕西省分行存在问题的根源病灶，我与党委班子多路并进抓调研。组织召开工作汇报会、业务经营分析会、二级分行主要负责人座谈会，了解全行业务发展现状。深入汉中、安康、商洛等分支机构走访调研，全面摸查实情，分析现状。先后拜访省政府和省直部门领导，与地方金融监管局、财政、发改、扶贫、农村农业、人民银行、银保监局等相关部门进行沟通汇报，当面问政问需。同时，深入企业开展实地调研，与客户"面对面""心贴心"谈心谈话，聚焦问题，摸清需求。

■ 邹菊方主持召开农发行陕西省分行脱贫攻坚工作推进会议

  通过走访调研，我发现陕西省分行存在问题的根源是员工政治站位、思想作风的问题。主要表现如下：一是陕西省分行根本上政治站位不够高、思想认识不到位，没有真正秉持家国情怀、为民情怀去谋划服务脱贫攻坚工作。二是能力素质不强。对扶贫新政策新模式疏于学习、怠于思考，对总行扶贫政策把握不系统、不全面、不专业，创新能力不足，业务转型跟不上新形势新需求。

  站位不高，就不能将党的扶贫政策落实到位。情怀不够，就不能做到真扶贫、扶真贫。对此，我坚持对标对表，推动全行把学习贯彻习近平总书记重要讲话精神与服务脱贫攻坚结合起来，通过党委会首议题学习制度、行领导专题会、中心组学习研讨、三会一课、主题党日活动等方式认真深入学习《习近平扶贫论述摘编》及习近平总书记最新指示精神。连续进行政策辅导，引领大家深化认识、提升政治站位，深刻理解党中央关心什么、强调什么,准确把握陕西省分行现状是什么、任务是什么,做到"对国之大者要心中有数",增强干好扶贫工作的责任使命和政治担当。

2019年正值"不忘初心、牢记使命"主题教育工作开展之际,我把开展主题教育作为提升政治站位、深化思想认识的重要抓手,与党委班子提出了"摆脱困境、争取进位"的工作主线,"内强素质、外树形象"的总体要求,"守初心、聚人心、树信心、葆恒心"的工作方法,全力推动各项工作有序开展。依托陕西深厚的红色资源,我坚持将延安精神融入扶贫事业,到任后不到一个月就组织党员领导干部前往延安开展集中学习,白天开展红色教育活动,重温初心使命,晚上开展专题研讨,谋思路、定规划,推动领导干部学习领会政策更加到位、贯彻执行政策更加有力。

■ 邹菊方带领党员干部前往延安梁家河寻访初心

通过一系列行之有效的举措,全行上下政治站位得到了进一步提高,思想认识得到了深化。如何提升员工能力素质和精气神是我下一步要继续解决的问题。自8月起,我密集部署,全力推进服务脱贫攻坚发展。8月16日,召开年中脱贫攻坚会议,再次重申要坚决完成总行下达扶贫任务的重大政治意义,并在开会当天晚上,套开了深度贫困县业务推进座谈会,逐行研究推进工作。9月6日,召开扶贫信贷业务推进工作会议,研究各级行项目库建设及项目推进问题。9月8日,召开9月集中办贷动员大会,抽调全行业务骨干集中开展调查评估和贷款审查。9月25日,召开扶贫业务推进会议,会上我再次要求各级行加快扶贫业务发展进度。1月至9月全行投放扶贫贷款57.91亿元，其中9月当月投放贷款24.80亿元。10月10日，召开部分二级分行、县支行约谈会，重点督导进度缓慢的分支行，帮助解决发展缓慢症结问题。11月，先后召开4次扶贫工作会议，对全行扶贫业务推进工作进行了再强调、再部署。同时利用考核指挥棒，提高扶贫重点地区的考核权重，增加"时间折率"，化被动为主动、化压力为动力，不断增强决战决胜脱贫攻坚的政治自觉和责任担当。

一项项掷地有声的举措，一股股迸发有劲的力量，汇聚成陕西省分行服务脱贫攻坚的强大动能。截至2019年底，陕西省分行涉及中央脱贫攻坚专项巡视整改的具体问题全部完成整改，并且首次全面超额完成了服务脱贫攻坚任务，总行对我们主动加压、克难攻坚服务脱贫攻坚下发了表扬信，让我们更有信心继续奋力前行、争取进位。几年来，我们抢抓机遇，全力攻坚，在易地扶贫搬迁及后续扶持、教育、医疗、水利、生态、产业等薄弱领域投放大量支农资金，克服疫情影响，支持了一大批民生项目成功建设，产生了良好的扶贫效应。2020年，陕西省分行累计投放扶贫贷款148亿元，完成总行下达目标的230%，脱贫攻坚考核位列系统内小组第三，较上年提升五个位次。金融扶贫的经验做法多次得到了省委书记、省长的肯定性批示，连续15个季度被省脱贫攻坚领导小组评为绩效"优秀档"，并先后4次被省扶贫办、省金融办宣传推介。

以模式创新推动脱贫攻坚

脱贫攻坚是一项伟大的战略举措，但因各地实际情况不同，必须不断寻求新方法、积累新经验。我始终用创新思维破解脱贫攻坚中遇到的问题与瓶颈，因地制宜、因企施策，努力争取在整合资源要素、搭建创新载体、提升工作实效上取得更大突破。

"宁陕模式"的探索是源于在一次陕西省分行工作会议上，扶贫业务处的一位客户经理汇报调研情况时说道："宁陕县城关镇狮子坝村一名贫困户腿部意外严重烧伤，因县医院无法诊治，急需转至省第九医院，面临巨额的住院押金，该名贫困户无力筹措，经多方协调争取社会力量，费尽周折凑够住院押金后，才勉强得到救治，但也错过了最佳治疗时间，加大了后期治疗难度。"我深深感到，因病致贫、返贫是脱贫攻坚中难啃的硬骨头，一人患病、全家贫困的现象普遍存在。在听闻宁陕县政府也将此事作为典型事例，积极寻求解决对策后，我立即带领扶贫业务处李社辉处长及相关人员与当地政府及扶贫办等部门对接协商，在全国尚未有健康扶贫贷款支持贫困户县域外大病就医先例的情况下，省、市、县三级行业务人员认真研究医保政策，咨询省医保局相关规定，积极参与宁陕县政府制定县域外大病就医应急保障金等管理办法，协助县政府建立县域外就医保障机制，探索出了一条健康扶贫贷款支持医保领域的新路径。通过"银行+国有公司+医保中心+医院+贫困患者"合作医疗模式，农发行以新农合医保资金作为还款来源、以账户资金使用协议项下应收账款作质押，为宁陕县提供县域外大病就医应急保障资金贷款，破解了宁陕县贫困人口在县域外就医因预缴费用不足而耽误病情的难题，补齐了县域健康扶贫大病医疗报销"最后一公里"短板。

　　2020年8月，我带领陕西省分行机关青年党员到宁陕县开展扶贫实践教育活动。在健康扶贫调研座谈会上，贫困户饶泸文父亲说道："儿子饶泸文不幸患上了原发性噬细胞综合征，先后在西安、北京多家医院治疗半年，北京儿童医院专家说，要治好这个病，就要干细胞移植，但住院移植费至少得预交35万元，我和家里人彻底绝望了，在哪里能筹集这么一大笔住院费？就在这个时候，宁陕县医保局与农发行建立了这个大病应急保障金项目，对患大病的贫困人口可以提前预借应急保障金，让孩子顺利做了干细胞移植手术，手术很成功，儿子的命救回来了。"提起求医过程以及得到农发行与当地政府给予的实实在在的帮助，饶泸文父亲多次哽咽流泪，在场的人无不为之动容。也正是因为高昂的治疗费用，家里已经难以负担饶泸文的求学费用。"让贫困地区的孩子们接受良好教育，是扶贫开发的重要任务，也是阻断贫困代际传递的重要

■ 邹菊方在健康扶贫调研座谈会上为饶泸文捐赠爱心助学款

途径。"我时刻将习近平总书记的重要讲话铭记于心。绝不能让一个孩子因贫困而失学，我在心中暗暗地想。会上，我向饶泸文捐款5000元，并承诺以后他的求学费用由我们来负担。"多亏了农发行的健康扶贫贷款，让我的孩子能及时得到医治，现在又送来爱心助学款，日子可算有盼头了。"饶泸文父亲感动地说。事后，我们在农发行安康市分行成立爱心助学基金，凝聚全员力量，号召全辖员工为其捐赠求学费用，保障饶泸文从小学到大学的各项费用。

小探索，大影响。宁陕县已有26名病患因此而受益，贫困户"因病返贫"的概率大大降低。宁陕县县域外大病就医应急保障模式不仅受到包扶单位——中办的肯定，也被总行在全系统推广，得到陕西省扶贫办和多家新闻媒体关注，《中国扶贫》对此进行了报道，陕西省电视台《今日点击》栏目对此做法进行了深度报道。

不仅是"宁陕模式"，几年来，我带领全省扶贫团队，瞄准贫困地区资金需求，因地制宜，先行先试，在服务脱贫攻坚战中探索出了一系列可复制可推广的模式。一是探索推广以涉农整合资金作为还款来源的贫困村提升过桥贷款模式，通过产业平台建设和产业发展，有效整合优化了各类资源，建立利益联结机制实现精准扶贫，贫困户通过资产型收益、生产型收益、财产型收益、三产型收益、劳务型收益五种方式增收致富，惠及当地6606户23782名贫困人口。二是通过"政府+公司+银行+合作社+贫困户"产业扶贫模式，整合优化了蓝田县支持农业发展的各项政策投入，带动101个村的34272名贫困人口增收，壮大了农村集体经济，实现了国有资产的保值增值，得到了地方党政及社会各界普遍认可和好评。三是创新教育扶贫模式。在丹凤县采取公司自营（EPC）模式，以合同承包单位作为承贷主体，缓解了总包方资金压力，公司以合同项下的应收工程款作为主要还款来源、以自身综合收益作为补充还款来源。同时，采用"抵押+质押"追加自然人保证组合担保方式，严控信贷风险。项目的有效实施改善了安置点配套基本公共服务，建成后将招收贫困学生650人，占计划招生总人数的50%，有较好的带贫成效。

以重要讲话激发奋进力量

2020年4月20日至23日，习近平总书记来陕西考察，就统筹推进经济社会发展、打赢脱贫攻坚战进行调研，发表重要讲话、作出重要指示。习近平总书记来陕西视察后，全行上下深受鼓舞、信心倍增。我坚持把学习贯彻习近平总书记重要讲话精神作为首要政治任务，迅速组织传达、认真开展学习，组织全行员工围绕习近平总书记重要讲话精神谈所学、谈所思、谈所行，把学习贯彻习近平总书记重要讲话精神落实在干好本职工作、推动事业发展上。同时，我紧密结合陕西省分行工作实

上篇 | 重心重行 在扶贫路上行稳致远

际，深入思考面临的形势任务，自觉把学习贯彻习近平总书记重要讲话精神与谋划推动全行各项工作贯通起来，进一步解放思想，坚持把发展作为解决一切问题的基础和关键。

秦岭，是习近平总书记来到陕西考察的第一站。在秦岭牛背梁主峰，总书记指出，"保护好秦岭生态环境，对确保中华民族长盛不衰、实现'两个一百年'奋斗目标、实现可持续发展具有十分重大而深远的意义"。围绕习近平总书记对陕西提出的"推动生态环境质量持续好转"的要求，我们坚持把支持秦岭生态保护、服务黄河流域生态环境保护与高质量发展作为业务发展重点，要求全面对接全省土壤污染治理修复、天然林保护修复工程等项目，积极探索推广绿水青山转化为金山银山的新路径。我们先后与汉中、延安、榆林、省发展改革委等签订服务乡村振兴战略合作协议，聚焦"三农"领域绿色发展，在汉中、安康、商洛及深度贫困县，以"美丽乡村"和旅游景区建设为切入点，重点支持农村路网、污水处理、环境整治等农业农村基础设施建设，积极推动村容村貌提升，助力三秦大地山更绿、水更清、天更蓝。

■ 邹菊方到安康平利调研茶叶产业发展情况

习近平总书记强调要加大产业扶贫力度，在此次考察陕西的行程中就多次体现。总书记分别前往商洛市柞水县小岭镇金米村以及安康市平利县老县镇等地考察脱贫攻坚情况，对当地的木耳、茶叶产业点赞，"这里的木耳很出名，要靠木耳脱贫致富，小木耳大产业""因茶致富，因茶兴业，能够在这里脱贫奔小康，做好这些事情，把茶叶这个产业做好"，鼓励当地将特色产业做大做强，打造成为群众增收致富产业。立足陕西资源禀赋发展特色产业、实施产业扶贫是扶贫由"输血"到"造血"的最佳选择。对此，我按照对接特色、形成优势，对接市场、形成规模的产业扶持思路，要求全行上下紧紧围绕陕西省"3+X"现代农业产业体系建设，大力支持果业、畜牧业、设施农业三大产业和茶叶、食用菌、中药材等区域特色产业，促进稳定就业、脱贫增收。同时，聚焦农村新产业新业态发展，重点支持城乡一体化物流体系、产业园区建设、林业和旅游、康养等产业深度融合发展。我们累计投放产业扶贫类贷款145.32亿元，服务带动贫困人口近12000人，有力推动了当地苹果、木耳、茶叶、香菇等特色产业发展。

在安康平利县老县镇锦屏社区以及搬迁户汪显平家里，习近平总书记对"社区办工厂"的发展思路给予了充分肯定，明确提出"搬得出的问题基本解决后，后续扶持最关键的是就业。乐业才能安居。解决好就业问题，才能确保搬迁群众稳得住、逐步能致富，防止返贫"。做好易地扶贫搬迁后续扶持是巩固拓展脱贫攻坚成果的重点和关键，按照总行《关于信贷支持易地扶贫搬迁后续扶持的通知》要求，我们充分发挥前期支持易地扶贫搬迁方面积累的经验优势，在全省金融机构中率先开展易地扶贫搬迁后续扶持专项行动。我同党委班子成员深入省发展改革委、省移民（脱贫）搬迁开发集团公司等部门开展对接协作，组织业务人员参与《陕西省2020年易地扶贫搬迁后续扶持若干工作实施方案》等政策文件的起草编制工作，并先后与省发展改革委建立后扶专项融资保障机制、与省移民（脱贫）搬迁开发集团公司签订易地扶贫搬迁后续扶持工作战略合作协议，共同加快推进后扶工作有序开展。及时向各级行下发陕西"十三五"易地扶贫搬迁安置区补短板项目清单，指导对接各市县相关工作部署和政策安排，全力支持安置区产业发展，大型安置区配套基础设施、公共服务设施和园区扶贫工厂及标准化厂房建设。截至2021年6月末，陕西省分行累计投放易地扶贫搬迁后续扶持贷款41.49亿元，支持800人以上安置点93个、1万人以上安置点2个，累计惠及搬迁群众18.36万人，推动全省易地扶贫搬迁后续扶持工作取得实效。

以定点扶贫践行使命担当

习近平总书记指出，做好新形势下定点扶贫工作，要深入贯彻中央扶贫开发工作会议精神，切实增强责任感、使命感、紧迫感，坚持精准扶贫、精准脱贫，坚持发挥单位、行业优势与立足贫困地区实际相结合，健全工作机制，创新帮扶举措，提高扶贫成效，为坚决打赢脱贫攻坚战作出新的更大贡献。能否不折不扣地完成好定点扶贫任务，是对增强"四个意识"、坚定"四个自信"、做到"两个维护"的重要检验。我认为做好定点扶贫工作，首先要充分认清肩负的职责和使命，清醒认识定点扶贫工作面临的新情况、新问题，进一步提高做好定点扶贫工作的政治站位。

■ 邹菊方到帮扶村与贫困户交谈

对此，我将定点扶贫主管部门由党群处调整至当时的扶贫业务处，并立即召开定点扶贫专题会议，与党委班子、扶贫业务处等部门商议对策，成立了由我任组长的定点扶贫领导小组。定期召开定点扶贫工作会议，对定点帮扶工作作出一系列安排部署，要求全行充分认识到做好定点扶贫工作的政治性、战略性，切实增强责任担当，把定点扶贫作为脱贫攻坚工作中的窗口工作，坚决履行好定点扶贫职责。同时，建立健全驻村定点扶贫制度，组织扶贫业务处制定《贫困村驻村帮扶干部管理规定》，在资源配置、金融产品和服务方式创新等方面给予倾斜，统筹协调全行力量和资源优势，优先选派骨干力量、优秀党员驻村帮扶，明确驻村干部扶贫履职工作要求，理顺定点扶贫工作机制，对定点扶贫实行归口管理，努力推进定点扶贫工作取得实效。

为了将定点扶贫工作落实落细，我和党委班子成员积极为政企沟通、社会参与牵线搭桥。组织驻村员工认真协助帮扶村落实帮扶措施，先后向辖内定点帮扶村捐赠帮扶资金335万元，协助帮扶村实施特色农产品种植基地建设，并对相关人员进行技术培训，以产业发展带动"三变改革"，带动贫困户增收，为帮扶村产业发展起好步、带好头；采取奖补方式帮助发展林下养鸡、养羊大户，助力种养殖等传统产业壮大；支持组建合作社，积极推进消费扶贫，并与陕西省分行定点帮扶村小川村股份经济专业合作社签订了农产品购销协议，帮助该村代销天麻、丹参、木耳、板栗等农产品，带动贫困户脱贫致富。针对帮扶村交通不便的自然条件，多方沟通协调，2019年以来累计捐助100余万元，用于道路建设、村容村貌提升等基础设施项目建设，给村民出行带来了便利，在一定程度上改善了村容村貌。

2020年，面对突如其来的新冠肺炎疫情，全行驻村队员毅然放弃与家人春节团聚，第一时间投身到疫情防控第一线，争当疫情防控"排头兵"。协助村委全面开展疫情防控各项工作，走访慰问贫困群众，提供物资保障，为各帮扶村筑起了一道坚实的"防护墙"。全行68名驻村干部中有41人次被总行、陕西省分行、地方政府等部门评为优秀驻村第一书记和优秀驻村工作队员，全行定点帮扶工作得到了帮扶群众及当地政府的一致好评。

2021年是中国共产党建党100周年，也是"十四五"规划开局之年。党的十九届五中全会提出："要优先发展农业农村，全面推进乡村振兴。"我将带领陕西省分行深刻把握新发展阶段"三农"工作的重要意义，对"国之大者"了然于胸，在助力产业兴旺、生态宜居、乡风文明、治理有效、生活富裕等方面不断探索行之有效的政策性金融服务模式，锐意进取，奋楫笃行，以更大决心、更精准举措，在服务乡村振兴中展现新作为、作出新贡献。

（作者：农发行陕西省分行　邹菊方）

沿着总书记的足迹前行

宁夏地处中国西北地区，黄河中上游，是全国五个少数民族自治区之一，成立于1958年，总面积6.64万平方公里，是中国面积最小的内陆省份，也是全国最大的回族聚集区。"干旱少雨、土地贫瘠、资源贫乏、生态脆弱、经济欠发达"是刚来宁夏后，我听闻最多的词。2019年这里的GDP只有3748.48亿元，全区一共5个地级市，其中3个地级市人均GDP低于全国平均水平，特别是西海固地区历来以"苦瘠甲天下"闻名全国，无法想象世世代代生活在这里的各族百姓是如何在如此恶劣的自然环境中繁衍生息的。此情此景让我内心久久不能平静。为了全面了解农发行宁夏回族自治区分行支持脱贫攻坚情况，放下行囊的我随即扑下身子、深入基层，从北到南紧锣密鼓开展脱贫攻坚工作调研。从黄河之滨到六盘山下，从枸杞园区到葡萄园区，从蔬菜种植基地到扶贫产业车间，从地方党政到涉农企业，一路走来，于细微之处寻找脱贫之机。

贺兰山下话桑麻

对宁夏，习近平总书记有着一份特殊的牵挂。地处贺兰山东麓、成立于2001年的闽宁镇，是在1997年时任福建省委副书记的习近平同志所提出的东西扶贫协作战略构想下由村到镇发展而来的。2016年7月19日，习近平总书记时隔近20年再次来到闽宁镇时，强调"闽宁镇探索出了一条康庄大道，我们要把这个宝贵经验向全国推广"。为聚焦东西部协作和产业扶贫，助推宁夏特色优势产业提质增效，我组织召开闽宁两省（区）农发行2020年东西部扶贫协作联席会议，签订《深化闽宁扶贫协作协议》，宁夏回族自治区分行与福建省分行定期联系机制进一步完善。仅2020年累计招商3家东部企业来宁夏投资兴业，落地金额5.42亿元。累计投放2.6亿元支持在闽宁合作背景下从福建招商引资而来且位于闽宁镇的宁夏德福葡萄酒有限公司做大做强，并带动闽宁镇6个自然村建档立卡贫困人口19户每年共计增加收入32.4万元，76户精准扶贫户已脱贫67户。2020年6月9日，习近平总书记再次来到银川市贺兰山东麓葡萄种植园对宁夏发展葡萄酒产业作出重要指示，为打造贺兰山东麓这张宁夏的"紫色名片"擘画了新的蓝图。

■ 2020年3月17日，蒋群星在决战决胜脱贫攻坚工作会议上签署服务脱贫攻坚责任书

如果说葡萄酒产业更"红火"的明天指日可待，那么优质大米产业更"绿色"的未来也翘首可期。贺兰县稻渔空间乡村生态观光园是我到任宁夏回族自治区分行后发放贷款支持的宁夏广银米业有限公司投资建设的。宁夏回族自治区分行向该企业投放贷款6500万元，支持企业面向种粮农户及合作社共2000余户收购水稻1.4万吨，有效解决了民营粮食企业"融资贵""担保难"的难题，激发区域大米种、收、售活力，全力保障"米袋子"保质保量保供应。引进水稻新技术，使良种覆盖率达到100%，辐射带动周边近500户农民增收致富。我们还积极支持符合条件的"万企帮万村"企业33家，2020年底贷款余额共计15.48亿元，占项目库总融资需求的88.01%。所辖同心县支行被国务院扶贫开发领导小组办公室等四部门评为"全国'万企帮万村'精准扶贫行动组织工作先进集体"荣誉称号。

罗山脚下有人家

2020年6月8日,习近平总书记赴宁夏考察第一站来到位于罗山脚下的吴忠市红寺堡区红寺堡镇弘德村村民刘克瑞家。刘克瑞一家是2012年从固原市搬迁到弘德村的,其儿子刘治海、儿媳海小荣一起在由宁夏回族自治区分行"贫困村提升工程贷款"支持的宁夏吴忠市兴民纺织科技有限公司上班,成为在家门口上班的产业工人,两人一年能挣六七万元。

2019年底,受规范地方政府债务政策、中央转移支付、财政涉农资金整合力度较大等影响,宁夏回族自治区分行扶贫业务一度发展迟缓。为实现宁夏回族自治区分行"三保障"类贷款零突破,我来到居民主要来自西海固的"十二五"生态移民村——弘德村。在这里调研时,我记住了"共产党好,黄河水甜"这句红寺堡人对移民政策、当地发展的心底话;记住了宁夏人民面对恶劣自然环境所展现出来的战天斗地、自强不息的奋斗精神;更记住了宁夏回族自治区分行主动投身自治区易地扶贫搬迁建设的诸多实践。通过深入调研,我们投放信贷支持了位于弘德工业园区的兴民纺织公司,主要吸纳弘德村的劳动力500余人,其中建档立卡贫困户150人,实现了贫困村村民在家门口就业,确保搬迁群众"搬得出、稳得住、能致富"。

"一部宁夏史,半篇书移民。"在了解到自治区政府推进易地扶贫搬迁资金短缺、迫切需要贷款支持的实际后,宁夏回族自治区分行主动派人协助自治区政府编制"十三五"易地扶贫搬迁规划,制订融资方案,并提出组建省级投融资主体,为易地扶贫搬迁工作提供融智融资服务。通过省级统贷平台,按照政府购买服务形式承接易地扶贫搬迁项目,先后累计发放中央财政贴息专项贷款9亿元,支持银川市掌政镇新创家园、红寺堡区移民开发区等12个市县区安置点建设,惠及建档立卡贫困户8万人,确保了宁夏"十三五"易地扶贫搬迁工程的顺利实施,移民群众的幸福生活指数不断攀升。同样,当了解到以解决移民就业为主要用工来源的同心县菊花台枸杞庄园这一企业遇到融资困难后,我当即决定:对带贫成效好的企业,我们就是要全力帮扶其摆脱困境。我们第一时间成立了信贷支援攻坚队,多次调研枸杞产业发展状况,与企业深入沟通交流,最终我们为企业量身打造了"枸杞贷"融资模式:动产浮动抵押+第三方监管+第三方交易+第三方公证。抵押物就是企业自产的枸杞干果,通过第三方24小时监管以及封闭运行政策的严格执行,充分发挥了浮动抵押"最具包容力且最为便利"的担保优势,有效解决了企业"融资贵""担保难"的问题。同时,引入第三方交易平台,通过对抵押物设置警戒线和处置线,实现了库存枸杞快速处置;引入第三方公证对合同文本进行赋强公证,解决了法律诉讼时间长、抵押物易转移易变质的问题,切实确保了农发行信贷资金的安全,当地贫困户也在家门口实

我所经历的脱贫攻坚故事

现了稳定就业。当我们的信贷人员主动上门将融资模式详细解释给企业负责人后，这位负责人的眼睛湿润了，他紧紧地握着我们信贷员的手说："感谢国家的好政策，农发行就是咱的大靠山！"

■ 2020年3月18日，蒋群星在石嘴山市调研

六盘山上看老乡

习近平总书记2016年的宁夏之行把第一站选在了地处六盘山的西吉县将台堡的红军长征会师纪念园。当时他说，我们要继承和弘扬好伟大的长征精神。有了这样的精神，没有什么克服不了的困难。宁夏回族自治区分行全速挺进脱贫攻坚主战场，以实际行动全力支持贫困地区治"三穷"：累计发放易地扶贫搬迁贷款22.08亿元、易地扶贫搬迁专项建设基金3亿元，支持10.59万建档立卡贫困人口"挪穷窝"；累计发放产业扶贫贷款81.79亿元，支持22个市、县（区）1万余贫困人口"拔穷根"；累计发放农业农村基础设施类建设扶贫贷款45.64亿元，支持贫困地区农村人口人居环境改善及农村公路、水利等基础设施"换穷貌"。作为宁夏最后一个脱贫摘帽的县，西吉县被纳入了总行挂牌督战的视野。2020年，总行张文才副行长、朱远洋行长助理先后赴西吉县调研脱贫攻坚挂牌督战工作。这一年，宁夏"五县一片"深度贫困地区成为我的工

作常驻地，哪里有需要，我第一时间就会出现在哪里。疫情管控结束后，我第一时间奔赴辖内未摘帽贫困县，开展业务营销，努力将疫情影响降到最低。这一年，我们充分发挥政策性优势，支持贫困地区脱贫致富，啃下最后的硬骨头，创造出宁夏回族自治区分行2020年脱贫攻坚工作多个第一，投放宁夏回族自治区分行首笔应急贷款、首笔针对深贫地区特色农产品的"枸杞贷"、首笔"三保障"类扶贫贷款，为受疫情影响企业办理首笔延期还本付息业务。截至2020年底，全行扶贫贷款余额80.73亿元，占全行贷款的22.18%。全年累计投放扶贫贷款40.39亿元，同比多投放13.43亿元，增幅达49.81%，完成全年投放30亿元目标任务的134.63%。

小康不小康，关键看老乡。聚焦"五县一片"深度贫困地区，宁夏回族自治区分行累计向西吉县投放扶贫贷款6161.92万元，投入农发重点建设基金9.95亿元，全力服务西吉县于2020年11月16日正式脱贫摘帽。同时，宁夏回族自治区分行累计为深贫地区分支机构补充员工10余人，向定点扶贫村派驻驻村干部30余名，向深贫地区分配50%以上的公益捐赠资金。宁夏回族自治区分行的定点帮扶村——隆德县清凉村被农业农村部授予"中国美丽休闲乡村"称号，老乡们的日子越过越红火。

黄河岸边是家园

2020年6月8日下午，来宁夏视察的习近平总书记来到黄河吴忠滨河大道古城湾砌护段，了解加强黄河流域生态保护情况。自黄河流域生态保护和高质量发展重大国家战略实施以来，宁夏回族自治区分行就率先以3.6亿元"投贷结合"资金大力支持吴忠市东南部引提调水及河道生态治理工程项目建设，助力吴忠市形成了以黄河、清水沟、苦水河三条自然河流为源的绿地生态布局。2020年以来，总行4位行领导先后到宁夏吴忠市调研该项目，对宁夏回族自治区分行充分发挥惠民生的政策性金融职能支持黄河流域生态保护和高质量发展的成效表示肯定。与此同时，宁夏回族自治区分行党委认真贯彻落实习近平总书记视察宁夏重要讲话精神，积极投放6.9亿元生态环境建设与保护贷款支持中宁县生态连城黄河过境段（一期）PPP项目建设，新增国土绿化面积7269亩，恢复湿地的生物多样性和湿地生态功能，构建城市的通风廊道和动植物栖息地，造福黄河两岸居民；投放3.9亿元资金支持贺兰县现代化生态灌区建设工程PPP项目，盘活了水资源，不仅有力推进黄河水资源的节约集约利用，使农业节约用水的经济效益最大化，让当地老百姓尝到了"甜头"，而且创新推出的"水指标交易"融资模式被总行评为"四大工程模式创新奖"，"废水处理特许经营"模式入选总行支持黄河流域生态保护和高质量发展典型案例。致力于习近平总书记赋予宁夏的时代新使命——努力建设黄河流域生态保护和高质量发展先行区，宁夏回族自治区分行助推黄河两岸美好家园建设的画卷正徐徐展开。

2020年底，宁夏回族自治区如期打赢脱贫攻坚战，实现了与全国同步进入小康社会，塞上江南千百年来存在的绝对贫困问题，得到了历史性的解决。虽然在宁夏仅工作了一年半的时间，但我有幸成为千千万万扶贫人中的一员，与宁夏回族自治区分行全员一起，为建设经济繁荣、民族团结、环境优美、人民富裕的美丽新宁夏，贡献了农发行力量！回望过往，参与改变并见证历史，我是何其有幸！今天，百年大党风华正茂，百年党史激发斗志。站在新的历史起点上，在新疆这块美丽富饶的热土上满怀豪情展望未来，我想，我将继续把农发行"支农为国、立行为民"的光荣使命扛在肩上、记在心上，一如既往饱含深情倾注心血，继续书写巩固拓展脱贫攻坚成果同乡村振兴有效衔接的支农报国新篇章，把祖国怀抱中的新疆建设得更加美好！

（作者：农发行新疆维吾尔自治区分行　蒋群星）

金融活水润阜平

2012年12月29日至30日，习近平总书记冒着零下十几摄氏度的严寒，踏雪前往阜平看望慰问困难群众，考察扶贫开发工作。在连夜听取当地工作汇报、看望困难农户、与干部群众促膝长谈期间，总书记发表重要讲话，作出了积极支持和帮扶阜平革命老区脱贫致富的重要指示："坚定信心""找对路子""宜农则农、宜林则林、宜牧则牧、宜开发生态旅游则搞生态旅游"。全国决战决胜脱贫攻坚的号角从这里吹响。

在深入推进阜平县脱贫攻坚工作中，农发行坚持以"服务脱贫攻坚"统揽业务发展全局，面对阜平县当地政府脱贫攻坚等资金需求"融资难"的问题，打造了"政府主导，公司运作，银行介入"的"阜平模式"，让金融活起来、产业兴起来、群众富起来、阜平强起来。

贫困村民"愁容"变"笑容"

今年74岁的顾宝青，身体硬朗，逢人总是满脸笑意，幸福感溢于言表。回想起九年前，她每天都是愁容满面的样子，简直是恍如隔世。

"原来没挣钱的路儿，就靠种些玉米和土豆，石头房，老土灶，日子太苦了。"2012年12月30日上午，习近平总书记顶风踏雪来到保定市阜平县骆驼湾村"看真贫"，第一户走进的就是她家。总书记品尝了她家的土豆，还告诉她将来一定能过上好日子。

九年过去了，顾宝青的生活如今发生了翻天覆地的变化。老人家住上了新房，当初的老院子由当地的国有企业阜裕公司承租，整修后作为脱贫攻坚教育基地"一号院"供游客参观。老人也有了一份工作——当讲解员，给游客们讲讲当年习近平总书记到她家的场景。"现在啊，我一个月开2100块钱工资，阜裕公司承租我家的老院子每年还能收5万元的租金，我儿子也从外地打工回到了村里，一家6口人每天都能吃上团圆饭，啥都不愁了！"

想起自己的脱贫经历，顾宝青感触颇多。"总书记说，只要有信心，黄土变成金。现在我们过上了好日子要感谢党的政策好啊！"顾宝青高兴地说，"我特别幸福，热烈欢迎总书记再来我家看看。"

如今，不仅顾宝青家的日子今非昔比，骆驼湾家家户户的房子都变得灰瓦黄墙、窗明几净，还安装上了地暖。

骆驼湾村第一书记刘华格看见村里的发展，乐得合不拢嘴："如今村里建起75个食用菌大棚，由骆驼湾村与阜裕公司联合开办的民宿旅游发展势头正猛……2020年骆驼湾村人均纯收入15000多元。"

创新融资模式化"难"为"易"

骆驼湾村位于太行山深处，是太行山区的深度贫困村，平均海拔1500米，土地贫瘠，交通不便。2012年，脱贫攻坚的动员令从这里发出，小山村迎来了新的发展契机。带给骆驼湾一切变化的，离不开阜裕公司的开发。而阜裕公司的由来，离不开农发行的"融智"。

贫困地区如何破解资金要素缺乏之困，成为摆在政府面前一个严峻的问题。农发行面对阜平县产业基础薄弱的现状，为强化产业建设，2015年，助力阜平县政府批准成立了阜平县阜裕投资有限责任公司（以下简称阜裕公司），负责对全县基础设施和支柱产业投资、融资和运营。

尽管成立了公司，但如何融资，仍然是一个难题。农发行勇于创新，"摸着石头过河"，结合当时购买服务的信贷政策，建议阜裕公司成立3个全资子公司，分别实施基础设施建设、棚户区改造、林果产业项目。而后，农发行通过委托代建购买服务的融资模式支持了阜平县二次网供热项目0.66亿元，棚户区改造项目13.4亿元，林果产业项目2.3亿元，支持易地扶贫搬迁项目137933万元，共安置人口33356人，其中贫困人口19488人。

但是伴随着外部国家政策的调整，"如何实现公司项目与农发行信贷政策、产品的对接"问题再次抛出，一年多的时间里，农发行员工无数次走访、对接、商讨，最终以扶贫过桥模式和自营模式，支持阜裕公司实施林果种植、硒鸽养殖、骆驼湾旅游3个项目，实现了公司发展与农发行业务的同步转型。

值得关注的是，农发行在解决阜裕公司融资问题上并未止步于此。农发行通过阜平县政府对全县资产进行整合，将管廊及污水处理厂等经营性资产划转阜裕公司，增强了地方国有企业资产的可经营性，壮大了国有企业资产，蹚出了一条"子公司承贷，母公司提供担保"的融资模式。

上篇 | 金融活水润阜平

■ 阜平县顾家台、骆驼湾民俗旅游村落扶贫开发项目带动就业

■ 阜平县顾家台、骆驼湾民俗旅游村落扶贫开发项目推动当地经济发展

可以说，这一"政府主导，公司运作，银行介入"的"阜平模式"有效地解决了承贷主体及担保等融资难题，运用市场化手段，发挥了农发行在政府和市场之间的桥梁纽带作用。

从"脱贫攻坚"走向"乡村振兴"

脱贫攻坚战的全面胜利，标志着我们党在团结带领人民创造美好生活、实现共同富裕的道路上迈出了坚实的一大步。但是，脱贫摘帽不是终点，而是新生活、新奋斗的起点，全面推进阜平县乡村振兴，农发行又该怎样继续前行？

农发行注意到，脱贫后的产业发展是群众持续增收、稳定脱贫的堵点问题，为此农发行适时跟进支持产业发展。先后支持林果种植、硒鸽养殖、骆驼湾旅游、土地复垦及产业建设项目等，通过土地租金、利润分成、劳动就业等方式，带动群众增收，同时抓住关键点去营销。2020年是阜平县扶贫项目的收尾期，作为全县重要财力来源的荒山造地项目受到高度重视。农发行积极支持全县土地整治项目，先后两个项目支持整理土地3.2万多亩，为全县补充财力58亿元。"农发行真正为阜平县解决了大事儿、难事儿，感谢农发行！"阜平县委主要领导对农发行河北省分行表示感谢。

截至2020年底，农发行支持阜裕公司及其子公司棚户区改造、林果产业种植、硒鸽产业、贫困村提升改造、阜平县拆旧复垦等11个项目，投放信贷资金共计27.578亿元。

在全面推进乡村振兴、加快农业农村现代化新阶段的大背景下，下一步，农发行将充分发挥自身优势，加快探索有特色、商业可持续的"三农"金融发展道路，团结拼搏，干事担当，履职尽责，在全力服务乡村振兴和农发行高质量发展中作出新的贡献！

（作者：农发行河北省分行扶贫业务处　侯秀军　张瑞宁　吴永杰）

支农扶贫在路上
初心热血洒满黄土地

在农发行大名县支行有这样一组数据：截至2020年12月末，扶贫贷款余额11.93亿元，占全行贷款总量的56%；2021年初以来，累计投放扶贫贷款6.64亿元，占各类贷款投放的97.52%。这些数字的背后，折射出大名县支行作为全县唯一的支农政策性银行，在2020年决战决胜脱贫攻坚的收官之年，充分发挥农业政策性银行职能，强有力地发挥了金融扶贫的主力先锋模范作用，坚定不移地支持了国家脱贫攻坚战略。

心中有信仰

投放疫情应急贷款，助力扶贫事业发展。自年正月初十弹性开工以来，大名县支行在做好自身防控的同时，将目光锁定在支持防疫相关企业复工复产上，全面启动"关注防疫企业，解决资金难题"工作。经过两天三晚58个小时的奋战，使用人民银行低利率疫情防控再贷款资金，于2020年2月9日紧急向中国最大的面粉生产企业——五得利面粉集团有限公司投放粮油购销流动资金贷款5亿元，支持该公司增加面粉生产，保障老百姓在疫情期间吃上"放心面"，为打赢这场没有硝烟的疫情阻击战贡献力量。

2月7日，邯郸市分行行长张爱其赴大名县营销，了解企业疫情物资生产资金需求，大名县支行行长纪海江也率先垂范，一马当先，为抢抓先手，第一时间向河北省分行领导及粮棉油处汇报。为保证和落实企业贷款，专门建立了省、市、县三级行前中后台人员参加的"战疫情，五得利项目推进群"。万家灯火中的元宵佳节，对农发行人来说不过是特殊的星期六而已，在总行授权开机后，顶着疫情风险马不停蹄地为五得利的贷款发放通宵达旦、夜不能寐。凌晨四点的天雄路上只有一处灯火通明——中国农业发展银行大名县支行。在省、市分行的大力支持下，仅用58个小时就完成了开户、评级、授信、用信等流程，全体农发行人日夜兼程创下了办贷速度新纪录。这是大名速度、大名力量，铿锵有力的数字给了我们胜利的底气。

脚下有力量

投放粮棉油类扶贫贷款，助力大名县减贫战略。作为农业政策性银行，响应国家精准扶贫号召、构建农村金融服务体系、提升信贷支农水平，是新时期党和人民赋予我们的新使命。为确保如期实现全面小康，履行政策性银行主导先锋使命，大名县支行以高度的政治责任感，继续做好粮棉油类贷款主业不放松，助力粮食安全责任制的落实。信贷员王大伟冲锋在业务一线，为加快夏粮贷款发放，无暇照顾家中怀孕6个月的爱人，呕心沥血伏案到凌晨两点。主管行长臧艳红撇下年仅1岁的孙儿，与大家一起"五加二""白加黑"。2019年5月24日，大名县支行发放收购贷款1138万元，打响了河北省分行夏粮收购贷款的第一枪，切实做到了"钱等粮"。中储粮大名直属库辖内有近百个库点，为落实封闭运行管理，支行纪行长带领信贷员罗鸣赶赴近百个库点，冒着酷暑核打码单，保证农发行贷款形成的粮食一粒都不能少、农民的粮食款一分都不能缺。大名县支行2019年累计向中储粮大名直属库有限公司发放最低收购价小麦扶贫贷款5.21亿元，收购小麦22万余吨。2021年以来，大名县支行继续执行国家"两不愁三保障"政策，根据中央储备轮换计划，投放中央储备粮贷款16639万元，收购小麦84511吨。这凝聚着大名县支行在助力脱贫攻坚中的汗水和努力，我们用实干诠释担当，用奋进书写不屈，以时不我待的紧迫感和勇挑重担的责任感，甘于奉献。

眼中有远方

投放易地扶贫搬迁贷款，助力大名脱贫致富。发放易地扶贫搬迁贷款是国务院赋予农发行的政治任务和社会责任，也是农发行服务国家实施脱贫攻坚工程、全面实现小康社会宏伟战略的重要体现。大名县易地扶贫搬迁项目启动后，大名县支行站在讲政治的高度，把营销易地扶贫搬迁贷款项目作为主要工作来抓，始终秉持"只有挪出'穷窝窝'才能过上新生活"的理念，将支持易地扶贫搬迁作为服务脱贫攻坚的"头号工程"。为了易地扶贫搬迁项目能够顺利开展，跑政府、跑企业、跑省行、跑村镇、跑农户成为工作的常态。从大名到石家庄，为节约时间，他们多少次凌晨出发、深夜归来，几个倒班的司机都疲惫不堪。在项目上会的头晚，主管行长臧艳红与企业负责人一同驱车赶往河北省分行，突遇前方货车爆胎，伴随着刺耳的刹车声、巨大的惯性和冲击力、金属刮擦和撕裂的声音，一车人从睡梦中惊醒，却并未因与死神擦肩而过的经历而停下前往河北省分行的脚步。在确定没有人员伤亡后，他们重新出发。就是这股韧劲儿，才让大名县支行成为易地扶贫搬迁先锋行。6亿元贷款、32个村庄、9000余户的搬迁，为大名县脱贫攻坚添上浓墨重彩的一笔。

"平凡践行、以小见大"，这正是脱贫攻坚战线上千万个基层干部无愧于青春的真实写照。他们把"为人民服务"铭记于心，把"人民的利益"放在工作的首位，把"为民干实事、办成事"当作理想信念。在脱贫路上，他们默默无闻、无私奉献，却始终如一、坚定信念。

■ 马欣销售扶贫产品时的工作照

路漫漫其修远兮，吾将上下而求索。作为农发行的一员，作为脱贫攻坚战中的一分子，我倍感自豪，我定不负青春韶华，不驰于空想，让胸前这枚金麦黄的徽章在这片热土上熠熠生辉。

（作者：农发行大名县支行　马　欣）

我所经历的脱贫攻坚故事

扶贫路上的贴心人

2020年，是贾俊在农发行大同市分行工作的第24个年头，也是他从事信贷工作的第10个年头，皲裂的皮肤，沙哑的嗓音，见证着他在晋北这片黄土高坡上的风雨奔波，也见证着他入农户、访民情、聚民心，进企业、办实事、促发展的动人事迹。

一枝"小黄花"打造农民脱贫"金钥匙"

莫道农家无宝玉，遍地黄花是金针。时近6月，在云州区吉家庄村，已有市民伴着孩童的歌谣在采风踏青，感受塞上风光。谁能想到，当年全县有名的贫困村，靠种植

■ 农发行支持的黄花加工项目

黄花，不仅成功实现了全村脱贫，还成为大企业投资发展的热土。全村人均增收3.75万元，村民不出门就能打工分红……发生这样翻天覆地的变化，村民们都说，多亏了农发行的"知心人"——贾俊。

在大同市委、市政府把黄花产业确立为"一县一业"的主导产业和农民脱贫致富的支柱产业后，贾俊先后十几次带队深入黄花产业种植基地和黄花龙头企业调研，围绕打造全国优质黄花种植基地、集散中心和标准化示范区，为了实现产业转型发展和一家一户的精准脱贫，确定了"公司＋合作社＋农户＋基地"带动脱贫模式，确定了支持大同宜民产业发展有限公司规模化种植、集约化加工、品牌化销售的现代农业一二三产业融合发展模式，通过为企业提供2000万元产业扶贫贷款，支持带动云州区520户1318人通过流转土地直接脱贫。

在农发行的支持下，黄花变"黄金"，餐桌上的一道家常菜变成了让农民腰包鼓起来的"金钥匙"，"产业兴、农民富、村庄美"的蓝图正在变为现实。

一袋"农家肥"架起民企发展"连心桥"

"贾经理，您看，我们这贷款……"大同市昊泰农业生物科技有限公司的刘秀第五次上门了。看着因为没有抵押物而一筹莫展的企业，贾俊着急了，这可是大同市AAA级重合同守信用、诚信经营示范企业，它生产的"三晋黑土地"有机肥哪个用过的农民不说好！可贾俊也深知，要缓解民营企业融资难、融资贵的问题，不是件简单的事。面对企业的忧愁，部分员工打起了退堂鼓，觉得信贷服务民营企业这一想法好是好，但是做起来却难上难。"正因为企业难，才需要我们银行帮一把。不然，党和国家要政策性银行做啥！"银企座谈会上，贾俊的话如同一针强心剂，坚定了同志们帮助民营企业发展的信心。

企业有效抵押资产少、融资成本贵，他积极想办法、出实招，挖掘人脉关系，与山西省农业信贷融资担保有限公司建立合作关系，由省农担公司对农发行拟支持的民营企业进行保证担保。通过不断走访、座谈磋商，省农担公司落实了又一项优惠政策，贷款额度300万元以下的企业，由省农担公司向省财政申请贴息75%，相当于企业融资成本降为2.69%，大大降低了企业的融资成本，同时解决了优质民营企业缺少有效抵（质）押的情况。在他的指导推动下，全行成功为12家小微企业审批贷款1900万元，涵盖食用油加工、粮食购销、有机肥生产、农机具购销等，全部采用农担公司保证担保模式。

在农发行200万元农业小企业贷款的支持下，昊泰公司车间的机器又转起来了。看着一袋袋有机肥打包出厂、农民排队购买，贾俊脸上扬起了大大的微笑，用他的话说，还有什么比看着企业发展、农民致富更欣慰的呢？

一间"小厂房"搭建产业转型"大舞台"

  2019年1月23日，大同市召开了工业振兴动员大会，提出了"高端装备制造业"等六大重点，工业振兴、转型崛起"重头戏"开场了，贾俊的心思又活泛起来了，如何支持老工业城市和资源型城市产业转型升级，寻求工业和农业的结合点，如何让农业政策性金融更好地介入这场产业转型的"大戏"，成为他脑中反复思索的难题。为此，他适时成立了金融服务工作队，并亲自带队进政府、跑企业，搞摸排、作宣介。大大小小的项目摸排了几十个，大同开发区装备产业基地项目进入了他的视线，作为"山西省重要的装备制造产业基地之一"、山西省"产业转型园"，且已纳入云州区"十三五"脱贫攻坚规划的重点标准化厂房建设项目，这不就是农发行支持推进城乡一体化、优化产业结构的最佳介入点吗？

  目标有了，计划定了，贾俊的产业转型升级核心目标战打响了。围绕目标任务和部门责任，他组织绘制作战图，制定时间表，实现挂图作战、看图指挥、梯次推进，同时要求市、县两级行职能部门打破常规、特事特办，在保证质量、要件齐全的基础上开通绿色通道，做到优先受理、优先调查、优先审查、优先审批"四个优先"，并按规定简化办贷程序，提高办贷效率，及时足额满足园区建设资金需求。仅用41天，8.98亿元贷款批下来了，企业惊叹农发行速度，政府称赞农发行效率，可谁又知道，这背后，贾俊多少个夜里窝在办公室的小沙发上，多少个日子在食堂拿个馒头就是一餐饭……从事信贷工作十年，在他的推动下，全行累计投放各类扶贫贷款18亿元、累计服务贫困人口19万人次。"支农重担挑肩上，群众疾苦记心间""实干踏平脱贫路，产业开出致富花"，这是农民对他的讴歌，这是企业对他的感恩。贾俊用自己的身躯和脚步丈量出了支农和扶贫战场上的每一天、每一步，让有生产能力的贫困户走出贫困、创业增收，让银担企合作模式成为全省学习的典范，让兢兢业业的实干作风成为农发行每个人坚守的品质。

（作者：农发行大同市分行 贾 俊）

坚守金融初心　勇担责任使命

孔子曰：四十而不惑。蒙古族聂守鸿，今年刚好四十岁。而五年前，当他成为一名县支行行长，他就已经心无杂念，无时无刻不在践行着一名共产党员的初心和使命，为金融扶贫的精准性和可持续性奔波忙碌着……

坚守初心　牢记使命

2016年12月末，聂守鸿正式到农发行固阳县支行担任行长一职，上任的第二天，他组织全行人员进行座谈，以了解全行的基本情况和业务情况。会议刚开到一半，固阳县易地扶贫搬迁工程建设项目的客户经理还没来得及汇报项目基本情况，固阳县副县长王玉明就已经站在了会议室的门口，开门见山地说道，马上就要过年了，县里想为老百姓做些事，想让贫困人口早日搬入新居，新年有个新气象。初来乍到的他对易地扶贫项目还没来得及了解，而此时贫困人口迁入新居又迫在眉睫。他当即表态："领导，请给我几天时间，让我了解一下项目情况，我们争取加班加点地审核资料，协调包头市分行优先审核咱们的资料，让咱们老百姓早日搬入新居。"节日的氛围越来越浓，然而固阳县支行信贷业务部的灯每天都亮到很晚，固阳县易地扶贫搬迁项目虽然是一个项目，但其建设内容较多，包含贫困人口搬迁安置、安置区配套基础设施建设及公共健康项目等，涉及方方面面。他与易地扶贫项目客户经理仔细研究项目初评报告，及时了解项目情况，为了让贫困人口早日搬入新居，他亲自上手并动员信贷业务部所有人一起审核资料，日夜奋战在工作第一线。二相公村、永和公村、巨和城村……一个个陌生的村子，成百上千户的贫困户资料堆积如山，他仔细审核着身份证复印件、户口本复印件、公安局开具的户籍证明等支付证明，生怕有一点差错。有些村民说："没想到一个行长，为了我们的事亲自上手，没有一点领导架子，真是辛苦你们了，我们都特别感激，谢谢你和你的同事，农发行是真的为老百姓做好事、做实事！"而他却说："这都是我应该做的，看到贫困户都脱贫了，都搬入新家，过上好日子，我心里也高兴，我们农发行就是为老百姓、为国家服务的。"截至2019年10月，已累计搬迁安置10086人。就是这份责任感，使他无怨无悔地奋战在扶贫的第一线。

心系固阳　情注扶贫

内蒙古自治区分行统贷的固阳县易地扶贫搬迁项目资金支付也由固阳县支行代为监管，固阳县扶贫办第一次与固阳县支行有业务往来，不了解固阳县支行信贷制度要求，想要把信贷资金直接支付到扶贫办的账户，由扶贫办统一支付资金，并说道："资金我们肯定是要用于扶贫的，为什么你们还要那么多的资料？"聂守鸿了解情况后，将固阳县扶贫办相关人员请到县支行，亲自向扶贫办主任解释制度要求，之后又多次主动到扶贫办进行项目对接，为扶贫办出谋划策。聂守鸿上任以来，基本每周要到扶贫办2~3次，同事们打趣道，聂行又要去扶贫办打卡了么。终于取得扶贫办的支持与理解，由于固阳县要实现"户脱贫、村退出、县摘帽"的目标任务，可谓时间紧、任务重，经常需要加班加点审核资料，他就陪大家一起审核资料，遇到问题及时进行协调。扶贫不分工作日和周末，为了促进项目尽快实施，保证资金到位，他自愿贡献了自己的周末时光，在工作上真正做到"五加二""白加黑"。但是看到那么多贫困人口搬入新居，这些汗水和时间的付出又是那么值得。

他的心始终是与服务群众连在一起的，他心系固阳的脱贫攻坚工作，在给予信贷支持后还经常到搬迁人口家中进行走访，与老乡亲切攀谈，询问老乡搬入新家后家庭生活来源、种地方不方便等。在走访召地新村时，看到老乡窗明几净的新房、种满农作物的院落、满院跑的家禽，他的脸上露出了欣慰的笑容。到益民小区走访时，老乡对他感慨道："没想到我还能住上这么好的楼房，国家可没少为咱们老百姓做好事呀。"

不忘初心　砥砺前行

为了让老百姓"搬得出、稳得住"，聂守鸿在听到固阳县有产业项目时，积极找到县政府进行对接，按照产业扶贫、旅游扶贫的新思路，持续推进固阳县扶贫工作向纵深发展，全力以赴支持打赢脱贫攻坚战，积极支持了旅游扶贫和光伏扶贫项目，让老百姓既能住上宽敞明亮的大房子，又能有收入来源，为固阳县政府全面完成"户脱贫、村退出、县摘帽"的目标任务提供强有力的金融支持，为全面实现小康社会、打赢脱贫攻坚收官战作出应有的贡献。

（作者：农发行九原区支行　聂守鸿）

■ 聂守鸿查看粮库情况

我所经历的脱贫攻坚故事

陆家村有故事

  晴空一鹤排云上，便引诗情到碧霄。美在天然的向海一直让通榆人引以为傲，贵在原始的自然景色蕴含无限风情。素有鹤乡之称的通榆，同时又是一个生态脆弱的县域，资源匮乏，十年九旱，但不服输的鹤乡人毅然高举全面建成小康社会的旗帜，向贫困宣战，他们在攻坚中担当，在困境中求索，闯出了一片脱贫攻坚的崭新天地。农发行通榆县支行勇挑支持通榆县易地搬迁的重担，在打赢这场战役中真情帮扶，为通榆精准扶贫写下了浓墨重彩的一笔，引出了一段动人的故事。

  通榆县是国家级重点贫困县和省级深度贫困县之一。摆脱贫困，是全县36万人最为强烈的愿望和最为坚定的奋斗目标，也是农发行面对的一项艰巨而伟大的任务。2016年实施精准扶贫以来，通榆县支行认真落实总行以服务脱贫攻坚统揽业务全局的战略定位，积极承担金融扶贫使命，把扶贫工作挂在心头、抓在手上、落在实处，全程融资、融智、融情、融力。

  说起陆家村，我们清晰地记得，那是2015年6月的一天，我们去乌兰花粮库查库。谁知途中突遇大雨，雨天路滑，无奈之下，只好就近找一户老乡家避雨。这是农村常见的那种泥草房，门窗已被岁月侵蚀，在雨中飘摇欲坠。犹豫之中，我们还是敲开了这户人家的房门，可谁知，前脚刚一踏进去，我们就被眼前的场景惊住了，只见屋子狭小的空间里，从炕头到炕梢，从犄角到旮旯，大大小小地摆放着六七个盆盆罐罐，就好像诸葛亮布下的八卦阵，让人根本无从下脚。漏下的雨水滴落在盆罐之中，发出的滴答滴答的声响，听了让人心里酸酸的。蜷缩在炕里的大娘半身盖着被子，像是正生着病，额头上敷着一条已经发黑的白毛巾。大爷倒很热情，忙着招呼我们快点进屋，找地方坐下。交谈中，我们了解到，大爷姓张，这个村叫陆家村，说是村，其实就是一个自然屯，屯里不到400户人家，村里的土地都是盐碱地，加之连年干旱，老伴又常年卧床，导致家里的日子过得紧巴巴的。从那一天起，这一次经历深深烙印在我们的心里，挥之不去。

恰逢2015年8月总行下发了易地扶贫搬迁贷款管理办法，通榆县支行领导看到这份文件，第一个想到的就是张大爷，就是那座风雨中飘摇的小屋，就是那个贫困中挣扎的陆家村。思路决定出路，使命高于一切。通榆县支行领导主动向县政府请缨，积极向上级行请示汇报，并以最快的速度成功发放全省第一笔易地扶贫搬迁贷款6600万元。陆家村易地扶贫搬迁由此拉开序幕。经过近一年的紧张施工，陆家村易地扶贫搬迁工程保质保量如期竣工，97户贫困户喜迁新居。安置新区建筑面积达到了2.3万平方米，新建了住宅楼、公寓楼、综合办公楼、敬老院、幼儿园。"一个土坑两块板，三尺土墙围四边"的农村脏乱差环境得到彻底改善。在最短的时间里，农发行帮助陆家村群众实现了这个摸得着、看得见的美好愿望。通榆县支行首创的易地扶贫搬迁模式，得到了总行、吉林省分行的肯定，也被大家骄傲地称为"陆家模式"。时任省长景俊海对陆家村实地考察后给予了高度评价，并要求全省进行借鉴、复制、推广。一时间，省内各县市区纷纷来到通榆陆家村召开现场会。内蒙古、黑龙江、山东等地也组成专门考察团到陆家村进行实地考察，现场学习经验。新华社记者对此进行了专题采访，同时中央电视台等多家媒体也争相报道。

　　喜迁新居的张大爷逢人便夸："人家农发行的人是真心帮咱啊，以前那泥草房四处漏风，住着都害怕，哪敢想这辈子还能住上楼啊。这叫啥？这叫一步登天呀。"

■ 朱宏宇开展入户走访慰问

我所经历的脱贫攻坚故事

  通榆县支行情系使命担当，2018年，又一次与通榆县政府深度合作，开始运筹全县21个贫困村实施整体易地扶贫搬迁项目。为加快项目推进，4月，总行领导和吉林省分行李国虎行长先后两次亲赴陆家村考察项目建设情况，深入百姓家中了解生活现状。一番实地调研论证后，省、市、县三级行结合通榆县实际情况，迅速行动，上下合力，逐一破解难题，并与建设银行联手对全县21个贫困村易地扶贫搬迁项目进行贷款支持。通榆县支行共审批贷款3亿元，全力为贫困村群众建暖心房、圆安居梦。

  易地扶贫搬迁项目经过一年的紧张施工，20栋大楼拔地而起，集中安置贫困户209户，其中建档立卡贫困户85户188人。整理复垦农田103公顷，交易土地净收益0.58亿元。"陆家模式"的成功复制，激发了广大贫困户脱贫致富的内生动力，让贫困户得到了实惠，贫困户年均收入达1.7万元，是2015年年均收入5500元的三倍多。

  如今的陆家村，高楼林立，路面净化，再也不见"无风三尺土，小雨一屯泥"的景象。文化广场上，唢呐声声，锣鼓齐鸣，歌声阵阵，舞姿翩翩。农家书屋里，挥毫泼墨，书声琅琅。老年活动室里更是笑语不断。人们的幸福写在脸上，挂在眉间。

（作者：农发行通榆县支行 方 洁）

磨砺务实作风　助力脱贫攻坚

2018年9月，姜占发来到了林甸县，任农发行林甸县支行新一任党支部书记、行长。对于刚刚走马上任的他，下乡，成了他的第一件事。

把老百姓的苦处放在心上

林甸县地处黑龙江中西部，辖区面积3503平方公里，下辖五镇三乡3个林牧苇场，83个行政村，549个自然屯，总人口27万人，其中农村人口20.5万人。林甸县83个行政村中，贫困村占到了48个，建档立卡贫困人口4263户，共8939人，是国家级贫困县。

脱贫攻坚，始终是农发行工作的重中之重。姜占发准备走村入户，快速了解情况。这一走一看不要紧，贫困户住的危房，成了姜占发的一块心病。冬天漏风，夏天漏雨，50多岁的陈万信居住的房子早就成了危房，妻子患有严重的心脏病，家里的主要经济来源是低保和他一个人打零工的收入，可这些微薄的收入还不足以支付妻子高额的医药费，更别提攒钱翻修房子了。

今天靠农发行的慰问金帮了陈万信，可明天还有"李万信""刘万信"，仅靠一点点慰问金，怎么能让县里的贫困户都住上好房子呢？回到单位的姜占发，暗暗下定了决心，"安得广厦千万间，大庇天下寒士俱欢颜"，他决定找一找其中的方法。

把精准扶贫的政策抓在手上

危房改造属于"两不愁三保障"中"基本住房有保障"的突出问题，姜占发认真研究农发行的金融扶贫政策和其他地区的危房改造贷款成功案例，根据林甸县的实际情况，谋划信贷资金支持的可行性，并赶紧向县委、县政府汇报。

对接之后，他又遇到了新的难题，如扶贫过桥流动资金贷款没有先例、扶贫成效

我所经历的脱贫攻坚故事

是否精准、支付资料是否完备、贷款发放是否合规、贷后管理能否做实等。但这些并没有难倒姜占发,他组织信贷骨干力量对项目进行论证评估,又亲自协调上级行和地方主管部门,突破蹈常袭故的传统办贷模式,在大胆工作的同时坚守政策制度红线。终于,功夫不负有心人,在农发行上级行和地方政府的支持下,仅仅1个月的时间,林甸县支行完成了9989万元扶贫过桥贷款的审批和投放工作。这笔贷款能够支持全县48个贫困村开展贫困人口危房改造工作,直接服务建档立卡贫困人口1604人,占项目服务人口12902人的12.43%,这个能够"安得广厦千万间,大庇天下寒士俱欢颜"的方法,终于被他找到了,也被他做到了。

把农发行的使命担在肩上

经过两年多的努力,陈万信和妻子搬进了改造后的新房,柴国林的房屋也翻建了,宋国财异地药费报销难的问题得到了解决,受到资助开展大鹅养殖项目的贫困户增加了收入,红旗村20户贫困户与牧原公司签订帮扶协议的信息费收入也到账了。

贫困户的生活水平提高了,贫困户的精神动力呢?姜占发又开始琢磨了。

2020年,姜占发带领林甸县支行党支部与林甸县四季青镇新富村党支部开展以"支部结对共建,助力脱贫攻坚"为主旨的结对共建工作。他带领班子成员多次走访新富村,以坚决贯彻落实地方党政的工作安排和部署为中心,帮助村委会谋划脱贫致富产业和项目,了解贫困户实际情况,协调解决实际问题,细化帮扶措施,提高贫困群众参与发展生产的积极性。他带领党支部为贫困村党支部装修支部共建活动室,购置办公桌椅,改善办公条件;制作党建背景墙和宣传图板,制作扫黑除恶、核心价值观、

■ 林甸县四季青镇新富村送来锦旗

党的十九大精神、"不忘初心、牢记使命"主题教育等宣传图板，美化贫困村党支部办公环境；为22户建档立卡贫困户每户送去了价值400元的助耕帮扶燃油卡，解决了贫困户春耕机具的油料需求；为新富村全体村民印制了支部共建春节年历，充分激发了贫困人口脱贫致富的内生动力。

2020年，姜占发带领全行员工累计投放扶贫贷款5.73亿元，占总投放额度的96.22%，实现最低价水稻收购、市场化玉米收购、产业化龙头企业流动资金、产业化龙头企业固定资产、农业小企业扶贫贷款全覆盖，脱贫攻坚工作获得了林甸县委、县政府的高度肯定，他本人也获得"最美带贫先锋"荣誉称号。

2021年，姜占发早早就和政府企业沟通对接，研究谋划奶牛牧场建设及现代化农业蔬菜种植项目，加大政策性资金对县域经济发展支持力度，巩固拓展脱贫攻坚成果同乡村振兴有效衔接。"支农为国、立行为民"，姜占发始终把农发行的使命作为推进精准扶贫工作的根本遵循。脱贫攻坚永远在路上，农发行和农发行人也将永远在路上。

（作者：农发行林甸县支行 姜占发）

我所经历的脱贫攻坚故事

易地搬迁斩穷根　后续扶持奔小康

　　2014年的大湾村，建档立卡贫困人口707名（242户），易地扶贫搬迁人口77名，人均收入不到2000元，贫困发生率20.6%。

　　2016年4月24日的大湾村，习近平总书记一连走访5户农家，听取村民对移民搬迁的想法，同当地干群共商脱贫攻坚大计。

　　如今的大湾村，幢幢小楼拔地而起，苍翠的茶树错落山间，随处可见张张笑脸。

责任·移民搬迁定决心

　　大湾村被称为金寨县难啃的"硬骨头"一点儿都不夸张。岁月流转，那些新中国成立初期的山间土坯房如同被时间遗忘，都已残破不堪，大多数家庭唯一生活来源就是十几亩薄田，祖祖辈辈守着贫困过着如日出日落一样恒定的苦日子。

　　农发行金寨县支行积极响应习近平总书记考察时作出的"全面建成小康社会，一个不能少，特别是不能忘了老区"的指示精神，主动对接地方党政，深入研判搬迁面临的问题，取得合作意向，初步掌握搬迁项目的基础条件后，便带领全行上下"立下愚公志、誓啃硬骨头"，逐户进行摸底，逐户问询意向，决心给搬迁群众一个"稳稳的家"，率先在安徽省打响易地扶贫搬迁的"第一炮"，一场波澜壮阔的大迁在大湾村的大地上全面铺开。

安家·精准安置显恒心

　　精神上"站起来"。搬谁？往哪搬？旧房咋办？搬出之后咋生活？这项政策性强、环节多、链条长的复杂搬迁工程还没开展，就被"穷家难舍、故土难离"的强烈情感阻碍了。农发行驻村干部得知情况后，主动请缨，带着省里制订的搬迁规划、实施方案、补偿办法、后续产业配套等方面的政策措施，带着农发行正在支持的安置区、产业园区、返乡创业园区等系列重大项目，带着组织上的殷殷嘱托和信任，捧出一颗红心，一次次登门，一次次被拒，挨家挨户讲政策、解难题；支行行长24小时手机不关机，随时在线答疑，把搬迁群众当亲人。这才最终彻底打消了搬迁群众期盼未来美好生活又不敢迈步向前的顾虑和担心，实现了搬迁群众从"要我搬"到"我要搬"的思想转变。

行动上"细起来"。习近平总书记指出，"扶贫开发贵在精准，重在精准，成败之举在于精准"，为农发行下一步的精准搬迁工作理清了思路，明确了方向。把贫困人口精准地找出来，才能把好工作航向，不仅要看硬指标，更要费一番"绣花"功夫。农发行陪同省扶贫办全程考察，摸清易地扶贫搬迁规模和覆盖人数，保持与扶贫移民局等部门良好沟通，在同业内获取了第一手建档立卡贫困人口清单，贫困人口找准了，精准扶贫踏出了坚实的第一步；在县长办公室一坐就是半天，只为磨出具体可操作的方案和一揽子服务的优惠政策，真心换真心，大湾村易地扶贫项目"大锤落定"；随后陪同可研单位、承贷主体下乡镇、作调研，确保精选出最适宜的地方给村民安家，为搬迁群众"迁"来幸福。金寨县支行累计发放易地扶贫搬迁项目贷款11.42亿元，成为金寨县易地扶贫搬迁专项建设基金和专项贷款合作银行，累计下拨专项基金0.76亿元、专项贷款5.2亿元，帮助搬迁群众"搬"出了世代生存的大山，"迁"来了奔向小康生活的自信。

措施上"严起来"。当年的金寨县财政收入只有4亿元，审批16亿元的易地扶贫搬迁项目贷款，需要测算资金平衡账，提前谋划资金筹措渠道，不断加大腾退旧房拆除和宅基地复垦复绿工作力度，加速增减挂结余指标的变现。为加强易地扶贫搬迁项目资金管理，保障项目资金安全，提高资金使用绩效，省、市、县三级行联合政、企三方多次就资金支付、监管等方面召开座谈会，在符合《安徽省"十三五"时期易地扶贫搬迁文件汇编》等相关文件要求下，出台《易地扶贫搬迁资金监管协议》《易地扶贫搬迁资金管理办法》等文件，采取多方共管账户的创新方式对资金支付流程进行全程监管，克服了资金使用方式与实际搬迁工作脱节的问题，真正做到扶真贫、真扶贫。

2020年4月，大湾村"十三五"时期易地扶贫搬迁任务全面完成，707名搬迁群众摆脱"一方水土养不起一方人"的困境，搬出了"穷窝窝"，开启了新生活、新征程。

归属·后续扶持守初心

易地扶贫搬迁不仅仅是为了建起一栋栋房子，更是为了给搬迁群众搭建起一个生活配套齐全、精神文化富足的居住社区，只有能致富，才能让搬迁群众真正走出心中的"大山"。为了让搬迁群众收获稳稳的幸福，农发行坚守初心、牢记使命，在大力发展当地传统养殖产业的基础上，积极引入光伏、中草药种植、茶叶等新兴产业，扶持产业发展和就业工作，确保有劳动能力和就业意愿的贫困搬迁家庭中至少有一个劳动力实现稳定就业，带领搬迁群众脱贫致富、圆梦小康。通过农发行支持的扶持贷款项目，老百姓真正实现了培训有机构、养家有工作、教育有学校、生病有医院、困难有帮助，打开了心结，找到了归宿。

万里路遥、使命如磐。从深山到城镇，从闭塞到开放，从"忧居"到安居，习近平总书记视察的大湾村早已换了新模样。金寨县支行在上级行和各级地方党政一路以来的帮助与关怀下，为支持金寨县打赢脱贫攻坚战交上了满意答卷。大湾村曾经崎岖的山路变成了一道美丽的绿色风景线，蜿蜒山间，犹如一条带领大家共同富裕的"天路"，汇聚起强大的实干精神，激发了强大的内生动力，擘画了金寨乡村振兴的壮美画卷！

（作者：农发行安徽省分行扶贫业务处　翟羽佳）

■ 金寨县易地扶贫搬迁项目大湾村安置点

河龙贡米的扶贫搭桥人

农发行宁化县支行原行长、现任三明市分行客户业务部高级主管黄斌走进宁化县支行挂钩帮扶村——宁化石壁镇陈塘村的宁化河龙贡米生产基地，金灿灿的丰收景象尽收眼底，广袤的田野与蔚蓝的天空交相辉映，呈现出一派蓬勃生机和欣欣向荣。

福建宁化县是闽江、汀江、赣江"三江"之源，生态优势明显，出产的河龙贡米被誉为"米中珍品"，曾为宋代皇家贡米，是中国国家地理标志产品，更是2017年"金砖国家"领导人厦门会晤指定国宴用米。

"今年种植了河龙贡米11亩，预计平均亩产量200公斤，按收购价10元/公斤计算，可获纯利润10800元。感谢农发行的帮扶，给我们注入了自力更生的动力。自从搭上了农发行精准扶贫的快车，陈塘村人均纯收入从原先的9638元跃升至15741元，这简直是不可想象的。"石壁镇陈塘村贫困户张运延喜出望外地说。

看到村民们溢于言表的喜悦之情，黄斌对革命老区全面小康的憧憬油然而生，脑海中那风雨兼程的漫漫扶贫路仍旧历历在目……

一碗米饭的启发

福建宁化县是中央红军长征出发地，是省级扶贫开发工作重点县。宁化石壁镇陈塘村，更是省级重点贫困村，全村的基础设施不发达，村容村貌整治相对较弱，交通也不便利，村民们出行大多靠自行车、摩托车。同时，村民们获取信息的渠道较为闭塞，只是"单打独斗"地开展小农种植，还没有形成完善的集约化、规模化产业结构，导致整村产业优势无法得到挖掘、村民人均收入依然停留在全县贫困线水平。

2016年，为打赢脱贫攻坚战，宁化县委、县政府作出了推动全县精准扶贫挂钩帮扶工作的部署。宁化县支行秉承政策性金融的初心使命，坚定精准扶贫的信念，毅然选择了与地理位置偏远、基础设施薄弱、贫困程度较高但生态优势明显、发展潜力大的石壁镇陈塘村结成对子,挂钩帮扶全村精准扶贫。

要带动村民迈向全面小康,不能只靠空有的满腔热血,更要脚踏实地扑下身子、身体力行潜心探索。为此,宁化县支行仔细研究地方政府优惠措施,深入考察整村发展实情,多次来到陈塘村,走访了数十户村民,详细询问生产生活状况,了解产业优势、种植需求和资金缺口情况,并逐一与农发行的信贷政策进行对接,但却迟迟找不到突破口。

一次偶然的乡间调研驻留,无意打开了突破口。那天中午,黄斌在石壁镇一家饭馆用餐,发现米饭格外香,格外好吃。一问才知道,这竟然是大名鼎鼎的河龙贡米。他立刻与陈塘村"两委"联系,商讨推动河龙贡米产业化发展的路子。

打通农业现代化的"任督二脉"

农民要增收致富,农业必须迈向集约化产业化。归根到底,就是农田基础设施建设必须提质增效,才能从源头上促进农民以更低的成本换来更多的丰收。"正如要致富,先修路一样,如果不彻底改变陈塘村农田基础设施条件,打通农业发展的'任督二脉',那脱贫致富就是一纸空谈。"黄斌思绪万千,在办公室心情凝重地对分管信

■ 农发行宁化县支行支持的宁化县6万亩高标准农田建设项目

贷业务的副行长凌与民说。忽然，他看到了一份《福建省三明市"十三五"高标准农田建设46.27万亩任务规划书》，一个想法油然而生。"现在全省农发行系统还没有开办高标准农田建设项目贷款业务，我们正好可以抢抓机遇，厚植陈塘村的生态区位优势，实施高标准农田建设项目，既能改善全村农田基础设施条件，又能开辟创新发展源泉，可谓一举两得。"

经过不懈努力，宁化县支行在2017年1月成功获批全省系统首个高标准农田建设贷款项目——宁化县6万亩高标准农田建设2亿元贷款项目，其中涵盖宁化石壁镇22个行政村共5084亩农田，对于有效改善耕地土壤环境和助力建成集中连片、旱涝保收、稳产高产、生态良好的高标准农田具有重要意义。

"感谢农发行支持了我们村的高标准农田建设，有效加快了土地'三权分置'，盘活了农村土地存量。"石壁镇陈塘村党支部书记张超群欣喜万分，"现在，全村的平均亩产量从原先的140公斤跃升至208公斤，大大带动了村民增产增收，彻底打活了集约化规模化的产业结构。"

产业扶贫的开花结果

因为农发行，"质量强农、品牌惠农"的扶贫理念在陈塘村正悄然开花结果。

同时，宁化县支行选派党员干部深入陈塘村进行入户调研，还与当地原农业局、扶贫办对接合作，特地从省里请来了农业专家，开展专题讲座，指导建档立卡贫困户开展制种、施肥和机械化田间管理工作。2017年底，宁化县支行向陈塘村捐赠扶贫开发资金3万元，为全村迈向致富康庄大道又添一瓦。

不久后，陈塘村建立了河龙贡米专业种植生产合作社，把全村农田有效整合，聘请专业种植大户经营管理，带动全村贫困户科学种植，村民们或以资金入股，或以土地承包权入股，或以技术入股，大家都在竭尽所能提升全村亩产水平和农产品质量。一时间，全民种植的局面蔚然成风，产业兴旺的活力竞相迸发。

陈塘村一时成了当地的明星村。"自从建立了河龙贡米专业种植生产合作社，产业兴旺了，村民富裕了。农业不再是传统意义上的耕种收，周边不少行政村农户也嗅到了商机，纷纷要求入股我们村的合作社。接下来，我们要发动更多农户入股，一同开创美好未来。"张超群高兴地说。

陈塘村旧貌换新颜的景象是宁化县支行扎根红色土地支持老区脱贫攻坚的缩影，更是农业政策性金融服务全面小康的初心诠释。

（作者：农发行宁化县支行　张宇强）

我所经历的脱贫攻坚故事

从这本红色相册说起

  我手上的这本相册，装着我们行在脱贫攻坚工作中拍摄的照片。每当我翻开这本相册，就像打开了月光宝盒，其中有两张照片一下子就把我带回到了那段特殊的时光。

  下面这组照片是2015年我作为扶贫干部第一次去石狮村走访时拍摄的。照片中的这个孩子叫玲玲，她的老家位于井冈山脚下的大汾镇石狮村，前几年村里大部分贫困人口都居住在自然条件贫瘠的深山中，交通非常闭塞，没有任何支柱产业，被村民自嘲为"一方水土养不起一方人"。为了生活，大多数的青壮年选择外出务工。玲玲的爸爸妈妈也是其中的一对。

■ 留守儿童玲玲

留在家里的玲玲，最爱用树枝在地上画房子、画爸爸妈妈。我好奇地问她："玲玲，你为什么经常画这幅画呢？"她刚想说，眼神就黯淡下来："因为我想爸爸妈妈。""那你爸爸妈妈呢？平时不回来吗？""爸爸妈妈在外面打工，只有过年才能够回来看我。我要是想他们了，就在地上画画，画他们的样子。画着画着，我就会觉得他们就在我身边陪我，可是不管怎么画，他们都回不来。阿姨，我想爸爸妈妈。"看着她的模样，已为人母的我特别心酸，孤守大山的孩子，可能不向往城市的繁花似锦、不羡慕城里孩子的锦衣玉食，但在她清澈的眼睛里我看到了她最期待的东西——父母的陪伴。

其实，小玲玲就是许许多多贫困山村孩子的缩影。于是我们暗下决心，一定要将易地扶贫搬迁项目和产业扶贫项目给攻下来，让孩子们"学有所教""幼有所依"，让贫困户们"住有所居""劳有所得"。

农发行吉安市分行在2015年获批6亿元贷款，支持遂川移民搬迁扶贫试验区项目——梦想家园，近千户居民从深山中搬到了县城。2019年，我们又获批了新兴产业扶贫贷款4.2亿元，近50家企业入驻工业园区，为贫困户带来了更多的就业机会。两个项目的实施实现了我们当初的目标：一定要让贫困户"搬得出、稳得住、能致富"。

下面这张照片是2019年我们在梦想家园社区托管中心抓拍到的，当时玲玲正用油画棒在纸上画着五彩斑斓的图画，她开心地告诉我："阿姨，我妈妈下班后就会

■ 在梦想家园社区托管中心的玲玲

我所经历的脱贫攻坚故事

来接我回家啦!"孩子脸上抑制不住的开心和喜悦,让我们明白这就是扶贫路上最温暖的收获。

其实,在温暖的收获背后更多的是扶贫干部的坚守和付出。接下来,我给大家分享第二组照片。这是井冈山神山村脱贫前后的对比图,从这幅图中我们可以用翻天覆地、脱胎换骨来形容神山村的变化。在这场脱贫攻坚战中,我不得不说起一个人,他的绰号叫"拼命三郎",他就是农发行井冈山支行行长徐景军。为改善贫困村的面貌,他不分昼夜紧盯项目建设;为谋求产业发展,他千方百计争取政策倾斜。他每天自驾奔忙于村里和单位,累了就在车上休息,醒来继续访贫问苦。

■ 石狮村的变化

有一次临下班，他跟我说："快，我们现在去政府汇报扶贫项目进展，联系了几天领导都没时间，马上就要开'两会'了，只能今晚抽出时间听我们汇报！"刚赶到领导办公室门口，徐行长的手机响了，是他爱人的号码，他一接便说："我在忙，晚点给你打过去。"正要挂电话，电话那头传来急促的声音："徐行长，你老婆晕倒啦！"当时，我看他的脸猛一下煞白，停顿了几秒，对对方说："麻烦你帮我送她到医院，我办完事马上赶过去。"我在一旁赶紧说："徐行长，要不你先回去，你们的家人和亲戚都不在身边，范姐这时候最需要你啊，我们下次再去汇报吧。"他说："这恐怕不合适，我回去再跟我老婆解释吧。"可是，等汇报完回到家已经是深夜。看着虚弱地躺在床上的妻子，他满心愧疚，眼里含着泪花，一面说着对不起，一面询问妻子的病情。看着丈夫那双红红的眼睛，看着他已经渐渐泛白的头发，看着他疲惫的身躯，妻子欲言又止，到最后只是长叹了口气，无奈地说："咳，老徐啊，你为什么总是那么忙啊？"

是啊，他总是那么忙，忙于访贫问苦、忙于脱贫攻坚、忙于谋求发展，忙得不分白天黑夜，忙得常常顾不上照顾和陪伴家人。可是，正是因为他舍小家顾大家，在他的精神感召下，大家心往一处想，劲往一处使，各项工作全面开花，打了一场漂亮的脱贫攻坚战。近年来，在他的努力下，井冈山支行发放2亿元贷款用于农村公路改造，发放3亿元贷款用于改善农村人居环境，发放5亿元贷款用于水资源生态环境保护，让许多像神山村一样的贫困村，变成了中国美丽乡村，穷乡僻壤从此华丽嬗变、气象万千，徐景军因此获评全国农发行脱贫攻坚十佳先进个人。

以上两组今昔对比照片既呈现了旧貌换新颜的巨大变化，又凝聚了无数人的辛勤付出和忘我奉献。而我手中这本相册里，还有很多很多发生在我们身边的脱贫攻坚故事，有万安支行的黄宏祥、泰和支行的肖林青、永新支行的留嵩……一组照片一个故事，一个故事一段经历，一段经历一份成长、一段回忆。而我，也有幸亲历并成为其中一分子，投身于这场迄今为止世界上最伟大、最壮丽的脱贫工程。

"但愿苍生俱饱暖，不辞辛苦出山林。"吉安市分行累计投放扶贫贷款113亿元，服务带动贫困人口27.2万人次；江西省分行累计投放扶贫贷款1264亿元，服务带动贫困人口378万人次。在赣鄱大地这片红色故土上，无数农发行干部心系山村，勇于担当，身先士卒，助农脱贫，担起了"支农为国、立行为民"的光荣使命。他们就像散布在井冈山的星星之火，让脱贫致富形成燎原之势，在全面脱贫奔小康的伟大征程中发出耀眼的光芒。这便是：

井冈路，脱贫路，高路入云端；

井冈红，中国红，殷红耀九州。

（作者：农发行吉安市分行　王姝杰）

我所经历的脱贫攻坚故事

跨越1600公里的前进

南丰县，古称"嘉禾"，素有"世界橘都、傩舞之乡、曾巩故里"的美誉，也是原中央苏区核心县，一块浸染着革命先烈热血的红色圣土。同时，作为贫困县，虽然南丰产业丰裕、资源富饶，资金匮乏与模式单一却始终制约着南丰的发展。

为助力南丰加快经济发展步伐、帮助当地贫困村民早日实现脱贫致富，中国农业发展银行主动将南丰县作为总行对口支援县，就农业政策性金融支持项目探索新的模式，对症下药制订方案、"四融一体"实现帮扶，引导南丰加快发展。挂职干部陈晓东跨越了1600公里，来到了江西省南丰县，开始了他的对口支援之旅。

助融资，开拓创新兴产业

陈晓东刚到达南丰时，农发行南丰县支行正为将南丰打造成"生态宜居之城、创新宜业之县、文化宜游之地"的目标而努力，积极推动南丰县河东区高中新建项目落地。陈晓东到达后，为确保工程进度，烈日炎炎下曾多次赴施工现场进行查看；为获取各单位配合协助，排除万难号召各单位召开项目调度会议；为推动贷款早日发放，据理力争与上级行相关部门沟通协调。在他的努力下，3个月后，南丰县支行终于啃下这块"硬骨头"，成功发放贷款2亿元，为南丰县教育发展事业添砖加瓦。

除此之外，为实现脱贫攻坚新突破，加大对南丰特色产业扶贫的支持力度，陈晓东高度关注产业扶贫"吕梁模式"在南丰的生根落地，携手南丰县支行从一村一户入手，采取"致富带头人+贫困户"模式助推南丰县产业扶贫发展，并按照"1+1"（蜜橘+龟鳖）发展思路，真正让产业扶贫信贷资金用到实处、产生实效，进一步促成南丰实现产业兴旺。在他的督促下，南丰县支行已发放两笔产业扶贫贷款合计120万元，有效突破南丰县产业扶贫信贷资金瓶颈，充分发挥了农发行"创新发展"的理念，将南丰打造成拓宽信贷思路的"试验田"。

集融智，精准务实助脱贫

百年大计，教育为本，教育是一个国家和民族振兴的希望。对口支援以来，农发行始终关注、支持南丰教育的发展，累计向南丰县教育基金会捐赠资金421.72万元，"奖教奖学、解困助学"1300余人次，得到社会各界的一致好评。陈晓东来到南丰后，积极与南丰县教育基金会管理人进行对接，表示一定要将基金管好用好，让其行稳致远。在他的关注下，教育基金发展蒸蒸日上，逐渐壮大。知识改变命运，教育成就未来，承载着南丰未来与希望的教育事业正发生着日新月异的变化，呈现出勃勃生机。

南丰又称世界橘都，蜜橘兴则南丰兴。但近几年来南丰蜜橘产业发展却遇到很多难题。蜜橘品质下降、土壤生态恶化、农户增收乏力，导致恶性循环加剧。实地探查蜜橘品质情况后，为从根源上解决南丰蜜橘巨大难题，实现南丰蜜橘品质提升，陈晓东多次与上级行沟通联系，最终于2021年3月携手中农国盛制订出适合南丰的水溶有机肥改良方案，并选取了9个具有代表性和辐射效应的试点，品质提升后预计可带动205户贫困户脱贫增收。蜜橘的产业关系着众多橘农一年的生计，蜜橘发展难题也一直是橘农们心中紧绷的一根弦，试点成功后将造福许多贫困橘农，实实在在地解决了蜜橘难题，给橘农带去新的发展。

求融商，弦歌不辍为发展

为促进南丰当地经济发展，农发行充分利用东部省市分行的组织优势和客户资源，定期组织优质客户、客商到南丰考察投资。但2020年受新冠肺炎疫情影响，以及南丰县存在经济总量小、产业结构不优、发展相对滞后等多个问题制约，融资融商引进受限，故而招大引强，加快优质项目落地显得尤为迫切。陈晓东则充分利用农发行挂职干部的优势，增强南丰县与国家各部委、国内外大企业的沟通联系，为南丰县争项争资、招商引资牵线搭桥。在他的推动下，南丰县引进多个粮食产业项目，如5000万元罗汉果甜苷项目、5000万元老酒黄酒项目、6000万元精酿啤酒项目等。同时，他依托南丰县特色产业和资源禀赋，积极对接招商引资，推动蜜橘产销、龟鳖产业等发展，并引进东部相关产业龙头企业到南丰投资兴业，推动当地一二三产业融合，延伸特色产业链条。他用积极行动加大在招商引资、内引外联等方面的支持力度。

同时，针对南丰县经济、金融人才相对匮乏的现状，他继续围绕之前的人才政策指引，重点深化人才工程和引智项目，并充分利用人才优势，与南丰县共同商定人才培养计划，定期就企业上市、宏观经济、金融会计等知识进行帮扶培训，就经济产业

我所经历的脱贫攻坚故事

政策提供专业咨询，促进南丰县经济管理水平再上新台阶。

思融情，攻坚克难系人民

农发行一直坚持"支农扶贫"的责任使命，在贫困村民生事项中播撒大爱深情，持续不断协调安排帮扶资金使用。

为了确保项目资金尽责使用、帮扶成效得到实现，陈晓东隔三差五便要对农发行的帮扶乡村进行一次走访验收。每当他下乡走访时，附近的村民就会亲切地喊他"陈书记"，并用淳朴真挚的语言表达衷心的感谢，感谢农发行多年来的帮扶、感谢陈书记对他们的帮助。新建的村组公路打通了村民几十年来无法跨越的山间通道，村民们终于可以把山顶的蜜橘运输出去售卖；新建的留守之家给中心学校的孩童们带去了新的知识与希望，购置的电脑、新建的篮球场、崭新的图书丰富了他们可爱的童年；重修的食堂让敬老院的老人可以安心饮食，配备的休闲娱乐室温暖了他们多劳的半生……还有紧扣生态宜居要求扶持的绿色项目，对发展村集体经济、乡村振兴、生态价值转换等具有重大意义。如此盛举，数不胜数，帮扶硕果累累、成绩斐然。

■ 陈晓东实地查看蜜橘情况

与此同时，陈晓东还时常走访慰问贫困老党员，与老党员们促膝交谈，认真询问他们的身体情况和生活状况，表达党组织对老党员的关怀，并鼓励老党员们要积极面对生活，要相信和依靠党组织，遇到什么问题要积极向党组织反映。村民们也非常感激、信赖这位笑容可掬的陈书记，村"两委"换届选举工作期间还专程邀请他来坐镇。陈书记也常常实地走访早稻种植、蜜橘栽种工作，查看"退橘还田"、春耕备耕，时不时还送上有机肥料，与村民们一道浇水播种、摘收蜜橘，真真切切地走入群众、融入群众。

　　农发行对口支援南丰已有8载，一直发扬良好的工作作风，牢记"立行为民"的初心、"支农为国"的使命，攻坚克难，将脱贫攻坚的责任抓在手上、扛在肩上、落到实处。但同时也是因为有着一位位如同陈晓东一般的挂职干部，由北到南，跨越上千公里的距离，永葆一颗赤诚之心去服务人民，农发行才能更快更好地为加速建成富饶宜居、美丽幸福的南丰提供政策性金融的强力支撑，为南丰县特色产业发展开拓一条康庄大道。或许这就是最美的距离，也是农发行人最美的前进！

（作者：农发行南丰县支行　曾雪柔）

我所经历的脱贫攻坚故事

用创新托起贫困户的致富梦

"人太多了，一天上万人呢。"湖北阳新仙岛湖旅游投资开发公司的张总带着疲惫又兴奋的笑容介绍说，"今年4月，我们这里就开始复业了，暑假期间客流量一天天地增长。最近省里做活动，每天接待客流平均在1万人左右，我们所有员工都放弃了休假。"张总说的省里的活动是湖北省2019年8月8日以来开展的"与爱同行，惠游湖北"旅游推广活动。整个仙岛湖景区车水马龙，摩肩接踵，大小农家乐、民宿客舍生意火爆，一派繁荣景象。农发行阳新县支行行长田学文高兴地说："景区旺季车流量太大，停车难问题十分突出。景区正在启动换乘中心项目，我们按计划将在近期投放6000万元用于停车场和转乘中心建设。"听了田行长介绍，我不禁如释重负，成功的喜悦也油然而生。

从心凉半截到热血沸腾

两年前，同样的地方，同样的季节，同样的仙岛湖，却是一片冷冷清清。2017年10月，湖北16家A级景区被列入"黑榜"，其中湖北阳新仙岛湖风景区等3家AAAA级景区被摘牌。一夜之间，景区商业街上的农家乐、小卖部、小旅馆全部停业，100多条游船停运，景区的工人、商贩、出租车司机、导游全部待岗或失业。当时田学文行长向我讲起了他的担忧："贫困户是受景区摘牌影响最大的人群之一。这里有3个深度贫困村，870多名建档立卡贫困人口，原来都是在景区做生意打工，现在失业没有收入来源了，影响很大，搞不好就返贫了。"

2018年9月，我刚任扶贫业务处处长不久，仙岛湖项目是我受理的全省第一笔自营性贫困村提升贷款项目。当我了解了项目情况，翻看了财务数据，整个人都凉了半截。项目的问题是显而易见的——收入来源难以测算。这个景区停业一年了，项目自身没有现金流。即使按停业前的经营来算，也不是个好项目，景区旅游基础设施落后，主要的旅游设施游船都是私人的，景区自营收入微薄，根本难以支撑景区升级。

而且，当地政府还想把周边贫困村提升工程纳入项目之中，我感觉这简直是异想天开！难怪当地商业银行都退避三舍，不敢接单。

我也曾经想过退缩，这个项目做起来费劲不说，风险还很大。但每每想起田学文行长的话——这个项目不支持，870多名贫困人口很可能就会返贫——我就想起了一双双充满失望、迷茫的眼睛，就想起了行领导反复叮嘱的"扶贫不是简单的信贷业务，是我们农发行的政治责任"，我的心里就不能平静。在扶贫的路上，不能落下一个贫困家庭，丢下一个贫困群众。我们是政策性银行，服务脱贫攻坚是首责主责，项目的风险可以缓释化解，但不支持，贫困群众返贫的风险将不可避免。我们得千方百计带着这870多名贫困户摆脱困境，早日过上好日子。

经过激烈的思想斗争，我决心一定要啃下这块"硬骨头"！

从山重水复到柳暗花明

万事开头难，过惯了财政兜底的好日子，才知道要迈出自营性项目第一步的不容易。信用评级、项目设计、授信调查、还款来源、抵押担保都要进行深入充分的调查。处里开了多次项目讨论会，大家认为项目自身是公益性项目和经营性项目的组合，自身现金流覆盖贷款本息低，支持的空间受到极大限制，好比小管子给大田放水，寻找现金流是一大挑战。同时，本项目作为扶贫贷款，周边的贫困村和贫困户必须要精准识别出来并让他们充分受益，这也是一个难点问题。讨论了很多次，问题症结始终得不到解决，评估报告一再被分管领导打回，大家感到无从下手，找不着方向。

为尽快解决项目推进中遇到的困难，我们决定打破常规，在创新上找出路、寻突破。我们集中力量在两个方面攻关：一方面是寻找现金流、设计现金流，将短期收益和长期收益、自身收益和综合收益合并评估；另一方面是落实精准扶贫和精准脱贫，尽可能地让项目产生更多的扶贫利益联结机制。在总行和分管行领导的指导下，我们和市县两级行、当地政府、项目主体一起反复研讨，认真分析国内旅游消费的趋势变化和项目本身的优势及潜力，对比区域内景区经营收益现状，科学审慎地预测景区提档升级后游客的增长水平，在2017年20万人次的基础上，预测到2035年将达到100万人次。充分挖掘项目承贷主体综合收益，把其拥有的土地出让收入等纳入还款来源。我们在做好融资的同时提供融智服务，建议采取"景区升级+贫困村提升+扶贫"的支持模式，剔除部分经营效益和扶贫成效不明显的项目，将能增加旅游收入并解决贫困人口就业的游船收购等作为项目内容，在贫困村提升项目中增加产业基地部分，将成熟景区的短期绩效和乡村旅游的长期收益相结合。在扶贫设计上，采取"田地流转收入+

就业收入＋经商创业收入＋易地扶贫搬迁后续扶持"的综合扶贫模式。这些意见建议得到了地方政府和客户的高度肯定，阳新县城投公司董事长梅光明由衷地说："农发行的帮助，让我们体会到了旅游扶贫是脱贫之路，是富民之路，让我们看到了仙岛湖重新走向辉煌的希望！"

　　为了科学评估项目，湖北省分行扶贫业务处先后三次到项目现场进行调查评估，确保项目可行、扶贫有效和风险可控。随着项目一天天成熟，大家的愁眉逐渐舒展。2018年12月30日，阳新仙岛湖贫困村提升工程2.2亿元贷款项目顺利地通过了湖北省分行贷审会审议。压在大家心里的一块巨石终于落地。做好这个扶贫项目，实现了我们帮扶贫困人口、扶贫中长期项目贷款模式转型升级两个目标，几个月的努力没有白费。

从不鸣则已到一鸣惊人

　　楚庄王有句名言：不飞则已，一飞冲天；不鸣则已，一鸣惊人。2018年以来，我国乡村旅游蓬勃兴起，让蛰伏两年多的阳新仙岛湖景区走上发展快车道，好消息接踵而至。项目所在地的三溪口乡博园项目3000亩土地成功流转，180多名贫困户每亩可得到350元流转费，每2年增长50元。乡博园种上了花卉、景观林、果树、蔬菜、油茶，疏浚水面6000多平方米，修建道路10千米，建立了游乐广场、亲子乐园、采摘园和步行绿道。项目范围内水清草丰，鸟语花香，绿树成荫，果蔬芬芳，道通路畅，人流如织，每年游客达到10万人次，成为当地美丽乡村的示范基地。260多名贫困户流转土地得租金，果园打工得薪金，摆摊设点收现金，日子过得一天比一天红火。而仙岛湖景区随着农发行1.5亿元贷款资金的注入，快步推进了旅游设施升级改造，收购了119艘游船，改制了8家分散景点，引入专业旅游管理公司，修通了景区旅游公路，更新了旅游配套设施。景区逐步步入正轨。2019年1月，景区开始试复业，当年即实现游客42.5万人次，是2017年的两倍多。2020年7月，湖北阳新仙岛湖景区被评为国家AAAA级旅游景区，成为全省唯一恢复AAAA级的旅游单位。虽然2020年受疫情影响，但景区更加成熟，2020年游客突破50万人次。景区的快速重启也带动了贫困人口收入的增长，景区接待中心、游船、停车场等岗位吸纳贫困人口252人就业。旅游带活了一方经济，带动了周边贫困群众的脱贫致富，也带来了我们对项目成功的信心和喜悦。

　　事非经过不知难。项目推进虽然艰苦，但我们从中收获很大。湖北阳新仙岛湖贫困村提升项目先后被总行评为服务乡村振兴转型升级创新案例、解决"两不愁三保障"创新案例和人民银行金融扶贫案例，荣获总行"金农发行杯"四大工程劳动竞赛

"模式创新奖"。阳新仙岛湖贫困村提升项目,是一次"绿水青山就是金山银山"理论的有益尝试。我深刻体会到,"支农为国、立行为民"的使命是实实在在,看得见摸得着的,体现在一个个项目、一次次攻坚之中。脱贫攻坚不是简简单单一个冲锋就能打赢的,巩固脱贫攻坚成果是一项长期艰巨的任务,而不断创新,做好脱贫攻坚与乡村振兴的衔接,就是攻坚克难的法宝。

(作者:农发行湖北省分行乡村振兴处　王和新)

■ 湖北省阳新县仙岛湖贫困村提升工程项目

我所经历的脱贫攻坚故事

茶香浸润扶贫路　茗醇滋养产业兴

　　晨曦初露，朝霞用绚烂的色彩叫醒三湘大地！湖南省怀化市会同县的宝田茶叶基地上一派生机勃勃的景象，茶株吐露新蕊、露珠跃上芽头，绿意盎然，空气中弥漫着泥土和茶叶的芬芳。

　　说起世代种植的茶叶，茶农邓奶奶语重心长地说："以前种茶叶心里没着落，怕收成了却没人买，现在好了，有市里面专门的公司来买我们的茶叶！"

　　"是啊，现在有茶叶合作社了，村里种茶叶有干劲了，我们贫困户算是安心了！"宝田乡旺田村建档立卡贫困户张大爷笑呵呵地说道。

　　茶农们口中这"市里面专门的公司"就是湖南潇湘茶业有限公司（以下简称潇湘茶业）旗下分布在各贫困茶产区的控股公司。潇湘茶业于2019年2月18日与农发行湖南省分行建立信贷关系，该行向潇湘茶业投放产业扶贫专项流动资金贷款3000万元，用于企业在湖南省主要贫困茶产区进行茶产业脱贫帮扶，构建了"总部经济+扶贫基地+贫困农户"产业扶贫信贷模式，率先填补了农发行在新兴产业领域支持脱贫攻坚专项流动资金的空白。

突破困局的"邂逅"

　　长沙河西地域拥有湘江新区、长沙高新区、含浦科教园等多个园区，财政实力强、大型企业多、重大项目集中，区位优势明显，处于省会总部经济的"1+5"发达地区的核心区域。"在没有贫困村、更没有贫困人口的现实区域环境中，如何让经济发达地区的影响力辐射延伸到贫困地区？如何突破困局实现省会城市行产业扶贫信贷零的突破？如何在脱贫攻坚中履行政策性银行职能？"这一个个现实问题让各级农发行人彻夜难眠，也成为压在大家心上的一块石头。

　　2019年1月22日，星城，深冬，严寒。

　　这天，窗外寒风凛冽，而湖南省茶业集团股份有限公司的会议室里却温暖如春。

湖南省分行扶贫业务处、省分行营业部带领建湘支行来了，怀揣农发行人助力脱贫攻坚的坚定决心来了。三级行与企业主要负责人及业务部门进行亲切的面对面座谈交流，深入了解企业实际需求、耐心听取企业扶贫工作实际状况、破解扶贫流动资金贷款业务难题，理顺政策性金融支持产业扶贫的思路，共同选准产业扶贫信贷工作的突破口。会议室里那明亮的灯光成了这个凛冬最浓烈的色彩！

"感谢农发行，在这么冷的天给我们企业送来温暖，给茶农们带来希望！"湘茶集团总经理黎明星动情地说道。

找准切入点和突破口往往是解决问题的关键。在困难面前，农发行人没有退缩。"没有贫困村和贫困人口不要紧，结合省会地区的实际情况，我们就用信贷支持总部龙头、资金投入扶贫基地、利益联结贫困农户的办法来支持产业扶贫。"湖南省分行这一创新产业扶贫信贷工作方式的选取掷地有声！银企双方的友好座谈之后，明确了以湘茶集团的子公司潇湘茶业为产业扶贫流动资金贷款的承贷主体，以农发行建湘支行作为开户行提供全程服务。我们不会忘记这个冬天，一场"美丽的邂逅"让政策性金融与茶叶产业扶贫结缘……

迎难而上的"陪伴与守望"

长沙的冬天阴郁而严寒，但冰风冷雨也阻挡不住农发行人投入产业扶贫信贷工作的满腔热情和坚定脚步。

当时全国系统还没有产业扶贫专项流动资金贷款的先例，可供参考的资料较少，基层行主管行长带领信贷人员就自己上网查找，认真学习相关知识，主动向有相近业务的同行请教。为了有效助推产业扶贫工作，该行成立了产业扶贫信贷工作小组。产业扶贫信贷工作小组将产业扶贫工作任务精确到时间段，分解到部门、到个人，进一步优化工作步骤，推行"上墙管理"，对产业扶贫信贷业务所处阶段等明细都进行了动态、明确的记录，提升了工作效率。该行为潇湘茶业量身定制了产业扶贫融资方案。白天，信贷人员奔波于企业办公地、厂房、生产线等开展调查，收集各类资料；到了晚上，加班加点整理贷款资料，撰写调查报告，理清工作思路，全力推进办贷进程。面对眼前接踵而来的各种疑惑、困难和新情况，大家都没有退缩，义无反顾地选择了将所有力量拧成一股绳，迎难而上！

深夜11点的办公桌前，有感冒发烧的主管行长为上门面签作准备的身影；凌晨的长沙街头，有刚加完班赶回家的扶贫客户经理。产业扶贫信贷工作小组经常忘记了时间，常常认真工作到一抬头就是半夜！组里都是"80后"和"90后"，很长一段时间，他们放弃了陪家人陪幼子、放弃了逛街玩耍，但他们从未有过一句怨言："加班是小事，不能耽误了贷款发放，不能影响扶贫工作！"产业扶贫这项光荣而艰巨的任务将这群热血青年凝聚在一起，激励他们不断学习、不断突破、不断提升专业服务技能，让这群青年在茶产业扶贫信贷工作中更加清醒地将"支农为国、立行为民"的精神实质运用到服务脱贫攻坚的重大政治任务和历史使命当中！

2019年3月29日，这是一个值得纪念的日子。产业扶贫信贷工作小组经过一段时间"白加黑"的"陪伴与守望"，成功向潇湘茶业投放了茶叶产业扶贫专项流动资金贷款3000万元，这也标志着全国系统内首笔产业扶贫专项流动资金贷款顺利投放。

随着这3000万元的陆续支付，贷款充分发挥了茶产业对贫困地区脱贫攻坚的带动作用，依托地方特色优势资源，支持位于发达地区的潇湘茶业在贫困山区建立扶贫基地，引导小农户对接大市场，打通服务脱贫攻坚的"最后一公里"，那一块压在各级农发行人心上的石头也终于落地了……

夜幕下加班加点的互相陪伴、凌晨寒风中耐心的守望，汇聚成迎难而上的产业扶贫信贷工作的动人乐章。"这次合作是有史以来效率最高的一次！农发行团队的敬业精神最令人感动，经常晚上十一点还在沟通。""我们都要向农业发展银行的同志们学习！'90后'敬业、奉献、担当！"潇湘茶业财务总监陈再清如是说。

产业扶贫的"落地开花"

贫困地区的贫困人口增收和就业，是贫困群众最根本的渴望。农发行支持的潇湘茶业在贫困地区通过其子公司或者专业茶叶合作社，以吸收贫困农户就业、向贫困农户收购茶叶鲜叶、以茶叶合作社稳定帮扶、解决季节性临时用工困难等带贫机制来帮助贫困群众，将增收和就业两个目标深入结合起来。

潇湘茶业在会同县宝田的茶园基地周边，吸纳贫困人口30余人长期就业，人均年增收3万元左右；按保底优惠价收购附近贫困户茶叶鲜叶，以市场交易的方式稳定发挥对周边贫困农户的帮扶带动作用，给茶农吃下一颗定心丸。潇湘茶业与500多名贫困茶农建立长期收购关系，帮助年人均增收4700元左右。同时，潇湘茶业通过专业合作社及设在茶叶产区的其他子公司建立长期稳定的扶贫基地（茶园+车间），充分发挥自身科研、人才、市场、品牌优势，为基地贫困茶农提供产前、产中、产后全程技术服务，已向4962名贫困户股东分红259万元，有效推动了贫困户稳定增收。每年茶叶丰收采摘时，雇佣临时用工达300人以上，其中建档立卡贫困对象100人左右，当地贫困农户赞不绝口！贫困人口收入增加了、贫困农户有地方就业了，贫困群众迎来了幸福生活，让这座被茶园滋养的县城焕发着希望的光彩。

上篇 | 茶香浸润扶贫路　茗醇滋养产业兴

"还是茶叶合作社好，有技术还有分红哩！"

"我儿子不用出远门打工了，在茶园里上班每个月还有2000多元收入呢！"

说起忙碌的种茶采茶生活，贫困农户们似乎有说不完的喜悦。

没有一蹴而就的路，只有脚踏实地地走！走上产业扶贫之路不容易，但一路上的艰辛却浸润着茶香、滋养着茗醇，忘不了茶农期盼的眼睛，挥不去扶贫企业殷切的希望，更卸不下产业扶贫这沉甸甸的担子！正是因为农发行人勇于突破困局、迎难而上、开拓创新，用政策性金融活水浇出茶园"产业梦"，让贫困农户脸上绽出了"幸福花"！产业扶贫，我们还有很长的路要走，但创新变化的是方式和路径，不变的是我们的初心和真心，我们愿用心浇灌"三湘四水五彩湘茶"，责无旁贷为这张亮丽的湖南名片增砖添瓦！

（作者：农发行湖南省分行营业部　黄　丹）

■ 农发行总行扶贫综合业务部副总经理杜耀陆一行赴湖南潇湘茶业有限公司调研

扶贫路上显真情

他，用柔弱而坚实的脚步，无数次穿越于一户户建档立卡贫困家庭；他，用只争朝夕的拼搏信念，化作滴水穿石的坚韧意志；他，用热情和汗水，谱写了一曲曲农业政策性金融的扶贫故事……

他就是农发行安仁县支行信贷业务部客户主管王洪涛。多年来，他以昂扬的斗志、务实的作风和饱满的热情，恪守责任、勇于担当。

黑身躯换来崭新房

郴州安仁县既是重点贫困县，又是湘南边陲县，山高路远，崎岖不平。王洪涛每次从安仁边陲乡镇回到郴州家里，总是头昏眼花，可他仍常年在该县各乡镇与郴州市之间穿梭。"王经理是我们这里的常客了，这里每户的家庭情况、风土人情他都一清二楚，见他来了就连村上的狗都要热情迎上、摇上尾巴。"安仁县毫山镇村支书有感而发。参与扶贫以来，他为了"精准扶贫"，确保资金用得准、农民搬得下、贫困户富得起，先后走遍安仁三分之二乡镇村落，贫困家庭、田间地头、搬迁现场……处处都留有他艰辛的印痕，晴天一身灰、雨天一袖泥，鞋子磨破了一双又一双，原本稚嫩白腻的身子，变得又粗又黑。可他打趣说："当我看到一栋栋破烂不堪的房子，四壁漆黑，再加上很多家庭没有一件像样的家电，我心酸得很，如果能让这些贫困户早点住进安置房，让旧貌变新颜，我这点黑也会白回来的。"朴实而真挚的农发行情感，在他黑黑的皮肤上得到了充分体现。截至2021年6月，在农发行这股"清泉"的润泽下，安仁县9648名贫困人口得到了安置。身为安仁县支行信贷主管的他，经过组织的多年培养和信贷岗位的不断历练，逐步具备了过硬的政治素养，并成为郴州市分行信贷业务骨干，经常被上级行抽调到郴州内外其他支行进行贷款项目调查评估。他先后走遍桂东、汝城、安仁、宜章四个重点贫困县42个乡村308户贫困家庭，经过他调查的扶贫贷款25.3亿元，支持易地扶贫搬迁、生态水利、棚改项目12个，一筐筐真金实银在革命老区开花结果。

责任重于泰山

责任总在脚板底，情怀紧握手心间。熟悉王洪涛的人都知道，每天桌上的项目调查评估申报资料应接不暇，在他的办公室沙发上还经常放着一床棉被，这床棉被陪伴和见证了他无数个日日夜夜。为了让扶贫贷款及时落实到位，他连续奋战一个月不休息，每天吃住在办公室。当时临时借用他到创新与投资业务部时，最忙的时候一天接了三四十个工作电话，有时思路真转不过弯来。2016年9月，就在扶贫贷款调查最忙的季节，他父亲不慎跌倒，右脚断裂，再加上妻子怀孕临近生产，他当时既着急，又无奈。组织及时批了假叫他回家照顾小孩，可他回家陪了两天，又回到了工作岗位，在困难和责任面前他选择了后者，他说："别人中途来接手，项目情况不清楚，我不放心，还是请人去照理她母子俩和父亲吧。"当18个申报材料即将完成的时候，连日劳累和炎热最终将他击倒，39摄氏度的高烧伴随着剧烈的胃痛，他不得不再次回家休息。但一个又一个紧促的工作电话将他再一次召回。他用顽强奋斗和责任担当铺就青春最厚重的底色……

苗乡深处的扶贫情怀

麻阳苗族自治县，是全省深度贫困县，全县有18个贫困乡镇、88个贫困村、16.65万名贫困人口。湘西大山深处对富裕、美好生活的呐喊和期待，以及苗族同胞的贫穷与落后，牵动了湖南农发行人对少数民族的扶贫之心。2017年12月13日，王洪涛接到上级行扶贫项目调查评估任务，他没有丝毫怨言，来自骨子里的责任和初心，让他第一时间从湘南安仁赶到湘西麻阳，途中他一路奔袭、一路观望、一路感慨。一路上，他看到了一条条崎岖而峻险的上学路；一路上，他听到了深山中孩子们琅琅的读书声。于是他不再平静，虽然他来自湘南重点贫困县，但这里已远远超出他对贫困的想象。湘西大山的贫困与落后让他感慨党中央、国务院扶贫攻坚宏远决策的英明与果敢，感慨农发行的责任与担当。于是他忘记了一路的奔走劳顿，一刻未休息，直奔项目现场开展调查评估，项目覆盖麻阳郭公坪镇、锦和镇等18个乡镇4.84万建档立卡贫困人口。在调查中，他亲身感受到需要行走数公里山路才能取得饮用水和生活用水的困难，了解到本来贫困不堪的无数家庭又受到结石病和血液病侵袭的现状。他既感到震惊，又无比心酸。这一幕幕心痛的场景，让他感到肩上的担子如此地沉重。他决定用时不我待的紧迫感，用尽自己所有能量，让政策性信贷资金为"因病致贫、因病返贫"的贫困之家重拾生活的幸福与美好。完成现场勘察后他立马召集市、县两级行业务骨干加班加点，多方请教，充分论证项目可行性，审慎评估项目重点要点，利用扶贫过桥的创新模式迅速向湖南省分行报审，用他精益求精的工匠精神和高质量的评审材料，换来快速的办贷效率，争取农发行扶贫信贷资金早日在麻阳县开花结果。项目从2017年12月14日开始评审，2017年12月21日经湖南省分行贷审会一致认可，最终获批通过，用时仅8个日夜。事后得知这笔2亿元扶贫贷款发放到位后，这位真性情的汉子笑了，笑得那么自然、那么爽朗，因为他知道，一班人一切的付出，即将成为4.84万苗乡同胞的甘甜雨露……

在服务脱贫的平凡事业中，王洪涛是永远在扶贫路上奔跑的人。2017年4月至7月，他借调湖南省分行基础设施处；2017年11月至2021年1月，他借调省分行扶贫业务处。在此期间，他的足迹遍布了全省14个地市州，行走2万余公里；在此期间，他与"奉献在基层、牺牲在岗位"的孙俊强一同感受过扶贫的情怀；在此期间，他累计参与扶贫项目贷款调查项目23个，贷款金额达80亿元，其中担任主调查人获批项目6个，贷款金额24.36亿元。他将全部时间和精力放在脱贫攻坚的事业上，履职尽责，砥砺奋进。

一心只系"三农"，不为仕途不为名。他始终不忘扶贫初心，两次被湖南省分行借用，最终用他最朴实的语言、忠实的扶贫情怀，回到了基层，回到了他最熟悉、最热爱的基层扶贫大道上，因为，他心里有大爱；因为，这里始终装着他对基层一线贫困的牵挂和情怀……

（作者：农发行郴州市分行　王洪涛）

■ 农发行桂阳县支行7亿元贷款支持建成的桂阳县家居产业园特色小镇基础设施建设项目

脱贫攻坚路上的5位女战士

"我们的扶贫企业中这几家的带贫成效不是很理想，大家想想有什么好的方法提高下？""这几家企业都属于海南特色产业企业，潜力大，有的在贫困县还有生产基地，我们可以协调地方县政府与企业对接，通过吸收当地贫困户参加生产和到企业就业等方式来帮助企业提高带贫成效……"晚上7点多了，扶贫业务处的5位女员工还在商量着扶贫难题解决对策。这时，一个电话响起："女儿，还不回来吃饭吗？热过的饭菜都凉了。""妈，我还要加会班，您先吃，不用等我。"

这就是中国农业发展银行海南省分行扶贫业务（创新）处5位女员工的日常工作写照，这5位女员工占该处现有人员的71%，平均年龄32岁。她们当中有扶贫工作经验丰富的前辈，有文字功底扎实的笔杆子，有研究生学历的高才生。她们有的是年轻的妈妈，有的是准备步入婚姻的年轻女孩，即使是在工作任务繁重、压力较大的扶贫岗位工作，她们也总是阳光活泼，斗志昂扬，兢兢业业，勤勤恳恳，以奋发向上的战斗姿态，撑起了扶贫业务（创新）处的半边天，在服务脱贫攻坚的战场和生活舞台上努力绽放新时代的巾帼风采。

创先争优谋划新路　全心全力精准扶贫

海南是向中央签订扶贫责任状的22个省份之一，但是海南没有易地扶贫搬迁任务，也不是粮食主产主销区，农业政策性金融如何在海南走出一条创新扶贫之路，这是脱贫攻坚战打响伊始，摆在海南省分行和扶贫业务（创新）处面前的一道考题。

5位女员工在海南省分行党委的部署和处领导的带领下，与省扶贫办、省工商联加强研究沟通，不断思考，调研分析，创新探索，深刻了解到海南拥有得天独厚的热带特色高效农业资源和生态旅游资源，民营企业作为海南最活跃的市场主体，在服务脱贫攻坚方面具备极强的动力和活力，政银企合力带动贫困地区因地制宜发展特色产业，通过抓住产业扶贫这个"牛鼻子"，让投入贫困地区的财政资金和农发行信贷资金发挥最大效应,是海南精准脱贫的必由之路,是政策性金融应该主攻的方向。在大家的共同努力下,海南"农业政策性金融产业扶贫合作平台"于2017年6月正式成立,第一批吸收了20家海南农业领军企业。

扶贫平台搭建了,要如何充分发挥其扶贫带动效益,5位女员工又开启了新的思考与实践。在她们的不懈努力下,几年下来,扶贫平台规模不断扩大,加盟企业增加至45家,扶贫平台企业有序对接地方政府产业扶贫规划及招商引资项目,到贫困地区兴产业、建基地、办培训、助就业、投资金,构建"政策性金融+平台企业+贫困人口"的长效利益联结机制,其中20家扶贫平台企业与22个贫困村签订了帮扶协议,积极参与"万企帮万村"精准扶贫行动;为了增强扶贫平台企业对整体风险的防控能力,有效克服农业类企业普遍存在的经营周期困难,她们探索建立风险互助基金机制,以"抱团"方式帮助暂时遇到困难的企业渡过难关;为了增强扶贫平台企业的扶贫职责,完善扶贫平台企业的退出机制,她们加班加点,研究出台了扶贫平台企业带贫成效评价机制。自扶贫平台创建以来,海南省分行累计向扶贫平台企业发放扶贫贷款152亿元,推动产业扶贫项目近60个,直接帮扶和辐射带动贫困人口10.9万人次。扶贫平台成为海南精准扶贫的成功典型案例,2019年入围了国务院扶贫办"2019年企业精准扶贫专项50佳案例"。这些成绩与荣誉,饱含5位女员工的心血与汗水。

脱贫攻坚进入决战决胜的关键阶段,如何稳固脱贫成效,防止出现已脱贫人口返贫问题,迫在眉睫,5位女员工进一步落实海南省分行党委的决策部署,在2020年初依托产业扶贫合作平台筹备成立了"稳固脱贫成效基金",向平台企业发出倡议,平台企业纷纷响应,自愿出资成立基金,首批基金规模达到1400万元,首笔基金启用752万元,用于帮扶全省贫困边缘人口11920人,对于决战决胜脱贫攻坚最后关键时刻具有重要意义,不仅有效补充了脱贫攻坚的一个薄弱环节,还覆盖了扶贫政策覆盖不到的贫困线上的边缘人员,达到了长效帮扶和精准帮扶的效果。

攻坚克难不让须眉　砥砺前行不忘初心

扶贫业务(创新)处处于脱贫攻坚一线,对口总行两个条线部门,由于海南省分行两级行的特殊管理体制,该处既承担了省级分行业务处室的管理职能,又肩负着二级分行的业务办理职能,对口管理的客户数量占全行客户数量的45%,做好客户营销维护和办贷工作对于全行的业务发展意义重大。

责任越大,意味着压力越大。面对大量的客户群体,5位女员工不畏辛苦,毫不退缩,积极发扬吃苦耐劳和敢于担当的精神,既分工明确、各司其职,又精诚团结、密切合作,推进扶贫业务各项工作顺利完成。在客户营销阶段,她们急企业之所急,想企业之所想，根据客户的需求量身定制融资方案；在评级授信中，协调支行走流程、传影像、安排上贷审会等工作，各项事宜繁杂，需要经常与企业和支行沟通协调，她们有时候忙得连水都顾不上喝；在办贷调查过程中，项目调查报告、材料要件、集团客户认定等事宜从无到有，耗时耗力，她们忙的时候连中午都不休息，针对办贷中遇到的各种疑难问题，讨论分析，研究解决方案，利用该行一体化和同步办贷机制，提交会商会审，与前中后台同事谋划对策，争取在最短的时间内解决难题；在贷款发放前，她们主动与支行对接，协助支行签订相关合同、办理相关担保手续、落实放款前提条件等，确保每一笔贷款能按项目进度和企业需求及时发放；在贷款发放后，她们认真按照贷后管理要求，关注项目建设进展和资金匹配，监测项目和企业经营情况，督导做好扶贫质效管理等，保持了扶贫贷款"零不良"的优异成绩。

2020年突如其来的新冠肺炎疫情，给脱贫攻坚工作增加了难度。如何高效完成全年任务目标，确保如期打赢脱贫攻坚战，成了她们的又一道难题。她们把全力支持疫情防控作为极端重要和非常紧迫的工作任务，与支行一同发力，主动对接辖内与防控疫情相关的重点客户，及时加强与有关医院、医疗科研单位及企业的服务对接，电话遍访企业疫情防控情况，了解其卫生防疫、医药产品制造及采购、公共卫生基础设施建设等方面的合理融资需求。年还没过完，她们就开始了工作，通过电话、微信、视频等线上办公方式，快速完成抗疫应急贷款的材料收集、评估审查、审议审批等工作，以一天也不耽误的精神，马不停蹄做好办贷各项工作，把应急贷款资金第一时间发放到企业手中，创造了最短办贷时间纪录，跑出了海南农发行系统抗击疫情的"加速度"，为打赢脱贫攻坚战奠定了良好的基础。

在她们的努力下，在全行的齐心协力下，海南省分行提前4个月全面超额完成总行下达的2020年各项任务指标，圆满地完成了脱贫攻坚任务。5年多来，该行累计投放扶贫贷款259亿元，投放额和余额连续5年居全省金融系统首位，达到历史最高水平，直接带动和间接服务贫困人口32万人次，切实发挥了政策性金融扶贫先锋主力模范作用。

无私奉献决战脱贫　　家国情怀助力小康

扶贫业务（创新）处任务重，压力大，加班加点是常态，5位女员工面对工作压力，从不曾抱怨，总是以积极乐观的态度正确对待，凭借着坚定不移的政治信念、扎实过硬的业务技能和只争朝夕的拼搏精神，脚踏实地地做好每一项工作，为海南省分行扶贫（创新）条线业务发展和海南扶贫事业作出了积极贡献。

每月初的报表期，是负责填报及审核报表的女员工最忙碌的时段，碰到节假日，即使刮风下雨也要来单位加班报送。每一个数据的准确关系到每一笔贷款的成效，为了做好每张报表的数据统计、核实、填报，该员工每次都要认真收集、反复测算，不敢有一丝马虎，几十张报表，只要一项数据有误差，都要花费很大的精力反复核实校对。面对繁杂的工作，她总是不厌其烦，从不喊苦喊累，被大家亲切地称呼为"表妹"。

扶贫业务贷后管理工作任务十分繁重。指导基层行收集完善扶贫认定材料，动态监测扶贫贷款成效，监测相关扶贫信贷政策的执行效果，加强扶贫贷款质效监督检查，督促基层行增强扶贫质效管理意识，关系到扶贫贷款的质效精准，关系到信贷投放与扶贫质效的统筹平衡，精准就是负责贷后管理工作的女员工的工作核心。这些繁杂的工作涉及多个系统、报表、材料与报告，加班是该员工的家常便饭，她以行为家，在这个岗位上一坚守就是4年，每一个贷后管理报告、每一次贷款到期提示、每一笔扶贫贷款认定材料的审核、每一项扶贫质效检查问题的整改，无不倾注了她的心血。为了不耽误决战决胜脱贫攻坚的最后冲刺，她刚办完婚礼就主动返回岗位工作。面对同事的疑问，她总是微笑着说，婚假可以推迟，但是工作不能耽误。

文字综合材料也是该处的一项重要工作，各式各样的工作方案、实施意见、制度办法、工作报告、工作总结、扶贫案例以及扶贫经验材料，是扶贫工作的高度提炼和总结升华，考验的是这群女员工的专业素质和文字功底。近年来，从5位女员工手中出来的材料不计其数，在华灯初上的时候，别人已经在围桌吃饭，她们还在挑灯夜战，在周末别人休闲娱乐的时候，她们经常在勤奋笔耕。对于她们而言，扶贫，不是一份糊口的工作，而是衷心热爱的事业，是利国利民、造福千秋后代的事业，领导的认可、同事的赞许、各类表彰奖励，都是鼓舞她们不断前进的动力。

近年来，海南省分行扶贫贷款累计发放额和余额连续保持全省金融同业第一位，直接或间接带动了全省建档立卡贫困人口32万人次，获得了"2018年度海南省金融系统脱贫攻坚先进单位""2019年度海南省打赢脱贫攻坚战先进集体""2020年度海南省脱贫攻坚组织创新奖"等多项集体和个人荣誉，有力彰显了金融扶贫先锋主力模范作用。扶贫（创新）条线贷款增长186%，条线贷款增长占全行同期贷款增长的80%，成为业务发展支柱力量，推动海南省分行2019年和2020年连续两年在总行综合绩效考核中小组考核排名第一。

2021年是乡村振兴开局之年，站在新的历史起点上，站在新一轮改革开放的前沿阵地，海南省分行扶贫业务（创新）处的5名女战士斗志昂扬，怀揣"支农报国"的初心，以"功成不必在我"的精神境界和"功成必定有我"的历史担当，继续在服务乡村振兴和高质量高标准建设海南自贸港的征程中发光发热！

[作者：农发行海南省分行扶贫业务（创新）处　郑　青]

上篇 | 脱贫攻坚路上的5位女战士

■ 2018年10月17日，扶贫业务（创新）处五位女员工积极响应号召，到定点帮扶村琼中县中坪镇南坵村开展消费扶贫

■ 扶贫业务（创新）处五位女员工兢兢业业工作

我所经历的脱贫攻坚故事

> 2019年4月15日,习近平总书记来到重庆考察调研。一下飞机,他就转乘火车、汽车前往石柱土家族自治县中益乡小学、华溪村,深入农户家中和田间地头,实地了解脱贫攻坚工作情况和解决"两不愁三保障"突出问题情况。(人民日报客户端)

农业政策性金融助力中益乡脱贫攻坚托底"两不愁三保障"

"太阳出来啰喂,喜洋洋啰啷啰……"欢快明亮的土家族啰儿调飘荡在四月中益乡的山间田野,乐观豁达的山里人热情喜悦地唱出了脱贫致富的红火日子。位于国家级贫困县石柱土家族自治县东北部的中益乡,境内重峦叠嶂,峰坝交错,沟壑纵横。大山大水的阻隔,交通物流的闭塞,让这方风景秀美、人文底蕴丰富的土地长年积贫积弱,成为重庆市18个深度贫困乡镇之一。脱贫攻坚有需求,金融扶贫有行动。农发行作为唯一入驻当地的政策性银行,聚焦脱贫攻坚重点领域和薄弱环节,不断加大金融扶贫支持力度。2015年以来,农发行重庆市分行审批涉及中益乡贷款6.64亿元,累计投放3.27亿元,用农业政策性金融资金为中益乡"两不愁三保障"托好底,写出了交通扶贫、教育扶贫、产业扶贫三篇好文章。

修路:深山告别出行难

康庄大道四通八达,通村公路高山蜿蜒。驾车驶入春季的中益乡,道路平坦宽阔,满目青山苍翠,犹如人行画中。然而,"晴天一身土,雨天满脚泥"却曾是乡民们出行的真实写照。中益乡坐落在大风堡原始森林深处,受限于"两山夹一槽"的地貌特征,交通不便成为阻碍当地脱贫致富的最大"短板"。

脱贫攻坚,交通先行。重庆市分行瞄准中益乡致贫症结,抢抓重庆实施"交通三年会战"机遇,全力支持"四好农村路"建设,助力消除脱贫梗阻。

2018年以来,该行累计投放贷款3801万元,支持沙子镇经中益乡至大沙村39公里公路改造,解决区域内道路坑洼不平、乡民出行难问题,实现农村公路从"通"到

"畅"，带动农产品走出去、沿线农户富起来。

扶智：让山里娃上好学

由于地处连片特困区武陵山区深处，中益乡人口分布较为分散，再加上长期以来落后的社会经济条件，导致山里娃很难享受到与城里孩子一样公平优质的教育。

随着脱贫攻坚号角声起，中益乡把教育摆在优先发展的位置，强化政策支撑、资金引入和人才支持，全力实现"义务教育有保障"的目标，这其中离不开农业政策性金融的身影。

中益乡小学现有11个教学班165名学生。其中，近半数为贫困学生，90%以上的学生是少数民族。重庆市分行同步推进金融扶贫与扶智，激活脱贫可持续的内生动力。通过将农发行信贷产品与国家出台的《关于全面改善贫困地区义务教育薄弱学校基本办学条件的通知》等政策有机结合，累计投放贷款687万元，用于华溪村中益乡小学改扩建综合楼及校园环境整治，升级学校硬件设施，改善师生教学环境，帮助贫困地区的孩子们不仅"有学上"，而且"上好学"。

造血：产业兴旺振乡村

乡村振兴，产业兴旺是基础。中益乡拥有亮丽的山水颜值和丰富的资源禀赋，当地政府因地制宜，将海拔800米至1900米的乡域"一分为二"，高山区域发展中药材、生态养殖等绿色产业，海拔较低区域则着力打造旅游产业。

重庆市分行抓住服务贫困地区脱贫致富的"牛鼻子"，通过支持产业扶贫，不断推动中益乡提高"造血"能力，走出一条农文旅融合发展、产业兴旺引领乡村振兴的好路子。

重庆市分行向农民专业合作社累计发放流动资金贷款1200万元，支持全国"万企帮万村"精准扶贫行动先进民营企业泽泰中药材专业合作社向建档立卡贫困户收购前胡、紫苑等中药材。乡亲们可以通过中药材种植、劳务务工、土地入股等方式加入合作社。合作社在当地发展3670亩中药材，带动了325户贫困户户均收入超过5000元。

立足山水做文章，围绕乡村旅游精准发力。重庆市分行投放1.4亿元扶贫过桥贷款助力中益乡脱贫攻坚提升工程项目，重点用于全乡民居风貌改造。2018年审批3.6亿元旅游扶贫中长期贷款，支持重庆黄水旅游投资有限公司以"三变"改革＋民宿的模式，助力中益乡发展休闲观光康养旅游。截至2020年底，已投放贷款1.37亿元。项目建成后，预计460户1985人通过宅基地入股，打造联营民宿乡村旅游，每户每年预计有

4000元固定分红以及30%的住宿收入分红。

（作者：农发行重庆市分行　邓静秋）

■ 农发行重庆市分行贷款支持的中益乡风貌改造工程

■ 农发行重庆市分行贷款支持的中益小学改扩建项目

引得金融活水来　脱贫致富花盛开

在脱贫攻坚的紧要关头，农发行四川省分行的7名青年业务骨干接到了一份特殊的集结令。为确保如期攻克凉山州7个未摘帽县深度贫困堡垒，四川省分行党委针对7个未摘帽县没有营业机构的现状，采取超常规举措，组建了一支脱贫攻坚党员先锋队，长驻凉山州开展金融扶贫工作。

从这一天起，7名先锋队员就与美丽的大凉山结下了不解之缘。带着四川省分行党委的重托，7名先锋队员在新冠肺炎疫情还未完全得到控制的情况下，告别家人，告别熟悉的生活，奔赴脱贫攻坚最前线。这7名先锋队员是儿子、是丈夫、是父亲，但从这一天起，我们的身份就只有一个，那就是凉山州深度贫困县脱贫攻坚党员先锋队，我们誓要把金融的活水引进大凉山，在那里浇灌开致富的索玛花。

历时整整一年，行程5万公里，党员先锋队深入贯彻落实总行、省分行党委的决策部署，凝心聚力、奋力攻坚，交上了一份满意的答卷。2020年3月进驻凉山州以来，7个未摘帽县累计获批扶贫项目20个，贷款金额50.86亿元，累计投放扶贫贷款14.67亿元。截至2020年底，7个未摘帽县扶贫贷款余额25.57亿元，实现了扶贫贷款全覆盖。贷款项目惠及贫困人口达33.7万人次，为助力凉山州7个未摘帽县脱贫出列、为脱贫攻坚战圆满收官作出了积极的贡献，充分发挥了党员先锋队的特战尖刀作用。

"支农报国"的家国情怀

作为新时代的农发行人，作为一名共产党员，服务脱贫攻坚既体现了我们的使命担当，也彰显了我们"支农报国"的家国情怀。

党员先锋队组建后，向阳总队长特意将第一次党建活动选在前往凉山州途中的红军强渡大渡河纪念馆举行。在这里，向阳总队长给我们上了一堂生动的党课，他说："组建脱贫攻坚党员先锋队是省分行的重大决策，也是省分行对各位先锋队员的信任与重托，希望你们发扬红军不胜不休的长征精神，去完成这一项光荣的使命。"在党旗下，全体先锋队员重温了入党誓词，也立下了"不破楼兰终不还"的誓言。

作为党员先锋队唯一的"70后"，来自达州市分行的先锋队队员文伟确实是"战绩彪炳"，他担任副行长的大竹县支行是全省连续三年考核"省十佳"的县支行。作为一名退伍军人，他身上那种"召必来、来必战、战必胜"的气质是7人中最突出的。

到凉山后，文伟营销的第一笔贷款是普格县的学校肉蔬配送项目。凉山州是国务院农村义务教育学生营养改善计划的试点地区，受交通运输条件、少数民族饮食习惯、资金不足等因素制约，孩子们的营养餐一直没有得到根本保障。看到孩子们那一双双渴望的眼睛，文伟下定决心，"一定要让孩子们尽快吃上既可口又安全的营养餐"。从营销对接到帮扶指导，从资料收集到需求测算，短短半个月时间，他就成功投放扶贫贷款1500万元，用于普格县全县范围内55所中小学校的肉蔬及副食品采购，保障了当地万余名中小学生在校期间的饮食安全。

"一往无前"的狠劲

脱贫攻坚事业绝不是轻轻松松、敲锣打鼓就能实现的。党员先锋队的队员们年轻，大多带点书生气，但在扶贫事业上，却个个都有"一往无前"的狠劲。

行路难是党员先锋队扶贫路上遇到的第一道障碍，从州府西昌到金阳县城全程只有210公里，而这210公里却需要翻山越岭，近6个小时的车程，途中最高海拔近4000米。对平原地带长大的来自绵阳市分行的先锋队队员陈显波来说，每一趟出差都要经历高海拔引起的耳鸣，九曲十八弯盘山路，每周少则一次、多则三次往返，刚开始经常把这个小伙子绕得眩晕呕吐。几周下来，逐渐习惯了的他又遇到了更大的考验。

那是2020年5月，陈显波生平第一次遇到泥石流，交通中断了近五个小时。在车上的陈显波心急如焚，他急着前往金阳县对接项目。后来交通刚恢复，他又继续赶路了。泥泞的道路上，不断有零星的碎石落下。面对危险，陈显波没有退却，他坚持每周去县里对接，也正是在"一往无前"的狠劲下，他成功营销1.15亿元城乡一体化贷款，用于支持金阳县新区产业园建设。项目建成后彻底打通了当地青花椒等特色农产品的产销瓶颈，加快了金阳县脱贫摘帽的步伐。

"只争朝夕"的拼劲

党员先锋队进驻大凉山的时候，脱贫攻坚已进入最后的冲刺和"倒计时"阶段，我们知道，没有"只争朝夕"的拼劲，就无法如期实现2020年我国现行标准下农村贫困人口全部脱贫的庄严承诺。在实际工作中，我们是和时间赛跑，也是和同业竞速。

来自自贡市分行的先锋队队员吴国量在昭觉县土地增减挂钩二期项目对接时，昭觉县农行已经介入项目半年时间了，前期资料已经基本收齐，并且农行针对深度贫困地区也出台了一系列的优惠政策，农发行已经没有了利率等方面的优势。"你们做着看吧，哪边先审批贷款，我们就和哪边合作。""怎么办？那就比速度！"心中憋着一股劲的吴国量暗暗下定决心。他白天往返行程6个多小时到企业收集资料，晚上回来加班撰写评估报告，仅用一周的时间完成了项目受理、申报，两周实现了贷款的审批，一个月内就成功投放扶贫贷款1亿元。正因为这股"只争朝夕"的拼劲，才让他们在这次同业竞争中取得了最后的胜利。

"精益求精"的钻劲

自脱贫攻坚战役打响以来，总行对深度贫困地区出台了59条差异化政策，如何深刻领会这些政策，与信贷产品结合起来，"精益求精"的钻劲就显得尤为重要。

党员先锋队临时党支部要求先锋队员规范7个未摘帽县的信贷业务操作，加强信贷知识储备，提升业务本领和解决实际问题的能力，增强风险防范和合规操作意识，建立健全信贷晨会制度、信贷知识持续学习制度、信贷业务会商机制和贷后管理例会制度。这项工作交给来自西郊支行的张熠明负责。

张熠明是一名有着11年信贷工作经验的老员工。接到这项工作后，他以在四川省分行中台审查时自己总结建立的审查文件库为基础，结合总行59条差异化政策文件，梳理了49个覆盖贷款全流程的分类文件库系列，为7个未摘帽县贷款申报提供了有力的政策依据支撑和信贷流程规范指引。

他组织党员先锋队每个工作日召开信贷晨会，分类学习了近200个信贷制度文件，总结前期工作，拟定阶段目标。同时，在每个项目申报前，他都会组织大家召开项目论证会，对项目推进过程中遇到的问题进行集体会商、集思广益。在他的带领下，先锋队员们拿出了"精益求精"的钻劲，很快成长为扶贫业务的精兵强将。

"持之以恒"的韧劲

脱贫攻坚工作困难重重，凉山州7个未摘帽县因受自然条件、历史文化、社会遗俗等多种因素制约，贫困程度深，脱贫难度大，政府部门不理解、企业不配合，当委屈、埋怨一股脑砸来的时候，当浮躁、厌倦涌上心头的时候，是怒气冲冲地"撂挑子"，还是有条不紊地干工作，考验的是先锋队员是否具有"持之以恒"的韧劲。

营销过程最艰难的还数喜德县8亿元土地增减挂钩项目。喜德县的驻县先锋队员是来自南充市分行的周志健，他为这个项目跑政府、跑部门就跑了20多次。其中一项核心资料需要县自然资源局局长签字，他在当地整整等了三天才见到人，好不容易将资料交到局长手中，一句"我们要研究研究政策"，就让周志健又守了两天。但是他并没有气馁，而是用一股子韧劲完成了项目的申报。当喜德县的县长听说这件事以后，也感慨道："如果我们所有的干部都有农发行员工这种不达目的不罢休的精神，何愁脱贫攻坚任务不能如期完成！"

正是有周志健这种"持之以恒、攻坚克难"的韧劲，喜德县支行仅用3个月的时间便超额完成了四川省分行下达的扶贫贷款审批和投放任务，全年获批扶贫贷款10.28亿元，投放扶贫贷款8.6亿元，为喜德县脱贫攻坚作出了重大贡献。喜德县政府对此充分肯定，并向农发行发来感谢信，对在喜德县脱贫攻坚中给予的农业政策性金融支持表示衷心的感谢！

"开锁解结"的巧劲

2017年全国"两会"期间，习近平总书记在参加四川代表团审议时说，改进脱贫攻坚动员和帮扶方式，扶持谁、谁来扶、怎么扶、如何退，全过程都要精准，有的需要下一番"绣花"功夫。党员先锋队领会习近平总书记讲的"绣花"功夫，就是把症结找准、把措施找准，真正使出精准扶贫路上"开锁解结"的巧劲。

凉山州决战决胜脱贫攻坚，最大的短板和瓶颈就是交通。凉山州交投集团承担了5条国、省干道的升级改造任务，这些都是纳入省政府制订的《凉山州2019—2020年公路水路交通推进方案》的重点项目，是凉山州脱贫攻坚的重点工作、核心工作和关键工作。

凉山州政府把这块硬骨头交给了农发行，来自泸州市分行的先锋队队员潘峰承担起了该项目的对接工作。潘峰在认真了解了企业和项目的基本情况后，根据项目政策性强、脱贫带贫效果显著的特点，在准确把握"营销中重点把握资金来源于上级、项目已开工建设、不增加地方政府负担、期限不超过三年"这四个关键点的基础上，提出采用过桥的方式予以支持，同时他还活用了59条差异化政策，对符合要求的贷前条件实行容缺办理，仅17天就完成了贷款受理调查审议审批。截至2020年已完成贷款投放2.08亿元，极大地加快了这些"脱贫路""致富路"的建设。

习近平总书记曾说："脱贫摘帽不是终点，而是新生活、新奋斗的起点。"农发行是长期植根"三农"的政策性银行，是搬不走的服务队，持续做好巩固拓展脱贫攻坚成果同乡村振兴有效衔接，继续出实招、干实事，再升温度、再提速度，是党员先锋队新的历史使命。派驻凉山州的7名先锋队员是四川省分行选派出征的7个"葫芦娃"，他们不仅有着葫芦娃"无畏、明理、坚韧、赤诚、宽博、玲珑、君子"的精神品质，更凝聚着总行、省分行党委对凉山如期脱贫的深切期望。2020年11月17日四川省政府正式批准凉山州7个未摘帽贫困县退出贫困县序列，凉山的脱贫攻坚战取得了决定性的胜利，这意味着"十三五"期间四川省分行在凉山州脱贫攻坚战画上了圆满的句号。脱贫摘帽不是终点，而是新生活、新奋斗的起点，进入"十四五"，秉承家国情怀、深植脱贫攻坚精神的农发行人将会有更宏大的作为。

（作者：农发行凉山州分行　舒光宝　周志健）

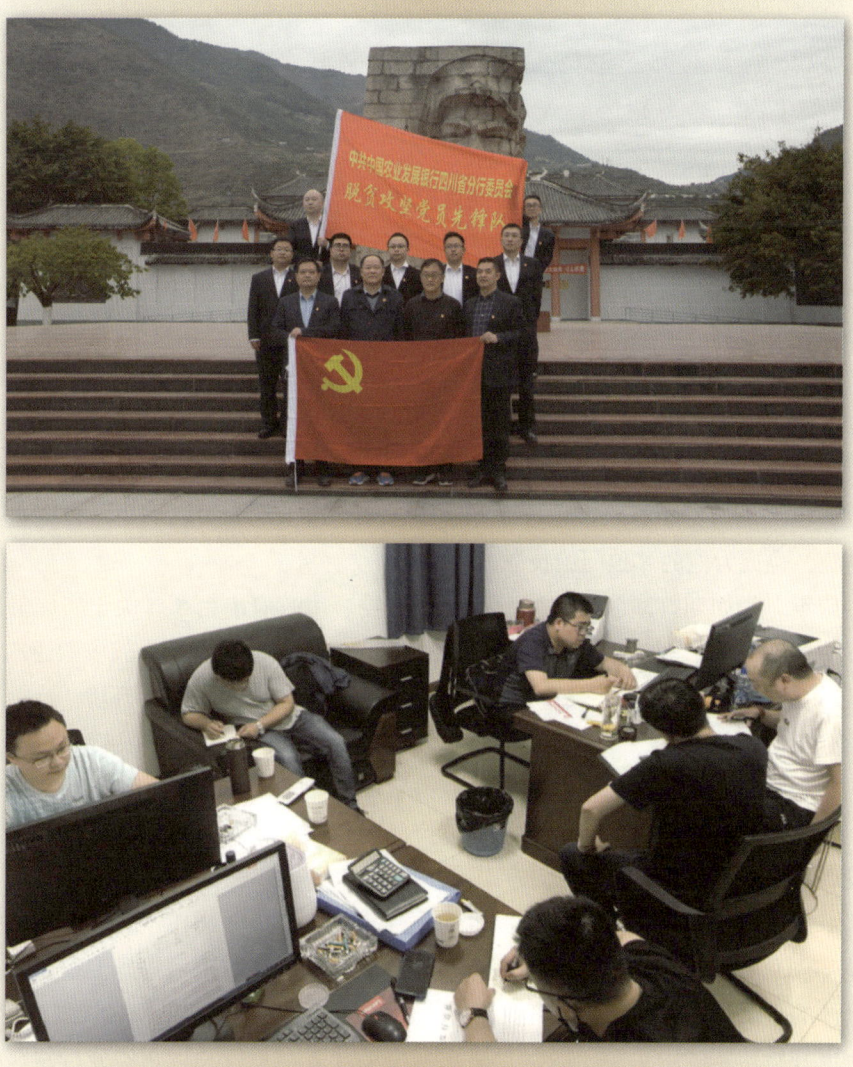

■ 农发行四川省分行凉山州深度贫困县脱贫攻坚党员先锋队

我所经历的脱贫攻坚故事

一桶方便面，啃出百姓富

凌晨2点多，二楼办公室灯火通明，传来了一阵阵欢笑声。

"酸菜牛肉、香葱猪肉、香菇鸡丁、麻辣牛肉、麻辣肉丝……客官，你要哪一种？"

政策性业务部年轻小伙简锐惟妙惟肖模仿着店小二的声音，向正在聚精会神撰写项目评估报告的黎立问道。

"客官，还是干吃？本店强烈推荐水煮吃法。"送上方便面的冯璐莉俏皮地说道，引起哄堂大笑。

"我就是要啃掉贫困村这块硬骨头。"黎立布满血丝的眼睛中透露出坚定的神采。

黎立是全行公认的加班"专业户"，经常加班到凌晨，有时候甚至通宵达旦。为免受深夜饥饿之苦，补充体力，他常常购买整箱整箱的方便面摆在办公室。有时候为了赶进度，也许是怕打断思路，也许是嫌麻烦，他一边干吃面饼，一边敲打键盘。方便面干吃法，也成为他的"独门绝技"。

2017年，为如期打赢脱贫攻坚战，铜仁市委、市政府出台了《关于实施贫困村提升工程的意见》，要求加快推进农村基础设施和基本公共服务配套设施"六通八有"建设，打通农村基础设施建设"最后一公里"，切实改善农村生产生活环境。

面对党中央的号召、地方党政的需求和广大老百姓的期盼，农发行铜仁市分行敢为人先、勇于创新，选择生态环境好、旅游资源多、基础设施急需改善的江口县作为试点，尝试以改善农村人居环境建设贷款产品为切入点，支持当地贫困村提升工程项目建设。

这一创新思路，得到了总行和贵州省分行的大力支持。2017年，时任总行扶贫金融事业部副总裁徐一丁到江口县实地考察，对做好江口县贫困村提升工程项目提出了明确具体的指示。总行扶贫金融事业部李萍、梁海琦专程指导帮助项目规划设计。

为更好地落实党中央关于脱贫攻坚系列决策部署、总行和贵州省分行领导的指示精神，推动项目尽快落地落实，铜仁市分行迅速组建项目评估团队，找政策依据、看实施地点、写评估报告，高效有序推进。

　　黎立作为该团队的骨干人员，积极主动，勇挑重担，承担了大量的工作，"五加二""白加黑"连续工作了3个月时间。在那3个月里，他吃掉了两箱方便面，瘦了5公斤。

　　2017年11月，全国系统首创的江口县贫困村提升工程项目1.2亿元贷款成功获批并实现投放，首开农业政策性金融支持贫困村提升工程项目的先河，是落实当地政府脱贫攻坚行动令的有力举措，为扶贫过桥贷款探索新的信贷支持模式提供了样板，引起巨大的社会反响，产生了良好的社会效益。

　　"贫困村提升工程的实施，真是富了百姓、美了环境、护了生态，对提高群众满意度、助力我县脱贫攻坚精彩出列发挥了极其重要的作用，农发行功不可没！"在一次政银座谈会上，江口县县长杨云如是说。

　　成功案例带来良好的效益。辖内各地政府纷纷效仿，争相向农发行申报贫困村提升工程项目。作为全国系统首笔贫困村提升工程项目贷款评估主力的黎立，顺理成章地成为全市系统贫困村提升工程项目评估的急先锋。

　　为在脱贫攻坚战如火如荼的关键时刻，政府最需要、百姓最期盼时申报获批项目、投放资金，黎立一次又一次地开启加班模式，一桶又一桶的方便面伴他度过一个个不眠之夜。

■ 黎立推进项目加班用餐

功夫不负有心人。2018年，以黎立为骨干的项目评估团队，申报获批贫困村提升工程项目8个、金额17.4亿元，在全省系统率先实现区域全覆盖。这些项目仅是他经手项目中的小部分，那段时间的通宵达旦只是他加班加点的小片段。

近5年来，他参与评估的项目贷款累计获批99个、金额350.78亿元，已按项目实施进度发放170.25亿元，覆盖贫困村提升工程、医疗、教育、水利、农村公路、人居环境整治、棚户区改造、国家储备林、产业扶贫、易地扶贫搬迁后续扶持等领域，他是当之无愧的项目评估"全能选手"。

艰难困苦，玉汝于成。他的工作作风和工作成效得到全行上下高度评价，2020年被聘任为铜仁市分行政策性业务部高级副主管，2020年被贵州省分行授予服务疫情防控和脱贫攻坚"优秀共产党员"称号。

在这5年里，他究竟熬了多少夜、吃了多少桶方便面，他自己也记不清了。可以说，这一桶桶方便面展现出他内心深处那强烈的使命感、责任感，体现了他内心深处那浓烈的为民情怀。也可以说，这每一桶桶方便面折射出农发行青年人拼搏进取、攻坚克难的精神面貌和坚持家国情怀、专业素养的价值追求。

（作者：农发行铜仁市分行　马　骥）

教育扶贫为"冰花娃"们扫除风霜

还记得来自云南昭通的8岁男孩王福满吗?

有些陌生?也许你更熟悉他另外一个名字——"冰花男孩"。

三九寒冬,因为要参加学校的期末考试,王福满冒着严寒走了一个多小时的山路,等到教室上课时,头上、眉毛甚至睫毛都结满了冰花。他衣衫单薄地站在教室里,冻得通红的脸蛋,让人揪心。老师拍下了他的"冰花"造型,立即在朋友圈刷屏,引来全社会的关注。

"冰花男孩"所处的云南昭通是红色革命老区和深度贫困地区,更是乌蒙山片区区域发展与脱贫攻坚的主战场。他们所面临的困境,不仅仅是孩子艰难的上学之路。昭通共有建档立卡贫困人口113.37万人,建档立卡贫困人口中共有小学生13.87万人,占在校生总数的46.79%,涉及91775户贫困户,脱贫攻坚任务的艰巨性可想而知。

教育扶贫,是打破"贫者愈贫"恶性循环、阻止贫困代际传递的必由之路。如果说产业扶贫能够为摆脱贫困提供长效机制,那么教育扶贫就是为摆脱贫困提供了根本支撑。在农村,读书被很多家徒四壁的家庭视作改变命运的"独木桥",只有读书能够让贫困家庭的人们对未来怀有美好的憧憬。对社会而言,让每个贫困学生、每个贫困家庭都有希望的寄托,是促进阶层流动、增进社会公平的有效通道。恰是镜头里笑得憨厚的男孩让我们意识到,在救助贫困地区失学少年儿童的同时,还要关注他们求学路上的风霜,不仅能上学,更要上好学,让教育成为他们改变命运、走向明天的路径。

为有效解决贫困地区基础教育设施薄弱的问题,农发行作为助力脱贫攻坚的主力银行,及时出台教育扶贫贷款办法,加大对建档立卡贫困人口教育扶贫的信贷支持力度,精准对接,融资融智,融商融情。农发行昭通市分行积极响应总行、云南省分行部署,主动作为,扎实推进"发展教育脱贫一批"的工作要求,全力支持昭通打赢脱贫攻坚战役。2009年昭通市分行投放4.2亿元贷款用于全市中小学危房整体改造暨标准化建设项目,项目涉及全市各县、各乡镇1000余所中小学,惠及100多万名在校中小学生,其中建档立卡贫困户子女26.6万人,占比超过25%;2018年昭通市分行再次发放巧家县全面改善贫困地区义务教育薄弱学校办学条件建设项目（以下简称薄改项目）贷款13670万元，涉及巧家县16个乡镇，61所中小学，33434名在校中小学生，其中建档立卡贫困生8321人，占比24.89%，项目建设内容主要包括校舍和运动场。

　　巧家县新店镇新店小学校长陈明周告诉我们："我们这里自然环境恶劣，交通条件又差，这种'冰花男孩'在我们学校有很多，最远的学生，像罗文仙、胡明梅他们每天要走3小时才能到达学校。有些学生家住得实在太远了，孩子们光是来上学就已经很不容易了。"新店小学现有在校学生472人，其中建档立卡贫困户159人，占比34%。在薄改项目贷款的支持下，学校建起了宿舍、食堂和操场，有效解决了学生上学路途遥远、学校住宿环境恶劣的这些难题，极大地节约了他们的时间，有效地丰富了师生们的课余活动，改善了学校薄弱的基础设施现状。

　　读书如阳光雨露。阳光理应普照大地，人人都有受教育的权利。贫困地区缺乏足够的优质教育资源，家庭环境无法为每个人提供平等的起点，而我们能做的是尽力在学校为贫困学生提供一个公平的平台。推进教育扶贫、实现教育公平，在风雨来临前给孩子们撑好保护伞，才能让他们少一些头顶"冰花"的寒冷与无助，才能让贫困学生都能感受到阳光之温暖、雨露之滋养。

（作者：农发行巧家县支行　胡　垚）

■ 白鹤滩镇法土小学

锦绣山水间　平安乐居梦

林木葱郁，峰峦吐翠，四月的秦巴山区春意盎然。满目苍翠中，锦屏社区似一幅美丽的画卷在青山绿水间展开——一排排徽派建筑的楼房、一条条宽敞整洁的道路、一簇簇修剪整齐的花草，勾勒出平利县锦屏社区易地扶贫搬迁群众的幸福新生活，映照出脱贫攻坚带来的山乡巨变绘就的"春天的故事"。

平利县是秦巴山连片特困地区县，全县137个村中有79个贫困村，贫困面大、贫困人口多、贫困程度深、致贫原因复杂，脱贫攻坚任务艰巨。锦屏社区位于平利县老县镇，是一个容纳了来自11个村1346户4173名贫困群众的易地扶贫搬迁安置社区，这里安置了全镇11个村的高山危住户、地灾户和贫困户1346户4173人，是全镇搬迁群众最多、规模最大的安置区。2020年4月21日，习近平总书记在陕西考察时来到这里，他指出："移得出、稳得住、住得下去，才能安居乐业。"

"对于今年全面完成现行指标的扶贫，我是有信心的。我更关心的，就是今年以后是不是能够稳定下来，是不是有一个长效的机制，就看这些基本的措施是不是稳定的、持续的。共产党人办事是求真务实的，真正让人民群众获得实实在在的好处。"这是习近平总书记考察调研平利锦屏社区时留下的重要指示和殷切嘱托。这一年，总书记的亲切关怀，汪显平和锦屏社区干部群众从未忘记；这一年，搬迁群众的获得感、幸福感、安全感稳步提升。

换一方水土，安身

在这个平利县最大的易地扶贫搬迁安置点里，走访一户就能听到一户搬迁脱贫的励志故事，就能深切感受到一户发自内心对党感恩的情怀。再次走进锦屏社区广场边一幢漂亮的小楼，在一套三室两厅温馨而舒适的房子里，汪显平一脸幸福地感慨："真是跟做梦一样！还以为会一辈子困在山里过苦日子，没想到搬进了新房子。"看着客厅墙上和"福"字并排挂着的一张照片，汪显平笑得合不拢嘴。

我所经历的脱贫攻坚故事

■ 锦屏社区贫困户汪显平在新房中

　　幸福，是这几年才"光顾"汪显平家的。几年前，汪显平一家还住在万福山村，那是一个被一条弯弯曲曲的山路拴在山顶的小村子。"最怕下雨，土房子漏雨不说，屋里还会倒灌水。""可是又怕不下雨，天一旱庄稼没收成，人也没水吃，挑一回水得走很远的山路。""最怕孩子老人生病，因为路远，病情容易被耽搁。"回忆起以前的生活，汪显平垂着眼皮、紧皱眉头。"现在好了，不仅住得好，用水用电、看病购物啥啥都方便，再也不愁了！"金杯银杯不如老百姓的口碑。在宽敞明亮的新家里，他热泪盈眶地说："感谢党，感谢政府，感谢农发行的扶贫政策，让我们这些'山里人'能住上这么好的房子！能搬下山住进环境优美的新社区，是多少山里人做梦都不敢想的好事情。"圆梦的，不止汪显平。在"八山一水一分田"的平利县，易地扶贫搬迁成了当地群众摆脱贫困、改善生活的重大机遇。

　　易地扶贫搬迁是新时期脱贫攻坚的标志性工程，是解决贫困地区"一方水土养不起一方人"问题的治本之策。2015年以来，农发行安康市分行认真贯彻落实党中央、国务院决策部署，把支持易地扶贫搬迁作为服务脱贫攻坚的重点工作，立足平利县域实际，加大融智服务和创新力度，依托地方特色资源禀赋，因地制宜设计融资支持方案，积极与市县政府及相关部门对接联系，宣传农发行服务脱贫攻坚职能、优势和政策，摸清资金需求，多次深入实地调查研究，有针对性地拟订服务方案，成为平利县唯一支持易地扶贫搬迁的银行，全力支持易地扶贫搬迁后续扶持。"十三五"期间，农发行累计向平利县投放各类易地扶贫搬迁资金7.06亿元，重点支持全县"十三五"规划范围内易地扶贫搬迁移民安置项目建设，有效解决了平利县搬迁安置房、基础和公共配套建设资金缺口，累计服务搬迁安置群众13490户37974人。其中，向锦屏社区易地扶贫搬迁项目投入各项资金共计7234万元（中央贴息易地扶贫搬迁专项贷款资金5622万元、易地扶贫搬迁项目贷款资金1612万元），用于锦屏社区的安置房、道路管网、桥梁、护坡、河堤、亮化等基础设施建设及社区工厂、垃圾处理设备等公共设施建设。

■ 锦屏社区平利县易地扶贫搬迁社区

添十分保障，安心

心安处即故乡。安身，只是第一步。安心，才是易地扶贫搬迁的关键。和大多数搬迁群众一样，汪显平坦言，自己刚搬进社区时心里也曾"打过鼓"：搬下去，山上的地咋办？楼房能住得惯吗？吃口菜都要拿钱买，钱从哪里来？……但如今，所有的担忧都迎刃而解。"山上的地一部分流转给村集体统一经营，我自己还留了

我所经历的脱贫攻坚故事

几亩地种了茶。镇上通过劳务派遣安排我在镇供电所上班，老婆是社区的基础设施管护员，两个人加起来一个月能有近5000元的收入呢。"在家门口上班的汪显平对如今的生活很满意，奔小康的劲头更足了，还筹划着建一个物业综合服务站，服务社区居民。从山上土房子到社区新楼房，从贫困户到新居民，越来越多的人像汪显平一样在新生活里安下心来。而这，离不开安置社区不断提升完善的基础设施配套建设和保障措施。

充足的政策性金融活水，润泽着平利县的易地扶贫搬迁人口。及时的贷款支持修路、拉电、引水、整理土地、完善设施等，进一步弥补基础设施、公共服务配套不完全到位等短板，改善易地扶贫搬迁人口生产生活条件。在农发行的支持和帮助下，全县"十三五"期间新建集中安置区62个，完成易地扶贫搬迁13490户、危房改造1099户，4万余名贫困群众相继顺利搬迁，告别了整天恐慌的苦日子，集中住上了新房子。全县累计创办新社区工厂83家，提供就业岗位6000余个，促进搬迁群众就近就地就业。五年间累计减贫6万余人，79个贫困村全部退出，2020年3月顺利实现整县脱贫摘帽。

变一种活法，乐业

易地扶贫搬迁后，最大的问题是如何增强自身发展能力，只有增强了自身发展能力，才能从根本上解决贫困人口的长远发展问题，更好、更有效地适应城市化、市场化发展。"现在搬得出的问题基本解决了，下一步重点是稳得住、有就业、逐步能致富。"这是习近平总书记在2020年3月6日召开的决战决胜脱贫攻坚座谈会上的殷切嘱托，也是全国千万易地扶贫搬迁贫困群众的殷切希望，更是农发行金融服务应尽的政治责任。

锦屏社区的三秦电子加工厂内，49岁的王光萍正在工位上熟练地把磁芯装进线包里。王光萍说，

■ 在社区工厂工作的王光萍

124

2020年，像这个装磁芯的活儿，她一天能组装2000个，而现在她一天组装3000个，每月可以拿到2000元工资。新社区工厂不仅让这里的群众获得了养家糊口的收入，也为他们提供了实现自我价值的平台。她说："住进了新房子，就要换个活法。"易地扶贫搬迁不仅是帮群众建新房、安新家，更重要的是帮搬迁群众融入社区、重塑生活。

  能脱贫还要能致富。在解决了"一方水土养不起一方人"的问题后，要从根本上解决"新的一方水土还要养得起新的一方人"的问题。易地扶贫搬迁任务基本完成以后，就要转入后续的扶持阶段。2020年以来，安康市分行先后多次召开专题会，行领导带头深入学习习近平总书记在决战决胜脱贫攻坚座谈会上的讲话精神，党中央、国务院和国家发展改革委关于易地扶贫搬迁后续扶持工作部署以及总行专项行动要求，详细解读重点内容和关键词，全面掌握工作要领。积极与市县政府及发展改革委、扶贫办等部门联系对接，宣传农发行服务脱贫攻坚职能、优势和政策，参与地方政府易地扶贫搬迁后续扶持工作顶层设计，掌握规划情况、重点项目及推进进度，摸清资金需求，有针对性地拟订服务方案。聚焦易地扶贫搬迁后续扶持相关的重点领域、重要项目，累计投放产业扶贫资金1500万元支持地方特色茶叶产业发展，下一步还将加大金融信贷支持力度，帮助易地扶贫搬迁安置区发展配套产业，提升公共服务水平，力争到2025年，在搬迁群众稳定脱贫的基础上实现"能发展、可致富"。

■ 锦屏社区的贫困户正在社区工厂上班

在政策性信贷扶贫资金的催生下，如今的锦屏社区处处都是艳阳天，贫困群众走出大山，搬进新房子，在绿水青山间守望新的幸福，国家精准扶贫政策效果得到显现。下一步，安康市分行将持续做好易地扶贫搬迁后续扶持工作，继续保持攻坚态势，严格按照"摘帽不摘责任、摘帽不摘政策、摘帽不摘帮扶、摘帽不摘监管"要求，积极融智融资、主动融情融力，加大产业扶贫力度，补齐基础设施扶贫短板，全力推动当地贫困群众"挪穷窝""换穷业""拔穷根"，持续巩固和拓展脱贫攻坚成果，不断彰显政策性银行的政治担当。

一张张欢乐绽放的笑脸，演绎出一个个民生幸福的故事，也勾画出新征程上最动人的"春天故事"。无论走了多远，都不要忘记来时的路；无论走了多久，都要牢记春天的嘱托，把深切叮咛转为具体行动，不负春天的厚望，努力为中华民族伟大复兴贡献更多农发行力量。

"十四五"，又一个春天已经来临，新的春天的故事刚刚翻开序章，我们期待着更多春天的故事，期待我们谱写出更加响亮的支农篇章。

（作者：农发行安康市分行　喻岚屏）

从"糊口羊"到"脱贫羊"再到"致富羊"

庆阳市环县是革命老区，该县地处六盘山集中连片特困地区，为国家级深度贫困县，2014年初，识别建档立卡贫困村215个、贫困人口33520户140060人，贫困发生率39.8%，贫困发生率居全省县区第三，脱贫攻坚任务十分艰巨。而且一直以来，无完整的产业体系，农民增收渠道单一，仅靠"一亩三分地"难以摆脱贫困。农发行紧贴环县实际，通过牵头搭建"统贷共管"模式，实现小农户与大市场衔接，稳固贫困人口收益模式，有效助推环县提前一年实现脱贫摘帽。

2019年底，在羊产业带动下，全县脱贫退出31718户136476人，出列贫困村200个，贫困发生率由39.28%下降到1.1%。2020年，环县农民人均来自羊产业收入达到5000元。2021年11月末，全县羊产业产值突破50亿元，农民人均来自羊产业收入突破6000元。

小小羊羔为何能够带来如此大的变化？这还要从农发行庆阳市分行党委书记、行长汤晓越主导创新的"统贷共管"金融模式说起。

2017年5月，汤晓越到庆阳任职。初次到环县调研，他发现这里有的乡村比以往所知的还要艰苦，地广人稀、基础薄弱、交通不便、生活艰苦。在大山深处调研时，他见到了环县曲子镇西沟村的贫困户孙志学，绵延起伏的高山将穷山沟与外界隔离，贫穷把孙志学一家牢牢钉在大山里。他养的10只羊挤在狭窄的窑洞里，脏乱不堪。羊住在不通畅的空间，生活在潮湿的环境，经常生病，产羔率和成活率很低。一家人靠这几只羊勉强糊口，加之为给妻子治病，他的生活陷入困境。

也正是这次调研，让汤晓越下定决心要想方设法发挥政策性金融优势，为这块贫瘠的红色热土脱贫摘帽、老百姓增收致富贡献一份农发行力量。

虽然让贫困户增收脱贫的渠道很多，但发展农业产业，使小农户融入大市场才是贫困户稳定脱贫的根本途径之一。"环县羊肉品质优良，也是优质牧草适生区。但受制于'小、散、弱'传统发展经营模式,产业未做大做强。如何通过金融模式的创新,推动肉羊产业走现代农业发展的路子?通过哪种途径及时为产业发展输血?如何防范产业发展面临的风险?"这是他通过多次深入调研后决心要攻克的难关。

为了破解支持肉羊产业发展的难题,他积极向甘肃省分行和地方政府汇报协调,组建专业团队,通过多方论证、反复推演、实践摸索,在甘肃省分行创新领导小组指导帮助下,成立"国有企业+龙头公司+合作社+村集体+农户"的新兴产业联合体,以"政府主导、市场化运作"为原则,探索"合作共赢、主体共选、机制共建、风险共担、资金共管"的"五共"产业发展模式,全力支持环县肉羊一体化全产业链融合发展。特别是他提出了产业扶贫资金封闭运行管理理念,破解了以往政府扶贫资金大水漫灌、事倍功半的困局,得到了地方政府的高度认可。

为加快推进羊产业项目落地,他先后多次到地方政府汇报宣传农发行政策。为确保金融政策讲得清楚、说得明白,他亲自整理文件,学习PPT制作技能,认真准备课件。为了节约时间,他经常吃住都在办公室,累了就在沙发上躺一下,醒了又赶紧起来继续工作。记得那是2018年6月初,他连续在办公室工作三天三夜,终于完成了宣讲课件。第二天清晨,还没来得及吃早饭,他就直奔庆阳市委,向市委书记汇报,现场讲解农发行信贷政策和资金运行模式。在听完讲解后,省政协副主席兼庆阳市委书记贠建民高兴地说,"农发行这个信贷政策非常好,有这样的银行支持,政府就放心了",并当即决定将农发行宣讲课件作为在庆阳召开的全省产业扶贫现场会宣讲内容之一,进行金融政策宣传。

记得有一天,气温高达30多摄氏度,到达环县的时候已是凌晨2点多,虽然连续坐车10多个小时,路途颠簸,身体疲惫,但是考虑到肉羊产业的季节性影响,时不我待,他还是毅然坚持加班加点对接工作。环县县长何英禅见到他时第一句话就说:"听说汤行长连夜赶来,我特地从外地回来,我是被你这种'敬业'的精神深深地吸引来的!"在他的努力下,政银企三方共同为项目发展铺设"高速路",仅在一个月时间内就完成了200个标准化湖羊养殖场、142个示范合作社的建办工作。

2019年5月,庆阳市分行成功发放全省首笔肉羊产业扶贫贷款2.67亿元,这也意味着他主导创新的"统贷共管""产业联合体"金融模式支持肉羊产业发展初步落地见效。肉羊产业扶贫贷款已累计投放6.5亿元。庆阳肉羊产业从基础的"舍饲养殖型"向高端的"标准规模型"升级,形成了以畜促草、以草助贫、畜草结合的绿色有机循环发展格局,规模化、标准化、工业化、科技化的肉羊全产业链发展格局进一步夯实。

这种模式创新成功后,得到新华社以及《粮油市场报》《甘肃日报》《甘肃经济日报》等国家级和省级媒体的关注,媒体先后从不同角度对其进行了报道,国家扶贫官网对新华社的报道进行了转载。2019年6月10日，甘肃省委书记林铎在新华社《甘肃领导专供》2019年第24期《农发行组建"农业产业化联合体"助力甘肃脱贫攻坚》上批示："省农发行此举应予肯定。请省政府给予引导、支持并适时推广。"

"统贷共管""产业联合体"模式打通了政策性金融扶贫贷款到村、到户的"最后一公里"。以入股方式带动建档立卡贫困户10780户，每户每年享受固定分红1000元，累计分红613万元；带动村集体234个，累计分红1007.5万元。这两年，养羊改变了环县千家万户贫困人口的生活。2020年，孙志学扩大养殖规模至300多只羊，赚了10万元。2019年8月，他第一次坐上了飞机，还送女儿去新疆上了大学。之后，他还去了西安旅游。"种草省力，解决了羊的口粮，羊又给了我们吃穿花用的全部。"当再次见到孙志学时他这样说道。

就拿环县西沟村来说，这两年，几乎家家都种草养羊，村民过上了"轻松种草、快乐养羊"的幸福生活。环县已形成了"众口一词念羊经、一心一意兴羊业、千家万户发羊财"的良好氛围。荣获"全国脱贫攻坚先进个人"称号的西沟村村支书刘小兵介绍，全村农民人均纯收入超过1万元，其中来自养羊的收入占比达到80%以上。这只是环县羊产业发展的一个缩影。

脱贫摘帽不是终点，乡村振兴还需发力。环县年产18万吨功能性液态羊乳产品全产业链开发项目，是新兴的朝阳产业和农业供给侧结构性改革的大健康产业项目。这一次，汤晓越将融资规划做得更为长远，一期投放3亿元支持企业建设全国最大的进口奶山羊繁育养殖基地和羊乳加工生产基地。待奶山羊养殖扩繁到一定数量后，再采用"统贷共管"的"产业联合体"模式，带动建办20个万只标准化示范合作社，做大做强优质羊乳产业。

2017年以来，庆阳市分行累计投放扶贫贷款54亿元，其中产业扶贫贷款36亿元，位列全市金融系统第一；助推全市26.98万贫困人口实现脱贫、542个贫困村顺利"摘帽"；在支持当地特色产业发展方面给出了庆阳模式，为巩固拓展脱贫攻坚成果同乡村振兴有效衔接奠定了产业基础。庆阳市分行被总行评为"2020年度脱贫攻坚先进集体"，荣获总行2019年度"金农发行杯"四大工程劳动竞赛模式创新奖，被庆阳市委市政府评为"2018年度庆阳市脱贫攻坚集体奖"。汤晓越本人也被甘肃省委省政府评为"2020年度全省脱贫攻坚奖先进个人"，被甘肃省分行评为"2018—2019年度脱贫攻坚贡献奖先进个人"，连续两年被庆阳市银保监分局履职考核为优秀。"支农惠农未有期"，庆阳农发行人也将在汤晓越的带领下矢志"三农"，为实现乡村振兴、服务当地社会经济发展贡献农发行力量。

（作者：农发行庆阳市分行　赵小龙）

■ 环县虎洞乡高庙湾标准化湖羊养殖场

■ 环县肉羊产业联合体洪德镇张塬村标准化养殖场

老李的扶贫"三字经"

老李，老李……

每当同事们在工作中遇到难题大声喊她时，总能见到一个身材瘦弱却又精神很足的中年女性走到身边，这个人就是获得农发行张掖市分行五一劳动奖章先进个人荣誉的李霞。

老李年龄不大，因从事信贷工作时间比较长，办事认真，性格直率，大家习惯性地把她称为老李。老李是一个平凡的人，没有闪光的语言，没有惊人的壮举，然而她凭着一种默默奉献的精神和对事业的无悔追求，在平凡的岗位上积极进取、勤奋努力、任劳任怨、扎实工作，不耻下问，虚心求教，一步一个脚印从一个银行业务的门外汉成长为支行信贷工作的业务骨干，特别是2018年以来在脱贫攻坚贷款投放中无私奉献，为决战决胜脱贫攻坚作出了积极贡献。

老李爱学习是出了名的。她从入行开始就一直从事信贷员岗位工作，把学习作为适应农发行业务工作的首要事情，挤时间苦学新知识、掌握新政策、钻研新业务。在2020年全面建成小康社会关键之年，又是脱贫攻坚决战决胜之年，她认真学习理解掌握习近平总书记扶贫论述重要精神及国务院政策，把农发行总分行管理办法、制度规定以及操作规程随身携带，走到哪里学到哪里，边工作边学习，不懂的地方就虚心向别人请教，还经常把报纸杂志剪贴下来，与其他客户经理交流。她为了尽快掌握CM2006系统新的操作知识，一方面虚心向其他同事请教，另一方面勤学苦练，时常利用晚上、双休日进行学习。就是凭着这股刻苦学习的劲头，她的信贷业务能力迅速提高。在提升为企办事能力、不断加大扶贫贷款投放力度、服务脱贫攻坚和提升脱贫服务质效中，她提炼出了做好扶贫贷款工作的"三字经"，那就是着眼于"勤"、紧扣"准"、立足"真"，运用于扶贫信贷一线工作。

她克服了身体有病、脚后跟长骨刺的困难，全身心地投入信贷扶贫工作。甘州区支行扶贫贷款企业6户，几年来累计投放扶贫贷款18750万元。她常说勤能补拙，在2020年"五一"期间，企业都已经放假了，她和行长、主管行长一道挨个给粮食收购企业打电话对接扶贫贷款事项，2年多来在福建工作的女儿好不容易请个假赶在"五一"回来了，听说妈妈这几天无法陪她，嗔怪道："单位就不会派别人去吗？"老李什么话也没说，她知道亏欠女儿太多了，只是红着眼睛默默出门了。节假日落实扶贫贷款更是家常便饭，好几次有的企业负责人不理解，说道："扶贫贷款发放也不差这几天时间，急啥嘛！"但这些对于生性豁达的老李来说，都算不了什么。她通过大批走访客户，营销客户，深入挖掘潜在扶贫客户，做好支行产业扶贫；对扶贫领域新营销客户、新营销项目实行"首接负责制"，进行全方位服务和管理。她配合行长和主管行长统筹做好粮油政策性收购和市场性收购信贷工作，大力支持适度规模经营和全产业链发展，加大对小麦、大麦、玉米等扶贫贷款投放支持力度，着力提升产业扶贫贷款的比重。发放粮油扶贫贷款7200万元，支持企业收购粮食2829万公斤；支持5户贫困户收购中药材52吨，人均增收2100元；支持贫困户收购大麦、小麦、玉米共计106吨，人均增收1950元。2020年发放扶贫贷款4750万元，支持企业收购粮食1767.16万公斤，带动扶贫人口人均增收2010元。贫困户收入增加，贫困面貌得到改善，实现基本脱贫目标，在扶贫户家中走访时，她得到了扶贫户的交口称赞。

她常说："我吃农发行的饭就要操农发行的心。"

■ 农发行甘州区支行信贷员李霞（老李）正在检查粮食

在扶贫贷款上她认真落实扶贫精准方略和总行"四个精准"具体要求，在扶贫贷款项目调查、扶贫认定、资金支付、考核、带贫成效等环节严格把关，实施精准扶贫贷款全流程精准管理，通过加强扶贫贷款放款监督，严格督促按规定用途使用贷款，确保扶贫资金真正用于扶贫工作。她着力提升贷款使用效率，提高资金支付率，上级行纪委多次实地回访检查，没有发现扶贫信贷资金被挤占挪用或变相使用问题。为了进一步摸清扶贫贷款企业扶贫成效，她严格按照扶贫认定标准、认定依据、认定流程，对6户企业70人扶贫贷款认定资料进行核实，对扶贫贷款认定发放确定的建档立卡贫困户资料及用工合同、收购款收据、工资证明、受益情况等进行检查，实地到贫困户家中进行调查核实。有一次到花寨乡西阳村核实贫困户信息时，突然从院内冲出条大狗，要不是主人家挡得及时，她就被狗咬伤了。还有两次在进村入户核实扶贫贷款成效时，正赶上下大雨，脚后跟疼得厉害时就就地歇歇，但她仍坚持核实完贫困户资料，做到事实清楚、认定精准。

老李常挂在嘴边的一句话是"你糊弄地一季、地糊弄你一年"，几年来，她冒严寒顶热浪奔波在扶贫一线，查账看粮，坐不上班车、吃不上饭是常事，但她从来没有叫过苦叫过累，依然默默无闻，认真履行自己的职责。她患有严重的低血压，经常头晕，但她只是吃药缓解，从没有耽误工作。

"扶贫路上一个也不能落下！"习近平总书记的话振聋发聩。在老李的履历中，虽然没有特别值得炫耀的显赫业绩，但她在平凡的本职岗位上埋头实干、一丝不苟、默默奉献、不计得失的敬业精神为全行员工树立了榜样，她以实际行动展示了一名基层员工爱岗敬业、无私奉献的良好形象。

（作者：农发行甘州区支行　许志刚）

"小"厕所 "大"民生

"一个土坑两块砖,三尺土墙围四边。"夏天臭烘烘,苍蝇乱嗡嗡,雨天污水四溢,冬天还冻屁股。这应该是人们对传统旱厕的印象。

"小康不小康,厕所算一桩。"

2014年,习近平总书记就首次指出,厕改是改善农村卫生条件、提高群众生活质量的一项重要工作,在新农村建设中具有标志性。宁夏回族自治区党委也在《关于建设黄河流域生态保护和高质量发展先行区的实施意见》中提出,加快推进农村生活垃圾、生活污水、综合环境治理,稳步推进"厕所革命"。

李彦成大爷是兴庆区掌政镇孔雀村的村民,由于多年固有的生活习惯,十分抗拒屋内改厕,他认为在屋内建厕所,不但占用空间还会影响屋内卫生,所以一直抗拒厕所改造。李彦成大爷的孙子孙女们,每次来到爷爷家,最棘手的也是"方便"的问题,每次都是在快吃午饭的时间才来,吃过午饭就急忙喊着回家。李彦成大爷虽想让孩子们多待些时间,可不知道孩子们不愿意待的原因,也无从下手。

"厕所革命",就是让老百姓有尊严地上厕所,上厕所有舒适感,进去没异味,同时粪污有去处。厕所虽小,但谁都离不了,它牵着民生,也连着文明。

2019年10月下旬,宁夏回族自治区分行从宁夏水投集团了解到,兴庆区政府预计对掌政镇、通贵乡、月牙湖乡进行旱厕改造,准备实施兴庆区农村改厕及污水处理工程项目。在了解到项目的实施内容后,宁夏回族自治区分行立即组织营销团队,多次上门营销,积极宣传介绍农发行政策优势。从调查到投放,仅仅用了不到一个月的时间,2019年12月17日就完成了首笔贷款10000万元的发放。宁夏回族自治区分行的办贷速度得到了兴庆区政府领导的肯定。截至2021年6月,项目已全部完工,共计发放贷款15000万元。

兴庆区农村改厕及污水处理工程项目贷款属于服务贫困人口项目贷款。项目覆盖贫困村5个。项目服务地区人口中贫困人口数量为13819人,占服务地区人口的17.43%。宁夏回族自治区分行以金融力量切实解决农村难点痛点问题,助力美丽乡村建设,打好脱贫攻坚战,充分展现政策性银行的社会责任担当。

后来，村干部来到李彦成大爷家做思想工作的时候，提出了别的村民改造后，孩子们都愿意多待了，这才让李彦成大爷豁然开朗，立马同意进行厕所改造。当我们作贷后尽职调查来到李彦成大爷家时，看到的厕所已经全然一新，用上了更加干净卫生的水冲式厕所，也没有异味。李彦成大爷说："孩子们现在都愿意多来了，来了也特别爱在家里待，有时候还在这过夜呢。早知道啊，一定第一个改造。真的感谢农发行啊！"

银川市兴庆区农村改厕及污水处理工程项目是落实习近平总书记关于"农村人居环境整治"和"厕所革命"指示精神的行动实践。随着美丽乡村建设的扎实推进，以及宁夏回族自治区分行贷款的及时投放支持，在历经了"厕所革命"的洗礼后，银川市兴庆区人居环境实现了脱胎换骨。该项目共计对银川市兴庆区2乡1镇11467户农村户内厕所进行了改造。在改厕过程中，不仅要重视"建得好"，还要在"管得好"上做文章。该项目还为涉及的村新建污水管网并进行污水统一收集和集中处理，同时配套建设了集污池66个、检查井6110座、一体式三格化粪池987座、一体化污水泵站29座等。

■ 旱厕　　　　　　　　　　　　　　■ 新厕

从祖祖辈辈上茅厕，到在家里亮堂的卫生间如厕洗浴；从村里鸡鸭牛粪遍地跑、污水横流到综合环境干净整洁，"厕所革命"让农村由点到面、由表及里地发生着变化，为乡村提升了"颜值"，为农民生活提高了"品质"，如今的农村已经成为名副其实的美丽乡村。

（作者：农发行宁夏回族自治区分行营业部　闵　锐）

我所经历的脱贫攻坚故事

生命永驻扶贫村

他生命的时针定格在了31岁，他和妻子规划的美好将来被无限期搁置，一起奋战的同事再也听不到他爽朗的笑声，红关村的贫困户家里永远不会再出现那亲切的来拉家常的面孔……2017年4月11日12时30分，农发行吴忠市分行青年员工、红寺堡区红寺堡镇红关村扶贫第一书记张鑫，在返回他时刻牵挂的扶贫村时不幸发生交通事故，他年富力强的生命永远定格在了扶贫的路上。

2009年，张鑫大学毕业后，怀着深深眷恋的情思，离开了那片从小养育他的故乡热土河南，以优异的成绩应聘到远在千里之外的异地他乡——宁夏工作。参加工作以来，他始终坚守在基层一线，先后在中卫市支行、吴忠市分行从事过客户经理、秘书等岗位的工作。2015年他主动请缨到农发行扶贫开发驻村点——同心县下马关镇申家滩村帮助扶贫，因表现出色，2017年又被选派到红寺堡区红寺堡镇红关村任扶贫第一书记。在这些平凡的工作岗位上，他勤奋工作、无私奉献，虽然没有什么豪言壮语，也没有什么惊天动地的壮举，但他却用如水的温情、如山的坚毅，留给后人一个温暖、宽厚、刚强的形象，他是丈夫、是好友，更是乡亲们的亲人，他用爱拓展出生命的宽度，润泽了人们的心田。而这种境界，来自一位共产党员对党的事业的无限忠诚，来自一位基层农发行员工舍小家为大家的宽广胸怀。

31岁，正处于一个人风华正茂、干事创业的最佳年龄期，但他却横遭意外，英年早逝。闻此噩耗，张鑫的同事以及帮扶村群众无不为失去这样一个优秀的青年干部感到惋惜、悲恸。的确，有时候，生命的长度并非人能左右，但生命的宽度完全可以由自我做主，张鑫用他短暂的生命谱写了一首壮丽的青春之歌！

扶贫征途中他倾情付出

2015年第一次扶贫，张鑫被选拔到距离下马关镇近20公里的贫困村——申家滩村扶贫。尽管之前在脑海中设想了种种情形，但走进村里，眼前的景象还是让张鑫倍感吃惊：村里连一条像样的马路都没有，更谈不上有自来水和商店，甚至没有班车，连出行都成问题，这样来回就要在坑坑洼洼、尘土飞扬的土路上颠簸三四个小时。村里为张鑫在远离居民点的村委会里腾出一间房作为宿舍，并用几块木板拼了一张床。宿舍没有互联网，手机信号也时断时续。眼前的这一幕幕，让长期生活在城市里且生活较富足的张鑫，心底感到了一次又一次强烈的冲击。他暗下决心，既来之则安之，一定要干出个样子来。

开展驻村扶贫工作时，村里的不少人还有点看不上这个年轻小伙，认为他从小在城里长大，肯定吃不了苦、干不了事。然而几天之后，村里的乡亲们发现，张鑫虽然年轻，但走村串户、摸底调查，做事极为认真负责，遇到难事也从不发牢骚、从不推诿。驻村期间，他与其他村干部一起深入田间地头，全面准确地向贫困群众宣传精准扶贫的内容、目的及意义，用政策鼓励、引导贫困户增强主动脱贫致富的信心。经过走访，张鑫发现申家滩村以种植小杂粮为主，且收益相对较好，但大部分群众缺乏购买种子的资金。针对实际，张鑫及时与村书记沟通，并向帮扶本村的领导反映情况，争取到政府支持专项扶贫资金10万元，解了贫困村群众的燃眉之急。当年，申家滩村较往年多种植了1000多亩小杂粮，村民收入6000元到1万元不等。以此为契机，他趁热打铁，鼓励农民种植油料和土豆等特色作物，并壮大养殖业，通过种养结合，较好地发挥了当地的产业优势，实现了优势互补，增加了村民收入，增强了群众的自我造血能力。

对于很多贫困户在思想层面上的认识问题，张鑫则利用党员生活会、村民大会等机会对村民进行思想教育和金融知识培训，使村民掌握了一定的金融基础知识，能够想方设法通过自己的智慧和双手来脱贫致富。2015年"七一"前，张鑫积极与工作队长联手倡议吴忠银监分局、吴忠农发行青年党员、团员到同心县下马关镇申家滩村开展了"送金融知识下乡"活动，给村民讲解金融知识，给村小学学生以"知识可以改变命运"为主题授课，并筹款6000多元，给孩子们捐赠了书包、作业本、体育用品、儿童食品大礼包，给每个同学发放了100元助学金。

为切实提升申家滩村扶贫工作信息化水平，做好精准扶贫云信息采集工作，实现精准扶贫、精准管理、精准脱贫，张鑫迎难而上，放弃休息时间，有针对性地对村民的家庭情况、经济情况以及打工情况等上百项内容加以采集和录入。在近5个月的录入工作中，他经常一天连续工作十余小时，因精准扶贫云采集工作正确率高、完成速度快，成为全镇的样板，获得了镇领导和村民的一致赞誉。2015年，张鑫为申家滩村精准识别出贫困户147户，为594人建档立卡，为下马关镇脱贫攻坚打下了坚实的基础。在申家滩村的2年时间里，张鑫走访农户近300户，走访建档立卡贫困户100余户，占到全村60%以上。通过多次走访，村里与当地的一家民营康复医院达成协议，由这家医院对全村生活困难的老人进行"500元保障"兜底治疗。同时,他还积极联系吴忠市分行和共建单位。2015年和2016年连续两年春节期间,他协调筹资9000元,向20户特困户和10名特困党员户送去米、面、油等生活必需品。他还协调为村里学校及新建养老院安装了价值6万余元的12盏太阳能路灯,确实为群众解决了夜间出行的安全隐患。

2017年第二次扶贫,张鑫主动请缨到红寺堡区红寺堡镇红关村扶贫。由于熟悉农村工作,有扶贫工作经验,张鑫被任命为村扶贫第一书记。

到红关村扶贫后,张鑫深知肩上的责任重大。他坚持开展扶贫工作以来养成的好作风,实地走访贫困家庭,和老人们聊家常,与贫困群众交朋友,并将贫困群众的所思所想及时反映给当地的镇村领导,让上级及时了解群众意愿。同时,他积极向吴忠市分行党委汇报扶贫进展情况,积极邀请党委、工会、共青团等组织入村访谈,与贫困群众同呼吸共命运。经过多方主动沟通协调,2017年4月,张鑫联系到投资商,拟投资约500万元在本村发展甘草种植产业,以带动全村脱贫致富,并向吴忠市分行争取项目支持,更换红关村老旧办公设施,积极协调联系相关部门,争取为村里安装太阳能路灯,美化亮化村庄道路。

生活道路上他忘我奉献

作为一名青年干部,张鑫为人公道正派,事事以工作为重、处处从大局出发,无论做人还是做事,始终做到诚恳和踏实,以实际行动践行党员的理想信念。"和张鑫相处了几年时间,这个小伙子很有责任心,踏实肯干。"张鑫的同事眼眶湿润,百感交集地说。张鑫进入农发行工作以来,勤奋学习、热情待人,他憨厚可掬的笑容中浸透着一种刚毅,朴实无华的外表下充满着自信与坚忍。他虚心好学,总是利用业余时间学习政治理论知识,学习党和国家方针政策,学习农发行各项决策部署和规章制度,这增强了他扎根基层、服务"三农"的理想信念,和他共事过的人都会被他的热情和干劲所感染。他对领导安排的每项工作,都坚持高标准、严要求,从不计较分内分外,总是尽心尽力完成。正因为他这种干事创业的工作热情,在扶贫开发工作进入"啃硬骨头、攻坚拔寨"的冲刺期,他被吴忠市分行选拔为驻村扶贫干部。然而,扶贫事业与梦想还在向他招手,他却倒在了扶贫路上。得知他突然逝去的消息,他的妻子泣不成声。为了扶贫村群众脱贫解困,张鑫废寝忘食,忘我工作,原本又高又壮的他,消瘦了许多。不仅如此,他的妻子是名癌症患者,经治疗身体状况有所改善,但要定期到北京看病。可为了扶贫工作,张鑫无暇照顾患病的妻子,把她基本上托付给了娘家人。在申家滩村扶贫的730天里,除去公休日回家探亲外,其余时间张鑫都一心扑在了扶贫事业上。

张鑫走了,但他兢兢业业、一心为群众脱贫致富的无私奋斗精神和情怀,永远留在了贫困村群众的心间。当噩耗传到了申家滩村,乡亲们都不敢相信自己的耳朵,孤寡户刘世芬老人抹着泪说:"哎哟哟,昨天不是还到我们家来看我了,还欢蹦乱跳的,怎么说不见就不见了,可惜了这个憨实的小伙子了。"他生前的领导和同事都表示:要继承张鑫留下的宝贵精神财富,接过驻村扶贫工作的"接力棒",继续把对党的忠诚和扶贫工作的敬业落实到实际行动中。吴忠市分行已安排另一名同志作为驻村队员接手了张鑫的工作,申家滩村的扶贫工作已经正常展开。

　　逝者如斯,长路如歌。张鑫用生命书写的青春和忠诚虽已定格在扶贫路上,但是,打赢脱贫攻坚战,农发行人永远在路上!

(作者:农发行吴忠市分行　马　静)

■ 2016年3月4日,张鑫(左一)在同心县下马关镇申家滩村扶贫点陪同领导调研

东庄村：从深度贫困村到乡村振兴示范村的跨越

固本乡东庄村位于贵州省锦屏县西南山区，平均海拔850米。尽管距离县城仅有65公里，但山路弯曲陡峭，天气晴朗且路况良好时驾车也需要2个小时，秋冬季常因低温凝冻而封路。全村共有村民402户1875人，2014年建档立卡贫困户268户1302人、贫困发生率73.4%，2017年底未脱贫户193户878人、贫困发生率49.66%，是全县贫困发生率最高的深度贫困村之一。

2018年8月，中国农业发展银行扶贫综合业务部党支部主动联系东庄村党支部，围绕支部建设、产业扶贫、教育扶贫、特困帮扶等开展了一系列共建活动，有力地促进了东庄村脱贫攻坚和经济社会发展。2019年底，东庄村未脱贫户减少至11户19人，贫困发生率降至1.07%，提前一年与全县一道摘掉了贫困帽子。2020年实现贫困人口清零。2021年6月，被黔东南州政府确定为锦屏县3个州级乡村振兴示范村之一。

党建：共同打造脱贫攻坚坚强战斗堡垒

习近平总书记强调，帮钱帮物，不如帮助建个好支部。东庄村党支部共有正式党员31名、预备党员8名、入党积极分子6名，但由于受到政策水平、活动场所和资金设备等方面的限制，支部建设比较薄弱，党员先锋模范作用得不到有效发挥。对此，扶贫综合业务部党支部充分发挥大型银行总部机构的优势，从三个方面入手帮助东庄村加强党的建设。

一是谋规划。2018年8月，时任党支部书记、总经理徐一丁带队，冒着酷暑，跋山涉水，积极克服晕车等身体不适，深入东庄村广泛开展调查，详细了解党支部党员构成、贫困状况和原因等，主持召开座谈会，主动宣讲党建和脱贫攻坚政策，帮助研究抓党建促脱贫攻坚的工作思路和办法，明确了支部建设、产业扶贫、教育扶贫、特困帮扶等措施。

二是建阵地。受制于村办公经费有限，党支部办公设施设备明显不足，会议室摆放的椅子不足20把，党建书籍资料严重匮乏，党支部大会部分党员没地坐，党员参加活动的积极性不高。为此，扶贫综合业务部协调党委组织部拨付党建经费10万元，帮助东庄村党支部增添了一批会议设施设备，购买了一批党建书籍资料和党建工作档案柜，建立了党建工作宣传栏等，活动阵地得到了大幅改善，党建氛围明显提升。

三是强队伍。尽管两个党支部相隔千里，但扶贫综合业务部党支部充分利用现代化通信手段，党支部副书记、党支部委员等多次主动与东庄村驻村第一书记陈先国联系，共商支部共建的主题和措施，推动解决党建和脱贫攻坚中存在的问题；资助村主任朱发成到苏州农村干部学院参加培训，拓宽党建和脱贫攻坚工作思路；支持村党支部开展了"庆'七一'""走访慰问老党员和困难群众""党员评先评优"等一系列活动，全村党员身份认同及带动群众发展生产的积极性和自觉性得到明显提高。

■ 与东庄村党支部开展党建共建启动会

兴业：着力在特色化、精品化、效益化上做文章

产业扶贫是实现稳定脱贫的根本之策。一直以来，东庄村以种植水稻和养殖稻花鱼为主，由于梯田面窄、坎高，不适合机械化耕作，效率低、效益差，有时候还亏

本，近年来随着外出打工人员的增加，陆续出现了一些田地撂荒的情况。怎么利用村里土地发展特色产业，增加集体和村民收入，成为摆在村"两委"面前最急迫的问题。扶贫综合业务部党支部充分发挥银行业政策、资金和专业优势，想点子、出主意、投资金、建渠道，帮助东庄村建成了以金丝皇菊等中药材种植加工为主导、民族刺绣和建筑工程等为辅助的村集体产业体系。

试点种植中药材。东庄村独特的地理、气候条件，非常适合种植金丝皇菊、白术、前胡等中药材。2018年，在县国有企业飞地富民公司的推动下，全村种植金丝皇菊近300亩。金秋十月，满坡花菊郁金黄，引来游人照东庄，特别是经过专业鉴定，东庄菊花品质领先市场上大多数品种。对此，村"两委"十分欣喜，劳作了一年终于有了回报，但紧随而来的忧愁更让人焦心。没有想到，菊花是如此娇贵，花期仅有40天，最佳烘干时间为采摘后6个小时之内，否则干花的品质将大打折扣。当时村里没有烘干房，只能以0.05元/朵的价格对外销售原材料，有几天由于气温低道路冰冻，无人进村收购，只能烂在框里或地里。当年出现了眼睁睁看着一片一片的金丝皇菊在寒风中凋谢枯萎的惨淡情景。

延伸加工做精品。2019年初，当了解到烘干房缺失影响金丝皇菊产业发展时，扶贫综合业务部党支部鼓励村"两委"坚定信心，延长产业链条，3月即协调山东省分行投入帮扶资金80万元，帮助建成了全县第一家村级中药材深加工厂房，包括烘烤车间、包装车间、实验室及成品库等，共两层楼、400平方米。烘烤车间配备了一大两小共计三台全自动化烘烤设备，一次最多可以烘烤5000斤生花。尽管村里有了自己的烘干房，但一个花期仅能烘烤7万斤，与2019年全村种植的200多亩将近30万斤的产出相比，远远不足。考虑到市场上品相好、花朵大的干花批发价格都能达到1~2元/朵，而品相差、花朵小的干花仅值几角甚至几分钱，村"两委"随即调整盛花期采摘策略。当没有外部经销商收购时，组织村民采摘好花自己烘烤，长期雇佣20余名村民专门负责分拣、定型和包装，做成精品，提高价值；当有对菊花品相要求不高的经销商收购时，组织村民采摘经过挑选后剩余的菊花，提高效率，以量取胜。

建立品牌拓宽渠道提升效益。2020年建立自有品牌前，村里生产加工的优质干花，只能以1元/朵的价格批量卖给经销商。经销商简单包装后，再打上自有商标，就能以68元的价格销售一提共计20朵独立包装的菊花。辛辛苦苦劳作一年，得到的产值不足三分之一，这让东庄村意识到品牌的价值。在驻村第一书记陈先国的派出单位的帮助下，东庄村很快就注册登记了东庄苗韵品牌和注册商标。但新品牌市场接受程度不高，销售也有问题。对此，扶贫综合业务部主动发动系统力量，广泛宣传东庄苗韵品牌，主动联系山西、江苏等分支行及其客户直接购买金丝皇菊10万余元，有力地促进了村集体利润的提升。2020年东庄村共实现销售收入80多万元、利润近30万元，分别为2018年的一倍和十倍。

  针对东庄村发展民族刺绣缺乏厂房和设备的情况，扶贫综合业务部协调帮助建设了扶贫车间，购买自动化刺绣设备，解决了20名妇女就业。东庄村具备了民族服饰、民族刺绣、千层底布鞋等多种产品生产能力，产品销往贵阳、东莞等地。

农发行党建扶贫车间

助学：关注困难学生健康成长

  让东庄村贫困家庭的孩子接受良好教育，一直是扶贫综合业务部努力的目标和工作的重点。在指派挂职干部遍访在家困难学生家庭和协调村干部全面摸底的基础上，扶贫综合业务部针对留守儿童、家庭困难学生采取了不同的帮扶措施，助推其健康成长。

  关注留守儿童身心健康。全村有47名父母均外出务工和73名父亲或者母亲外出务工的留守儿童，2018年，扶贫综合业务部党支部组织全部员工捐款2万元，帮助建设留守儿童之家，购置图书1000余册，配备电脑2台、投影仪1台、乒乓球桌1个，并委托村委会雇佣专职人员进行管理。2019年以来，儿童之家每周组织开展活动1次，定期组织留守儿童与父母视频通话和开展心理咨询，为留守儿童以及困难学生提供了一个休闲娱乐、健康成长的精神家园，同时成为东庄热爱阅读村民的精神家园和东庄未来梦想放飞之地。另外，扶贫综合业务部还帮助修建了东庄小学操场护栏等安全设施，有效降低了学生课间游戏时不小心跌落摔伤的风险。

关心困难家庭学生学习。针对全村24名单亲或父母病重的困难学生，扶贫综合业务部有针对性地开展捐赠资金募集，2019年底协调湖南省分行捐赠资金24000元，资助每名学生1000元过春节，事后得知，尽管捐助金额不大，但却成为学生的重要生活来源。贵州民族大学三年级学生石同学，收到助学金后表示在寒冬里收到这么一大笔关爱，感到很温暖，对生活更加充满信心，并委托转达对农发行的感谢。本来打算利用2020年寒假打工的她，受新冠肺炎疫情影响，整个假期都没有怎么赚到钱，靠着精打细算度过了疫情最严重的阶段。还有一名在锦屏三中就读高三的吴同学，2020年高考前体检查出患有先天性心脏病。扶贫综合业务部党支部得知相关情况后，立即指派挂职干部于5月送去关怀和慰问，并组织部内员工捐款5000元，支付手术和康复费用。这个小姑娘也特别坚强，带病参加了高考，之后在贵州省人民医院进行了手术，术后恢复良好，目前就读于黔南民族师范学院。她对农发行的关心关怀十分感谢，并表示将勇敢面对生活、认真学习，毕业后将积极工作以回馈社会。

济困：关心困难群众冷暖

东庄村位于青山界支脉山腰上，海拔高，气温比锦屏县城低5摄氏度以上。2019年11月下旬，锦屏连续下了几天雨，东庄村气温已降至冰点，再加上湿度和风都比较大，体感温度更低。得知东庄村部分贫困群众衣着单薄，扶贫综合业务部立即在部内组织开展了御寒衣物募捐活动，2天时间募集到羽绒服、棉服、外套、毛毯、保暖鞋等衣物239件，第一时间快递寄给东庄村，分发给五保户、低保户、困难学生等贫困群众200余人。困难群众收到衣服后都很高兴，有的还发来致谢短信，如低保贫困户、5个单亲孩子的母亲杨大姐发来短信说："麻烦您代我向中国农业发展银行捐赠人说声谢谢！衣服已经收到，孩子们穿着很合适也很喜欢，感谢他们的关爱！祝他们工作顺利，阖家欢乐，鼠年大吉！"

通过一系列支部共建活动，东庄村党支部建设的标准化和规范化程度明显提高，抓党建促脱贫的能力明显增强，推动乡村振兴的基础明显夯实。同时，通过共建，扶贫综合业务部党支部对贫困的感受更加直接，对脱贫攻坚进展和成效的把握更加全面，对做好金融扶贫和助力乡村振兴的决心和信心更加坚定。

（作者：农发行总行乡村振兴部　唐鲲鹏）

行军床的故事

来到投资部，不难发现，许多人的工位边上都摆着一张可以折叠的行军床，行军床上岁月留下的斑驳痕迹，将我带回那些年基金投放、脱贫攻坚大奋战的日子。

2015年，脱贫攻坚战还远没有胜利，自己也没想过，有朝一日，能亲身见证甚至参与彪炳史册的人间奇迹，当时只觉得那些贫困的老百姓真的太穷了。第一次到贫困户的家里，我甚至不觉得这是21世纪的建筑，仿佛是杜甫当年居住的茅屋再现，那一刻我才体会到"布衾多年冷似铁，娇儿恶卧踏里裂。床头屋漏无干处，雨脚如麻未断绝"毫无夸张，眼前的屋子破败到仿佛真的只要一阵秋风就可以击垮。污水横流、垃圾遍地，食难果腹、家徒四壁。黄发垂髫者常有人衣不蔽体，身怀六甲者泥泞里艰难前行，若是家里的壮劳力不幸染病，全家人的生活都如同被判了"死刑"。人们的日子几乎没有任何抵御风险的能力，就像这摇摇欲坠的屋子一样，任何风吹草动都可能给一个家庭带来毁灭性的打击。

说实话，我那时并没有少陵野老那般"安得广厦千万间，大庇天下寒士俱欢颜"的胸怀，我只是觉得，他们的日子太苦了，这种苦对我而言足以令人绝望，该为他们做些什么，哪怕只是在黑暗里点亮一丝微光。

幸运的是，在农发行，在投资部，我遇到了一群志同道合的朋友，也获得了如此宝贵的平台。在这里，微光找到了微光，我们坚信并努力实践着，星星之火，可以燎原。

2015年，国务院常务会议决定设立专项建设基金，作为服务供给侧结构性改革的创新型金融工具，其中许多项目涉及扶贫领域。时间紧、任务重，方案设计、公司设立、项目对接、协议复核、资金投放，成千上万个项目一共只有四个月的时间。曾经望着浩如烟海的一份份投资协议，自己心里也有点发蒙——就凭这几号人，干得完吗？怎么干啊？可每当这时，那些摇摇欲坠的房屋、面黄肌瘦的孩子就定格在我们的眼前，无法散去。干得完干不完都得干完，不知道怎么干就抢着干、拼命干！时间不等人，工作日不够就周末干；白天不够就通宵干！于是，每个人身边都多了一张行军

我所经历的脱贫攻坚故事

床,灯火通明、通宵达旦,兄弟姐妹们如临战场。在同一个战壕里并肩作战的我们,有人尚处于哺乳期,家里的婴儿嗷嗷待哺,每次加班给家里打电话,听筒那头传来孩子的哭声,初为人母的她,心都要碎了。母子之间血脉相连,在孩子最需要自己的时候却身不能至,纵有母爱深似海,却无法给予出生不久的孩子最基本的呵护与陪伴,她是多想抱着自己的孩子躺在家里温暖的大床上啊!心痛、愧疚、无奈,夜深人静,她的眼泪滴在身下小小的行军床上。可每当从行军床上起身,她就如同充了电一般,奋不顾身地投入工作,她的心不单牵挂着家中的孩子,也牵挂着那隔山跨海的远方。有人家里的孩子正在备战高考,工作的时候根本无暇顾及这些,只有躺在行军床上短暂休息的时候,儿子奋笔疾书的身影才一次次浮现在他的脑海里。他借着手机微弱的光,反复端详、抚摸着儿子的照片,还是上小学时照的,一转眼都已经长这么大了,也马上要上人生的"战场"了。这小子从小就调皮,到底有没有认真复习功课呢?晚上读书会不会困,会不会饿呀?以前都是我给他关窗盖被,这会儿他会不会着凉啊?人生的关键时刻,可千万大意不得啊!想起父子相处的画面,他又气又笑,每一份牵挂与担心都让他辗转反侧、难以入眠。不是爸爸不陪你,你可别怪爸爸,爸爸正在战场上和你一起加油呢,咱爷俩谁也不能掉队啊!睡吧,睡吧,明早咱爷俩还要一起加油呢!在那些日子里,身下这张并不怎么舒服的行军床每夜都见证着一位父亲内心的细腻与对儿子的牵挂。而每次从这张床上下来,他就像与儿子约定的一样,成为一名坚毅的战士,为远方的未曾谋面的人们斩断贫穷的枷锁。

就这样,投资部的兄弟姐妹和一张张行军床一起度过了数不清的夜晚,在静谧的夜里,有泪水、有微笑、有回忆、有牵挂,但每当太阳升起,他们便在同一战壕里为了共同的信念披荆斩棘、浴血奋战。大家拧成一股绳,发动员令、定时间表、划出投放硬杠杠,四级行联动攻坚,高效实现了2000多个脱贫攻坚项目1000多亿元扶贫资金的投放。

终于可以回家陪伴家人了,他们此刻仿佛已看到了亲人们的笑容,还有那些远方未曾谋面的亲人们!路宽了,屋子结实了,院子里堆满了粮食。人们脸上绽放着真挚的笑,眼睛里充满希望。

■ 行军床照片

曾经的漫漫长夜里，微光顽强地闪耀着，它们虽然微小但交相辉映，为远方的人们送去光明的火种，为他们点亮生活的希望。

如今，脱贫攻坚战取得了全面胜利，投资业务也正走在高质量发展的新征程上，一切都是崭新的开始。只有那一张张静静伫立的行军床记录着身边的兄弟姐妹们为了打赢脱贫攻坚战共同奋斗的点点滴滴。曾经的婴儿茁壮成长，曾经的少年步入大学殿堂，行军床见证了母亲的眼泪、父亲的挂念，更见证了人们将内心的牵挂与爱化成奋进的动力，将一缕缕微光隔山跨海送到遥远的远方，送到那些未曾谋面的父老乡亲身边。

当年的村庄旧貌换新颜，当年的投资部也迎来一茬又一茬新鲜血液，唯有那些年我们一起睡过的行军床仍然静静地立在那里，向一代又一代同仁讲述着共同奋战脱贫攻坚的日子，传递着"支农为国、立行为民"的不变信念。

（作者：农发行总行投资部　柴　明）

我所经历的脱贫攻坚故事

我的脱贫帮扶"5+1"

  在中华民族发展史、人类发展史上，脱贫攻坚是中国共产党带领中国人民创造的一项彪炳史册的伟业。中国脱贫攻坚任务之艰、规模之大、成效之巨、影响之深前所未有，是人类减贫史上前所未有的伟大实践。每每想到这里，我就为自己能有幸参与这项史诗般的宏大事业，并贡献自己的绵薄之力而感到自豪。2018年1月至2019年12月，我参加了第18期、第19期中央博士服务团，赴广西壮族自治区挂职。在挂职期间，按照当地组织安排，我参加了扶贫工作，先后对口帮扶了5个贫困户。是党的扶贫事业将这5个处于西南边陲的贫困家庭与我紧密地联系在了一起，所以我将之称为我的脱贫帮扶"5+1"。

  我帮扶的5个贫困户中，有3户家庭的成员有严重疾病或残疾，有1户是孤寡老人，还有1户刚刚脱贫，尚在起步阶段。一接到帮扶任务，我就主动找来帮扶对象家庭的档案资料，了解详细情况后，尽快到他们的家中慰问走访；逢年过节，我自费为他们送去了大米、鸡蛋、食用油、衣服等慰问品和慰问金，让他们感受党和国家的温暖。帮扶期间，我视他们为亲人，通过与他们进行"面对面"接触、"心与心"交流，嘘寒问暖唠家常、贴近生活听心声，详细了解他们的身体状况和生活情况，同时进一步宣传相关的扶贫政策，鼓励他们保持乐观向上的生活态度，鼓励他们勤劳致富，坚定脱贫信心。

  由于当时已经处于脱贫攻坚的后期，所剩的贫困户大都是脱贫难度大的"困难户"。本来贫困家庭收入就十分有限，遇到疾病无疑是雪上加霜，帮扶工作更是难上加难，所以我对帮扶对象家庭中的病人给予特别关注和帮助。当我得知帮扶对象许旦光的老伴病重住院的情况后，第一时间赶到医院看望。当时只有病人一人在病房，当她看到我时，眼睛里流露出的是诧异，然后是感激。尽管不懂多少方言，但我还是听出了朴实的话语中的感激之情。与病人简单交流后，我找来主治医生详细询问病情和治疗方案。之后我又联系协调当地医院的专家为病人诊治。最后我又与病人的儿子多次联系，帮助解决困难，直到病人病情好转稳定后出院。

一般来说，随着扶贫产业的普遍进驻，一个普通家庭只要有1~2个正常的劳动力，脱贫都不成问题。但是我的帮扶对象中，邓文伟一家情况比较特殊。他本人四十多岁，带着两个孩子生活。近年他本人查出身患癌症，经过化疗，基本丧失劳动能力；两个孩子都未成年，分别上初中和小学；由于收入来源减少，刚有起色的生活又陷入困境，几乎是家徒四壁。面对这种情况，我一方面帮助协调当地医院，让他尽量就近检查治疗，减少每次去南宁检查的劳顿之苦，同时帮助他申请报销医疗费用、特殊困难救助资金等，并呼吁当地组织优先给予救助帮扶；另一方面不断鼓励邓文伟本人，让他坚定战胜病魔的信心，相信在党和政府的帮助下，一定能走出困境。孩子是家庭的未来和希望，我鼓励他任何时候都不要放松和放弃孩子的学业，并给孩子们送去了书包和文具。在多方的帮助和鼓励下，邓文伟一家人平静地生活着，没有被疾病压垮。

■ 与帮扶对象邓文伟交谈

习近平总书记要求我们要着力解决群众的急事、难事和烦心事。在帮扶过程中，对于帮扶对象家里的诸多不大不小的难事、烦心事，我也都是努力帮助解决。一次慰问帮扶对象揭光燃一家，谈到他家里的小儿子马上要上小学时，我发现女主人面露难色。经过进一步详细询问，原来他家小儿子将要去的小学和大儿子的学校之间距离较远，将来接送两个孩子上下学很不方便，他们希望小儿子能够在大儿子学校附近入学，但是经过多次申请都没有解决。了解情况后，我多方联系，几经辗转，终于帮助协调成功。事后揭光燃几次打电话表示感谢，称赞扶贫干部解决了他家的难事、烦心事，喜悦之情溢于言表。

两年时间帮扶5个贫困家庭，只是整个宏大的脱贫攻坚浪潮中的一朵浪花，但是对于我们"5＋1"来说，却是一段影响至深的经历。5个家庭得到帮扶渡过了难关，跨出了贫困的门槛，生活有了质的改变；帮扶期间，我最大的欣慰，莫过于看到他们又燃起了对美好生活的希望，坚定了脱贫的信心。通过帮扶，我对基层扶贫工作有了更为深刻的认识和体会，自己多个方面也得到了锻炼与提升。"脱贫攻坚路上，一个都不能少"，也"一个都不会少"，因为我们有成百万、上千万个帮扶"N＋1"！

（作者：农发行总行信贷管理部　宋　勇）

上篇 | 一枝一叶总关情

一枝一叶总关情

临夏州东乡族自治县，是甘肃58个集中连片区县和23个深度贫困县之一，也是甘肃脱贫攻坚的主战场。为打赢脱贫攻坚收官战，助力深度贫困地区如期脱贫，2020年农发行总行决定实施挂牌督战。风险管理部立即响应总行党委安排，配合资金部挂牌督战甘肃省分行脱贫攻坚，并与临夏州分行结成党建共建联系对子行，以党建引领脱贫攻坚。

在周建强总经理和阎承宏行长的带领下，结合总行部室的专业优势和基层行了解一线实情的特点，风险管理部与临夏州分行联合制订共建方案，明确联络机制，定期

■ 风险管理部周建强总经理赴甘肃临夏回族自治州东乡族自治县布楞沟山旱地林果产业示范园考察供水工程项目

开展沟通，群策群力，共同解决扶贫工作中的痛点、难点，全力服务脱贫攻坚。其中，帮助东乡县如期实现脱贫正是这一党建引领脱贫攻坚实践的典型故事。

绿水青山就是金山银山

甘肃东乡族自治县平均海拔在1800米以上，年降雨量300毫米以下，年蒸发量1000毫米以上，环境恶劣，供水条件极差，曾被联合国教科文组织认定为不适宜人类居住的地区，也被国家列为深度贫困县。习近平总书记在2012年考察东乡族自治县布楞沟村时要求，抓紧解决好村民饮水困难，建设好新农村，改善生产、生活条件，早日改变贫困面貌。

面对当地生存条件恶劣、生态环境脆弱、自然灾害频发等"一方水土养不起一方人"的特点，周建强总经理和阎承宏行长坚决贯彻新发展理念，坚持用习近平生态文明思想引领脱贫攻坚，确保贫困群众"两不愁三保障"，稳得住、能致富。当了解到政府计划启动布楞沟山旱地林果产业示范园供水工程项目，有效改善当地生产生活用水条件，增加贫困群众的经济收入后，大家都认为这是一个践行"两山"理念的好项目。阎承宏行长积极行动，把该项目列为"一号工程"，当作"头等大事"来抓，主动与政府对接，全力服务项目落地实施，累计投放2.85亿元项目贷款，及时帮助解决了周边群众安全饮水、农业用水、产业扶贫等问题。周建强总经理高度关注项目成效，经常了解情况，并赴当地进行了调研和考察，听取当地扶贫主管部门领导介绍有关情况。

甘肃省东乡族自治县高山乡布楞沟村老支书感慨："从小到大，我喝了几十年的雨水、盐碱水，是习近平总书记和党中央的关怀，是农发行的大力支持才让乡亲们喝上了甘甜的水。"

"山里人"变成了"城里人"

今年已是57岁的马文成，一家四口仅靠四亩耕地维持生活，由于山路崎岖，地处偏远，孩子上学都成了难题。沿洮河经济带开发建设土地整治项目启动以来，希望的曙光也照进了马文成一家，他和妻子找到了环卫工人的工作，每月有了固定的工资，夫妻俩顺利完成了从贫困户到"上班族"的蜕变。

了解到东乡县沿洮河经济带土地整治项目可以帮助解决"行路难、吃水难、住房难、就医难、上学难、增收难"等困扰后，风险管理部周建强总经理主动发挥总行机关专业优势，加大"战略支援保障"力度，主持制定了贷款担保、不良贷款容忍度等风险管理相关差异化支持政策，并通过业务指导、现场督导等方式进行讲解和传导，全力化解融资难的问题。临夏州分行阎承宏行长积极发扬攻坚克难的精神，冲在脱贫攻坚第一线，在获悉该项目融资需求后，第一时间成立金融服务小组，主动上门沟通协调，配合政府设计项目，帮助企业制订融资方案。其间，周建强总经理和阎承宏行长联合召开座谈会，查摆分析问题，共同研究解决措施，排除融资障碍，最终推动4亿元项目贷款如期投放，打通了资金保障的"最后一公里"。

项目实施后可以帮助很多像马文成这样的贫困户实现脱贫，解决当地8979名贫困人口住房难、行路难、上学难等问题，让"一方水土养不起一方人"成为过去。

"山里娃"用上了新电脑

"中国梦，我的梦。"东乡县那勒寺小学马校长的梦想，是为孩子建一间电脑室，让山里的孩子也能像城里的孩子一样上电脑课。

风险管理部与临夏州分行的党建共建方案将为贫困地区教育添一份力作为帮扶内容，周建强总经理和阎承宏行长多次沟通、推动落实。在了解到那勒寺小学马上就要搬进新楼房，但却因为缺乏基本的教学设备，无法按时上电脑课后，阎承宏行长第一时间与周建强总经理研究商议，两人带领广大党员员工捐款3.2万元，购买了一批电脑、书籍、教学用品，并亲自书写寄语送到学校。

■ 农发行捐赠临夏东乡县那勒寺小学仪式

我所经历的脱贫攻坚故事

  6月30日,该校的136个"山里娃"收到了最好的"六一"儿童节礼物：13台电脑、200多册图书、文具,还有体育用品。"我们终于可以上电脑课了!"当临夏州分行的同志们把崭新的电脑搬进教室,孩子们欢呼起来。这个摸摸鼠标,那个敲敲键盘,平时在书上、电视上看见的电脑,终于摸得到了,马校长的梦也成真了。

  布楞沟村民吃上"放心水"并赚到"家门口的钱"、马文成实现了"城里人"的转变、那勒寺小学马校长的梦想成真,是农发行党建引领脱贫攻坚的一个缩影,也是农发行帮助东乡族自治县脱贫攻坚中的生动写照,更是农发行人"支农为国、立行为民"情怀的又一次展现!

(作者：农发行总行风险管理部 张铜钢)

我的定点扶贫故事

2019年9月，在农发行万州分行挂职一年后，行领导分工调整，我分管定点扶贫工作，这对我来说可是一桩新鲜事儿。马上就要进入脱贫攻坚战的收官之年，定点扶贫责任重大，而我从来没做过这方面的工作，我能行吗？既来之，则安之，要勇敢地接受挑战，我鼓励自己不要打退堂鼓。

出师不利，万事开头难

没想到，一开始这挑战就不小。

我们定点扶贫的村子是孙家镇天宝村，离万州城区只有一个多小时的车程，可是村子里山路崎岖陡峭，还有一个近乎直上直下的大山坡，车子开在上面是名副其实的"过山车"，头一次去吓得我差点叫出了声，以后这"过山车"是要经常坐了。万州分行派出的驻村帮扶工作队由三名老党员组成，已经驻村四年多了。其中，驻村第一书记柳书记和老张都是转业军人，在西藏当过兵，另一个老李是从农行"分家"过来的。我和他们第一次开会，沟通不是很顺畅，尤其是老张，好像还瞪了我一眼，我问他有什么要说的，他又说"没啥子"，柳书记和老李话也不多，我跟他们之间根本没有形成良性互动，我发愁今后这工作可怎么开展呀！

这边还没想明白，那边区里帮扶集团喊着开会。万州区政府针对每个乡镇设立了帮扶集团，孙家镇的帮扶集团由区文旅委牵头，航道管理处和农发行等四个单位参加，由区政协副主席牟主席挂包督导。文旅委扶贫负责人李主任是位身材清瘦、头发灰白的领导，他很热情地招呼我在区委会议室落座。这时牟主席进来了，看了我一眼说："徐行长走了？"我说："是，我来接替徐行长工作。"他再没说什么。会议结束大家起身离去之际，牟主席忽然开口问我："你们行为什么安排你分管扶贫工作？"我措手不及，只老实答道："行里想让我熟悉下扶贫工作。""哦，了解下我们这贫困山区。"牟主席自言自语了一句，转身走了。

我所经历的脱贫攻坚故事

回来之后，我不断反思，牟主席问那句话是什么意思，是认为我不能胜任扶贫工作吗？我还没干就认为我干不好吗？我有点沮丧。反思的结果是可能我当天穿着不当，那条花裙子有点花枝招展，可能跟扶贫工作"不搭"。看来这扶贫工作学问大。

不懈探索，脱贫攻坚有我

出师不利，反而激发了我的斗志。当初抱着"经风雨、见世面"的想法来挂职锻炼，不能"叶公好龙"，我决心迎难而上。

首先，我从提高驻村工作队的凝聚力、战斗力入手。

我先找柳书记谈话。没想到他刚坐下就用万州话说："关行长，你不找我谈话，我还想找你谈话哩。你说话做事直截了当，有点像军人，我就想找你谈谈，可我说不好普通话，正好你找我，我就说说。"接着他就滔滔不绝地讲起扶贫村的工作。柳书记方言重，我努力地听，连蒙带猜跟他交流。我跟他说，扶贫工作责任重大，你作为第一书记要发挥带头作用，有什么困难可以反映，我愿意做扶贫工作队和万州分行党委沟通的桥梁。他表示同意，此后我俩形成了随时沟通、定期谈话机制。我还找了老张和老李谈话，认真听取他们的工作建议，对他们提出的生活困难，比如驻村宿舍冬冷夏热、吃饭困难等问题，我及时汇报给万州分行党委，问题得到了较好解决。我跟工作队的交流顺畅多了，工作慢慢理顺了。柳书记的带头作用日益明显，老张见到我笑眯眯的，老李虽然还是不大爱说话，但大家都夸他做饭手艺高，再也不担心村里吃饭这个"老大难"问题了。

其次，我多下乡入户（到村民家里走访），加强与镇、村干部和村民的联系。

镇党委郭书记年富力强，一看就是有经验、有担当的干部。一次座谈后他送我到镇政府楼下，说，"跟你谈完了我马上就去××村拆除两千平方米的违建"，说完还撸了撸袖子，我的佩服之情油然而生。主管扶贫工作的漆副镇长是个女同志，个子高，嗓门亮，普通话说得好，很容易沟通交流。天宝村的包村干部是纪委冯书记，原来是乡财政所所长，性格严谨，跟我们差不多同行，平添了一份亲近感。三个领导对工作都是高标准、严要求，每次我到镇里座谈交流后都感觉事情多、责任重，肩上心里都沉甸甸的。我跟他们一起研究过贫困户饮水、修危房、修厕所等"两不愁三保障"的"大事"，也讨论过哪家院子不干净、哪家人有点不讲理等"小事"。最有成就感的是，我和柳书记约上他们和村干部，成功解决了一户贫困户3000元教育补贴的麻烦事儿。当时那户女主人意见很大，最终在大家的努力下事情圆满解决。他们也侧面提醒或暗示我，一次我听他们用方言说："别个村有个女干部去入户，挨了两次狗咬，因为她穿着花裙子；还有她擦着红嘴唇，被村民们说闲话。"我听后赶紧擦了擦涂了口红的嘴巴，又偷偷把耳环摘了，此后去村子入户怎么朴实怎么来，再没穿过裙子。

■ 与孙家镇漆副镇长（左一）、冯书记（左三）和天宝村钟书记（左二）开会座谈

村支书钟书记是个中等身材的汉子，嗓门高，快人快语，风风火火；一位做妇女工作的女村干部，二三十岁，很麻利的样子，因为工资低，同时还兼做村里民办幼儿园的老师；还有一位男会计，瘦瘦的，说话慢，不说话时就咧嘴笑着。我们定期坐在村党支部简陋的办公室里开会，学习区扶贫文件精神，研究村里工作。他们知道我是来挂职的，都不太难为我，工作上比较支持，一个劲儿表扬我们驻村工作队帮扶得好，帮他们卖大米、红薯粉、猪肉、鸡蛋等农产品。这个我知道，分行食堂在村里定期采购大米，年底再来买两头猪，现场杀了后带回行里分卖给职工。工作队三个人还自掏腰包，每人都买了上千块钱的红薯粉、大米、鸡蛋什么的，吃不了就送给亲戚朋友。村干部发愁的是填各种表，几乎每次检查前，工作队三个人和村干部都要忙几天。村支书只跟我提过一个要求，他说想参加些培训，开阔下眼界，看看人家工作都怎么搞的。我回来跟行里汇报，也上总行内外网查询了一下，终归没有找到合适的途径帮他实现这个愿望，现在想来还有点遗憾。

我所经历的脱贫攻坚故事

说来有点悖论，其实常住在村子里的扶贫对象很少，跟他们基本是通过电话、微信联系。村里常见的多是些老人，偶尔有个别在近处打工的中年人和回来探亲的年轻人。印象深的有两户人家。一户人家男主人在村子附近打工，女主人有病在家。大女儿二十出头，漂亮得很，为减轻家庭负担，早早出嫁到四川达州，我们入户时，她正巧抱着五个月的孩子"回娘家"。小女儿读高中，家里人都希望她能考上大学，找份稳定工作。女主人能够下地走动了，她享受到了新农合医保，说到这儿，她病恹恹的脸上露出了开心的笑容。另一户人家男、女主人身体尚好，家里的两层楼刚用政府危房改造资金修缮一新，配上宽敞的院落，一点儿也看不出是个贫困户的家。男主人热情地把我们让进屋，我进门一看，呵，一条腊猪腿从房梁上悬挂下来，被火堆烤得嗞嗞冒油呢。二楼整洁的客厅里，在外打工的孩子给安装了大屏幕投影，我们都异口同声地说，这比城里人都好嘛！

■ 与柳书记（左四）和农发行万州分行年轻干部进村入户

每户墙上都要求张贴扶贫"明白卡"，我们要看"明白卡"是否上了墙，还要看村民是否真明白了，尤其要知道帮扶单位是哪家，这也是要检查的内容。于是就常有这样的对话：

"帮扶你们的是哪家单位啊？"

"是银行。"

"是哪家银行啊？"

"是农商行。"

"不对呀，再想想？"

"哦，那是农业银行。"

我们还没遇到农户一次就答对帮扶单位是农发行的。后来我们也放弃了，说答到农业银行就差不多了。

最后，还是要靠产业扶贫来真脱贫，变输血为造血，给贫困村注入可持续发展的动力。

天宝村依靠自身地理优势，种植了700亩油茶，现在找的是万州区的加工厂收购，以后镇里还准备自己办个加工厂。我在想，农发行有扶贫贷款，能不能用上呢？问了一下，给这个油茶贷款准入还有点困难。2019年底，机会终于来了。根据区政府产业布局，孙家镇要兴建一个年出栏六万头生猪的大型生态养猪场，收入在包括天宝村在内的各村分配，还能解决部分贫困户就业问题，急需资金支持。我立即向行长报告，和分管前台的行领导一起带领信贷人员去调研。郭书记很高兴，百忙之中亲自带我们到项目现场，说明项目规划和前景。我头一次看见那么大的养猪场，像一个中等住宅小区那么大。工地上机器轰鸣，工人们忙忙碌碌地抓紧建设，我们站在山上俯视下来，心潮澎湃。转过年来，尽管遇到疫情和承贷主体难确定等问题，万州分行最终克服困难成功发放了2亿元贷款，支持包括孙家镇养殖场在内的万州生猪养殖项目，带来一场资金的"及时雨"。业务分析会上行长打趣说："关行长，北京来的，都去现场看过了，扶贫项目我们必须全力支持。"说得我很不好意思地低下头，同时，一股为扶贫工作做了实事的自豪感从心底油然而生。

硕果累累，不是结尾

2020年是脱贫攻坚的收官之年，没想到，一场疫情突如其来，给扶贫工作带来了干扰。但我们的脚步没有乱，我们更加坚毅地行走在乡村中，行走在扶贫大军中，抗疫、扶贫两手抓。

2月初，我按行里要求在万州宿舍里隔离，14天快结束时，住宅楼里出现疑似病例，大楼被封，彻底出不了门了，扶贫工作只能靠电话联系。一个周六早上，我猜柳书记回万州休息了，给他打了个电话问问情况：

"回万州了？"

"昨晚回来的。"

"那周末好好歇歇。"

"我早上六点半又被叫回来了，去劝赶场的村民们回去，现在还是不得出来。"

闷在屋里上网时，看到许多分支行在支援扶贫村抗疫物资，我立刻开了窍，向柳书记问了村子里的情况，向办公室主任问了库存防疫物资数量，又向行长报告了想法。行长立刻拍板同意，派司机周师傅大清早把口罩、消毒水送到了孙家镇政府。早早等在那里的柳书记和司机师傅一起卸下物资交接给镇领导，这一幕被拍下来，永远定格。2020年3月，这张照片和柳书记的抗疫事迹一起刊登在总行微信公众号上。

好消息接连传来。2020年5月，柳书记被评为重庆市金融系统扶贫模范；2020年8月，天宝村所有贫困户脱贫；2021年1月，万州分行2020年扶贫工作被区委考核为优秀，我自己也被评为重庆市分行脱贫攻坚贡献奖。我觉得很不好意思，自己做的都是应该做的事情，做得还不够好，得到这样"高大上"的荣誉真是问心有愧。

2020年11月23日，国务院确定的832个贫困县全部脱贫，标志着全国脱贫攻坚目标任务如期完成。第二天，牟主席带领我们帮扶集团成员在孙家镇召开现场会，大家热情洋溢地讨论下一步与乡村振兴工作的衔接，心情十分激动。会后，我们在镇政府食堂里吃工作餐，我第一次挨坐在牟主席身旁，向他汇报一年多定点扶贫工作的感受，他听着，不住颔首微笑，我想他应该认可了我的工作。

从事定点扶贫工作一年零四个月后，我结束了挂职工作。回到北京几个月了，我还经常梦到连绵起伏的大山，梦到和镇村干部、扶贫队员们研究工作。前几天，全行七一"两优一先"表彰大会上，我见到了前来领奖的新任行长，听说万州分行按区里安排更换了帮扶村，帮扶工作队驻扎在新村子里开始乡村振兴的工作了。衷心祝愿他们在新征程上工作顺利，祝愿我国早日实现乡村振兴！

（作者：农发行总行内控合规部　关冬宇）

上篇｜一个"外乡人"的扶贫路

一个"外乡人"的扶贫路

"小波啊，有时间再来我家吃蒸鸡蛋糕，阿妈给你做酱豆子！"多年来，这句话时常在我耳边响起，经过岁月的洗礼，依然温暖而清晰。回想几年前与对口帮扶户耿阿姨家相处的点点滴滴，常常让我感怀不已。在那段难忘的日子里，我见证了耿阿姨家细小却明显的变化，我也从最初的憨涩、怯生，到后来融入到如一家人。我渐渐明白，无论语言、地域多么云泥之别，只要把贫困群众当作自己的家人，就能够赢得理解包容、共同成长。

下村频遇语言尴尬

我出生在皖南的一个小山坳里，在南京念书，是典型的"90后"，那时信念很简单，把书念下去、然后走出去。毕业后，我来到了农发行，分配到离家千里的苏北沭阳县。踌躇满志，一个在农村长大的孩子，想要为"三农"作一些力所能及的贡献。正在这时，当地打响了扶贫"三进三帮"的"枪声"，而我根据领导安排，成为华帮村结对帮扶贫困户的一员。知道这个消息后，我当时首先想到的就是："这沭阳的方言我还没弄明白呢，跟村里帮扶户们能沟通得了吗？"

不出所料，第一天入村就遭遇了语言不通带来的尴尬。除此之外，在第一次跟随村主任入户作调查时，我突然萌发了另一个担忧，如果帮扶户从我的讲话中发现我是"外乡人"，会不会让我吃个"闭门羹"？所以扶贫之初，我偷偷地跟随在大部队后面，努力记住他们所沟通的问题，观察他们说话的神情，有时还偷偷地模仿他们讲话的语调。

在多次"跟踪"学习，还有村主任老孙陪同后，我也大着胆子独自走访了自己联系的帮扶贫困户——耿阿姨。然而，当我拉着嗓子，用刚模仿的方言和她说话时，老人仍然摇头表示一脸茫然。看着她眼神中透露出的陌生，我心里一团乱麻，纠结着，犹豫着。但在尴尬的交流中，她总是对我报以温暖的微笑，那种和善和理解，又让我鼓足了勇气。

我所经历的脱贫攻坚故事

真心真诚换来老人认可

"怎样才能和群众拉近距离?"帮扶回来后,我一直思考这个问题。当地的党员干部因为地缘关系,帮扶户老乡自然觉得亲切。对于我这个"外乡人",我想只有把帮扶老乡当作自己的亲人,拿出真心真诚才能获得大家的认可和信任。

度过"如坐针毡"的最初阶段,我基本掌握了耿阿姨家的情况,但我仍坚持每周按时上门,"一回生、二回熟",我想通过增加拜访次数增强耿阿姨对我的信任。

到现在,我依然清晰地记得,那时候耿阿姨50多岁,但是年龄看起来像60多岁,丈夫孙树民去世多年,和90多岁的婆婆住在一起,大女儿已出嫁到四川,几年回来一次,小儿子孙政22岁,在读大学。一家三口就靠耿阿姨务农收入糊口,加上婆婆身体一直不好,让这个原本就紧巴巴的家庭,更加显得飘摇欲坠。

当时,帮扶队了解到这个情况之后,决定全力以赴改善耿阿姨家状况,特别是让耿阿姨重新树立起生活的信心。在往后的日子中,我积极帮助制订"三帮"计划,宣传解释扶贫政策……在不断地"刷脸"中,耿阿姨也逐渐认识了我这个小伙子。

我仍然记得,2015年腊月,当时是零下8摄氏度,也是当年最寒的天气,我来到耿阿姨家,但是没有看到她,邻居跟我说,她应该还在田里,一般中饭都不回来吃,并给我指了指大致方向。我拉紧围巾,顺着邻居指的方向走去。走过一个山头后,一个正在佝偻身子种地的瘦小身影出现了,在寒风之下那个身影那么羸弱,仿佛每次放下锄头就再也拿不起来似的。我的泪水一下子涌了出来,这种情景是那么的熟悉!那不正是我的母亲吗?她们都是生活在农村,都是种地为生的母亲,无论年龄多大,只要自己的孩子还未安定,家里光景没有改善,就朝五晚九永不停息地劳作,好像下定决心耗尽所有心血似的。

倾"儿女"之情,当好结对帮扶人

冰心曾说:"眼因多流泪水而愈益清明,心因饱经忧患而愈益温厚。"可看过因为贫困而忧患重重,经过连番打击逐渐丧失生活信心的家庭后,我越发觉得,扶贫光有物质远远不够。自从那天中午把耿阿姨劝回家后,我在勤"跑腿"的基础上,决定站在"儿女"的立场上,努力帮助耿阿姨家从精神痛苦中走出来。

儿子的工作,一直是老人心中的一块石头。当老人和我说出她的担心后,我认真了解相关规定,知晓其儿子孙政的特长和兴趣爱好后,给老人进行了详细的解答,让老人心里有了"底"。

"阿妈,儿子现在还在大一,孙政懂事,又勤快,以后的工作很好找,而且会出人头地的。"

"阿妈,最近祭灶(也称过小年),孙政放假回来了吗?"

……

下村的时候,我经常和耿阿姨聊聊家常,陪她度过一个人生活的时光,劝慰她放松心情。通过长时间的交流,我能够逐渐感受到她的一些"心结",也尽心尽力帮助她一个个去克服。而在没有下村的日子,我便常和老人通电话,聊她儿女的学习生活情况、老人的医疗问题等。

时间一天天过去,耿阿姨家慢慢地发生着变化:昔日漏水瓦房,被重新翻修;以前堆满落叶的院子,被打扫得干干净净,整洁宽敞了许多;过去零零散散的玉米棒子,被老人整整齐齐地垒成了小山,占据了大半个堂屋;院子里的水井已经被封住,通上了村里的自来水……看着这些变化,我打心底里高兴。

2018年我离开宿迁去了南京,走上新的岗位,离别前再一次去了耿阿姨家。我依然记得,耿阿姨老人看到我时,聊得最多的还是她的收入,就像回家时,父母在我面前算一年的流水账。聊天的最后,她依旧不忘说:"小波啊,有时间再来我家吃蒸鸡蛋糕,阿妈给你做酱豆子!"老人这一次次的"唠叨",却让我感觉心里亮堂堂的,成为我不断前行的精神力量。

(作者:农发行总行驻江苏审计办事处 邢永波)

■ 耿阿姨家里建新房前(左)和建新房后试着使用新建自来水(右)的留影

我所经历的脱贫攻坚故事

从固定资产维度扶真贫、真扶贫

有一个大家庭，家庭中的每一位成员脸上总是洋溢着春风般的笑容，目光中却透露出干练和坚毅。这些默默奉献的家庭成员们，已经在固定资产管理岗位上打拼了20个年头。

特别是2015年以来，这个大家庭的每一位成员以强烈的时代责任感和使命感，在脱贫攻坚的"最前线"挥洒着汗水，不负韶华，诠释了农发行人的忠诚与担当。这个大家庭就是农发行财会部固定资产处。

舍小家为大家

2020年底，农发行新疆、西藏等"三区三州"地区大部分分支机构营业用房问题得到彻底解决，在服务打赢脱贫攻坚这场硬仗的征途上，处内每位同志如期实现了自己的目标。

回首来时路，郁郁满芳华。固定资产处承担着调配资源助力脱贫攻坚的伟大使命，处内每位同志身上的担子越来越重，时间见证了大家在服务脱贫攻坚战场上的快速成长。

"一定要好好干！"这句话是他们坚持到底的动力。处里的同志们，爱人工作繁忙，孩子还小，但处里工作一旦忙起来，几乎每天都是早出晚归。连他们自己也记不清有几次，因为出门太早、回家太晚，孩子都感觉很久没有见到自己的爸爸妈妈了。这几年因为处里工作太繁忙，同志们陪自己家人的时间太少，在同志们的手机里，连一张像样的全家福合照都找不到。

"上面千条线，下面一根针。"处内每位同志深知，只有熟悉掌握扶贫地点的实际营业办公环境，找准重点难点，因分支机构施策，才能保证精准扶贫落到实处。"入山问樵，入水问渔。"为了保证各机构的基建项目合规、经济、合理，处里的同志们常年加班加点到基层行调研，现场给分支机构具体指导。有时候短时间内跑多个项目，舟车劳顿，甚至还会遇到各种自然灾害。记得在去云南彝良县和四川珙县现场调研的路途上，遇到了山体塌方，情况非常危险，同志们不畏艰险，依然往调研的目的地前进。这需要多么坚定的信念和完成任务的决心啊！

能有上面的故事，是因为他们知道，只有深入一线，才能深切体会到基层行关心什么、期盼什么、缺什么、愁什么。通过实地调研，他们对各机构的需求和困难都如数家珍，有的放矢地帮助各机构明确需求、解决困难。经过各方努力，各机构营业办公环境显著改善。

2020年春节，突如其来的新冠肺炎疫情给脱贫攻坚带来了新的考验。处里每位同志主动请缨，坚持天天在岗，想方设法为贫困地区分支机构解决实际困难。

扶质扶志有办法

"民之为道也，有恒产者有恒心，无恒产者无恒心"。固定资产处的同志们认为只要有了自有的办公场所，员工就有"行"至如归的感觉。他们的着眼点是执行国家意志和以人为本。为了积极响应国家和行里号召，固定资产处率先将财务资源向贫困地区倾斜，为上述地区提供了更多的物质保障，优先解决涉及"三区三州"项目行营业用房问题；同时，针对外地员工较多的项目行暖心地提供周转房保障。在贫困地区机构车辆保障方面，增加车辆编制，确保各机构在脱贫攻坚中有稳定的后方，持续稳定发力。青海玉树营业用房项目，因所在地区艰苦并处于地震多发带，固定资产处在安排基建指标时按照更高的结构安全等级标准考虑，在2010年玉树地震时，房屋安然无恙，保证了工作人员和财产安全。

截至2021年7月，固定资产处共组织审批新疆和田地区、喀什地区、克孜勒苏柯尔克孜自治州、博尔塔拉蒙古自治州、西藏自治区等十几个贫困地区分支机构基建项目。博尔塔拉蒙古自治州营业用房已投入使用，员工在新的办公环境中精神得到提振，活力得到激发，带动当地更多的群众树立脱贫远志，引领越来越多的贫困群众走上自立、自强的致富路。

除了在工作中脱贫攻坚，在生活中固定资产处的每位同志也以身作则，树立扶贫表率。平时大家要求自己克俭克勤，但是在扶贫捐款和购买扶贫产品时却毫不吝啬，力所能及地为贫困地区捐款和购买扶贫产品，为打赢脱贫攻坚战贡献自己的一份力量，受到了领导、同事和扶贫地区群众的一致好评。

有扶贫情怀的银行人

国之所需，民之所向，银行之所为。银行既是经济发展的助推器，又是社会稳定的重要支柱，脱贫攻坚是新时代中国社会稳定的发轫点。真正的银行人，是伟大的家国情怀与具体的银行业务相结合的人格化。银行人要从宏观经济角度看问题、想问题，从微观主体需要和潜能出发找切入点和突破口。做坚定政治信仰的银行人，这是方向；做富有专业精神的银行工匠，这是饭碗；做银行界的哲学家、理论家，这是水平；做银行界的行动派，这是品德。处内每位同志都力争做这样的银行人，将上述品质与扶贫情怀有机结合，将扶贫工作内化于心、外化于行。

财务应该服从、服务业务，规范、促进业务发展，而不是阻拦、扭曲业务。银行经营要算账，但不是算小账、眼前账、单项账，而是算大账、长远账、综合账。处内每位同志都坚持算大账、长远账、综合账。

"周虽旧邦，其命维新。"一个国家是这样，一家银行、一个银行人也是这样。创新是对历史的扬弃和升华。破除藩篱桎梏，力争主动作为；允许试错容错，营造创新氛围。创新不是闭门造车、空穴来风，创新从实践中来、到实践中去，迎着问题来，奔着解决去。针对固定资产管理在服务扶贫工作过程中碰到的难点、堵点，处内每位同志及时提出务实管用的办法。实践、认识、再实践，循环往复，止于至善，不断增强活力，提升农业发展银行固定资产管理体系和管理能力现代化水平。

每当春天到来，处内每位同志在看到又有新的贫困地区分支机构营业用房投入使用时，总会露出会心的微笑。

（作者：农发行总行财务会计部　李国君）

墨玉县支行营业用房（旧）　　墨玉县支行营业用房（新）

洛浦县支行营业用房（旧）　　洛浦县支行营业用房（新）

■ 农发行墨玉县支行和洛浦县支行营业用房对比图

农发行人在锦屏

我是总行大客户部的秦小军，2018年9月，响应脱贫攻坚尽锐出战的号召，有幸受总行党委选派，到贵州省锦屏县罗丹村驻村帮扶，投身于决战决胜脱贫攻坚战役。

"非常时期，经历非常时刻，何其有幸。"2020年3月3日，贵州省政府正式发布公告，锦屏县脱贫摘帽，彻底撕下千百年绝对贫困的标签。那一刻，我亲历在一线，无比荣光。

"从走出校门到入职农发行，在机关工作了二十年，一个人趁年轻总要做点事情，逃离舒适区，到基层一线去。"这，就是我投身于一线扶贫最真实的想法。

■ 锦屏"四人小组"为贫困户义务插秧

来到锦屏，并不像很多人想象的那样，会水土不服；相反，我倒是很"服水土"，唯独语言交流有些费劲。但是，吃得来蘸水，夹得起折耳根，老百姓会看在眼里；朴素的语言、善良的眼神和沾满泥水的胶鞋，老百姓会记在心里。这，就是最真诚的交流。

夜晚，聆听着虫鸣蛙叫，我们思考着如何把锦屏的帮扶工作做深做细做实。在一线的两年多里，作为党员干部，我们小组全员时刻牢记并身体力行"一名党员就是一面旗帜"，坚守"不求名、不求利、不求官"，不驰空想、不骛虚声，苦干实干加巧干地扎实工作。

无论是对接县里的融资需求还是帮扶贫困户，我时刻牢记党的宗旨，以"脚下有泥，心中才有数"自我警醒，坚持"能当面谈决不打电话""自己多跑腿、别人少跑路"。特别是在帮扶实践上，在与贫困户、村"两委"、地方党政的沟通交流中，我深刻理解到，"磨破脚皮"远比"说破嘴皮"更能消除隔阂、拉近距离、达成共识，让农发行"四融一体"的工作机制落地生根、开花结果。

两年多里，我们始终坚持人民至上，立足脱贫大局，坚守风控底线，汇聚传导了总、省、州、县四级行的关爱与支持。一笔笔捐赠资金准时到位、一个个扶贫车间建成投产、一朵朵金丝黄菊走出大山、一户户贫困村民"摘帽"增收、一批批支农项目落地，脱贫攻坚定点帮扶各项指标连年提前超额完成，让身处攻坚一线的我们，深切感受到来自"家"的力量与护持，备受激励和鼓舞。

唐鲲鹏、杨绍帆、潘贵平再加上我，组成了锦屏帮扶工作组，分别来自总行、省分行、州分行。可以自豪地讲，我们都是个顶个的好汉！

2020年大年初一，新冠肺炎疫情凶猛来袭。我从北京开车远赴1200多公里外的岳母家过年。不曾料想，刚刚抵达又立马返京，连夜赶回锦屏防控一线。

默契的是，我们谁都没有接到县里通知，但都知"疫情就是命令，防控就是责任"，正月初三就在锦屏集结到位。

越是紧要关头、关键节点，越要践行初心使命；困难挑战越是严峻，越要彰显农发行的政治担当。我们不是医护人员，缺乏专业医护知识，但我们可以发挥资源优势，协助县里解决防疫物资紧缺的问题。

当天晚上，"四人小组"集体商议，决定从农发行对锦屏的特困专项捐赠资金中拿出10万~15万元，按照"多、快、好、省"的原则，加紧采购疫情防控物资，开展"万只口罩援锦屏"行动。

那个时候，口罩不是"一天一个价"，而是"一个小时一个价"，价格蹭蹭蹭往上涨。为了迅速抓住资源，杨绍帆自掏腰包12万余元，先行垫付购买了5万只口罩，解了锦屏燃眉之急。

上篇 | 农发行人在锦屏

■ 锦屏县小岸村感谢农发行的帮扶，为农发行赠送锦旗

■ 农发行援助锦屏县疫情防控爱心捐赠仪式

我们四个人性格各异，但价值观高度一致。小组里的唐鲲鹏，已是两个孩子的父亲，岳母腿部骨折在床，其依然坚守一线；杨绍帆的妻子辞去贵阳的工作，带着儿子到锦屏上学，全家一起到一线帮扶；我的老父亲2019年初确诊患癌，两年多来，手术与放化疗方案只能通过电话多方求助、远程协调。我理解，在小家与大家面前，所有这些，都彰显了农发行人在脱贫攻坚一线的使命担当与家国情怀，维护巩固了农发行扶贫银行的品牌形象。

入行23年，我始终以"正确的方向、正直的人品、过硬的素质、扎实的工作"惕厉自己，恪守正道、坚守底线。

尤其是挂职扶贫以来，农发行主导捐赠锦屏的帮扶资金就有3000余万元，如何以聚焦精准为前提，精打细算"少花钱、多办事"？如何更好助力定点扶贫县决战决胜脱贫攻坚？特别是锦屏财力薄弱，如何做到既精准帮扶又维护好银政关系？这些着实锻炼了我们坚守底线、解决实际问题的能力。

惟其艰难，方显勇毅；惟其磨砺，始得玉成。两年多来，有总行党委做坚强后盾，有贵州省分行全力支持，我们始终坚持解放思想、实事求是，摆正位置、坐稳板凳，既冷静面对各种力量围猎、洁身自好、廉洁帮扶，又发挥全系统的资源优势、客户优势和信息优势，实现资金引进与人才引进、拓展思路与拓宽销路、提升质量与优化结构"多个同步"；既有理有据有节拒绝不合理不合规要求，又及时安排已报审项目资金予以支持；既有受政策限制暂时未能支持乡村旅游基建、农村道路安全等项目的遗憾，更有水果保鲜冷藏库、农特产品烘干房、生态肉牛养殖场等实实在在的帮扶，有效扭转了脱贫攻坚责任主体不清的局面。脱贫攻坚党政主体责任与农发行帮扶责任的边界越加清晰，银政企多方磨合更加顺畅，"战贫抗疫中求合作、合作发展中求共赢"得以实现。局面能够打开，追根溯源就在于农发行有一支敢打必胜、勇于创新、善作善成的队伍。

一朝帮扶，百感交集。一人挂职，全家锻炼。两年攻坚，所获颇丰。两年多挂职帮扶，不仅锻炼了父母妻儿这个小家，更重要的是，在决战决胜脱贫攻坚的"大熔炉"里，我们更加纯然地融入了黔山贵水，更加坚定了农发行人敢打硬仗、善打胜仗的自信，更加深刻地理解了"支农为国、立行为民"的使命。两年多的扶贫经历，将会是也必然是我最为宝贵的财富，令我受益终身。

（作者：农发行总行大客户部　秦小军）

下篇

竭智倾心历苦累　只为百姓无苦悲

贫困的情形，让他想起来揪心；贫困的现实，让他看起来心疼。

卢强，农发行武邑县支行行政副经理，每每谈及5年的脱贫攻坚经历，他总是充满欣慰，之后往往又泪眼潸然。

武邑县位于河北省东南部、衡水市东北部，辖7镇2乡1区524个行政村，是国家扶贫开发工作重点县。

作为武邑县唯一服务"三农"的农业政策性银行，从2016年3月起，卢强带领支行工作队进驻贫困村。

扶"志"扶"智"，激发力量

走进河北省武邑县韩庄镇姬村，犹如进入几十年前偏僻荒凉的边地（他大学毕业后曾目睹过大西北偏僻之地的情境）。街道"刮风一身土，下雨两脚泥"，房屋破败，荒草丛生，村民衣衫破旧，眼里含着无奈。当他主动与村民握手问候时，村民们那种"怯生生"的眼光令他难以言表。问及每年的收入，村民似乎更是难以启齿。

怎么办？将哪里作为工作的起点？当晚住在村里，他彻夜难眠，思来想去，最后决定先走访调研。

自己一杯水，预备几盒烟，先亲近村民，密切关系，让村民说出心里话。这样，几天下来，通过走访调研，他基本做到了知根知底：村集体经济基础非常薄弱，村支书对工作没有信心；村委会主任外出打工，基本不参与村里工作；班子成员各忙各的；党支部带头作用发挥不明显……结果可想而知：村民们就靠几亩地和干点杂活养活一家人。

找到了贫困的症结后，他确定了整体思路：先扶"志"，再扶"智"，群策群力找路子。

接下来，他先解决村委班子存在的问题。把他们召集回来，分别谈心，逐人解决思想认识问题；之后召开班子会议，他讲人生、讲志气、讲发展、讲奉献……不论白天黑夜，不管饭后饭前。终于，村干部被他的真诚所打动，被他年近花甲却有远大志向所震撼，统一了认识，有了好好干的想法，树立了带领群众脱贫致富的信心，决心造福一方。经过不长时间，干部形象重塑，干部威信重树。

第一次党员大会召开了，第一次村民大会召开了，第一封决心书写了，第一份目标责任状签了……卢强感动了，他认识到了思想工作的重要性，感受到了村民们脱贫的渴望与热情。

思想问题解决后，实际行动便开始了。他建立党员微信群，组织学习习近平新时代中国特色社会主义思想及系列讲话，唤醒了党员意识，凝聚了战斗力，密切了干群关系；他带领村干部到先进村参观学习，并让干部们谈感受、说想法、提干法，想方设法激发他们"智"的潜能。在此基础上，他结合村"两委"换届对村党支部重新进行了分工，坚持用制度管人管事原则，使村"两委"工作走上了正轨。

然后，村里建起了党员活动室、村委会办公室、村民文化广场，完善党支部和村民自治制度。党建制度、党支部议事规则、村委会议事制度上墙。村党支部购置了会议桌、座椅、柱式空调等设施，吸收发展致富带头人姬占良为共产党员。村党支部建设为以后开展扶贫工作打下了坚实的基础。

精准施策，带头致富

为确保2020年全面实现小康目标，卢强细致思考，统筹安排，走了下面几步棋。

一是确定帮扶策略。按照"因村制宜""一户一策"的脱贫工作思路，首先制订了村发展规划和贫困户帮扶计划，实现对贫困群众精准帮扶，让真正贫困的村民享受惠民政策。二是加强基础设施建设。用好扶贫资金，多方创新思考，有效开展工作。几年来，他用数据说话：为村里修建通村公路2公里，硬化街道300平方米，建村民文化广场280平方米，街道绿化种植洋槐80棵，安装路灯12盏，购买垃圾箱4个，危房改造提升4户，农村厕所改造49户。建立了"村电子商务服务站"，运用电子商务平台销售花台、花架等老榆木家具，联户购买农资节省开支。协调县扶贫办跑办50千瓦/小时变压器一台、水泵一台套，有效灌溉面积增加150亩。为养殖户跑办扶贫资金3万元扩大养猪场规模，使4户贫困户每年增收2000元。为3名贫困大学生申请助学资金、泛海计划等，每年资助2000~5000元。三是开展"就业扶贫"。联系河北顺天家具有限公司、占良硬木家具电商销售平台，安排贫困户6人就业，带动2户贫困户每年增加收入11万元。村民们为武邑县支行送来了锦旗以表示对驻村工作队的感谢。

身先士卒，尽己之力

姬村有位建档立卡贫困户叫姬立元，属于贫中之贫，卢强作为帮扶责任人主动重点帮扶。姬立元的基本情况是，自身有哮喘等慢性病，妻子在家务农；有一个上大学的女儿和一个上小学的儿子。初到姬立元的家中，卢强被惊到了，年久失修的旧房屋，院子里满是杂物，屋里的家具破破烂烂，沙发是捡回来的。他通过交谈进一步得知：姬立元女儿上大学借了亲戚5000元钱，小儿子身上穿的衣服都是姐姐之前的……这让卢强意识到什么才是真正的贫穷。他掉泪了！

了解了实际情况后，卢强积极为姬立元寻找脱贫的出路。首先帮助他申请到危房改造资金修缮了房屋，避免雨季漏房发生危险。针对孩子上大学急需用钱的情况，卢强积极协调县教育局和银行，申请助学贷款和贫困大学生资助，小儿子读小学享受"两免一补"。由于家庭收入微薄，卢强帮助姬立元与扶贫办签订协议产业脱贫，为其每年分配光伏产业收益3000元和孕马血清分红1000元。每年低保金2000~5000元。

2019年10月，不幸再次降临，姬立元因交通事故而腿部摔伤，住院花去医药费7万余元。为防止其返贫，卢强协调韩庄镇党委、镇政府及县扶贫办、县医保局、县保险公司等启动精准防贫机制，为该户解决救助资金5.2万元。为此，姬立元两次送现金2000元到工作队驻地表示感谢，均被他婉言谢绝。反而是，从此以后，卢强还让他吃了另一颗"定心丸"：卢强每月还从自己工资中拿出500元，按时资助补贴，直到姬立元小儿子成家立业。这次，姬立元掉泪了！

此为：心系民生"两不愁三保障"，精准扶贫防返贫。

不知不觉已五年。武邑县支行驻村工作队以基层组织建设为基础，以"抓党建、促脱贫"为己任，不断推进脱贫攻坚向乡村振兴纵深开展。卢强的故事深感人心，2016年、2019年，他曾被评为河北省精准扶贫"优秀驻村第一书记"、河北省分行脱贫攻坚先进个人。

当问及他这几年苦不苦时，他会悠然而言：苦不苦？想想长征两万五！当问及他未来的打算时，他又会神情庄重地背诵屈原的诗句：路漫漫其修远兮，吾将上下而求索。五年的脱贫攻坚经历也更加坚定了他——一位农发行人的家国情怀和致力于乡村振兴的使命和担当。"为什么我的眼里常含泪水，因为我对这土地爱得深沉！"

（作者：农发行武邑县支行　卢　强　张禹佳）

我所经历的脱贫攻坚故事

■ 卢强在贫困户家中为其讲解教育扶贫、健康扶贫相关政策

■ 贫困户向农发行武邑县支行送来锦旗

常念桑梓苦　不忍无边穷

李河喜，农发行邯郸市分行一位年近花甲、体弱多病的老同志，刚刚结束在鸡泽县邢堤村两年多的新农村建设帮扶，又听从组织召唤，再次披挂上阵，告别了优渥的城市生活，奔赴扶贫攻坚第一线，担任涉县合漳乡张家头村党支部第一书记兼精准扶贫驻村工作队队长，开始了为期两年的驻村扶贫。他常说："我也是山里头出来的苦娃子，不能看着乡亲们再过苦日子。"

实仓廪，解温饱

初到张家头，他被眼前的一幕幕深深触动。张家头村是"出行难、环境差、村民增收难"的典型贫困村，地处晋、冀、豫三省交界的贫困山区，距离县城上百里，土地贫瘠，只能靠天吃饭，种粮连温饱都解决不了。作为刚到任的第一书记，必须首先让乡亲们有饭吃，有衣穿，实现温饱，才能赢得乡亲们的信任，打开工作局面。

为了找到增加村民收入的办法，他动足了脑筋。在多方考察和充分调研后，他所带领的工作队选择了以种植经济作物、开发荒山资源为突破口。于是，他一方面邀请农牧局和药材公司专家进村调研，免费为村民讲解药材种植知识，指导村民种植耐旱中药材柴胡、射干；另一方面积极动员党员村民带头改造精品苹果园、精品核桃园，充分发挥示范带头作用，引导全村林果业的发展。短短几个月，在工作队的推动下，该村种植柴胡、射干300多亩，改造苹果园和核桃园40亩，新型经济作物产业已见雏形。

正当全村准备大干一场时，一场突如其来的洪水，冲走了大伙儿的希望。2016年7月19日，邯郸遭受20年来最强的暴雨袭击，张家头的作物被洪水和泥石流冲毁，大伙儿都泄了气。可他带领的工作队却顾不上悲观失望，他们是脱贫致富的领跑人，不能停；他们要抢抓大灾促大建的机遇，不敢等。暴雨过后第四天，工作队就利用雨后土地湿润的有利条件，带领村民在荒山荒地种植药材连翘，在泥泞的荒山中开发了900亩连翘园。与此同时，农发行充当起工作队的坚强后盾，总行特批5万元专项救灾资金，帮助村民陆续开发了"百亩核桃林""百亩花椒林"。时至今日，张家头村周边沉睡千年的荒山已焕发出勃勃生机，撂荒的梯田已变为走上致富道路的阶梯。

多歧路，今安在

山区道路崎岖难行，村民祖祖辈辈下田耕种，走的都是杂草丛生的羊肠小道。送肥料、收庄稼，都只能靠肩挑人扛，十分艰难，即使有了经济作物，也没有办法运出大山。他看在眼里，急在心上，一方面带头发扬愚公精神，带领村里党员群众自力更生修路；另一方面不顾疲劳多病，多方奔走求援。此时，农发行又站了出来，借项目合作之机，积极请求涉县政府划拨专项资金支持，春风化雨润"三农"，一笔笔帮扶资金汇入村里。一年多来，张家头村新建道路6公里，硬化田间道路4.7公里，崎岖化作了平坦，歧路变为了康庄大道，"行路难"彻底成为过去时。看到村民终于能够开着三轮车将肥料直接运到田间地头，大片荒芜的土地又冒出了绿意，一批批药材运到山外，乡亲们的钱包越来越鼓，他内心深感欣慰。

■ 李河喜工作照

易旧容，换新颜

张家头村历史上多发洪涝、山体滑坡等严重自然灾害，村民生产生活始终面临威胁，环境也存在脏乱差的问题。为未雨绸缪，他多次组织人员专题研究，规划通过建设居民区、基础设施和泄洪渠道，在提高防灾水平的同时，把张家头打造成为美丽乡村。2016年发生特大洪涝灾害时，他始终坚守工作岗位，查勘灾情，动员群众不等不靠，自己动手，重建家园。洪水退去，他们首先带领群众重建了公共厕所，在村口和干道旁设立了垃圾箱，在村边设立了垃圾填埋场，村里卫生设施旧貌换新颜，彻底告别了"脏乱差"，真正走向了"绿美富"。一个山清水秀、村容整洁、诗情画意的美丽乡村正在逐步呈现。

洪水中的一片黑暗，让他记忆犹新，他决心彻底解决张家头村电力供应问题。他带领工作队不分日夜勘察全村，做好了光伏电站选址工作。可这件事没有得到村民的认可，不少人对光伏发电项目顾虑重重，有人甚至说工作队吃了回扣。为此他挨家挨户宣传光伏扶贫政策、优势，当面给群众算经济账，搞好动员，消除了村民的思想顾虑。项目上马后，他亲自动手帮助群众丈量房顶、院落，邀请光伏发电设备专家到村指导安装。与此同时，他还让全村贫困户以贷款入股方式，成立了合作社。

启民智，拔"穷根"

在大家都为山村巨变欢欣鼓舞时，他却又愁上了。民智未启如何久富？健民心、启民智、塑民风方能让脱贫工作成效长久，彻底拔掉"穷根"。邯郸市分行干部员工和他的想法不谋而合，向该村捐献了数以万元的桌椅、电脑、书籍，帮助村民建设了村民大礼堂，村民有了学习、培训、开阔视野、了解世界的"充电站"。他又多方筹措资金，为村民建设了文体广场，配置了体育健身器材，村民第一次拥有了自己的文化娱乐场所。

扶贫必须先消除思想观念上的"贫"。他走遍了全村各个角落，挖掘出了长生寺这个蒙尘的宝贝。长生寺始建于元朝，是邯郸市文物保护单位，这么好的旅游资源却没有得到开发。2016年初，他多次向村委和村民普及文物保护观念，宣传旅游产业是阳光产业，大伙儿的观念为之转变。他带领工作队组织对该寺进行了修缮维护，开展了宣传。该寺成功实现了自收自支，成为村里的一张新名片。以此为开端，他带领的工作队和村"两委"干部定下了多渠道、全方位招商引资发展旅游业的大计，并和一家开发商签订了合作意向书，将逐步打造张家头村生态景区游和古迹景观游，让大家都能在这里找到消逝的乡愁。

舍小家，为乡里

常年驻村扶贫，家里急需人照料，他却无法分担，为此他常怀愧疚。有时奔波一天后，他的腰腿疼又犯了，身体如散了架似的难受。他也在想，是该离开这繁重的扶贫攻坚第一线，回家颐养天年、含饴弄孙了。可作为一个同样从贫困里走出来的山里娃，作为一个被组织寄予厚望的老党员，作为一个半生致力于支农的农发行老员工，他心里有着对贫困最深切的体会，有着对父老乡亲浓浓的反哺之情，更有着对故乡青山绿水的深刻记忆和服务脱贫沉甸甸的责任。看着秀美的故乡山川、看着荒芜贫瘠的土地、看着贫困的街坊邻里，他不能走、不舍走，也不愿走！张家头村已实现全部脱贫，没有辜负他的辛劳付出。

正所谓：农发行人聚心力，致力支农使命艰。瘦马扬蹄心不老，扶贫一线勇当先。家国情怀胸中藏，贷款资金播田间。绿水青山梦未圆，誓叫乡村换新天。

（作者：农发行邯郸市分行　张勇刚　许　琳）

小产业托起致富大梦想

8月骄阳似火，河北省新河县寻寨镇东小漳三村尹志忠的家庭工厂内依然热火朝天，村民们正在熟练而又忙碌地生产、分拣、打包着一件件小玩具。

本村贫困户颜凯成就是其中的一员。"自从村里有了小工厂，我就不再去城里打工了，既能在自家门口打工，又不耽误照顾老人小孩和田里庄稼，每天能挣工资100多块呢。"谈起小工厂的打工经历，颜凯成很知足。

扶持发展家庭工厂是东小漳三村扶贫工作中的一大亮点。两年多来，驻村工作队立足村情民情，既扶贫又扶志，因地制宜，念好扶贫"三字经"，闯出一条兴产业促脱贫的路子，有效激发了村民摆脱贫困的内生动力。

拔穷根

思想贫困是导致贫困的最大障碍。东小漳三村是全县远近闻名的国家级贫困村，全村460户，人口1257人，耕地2119亩，人均耕地仅有1.68亩。当地依然沿袭着"两亩地一头牛，老婆孩子热炕头"的落后观念，由于耕作的是小麦、玉米传统农作物，产出收益率很低，2017年老百姓的年人均收入仅有3300元。

2018年初驻村后，农发行新河县支行扶贫工作队针对少数贫困群众自力更生意识不强、"等靠要"思想严重的问题，经过一番调研走访和与群众促膝谈心，创新工作方式，强化教育引导，工作队找到了"扶贫先扶志向，致富必拔穷根"的帮扶方向，实现了贫困群众思想从"要我脱贫"到"我要脱贫"的转变。

"我们东小漳三村这个村，老百姓祖祖辈辈面朝黄土背朝天，人多地少，地里收成也不行，老百姓文化程度低，也没有本钱发展特色种植养殖、做个小买卖……"说起如何才能让贫困群众尽快摆脱贫困局面，老支书沈来杰一脸的无奈。

"老郭，你是县城里来的，认识的人多，能不能给咱找份干体力的活计？"一次，五保户杨秋良找到驻村工作队第一书记郭剑儒，唠起了家常。

我所经历的脱贫攻坚故事

杨秋良眼睛有残疾,原先在省城的建筑工地上干活,现在上了年纪,不想在外漂泊了,就想回到村里找一份工作干,可一直闲着没活干。

"咱有的是力气干活,光吃五保靠国家救济总不是常法。"杨秋良道出了部分贫困户的心声。

是啊,老话说得好:"救急不救贫,靠救济富不了家。"老百姓要想从根本上铲除"穷根",就必须依靠发展产业,增强自身"造血"功能,走劳动致富的路子。

现在农村劳动力资源丰富,而且"物美价廉",引导先富起来的"能人"到村里创业办工厂,不失为一条好的脱贫致富路子。如何引领群众脱贫致富的思路渐渐清晰。工作队及时会同村"两委"对贫困户逐户摸实底,据实情,刷标语,开展思想发动、宣传教育和情感沟通工作,"一户一策",因户因人制订帮扶计划和措施。

大家的脱贫热情逐渐被调动起来。可问题又来了,到哪里找适合文化层次低、简单又适合贫困人口就业的劳动岗位?

招财神

"以前我在石家庄小商品批发市场搞批发,现在岁数大了,干不动了。村里的几家小厂子都是从前跟我出去搞批发生意赚了一些钱的年轻人回到村里办的,生产批发一条龙,利润比之前高多了。"

一次,老支书沈来杰谈起自己过往的一番经历,点醒了梦中人。驻村工作队第一书记郭剑儒从中受到了启发。

"沈书记,咱们村的小工厂还是太少了,规模也不大,我看,应该大力扶持一下。这也和当前国家提倡的'乡村振兴、产业先行'政策相吻合。我们应该大力培养农村创业致富带头人,只有发展产业,才能从根本上拔掉老百姓的'穷根',贫困群众才能从根本上脱贫致富。"

听到驻村工作队第一书记郭剑儒的一番"高谈阔论",老支书沈来杰眼前一亮,茅塞顿开。

"其实,你的这个想法,之前我也想过,但就是没有往实里做。现在你们工作队来了,你们见识广、道道多,给咱村里谋划谋划下一步发展的思路和方向,剩下的交给我们来做。咱们共同干一番脱贫攻坚大事业。"说到这里,老书记来了精神。

2019年春节的一天,老支书沈来杰给驻村工作队第一书记郭剑儒打了一个电话,说是在石家庄有个老乡联谊会,请他过去认识一下。其实这就是他们早已谋划好的"东小漳三村石市招商会"。

"大家都是背井离乡从农村出来的,为什么出来,还不是一个字,'穷'呗。穷则思变，现如今大家富裕了，可村里还有人靠国家低保吃救济生存，希望大家认真考虑一下回村办厂的事情。其实回村办厂还是有优势的，起码农村劳动力资源既丰富又便宜，只要给一个劳动机会，能挣到维持生计的工资，他们就满足了。另外，如果大家有意回村办厂，村委会和工作队都将鼎力相助，一路绿灯……"

没等郭剑儒把话讲完，快人快语的尹逢东插话道："老郭，回村办厂算我一个，你一个城里上班的大领导都跑到俺们村扶贫来了，作为东小漳三村的一分子，回村办厂给乡亲们一口饭吃，是我们这些在外经商的人义不容辞的责任。"

尹逢东的话分量很重，大家也很赞许。初次"招商会"大告成功：确定回村办厂2家，意向3家。

为了给回村办企业的致富带头人创造一个创业环境，工作队协助村里利用交通扶贫资金打通了断头路，并在建厂选址上尽可能提供便利。后来有企业反映用电指标受限。工作队协助村委会特事特办，及时联系供电局在工业区新上大功率变压器一台，解决了企业的用电困局。

2020年，在疫情期间工作队又联系农行，为5家家庭工厂每家提供30万元低息惠民贷款，再次解了流动资金不足的燃眉之急。

圆富梦

东小漳三村引导扶持的家庭工厂很有特色，这些小微企业所生产的产品大多是靠劳动密集型完成的手工活，是不易机械化大批量生产的小产品，这在农村很有市场，同时也得到村民的积极响应和认可。

贫困户肖忠英，七十多岁了，而且是三级语言障碍残疾，平时基本不能下地干农活，但在家里也闲不住。根据这部分贫困人口的特点，工作队和村委会就主动到小工厂帮她们联系活计，允许她们这些上了年纪的贫困户把产品带到家里去完成，实行计件工资，多劳多得。这样，她们就可以坐在家里，一边忙活着手中活计，一边看着电视唠着家常。

"活儿倒是不累，就是耗磨时间，好在俺们这些农村老太太有的是时间。每天下来，赶紧了，能挣二十块钱，一般情况也就是挣个十几块钱吧。"在贫困户李遂巧家，李遂巧一边介绍着她的打工情况，一边拉着我们看她加工好的产品。

"小工厂可起了大作用。像肖忠英、李遂巧这样无劳力、半劳力的贫困户，在家里打工的有七八户，虽然挣得不多，但她们很知足。自从兴办起了小工厂，村里老太太们说闲话的少了。"介绍起小工厂的好处来，老支书沈来杰的脸上满是得意的笑容。

东小漳三村在驻村工作队的帮扶下，依靠自身丰富的劳动力资源大力发展小产品加工业，家庭工厂越办越多，越办越红火。该村已经建成小玩具、竹筷、鸡蛋托三大类8家家庭微工厂，年产值3000多万元，直接吸纳150多名农村富余劳动力就业，其中三分之一的贫困人口实现了在村工厂稳定就业，年收入最少的有四五千元，多的达到3万元。截至2019年底，全村年人均纯收入达到6800元，较2017年翻了一番，31户建档立卡贫困户全部脱贫，贫困村的帽子终于摘掉了。

"在驻村工作队的帮扶下，东小漳三村最大的变化就是小工厂办起来了，老百姓变勤快了，村风民风更朴实了。以前农闲时节男的打牌闲逛无事做、女的东家长来西家短，现在家家户户忙着打工抓收入。不出村，就能打工挣钱，昔日'泥腿子'如今变成产业工，这是咱老百姓祖祖辈辈想不到的事情啊！今天的东小漳三村真正实现了真脱贫、脱真贫。"村支书沈来杰兴奋地告诉笔者。

2020年7月又传来好消息，东小漳三村顺利通过国家脱贫普查组检查验收，为该村全面打赢脱贫攻坚战画上了圆满的句号。

脱贫摘帽不是终点，而是新生活、新奋斗的起点。郭剑儒和他的驻村扶贫工作队将继续紧盯贫困人口持续稳定增收，着力巩固产业扶贫成果、提升产业扶贫质量，确保脱贫攻坚成色更足、质量更高、产业更旺，努力实现巩固拓展脱贫攻坚成果同乡村振兴有效衔接。

（作者：农发行新河县支行　程维政）

■ 东小漳三村驻村扶贫工作队研究脱贫工作方案

李淳的微信朋友圈

微信，这个现代的沟通媒介，见证了许许多多或精彩纷呈、或催人泪下、或可歌可泣的故事。今天，让我们一同走进一位扶贫书记的微信。

晋婆婆农产品公司桑总发来信息："李书记，你推荐的李家庄黑玉米、黑小豆去年卖得特别火，今年咱村里的货我全包了啊。"

村东头罗大哥发来语音："李书记，这次从阳泉回来再帮我捎些药，还是那个牌子。对了，上次的钱您还垫着呢，这次说啥也得清了啊。"

李天凤："李书记，我回到湖北了，到家了。走失了18年，要不是您帮我，我这辈子再也回不来了……给您下跪了……"

李二宝："李叔叔，爷爷昨天晚上走了，临走时还念叨，让我替他这个老兵给您敬个军礼。他总说道，年轻人好样的，这样的干部，他佩服。"

这就是我们今天的主人公——农发行驻阳泉市盂县西潘乡李家庄村的扶贫第一书记李淳，一位有着29年党龄的党员。

2017年10月20日，李淳在微信朋友圈发布了一张照片。他站在田间地头，一手拄着拐杖，一手举着一根黑乎乎的玉米。他前一天帮村民收割庄稼时不小心扭伤了脚，照片中的他看着丰收的黑玉米，心里别提多高兴了。李家庄世世代代都种植玉米，但辛苦一年，一亩地的收入还不到700元钱。李淳到了村里后，始终把这件事放在心上，多次前往农委、农业局、种子公司，请来一拨拨农科人员，帮忙出主意、想办法，最后农科人员建议村民改种黑玉米。但起初大伙儿心中没底，都很抵触。一看这情况，李淳急了。他悄悄找到陈大叔，苦口婆心地对他讲："种子、化肥、运输、销售费用都算我的，你的3亩地，咱试种上一年。"这一年，李淳没少费心血，又是请农科人员帮忙到地头指导，又是和陈大叔一起早出晚归、精心照料。功夫不负有心人，这黑玉米是水果玉米，口感好、营养价值高，3亩地整整赚了8000元，是以前收入的四倍。在现实面前，村民们都信服了。在李淳的带领下，村里引进了黑豆、黑小米、中药材等作物，一来二去，李家庄的"黑品牌"便在周边小有名气，晋婆婆农产品公司更是一下和村里签了3年的收购合同。李淳的朋友圈自然而然地成为"李家庄线上农产品购销市场"。村里老百姓都说道："李书记就是咱村里人，跟着他干，准没错儿！"

2018年2月6日，李淳在微信朋友圈写道："刚给陈大娘送了两袋盐，这下全村都用上了放心盐"。李家庄有57户人家100多口人，近年来先后有十几人患上了各种疾病，村民们都说不清是啥原因，变得越来越恐慌。起先，大家怀疑是饮用水的问题，于是李淳先后3次到阳泉疾控中心，请来专家为村里进行化验，结果显示各项指标均正常。李淳是个有心人，他注意到一些小商小贩会定期到村里售卖低价盐，这些盐和市场上的食盐不一样。他起了疑心，买了几包拿去盐业公司化验，结果出来了，原来村民们祖祖辈辈吃的都是毒性大、极易致癌的工业粗加工盐。他立马号召大家换盐，但村民图便宜，迟迟不肯换。李淳看在眼里、急在心上，每次回阳泉，都要自掏腰包给大伙儿买些食用盐，挨家挨户地送去，并向村民普及健康知识。陈大娘是最后一户自愿购买食用盐的。看见大伙儿健康有了保障，李淳舒心地笑了。

2019年3月9日，李淳在微信朋友圈发布了一张合照。站在李书记旁边的是张大娘，这天她刚刚出院，是李书记自己开车去市里把她接回家的。张大娘几年前患了肺癌，过得也不顺，是常年上访户。李书记来了以后，经常开导张大娘，每次她住院时，都跑东跑西地帮忙买药，还为她申请到5000元大病救助。李书记脚受伤的时候，拄着拐杖来看望她，还埋怨自己这样没法带饭，硬是塞了200元钱，令张大娘感动不已。如今病好了，心也顺了，把张大娘接回家的这天，她一直拉着李书记的手，眼泛泪光地说道："李书记，您是把心绑在百姓身上，我认您这个书记！"

6年的时间里，李淳的微信朋友圈见证了李家庄村的巨变：王大爷出门就能走水泥路去乡里赶集了，张大姐终于能在家里喝上自来水了，李二宝不用进城就能在家里卖黑豆了，王大叔不再整日睡觉开始上山植树了，李大娘的慢性病医保也给报销了……李淳的微信朋友圈还记录了太多太多的故事，虽然没有惊天动地、生离死别，但却承载了李家庄几代村民的人生百态、村子的脱贫之路和一名共产党员最滚烫炽热的初心使命！

2021年1月1日早上8点，李淳更新了微信朋友圈："天下着雪，在去往李家庄的路上。今天张二嫂的小卖部要开张了，我得早点去给张罗张罗。"我们的李书记又开启了驻村帮扶的新征程。

（作者：农发行山西省分行办公室　魏宏勋）

下篇 | 李淳的微信朋友圈

■ 李淳在田间与村民交谈

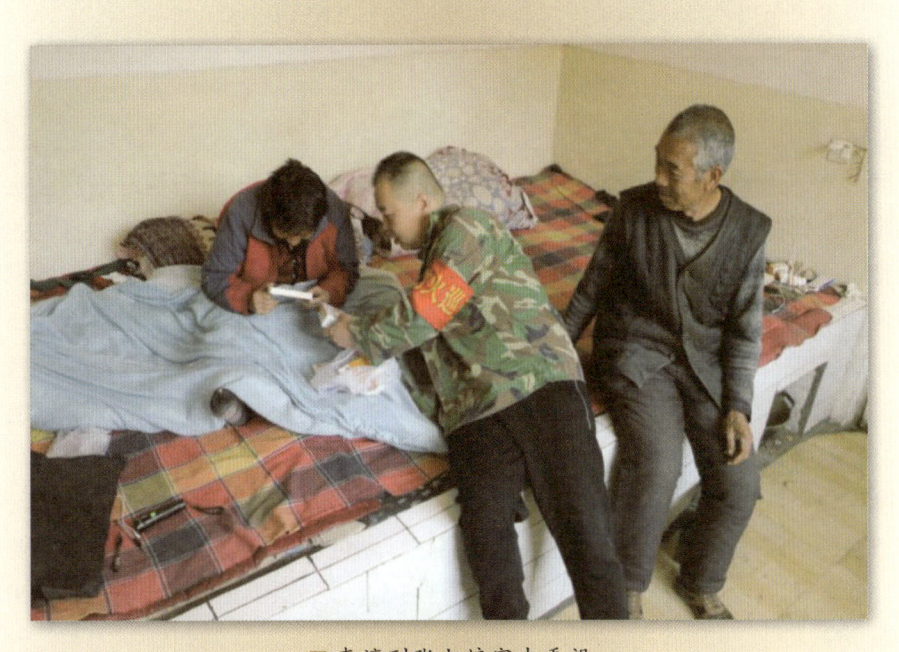

■ 李淳到张大娘家中看望

我所经历的脱贫攻坚故事

滴滴山泉水　浓浓扶贫情

临县，山西省第二人口大县，因河得名，因旱而贫。这个国家级贫困县，享有"中国红枣之乡"的美誉。因为干旱，临县人民勤俭节约，惜水如金。

2015年以来，农发行吕梁市分行积极响应党中央和省市脱贫攻坚工作号召，先后派遣三任第一书记和扶贫工作队，进驻"西北旱码头"兔坂镇，扎根贫困帮扶点槐洼村，以党建统领扶贫工作为出发点，以精准扶贫为落脚点，不断增强"四个意识"，始终坚定"四个自信"，持续推进"党建+"工作模式，着力聚焦改善人居环境，不断提升村民的获得感和满意度，实现了党中央各项惠农政策和省市县三级政府各项决策部署落地落实。在保障人畜饮水方面，涌现出第一任书记疏水、第二任书记挖水、第三任书记挑水的生动故事。

发扬愚公精神，疏水入户的樊书记

樊荣华，兴县人，在晋绥革命区的红色故土长大，雄伟的黑茶山铸就了他宽广的胸襟，潺潺的湫水河陶冶了他细腻的情怀。2015年9月，担任吕梁市分行营业部主任的他，勇挑重担，只身一人来到临县兔坂镇槐洼村开展扶贫工作。那是一个位于乡镇西南部17公里的小村庄，沟壑纵横，墚峁连绵。入村那天，全村245户725位乡亲们，盯着他憨厚淳朴的面庞，听着他平易近人的嗓音，亲切地送给他一个崭新的称呼：樊书记。就这样，在传递烟卷的指尖，在嘘寒问暖的话语间，樊书记走马上任了。

第二天，早早起床的樊书记，站在一棵枣树下，眺望着远处的山丘，心中勾勒着扶贫的蓝图。这时，一位挑着扁担的村民路过。通过攀谈，他得知村民每天都要去三里开外的水井边挑水，且家家户户如此。"这可不行"，樊书记皱紧了眉头，迸出了沉重的四个字。

看似寥寥的一句话，不是简单地说说而已。在接下来的几个月里，樊书记开着他那辆黑色的桑塔纳3000，跑乡镇，访政府，一边积极向吕梁市分行汇报情况，一边密切与政府部门沟通协商。辛勤的汗水换来了欣慰的成果，最终由临县政府主导、县水利局主办，施工完成了项目总投资约80万元的人畜饮水工程，实现了自来水入村到户，解决了村民几十年来人畜饮水困难问题，使全村老百姓可以喝上清澈健康的自来水。2018年9月，樊书记又用1000多元第一书记经费，维修了所辖自然村下庙村的抽水泵，解决了抽水设备年久失修的问题。2018年底，樊书记又积极争取到农发行总行4.8万元专项资金，用于贫困村修缮水井，彻底解决了汛期水源遭受污染的问题。

驻村三年半，疏水入户是樊书记最大的功绩。2019年正月里，樊书记卸任的告别仪式上，养猪贫困户高四士深情地说："曾经家里的肥猪吃水，是我用扁担挑出来的，肩膀上的水泡就是见证。如今因为有了樊书记，在家取水不再是梦。"当他要把4头猪娃子送给樊书记以表感激之情时，樊书记说："这是我应该做的，猪娃子四百块钱一只，一分钱也不会少！"攥着手里的钞票，高四士目送樊书记开着那辆刮痕累累的桑塔纳，渐渐消失在远方。

急村民之所急，挖井添水的马书记

马震，助力吕梁市分行拓展产业扶贫"吕梁模式"的业务骨干，在2019年正月初七——春节后上班的第一天，被市分行党委任命为第二任驻村书记兼扶贫工作队队长。他秉持凝神、精心、尽力的工作态度，积极打造作风扎实、精明干练的扶贫队伍。在村"两委"及工作队队员的共同努力下，全村上下形成干群同心、同舟济困、群策群力、干事创业的良好局面，特别是在解决村民吃水问题上，为农发行扶贫工作留下了一抹别样风采。

2020年3月，按照临县"决胜十个清零百日攻坚行动"工作要求，马书记聚焦饮水安全，深入槐洼村深井源头，就村民反映吃水难、饮水工程管理员反馈抽水难的问题进行实地取证。通过与村抽水员座谈，他了解到该村生活用水为泉水，由岩层渗出，汇入深井后，定期用水泵抽到距井3500米远的水塔，再由抽水员抽至村民户内。2019年，该村常住60户村民吃水320吨，除了4户养殖户为用水大户外，平均每户一年用水约5吨，这个水量远远低于抽水员与村委签订合同的15吨/户·年，村民怨声载道，而抽水员自述水位连年下降，他是巧妇难为无米之炊。

马书记实地排查，掌握抽水源头实际情况。该村水井位于村委会南1公里处的深沟处，四面页岩环绕。马书记和工作队队员伏身攀梯进入深井。该井表面约15平方米，井深约4米，蓄水量约60吨。调查发现，当时水位约1.5米，立式水泵的抽水孔距井底约

1.2米，这意味着抽水孔以下的约18吨水常年无法抽取。马书记标记了当时水位，计划两天后再次调查水位，由此估算出水量，从而推算抽水员抽水频率的合理性和修筑新井的必要性。

村民的小事，就是党员干部的大事。为了准确把握新建水井方案的可操作性，5月3日，马书记邀请镇政府分管水利的刘副镇长亲临指导。他在沟壑间、深井边、大树下，为村民答疑解惑。随后，马书记召集村民代表召开村民大会，协商研讨新筑水井方案，村支书和村主任表态，如果能向农发行申请到专款，他们将带领村民办好此事。5月6日，小长假结束后的第一个工作日，马书记就向吕梁市分行"一把手"进行了专题汇报，市分行党委书记张建营表态鼎力支持该项工作，并承诺拨付预算工程款3万元。

走到田头，就走到了老百姓的心头。争取到资金后，马书记并没有停下工作的脚步。他卷起裤腿，和村民一起挖土；他坐上谈判桌，和泥沙供应方一起讨价还价。从下料地到施工地，短短20米，但是山路崎岖，异常难行，村委会出10元/袋的运料费给搬运水泥的村民，有的人嫌价格低，他就出面苦口婆心地做思想政治工作。在泥瓦匠休息间隙，他就操起抹盘和抹刀，干起了在县城没干过的活儿……经过一个多月的艰苦努力，从固底到封顶，他出力献智，最终迎来了新井的竣工，也赢得了全村的赞许。

■ 在槐洼村开展"不忘初心 牢记使命"主题教育活动

想村民之所想，挑水助人的高书记

高小林，吕梁市分行独立审查官，2020年6月担任市分行派驻扶贫村第三任书记。这个曾经给军分区司令员开过车的毛头小子，如今已是"知天命"之年的大叔。他性情质朴，乐于助人，非常关心村民的用水问题，被誉为"挑水书记"。

七月的一天，雷声阵阵，大雨滂沱。坐在办公室翻阅资料的高书记，看到一位手提塑料桶的老大娘，急匆匆地跑进村委大院，将桶放在彩钢瓦的屋檐下。他急忙招呼老人进屋避雨，经询问才得知当下虽然自来水已入户，但是村里年长的乡亲过惯了勤俭的生活，早已养成接雨水洗衣物的习惯。

从此，在那个炎热的夏季，只要看到阴云密布，高书记就来了精神，迅速将村委里大大小小的容器摆放到屋檐下，大雨过后再一担一担地挑给附近的年长者们。看着他结实的臂膀，听着那哗哗的水声，老婆婆们爬满皱纹的脸上乐开了花儿，不停地颔首赞许道：真是个好后生！

(作者：农发行岚县支行　马　震)

鸿雁领头飞　反哺助脱贫

当扶贫工作队带着我和同事来到益睿养牛合作社时，眭增文正乐呵呵地看着他那强壮的西门塔尔牛，旁边的村民也在帮着清扫牛舍、碎草拌料、投料喂牛。见我们来，老眭立即凑过来，神秘地掩嘴道："出栏量增加了，今年又能挣两万块钱！"

我和同事相视一笑："老眭，你可得讲讲你的发家致富经啊！"

老眭精神气十足，欠身一步忙道："屋里请！"

"养牛是个麻烦事！"

老眭所在的静阳村，是一个隐在太行山深处有着2000多人的村庄。由于土地少、矿产资源贫瘠、产业结构单一等原因，贫穷、落后是这里一直以来的真实写照。2017年，一行亮红色的宣传语——"中国农业发展银行，建设新农村的银行"出现在村口的墙上，世代居住在这里的村民们的生活也由此发生了变化。

在静阳村长大、现任农发行驻村扶贫工作队队长的王秀春见证了这个小村庄的嬗变。2017年初，他被县委组织部、上级行派驻到静阳村扶贫。"小时候村里穷得很，大家只靠几亩薄田度日。既然我成为这个村的扶贫工作队队长，就一定要改变村子贫穷落后的面貌！"王秀春如是说。

说干就干，在驻村的第二天，他和扶贫工作队队员便起了个大早，冒着严寒，到贫困户家中走访慰问。在眭增文家中，他接到了贫困户的第一个诉求。眭增文表示，妻子患多种疾病需要人照顾，无法外出打工，土地又太少，无法支撑起这个家庭的开支，希望扶贫工作队能提供一条赚钱致富的门路，这样自己也能出出力。扶贫工作队当即说道："老眭，要不你养牛吧。"这一说不要紧，老眭的头摇得跟拨浪鼓似的："不养，不养。"工作队满腹狐疑："为什么？"老眭怔了怔，连珠炮似的说了一大堆："买卖玄机太大。邻村的牛场，饲料成本高，年年都亏损，好多人都不养了。而且我又没钱。再说了，养头牛，牛舍选址、饲料堆放、喂料、切草、备水、病害防治……这么多事，我一个都不会，太麻烦，不划算，不划算啊。"老眭是远近闻名的"犟脾气"，还未等工作队逐项解释，老眭便说："这个事不考虑，你们别说了，咱再想别的办法吧。"

扶贫工作队出门时，天空零星地飘起了雪花。王秀春叹了一口气："老眭这个人，真是比牛还犟！"

"扶贫政策给咱吃了定心丸！"

眭增文的问题没有解决，王秀春的心一直悬着。他觉得老眭这样的人，是有能力把牛养好的。而且以老眭的热心肠，是会带动全村人致富的。王秀春越想越来劲，他决定再到眭增文家去一趟，一趟不够就多跑几趟。他的犟脾气也上来了，下决心一定要把老眭说服。

王秀春一进老眭家门便和他精细算了牛崽投入、产出、降本、提效的账。"没钱我们可以帮你申请贷款，政府也会补贴，没技术我们请专家、组织技术培训，没场地咱们腾出一孔破窑洞做牛圈，不管怎么说，养牛的营生总能干起来……"扶贫工作队队长王秀春一字一句地耐心解释，老眭心头微微一动。

"王队长，国家的政策面面俱到，你们贴心地把政策送到锅台炕头，我没有什么顾虑了！"老眭激动地握住了王秀春的手。

"农发行帮我发牛财！"

2017年，昔阳县出台关于养牛补贴的相关政策。养一头牛给1200元的补助，建一座面积超过3000平方米的牛舍给50万元的补助。了解到这个政策之后，老眭正式向扶贫工作队表明心声："我要养牛。"

老眭是贫困户，为解决资金不足的问题，农发行昔阳县支行驻村扶贫工作队帮助他在农信社申请到贫困户小额贷款5万元，同时带领老眭到山东一次购进8头西门塔尔母牛。起初不懂养殖技术，牛的饲料配比不合理，还造成牛肠胃不适应，差点死掉。扶贫工作队了解情况后，协同昔阳县支行，积极联系农牧兽医站的技术人员为他指导养牛技术、组织技能培训，还带他和有意向养牛的村民去山西、陕西、内蒙古学习先进养牛技术。经过重新配料，加上老眭不舍昼夜精心照看，这些远道而来的母牛很快适应了静阳村的水土。

母牛养得膘肥体壮，老眭的精气神也足了。扶贫工作队请专家指导老眭学习母牛冷配技术，向农牧局等政府部门申请到1200元/头的补贴。同时，扶贫工作队又为老

我所经历的脱贫攻坚故事

眭申请专项资金,开辟村里荒地,铲除杂草树蔓,精心平整修葺,用于修建牛舍、堆放饲料。眼看规模越来越大。2017年夏,在昔阳县支行及驻村扶贫工作队的帮助下,老眭成立村里第一家养殖合作社——益睿养牛合作社,由贫困户变为村里的创业致富第一人。

老眭的"宝贝牛"由原来的8头逐步扩张,现存栏达60多头。回忆起出售的第一头牛,老眭至今仍十分感动。感动的不仅是赚到了钱,不仅是自己成了半个土专家,更是农发行所有员工和扶贫工作队的无私帮助和赤诚奉献。

"我要帮村里人脱贫致富!"

养牛养得轰轰烈烈,老眭其实还有一个心病,就是他妻子的病该怎么治。老眭的妻子贾米录,由于操劳过度,身患多种疾病,他发愁挣的钱不够给妻子治疗。扶贫工作队了解情况后,为他讲解健康扶贫、医保扶贫政策,根据他们的需求,结合实际,为他排忧解难。

2017年,山西省出台"136"医疗扶贫政策,即贫困患者在县级医疗机构住院,一个年度内累计个人负担总费用不超过1000元,市级医院不超过3000元,省级医院不超

■ 王秀春与养牛户眭增文在一起

过6000元。在扶贫工作队的帮助下，老眭的妻子住到了市级医院，6万元的住院费用只负担了3000元。扶贫工作队又帮助老眭进行"双签约"，确保患病的家庭成员能及时得到医生连续、专业的上门服务，老眭激动得说不出话来。

刚出医院门，老眭就暗暗下定决心：有这么多人帮助我，我也要帮助村里人脱贫致富！

现在，老眭的合作社一年出栏10头牛，年净收入约2万元。他经常在村里组织技能培训，无偿为村民讲解养牛知识。他的合作社吸纳了14个贫困户，每户一年分红1000元。他还用养牛赚的钱买了一台拖拉机，帮助贫困户秋收，为他们做些力所能及的事。昔日受助者，今日感恩人，无私奉献，回馈反哺，让人心里暖流涌动。

在眭增文的带动下，静阳村新成立了淼犇养牛合作社、吉隆养鸡合作社，共吸纳68户贫困户入股，年分红达1500元以上……在国家的政策指引和农发行的大力帮助下，静阳村养牛产业发展的沙盘上，小红旗正一个个排布插满。静阳村的地埂田间，一垄垄饲草随风摇曳。农发行助力静阳村养牛产业发展，破解了产业技术瓶颈，为实现稳定脱贫提供了不竭动力。

千年致富梦，今朝心愿圆。在2020年脱贫攻坚收官的最后关头，静阳村正大踏步地向实现全面小康的目标迈进。农发行的赤子帮扶心、眭增文的养牛致富经，将化作一曲战歌，在脱贫攻坚的太行山脉久久回荡，致富梦想成真！

（作者：农发行昔阳县支行　张　歆）

我所经历的脱贫攻坚故事

娃娃们笑了　老乡们的心暖了

有一群农发行人，正在塞北的台山脚下，入民户，访民情，办实事，聚民心。

小手暖和了

"一座房，两座房，青青的瓦，白白的墙……"教室里传来娃娃们朗朗的读书声，看着孩子们稚嫩的脸庞，闪闪的大眼睛，我想到了2017年的冬天。

■ 繁峙县长胜号村小学——课后剪影

下篇 | 娃娃们笑了　老乡们的心暖了

在北方，山脚下的村庄，冬天格外冷，驻村第一书记看着孩子们一边做习题，一边用嘴不停地在手上哈气，冻得小手通红，瑟瑟发抖，想到拉炭生炉子对娃娃们存在安全隐患，一句简单的"让孩子们都可以在温暖的教室里安心学习"，一份服务群众、尽职务实的初心，匆忙的步履，多少次奔波，终于联系到县教育局和砂河供热公司接通供热管道。于是，第一书记带着我们驻村工作队热火朝天地与村干部、乡亲们一起挖渠布管，不到两个星期，长达660米的供热管道铺设完成。一双双皲裂的小手围着暖气烤暖，娃娃们的大眼睛闪烁着激动澄澈的目光，异口同声地喊道，"真的好暖和"。

幸福，原来是这么简单。关爱，帮扶，就是一个小小的火炉，一张张开心的笑脸。

日子有了奔头

"这次的贫困户贴息贷款是个好政策，你们帮我申请下来5万元金融扶贫小额贷款，有了本钱可以多买几头牛，年底可以多挣几个钱。现在的政策是真的好，党是照顾我们的"，这是村民老杜发自内心的想法。

2018年春节刚过，驻村工作队前往老杜家中探望慰问。"老杜，都说一年之计在于春，今年你有啥打算？"一进门，帮扶干部与老杜一家拉起了家常。"去年，看见邻村几户人家多养了几头牛，年底多存了一万块钱，如今我想着走走亲戚，看看有啥法子借个钱也动起来。"说者无心、听者有意，回到单位，工作队认真梳理思路，摸清村民底子，为符合条件的8个贫困户不断搭桥牵线，每户争取到5万元"幸福贷"。我们深知真正意义上的扶贫必须先"扶志""扶智"。为增强乡亲们的"造血"能力，我们不断摸索扶贫新思路，大力培育长胜号村地区优势特色，了解老乡们的技能需求。2019年1月，我们为村集体提出了开设缝纫机技术及箱包加工培训思路，让乡亲们靠着自己的双手真正创造属于自己的财富。5月，缝纫机已经在乡亲们的手中嘀嗒嘀嗒地生产出了第一批包包。10月底，因业务发展规模需要，新的厂房已经建起来了。

"小产业"可以成为致富"大引擎"。我们精准发力，心中装着老乡，装着贫困户，扶得真实、扶得心暖。

"两颗小虎牙"的温暖

腊月的村子，出了门刺骨地冷。帮扶工作队惦记着老乡们是否吃得饱、穿得暖，

我所经历的脱贫攻坚故事

家中是否备足了米面,家里的窗户纸有没有糊牢,地窖里有没有越冬的大白菜。我们一行七人备好了米面油等生活物品,6日一大早就同村支书去贫困户家中慰问。

到了老胡家巷子口,远远听到孩子嚷着要《格林童话》,新春书记快走几步,拉起孩子的手,亲切地问:"小毛蛋,你好啊,最近有没有学新儿歌啊?"说话间,一行人进了屋子,村干部说道,老胡虽然家境困难,但对孩子的读书和生活,还是很用心的。新春书记脸上挂着笑容,拉住孩子的手,孩子撇着嘴道:"赵叔叔,我的拼音和数学都考了一百分,老师还表扬了我,你上次说我考了双一百就送我一本童话故事书的。""小毛蛋,看叔叔手里拿的什么,是不是你一直想要看的白雪公主的故事?……"孩子眯着眼,摇着新春书记的手,咧嘴一笑,露出了两颗可爱的小虎牙,开开心心地捧着故事书,有滋有味地读了起来。

"你们农发行的人对我们真好,平时家常小事惦记着我们,上半年又给我们村修路,整理田间路、修圈,还教我们学习缝纫技术……真是实在人啊。"村民们朴实的话语,亲近的感情,让我们虽然身处大山,但是不觉得累,不觉得苦,心里的喜悦很满很满。

照亮回家的路

如果晚上出门没有路灯会怎么样?居住在城市的人可能难以想象。然而对于新圐圙村,一盏盏路灯却意义非凡。

新圐圙村,一个在岩山脚下修建的村庄,千百年来百姓环绕山脚寄居,日出而作,日落而息。

那是2019年的初夏,村里联户路主干道上没有路灯,一到晚上,黑漆漆一片,村民没有手电筒不敢出门,没有路灯的村庄存在着出行的安全问题。

为了彻底解决这一问题,驻村工作队多次对接县住建局,筹措资金,与施工队逐个角落、逐个方位进行勘察,选定安装路段、安装位置、安装角度。听说工作队要为村里安装太阳能路灯,村民们高兴地与我们一起忙活起来。

当暮色笼罩大地的时候,新圐圙村的路灯好似点点繁星降临人间,照亮了蜿蜒盘曲的村道。"以前我们村,天色一暗,就一团漆黑,晚上串个门不打手电筒不行,现在好了,夜晚不再是伸手不见五指,到处都是亮堂堂的……"

"娃儿们冬天起早贪黑去学堂终于瞄得见咧!"村子小广场响起了广场舞音乐,饭后,大妈大姐们跳起了欢快的广场舞,小年轻们在路灯下摆起了龙门阵,天真无邪的孩童们欢快地追逐嬉戏。

来自群众，回到群众，驻村工作队就在这一个个的小故事中开展着党的脱贫攻坚工作，带着团结，带着坚守的初心，真进入、真帮扶。不知不觉，我们的工作队在扶贫的道路上，已经走了五年。

　　2019年是繁峙县脱贫攻坚决战决胜之年，农发行繁峙县支行按照"精准脱贫，不落一人"的总体要求，在农发行政策性资金的支持下，充分发挥金融扶贫主力军作用，勇于担当，主动作为。截至2019年12月末，服务建档立卡贫困户1605户，惠及13个乡镇165个贫困村，积极支持当地水利建设、文化建设、贫困村提升、产业化帮扶、易地扶贫搬迁等扶贫项目8个，累计投放扶贫项目贷款10.2亿元。由于扶贫成效突出，获当地县委县政府授予的"脱贫攻坚特殊贡献奖"，进一步彰显了农发行支农为国的大行形象。

（作者：农发行繁峙县分行　赵　楠）

我所经历的脱贫攻坚故事

扶贫无悔释青春
鞠躬尽瘁交答卷

419个日日夜夜的艰辛苦战，最终换来了建档立卡贫困人口50户242人整体脱贫。但是义泉村和马家村的第一书记兼驻村工作队队长贾伟没有看到这一天，他在任第一书记419天后倒下了，甚至没来得及说一句话，就这么带着贫困户的挂念、带着父母的思念、带着妻儿的眷恋、带着朋友的依恋，走了。

贾伟在农发行隰县支行成立之初，就调来隰县支行工作。虽然家里已经有了两个孩子，但他没有向组织提出离家近些工作，而是选择了更远的隰县，因为他知道，刚成立的新支行，需要像他一样有工作经验的"老同志"传帮带，尽管他才29岁。

2017年7月1日，在举国同庆党的生日这天，贾伟由隰县县委组织部选派到隰县黄土镇义泉村担任第一书记，2018年6月调整到寨子乡马家村担任第一书记。扶贫期间他被查出了冠心病，同事都劝他退下来，去看看病。但他拒绝了，一句"我还年轻，不会有事"，继续走着他未完成的扶贫路。因为他心里放不下那200多个父老乡亲，听不够村民口口声声的"老贾"，他还要带领他们脱贫致富。

初到义泉村，他被眼前的景象震撼了，来自城市的他从来没有想过贫穷是什么样子，看到对他憨笑的老百姓，他有些心疼。报到当天，他没有发表慷慨激昂的讲话，只对着村主任说："咱们开始吧。"就这样，贾伟投入到了这场没有硝烟的脱贫攻坚战争。

7月的义泉，骄阳似火，遍地蒸笼。交通不便，贫困户居住分散，这都不是问题。他冒着酷暑带领工作队队员坚持挨家挨户地走访贫困户。在贫困户刘青云家，当他兴致勃勃地讲解了半小时扶贫政策后，刘青云却一脸茫然地说听不懂普通话，没搞明白意思。他有点懵，略显失落。那天他顶着烈日，淌着臭汗，略带狼狈地完成了作为第一书记第一天的履职。

一家家的走访，一回回的培训，一次次的交流，一趟趟的交涉，这个才上任的第一书记很快成长为贫困户口中的"老贾"。在义泉工作的一年里，发展"一村一品"，新栽玉露香密植园750余亩；成立合作社，吸纳贫困户110人；安装光伏，完成21户；办理小额贷款，完成21户；办理低保18户；完成各项产业扶贫培训260人次；等等。这是他在义泉村工作不到一年交出的答卷，他几乎在用小时计算工作时间。作为一名扶贫工作队成员，我能深深体会到他对脱贫攻坚工作充满的激情，因为我们都有一个信念，那就是带领大家脱贫致富，完成党向人民、向历史作出的庄严承诺。

2018年6月13日，因工作需要，贾伟被组织调往寨子乡马家村担任第一书记兼驻村工作队队长，初到任时该村村"两委"班子队伍不健全，半年以来无党支部书记，党支部工作一直处于瘫痪状态。一个村没有党支部书记，那么村里的工作谁来领导？党员谁来管理？我们党怎么密切联系群众？这是贾伟迫切需要解决的问题，要解决这些问题，那就得尽快选出党支部书记。贾伟又一次进入了疯狂的工作状态，爬坡下沟，走访马家村每一位党员、老干部及村民，倾听他们的心声，并一一记录。通过前期走访汇总，他将情况与寨子乡党委汇报沟通，先组织开展村党支部工作，然后加班加点整理党支部党建档案。经不懈努力，多方协调，在上级党委的指导帮助下，仅用一个月时间，就选举产生了新的村党支部班子，圆满完成了上级党委交给他的第一个任务。马家村的老百姓第一次亲切地叫他"老贾"。

"老贾"不知道，每个人都不知道，一个月以后老百姓心中的"老贾"匆匆地走了，来不及说上一句话。如果时光可以倒流，我们多么想把他换下来，让他歇一歇。但是没有如果，接下来的一个月，他马不停蹄地开始了第二项任务：贫困人口动态调整。由于了解到马家村2014年、2015年贫困户基数大，情况复杂，村民大多白天在地里干活，为不错过一户、不漏评一人，使马家村建档立卡贫困户识别精准，贾伟带领驻村工作队队员加班加点，趁中午村民回家吃饭休息和晚上的时间，头顶烈日、星空为伴，挨家挨户进行核实排查；组织召开村民代表会议进行表决，表决通过清退错评户103户294人，返贫1户4人，人口自然增加2人。最终确定马家村建档立卡贫困户规模为15户44人，圆满完成马家村建档立卡贫困人口动态调整工作。

接着他继续干，安光伏、搞培训、办贷款、入低保、陪就医、抓教育……他不敢歇，他不能歇，生怕实现不了老百姓对美好生活的殷切期盼。

2018年8月24日，这一切都停止了。贾伟在完成一天的扶贫工作后，下班途中突发心梗，经抢救无效，不幸于21时03分去世，因公殉职，年仅36岁。他冰冷苍白的面容是那么祥和、舒展。我的老大哥，你终于可以好好休息了，但我们接受不了你这样的"休息"，我们希望你能醒来看看现在的义泉村和马家村，父老乡亲还在等他们口中的"老贾"能回来看看。你的一举一动仿佛就发生在昨天：给孤寡老人李金平买好吃的；去敬老院陪张安老人唠嗑；为贫困户冯新向完成危房改造；带着返贫户冯永峰去省里看病，为其子女申报"雨露计划"；联系车辆接送马家村妇女前往县城进行"两癌"筛查……一个一个细节在脑海中浮现。

从1999年到2018年的19年工作生涯中，贾伟是一位脱了军装但依然保持军人本色的扶贫干部，他始终践行着共产党员的理想信念，永葆共产党人的初心本色，把人民群众利益放在第一位，以为人民服务为宗旨，始终以一名合格共产党员的标准严格要求自己，坚持原则，大公无私，吃苦耐劳，从不计较个人得失。

在脱贫攻坚最艰难的时刻，他和驻村工作队扛起了200多个建档立卡贫困户的脱贫任务，再大的困难他都全力克服，再大的责任他都扛在了肩上，直到生命的最后一刻。

贾伟走了，带着对未竟事业的些许遗憾，但他那鞠躬尽瘁的工作精神一直鼓舞着我们继续前行，不获全胜绝不撤退；贾伟走了，带着对共同并肩战斗过的同事们的依依不舍，但他那吃苦耐劳的工作作风一直激励着我们继续努力，为全面建设小康社会作出更大的贡献；贾伟走了，带着对家人的无限眷恋，但他用对党和人民的忠诚在我们心中树起了一座丰碑，也在黄土高原扶贫战线上竖起了一座巍峨的丰碑。

（作者：农发行临汾市分行　张哲斌）

下篇 | 扶贫无悔释青春　鞠躬尽瘁交答卷

■ 贾伟走访贫困户家庭

■ 贾伟组织参加马家村党支部组织生活会

我所经历的脱贫攻坚故事

如果脱贫有颜色

我们知道天空的颜色、大海的颜色,但是有谁知道脱贫的颜色呢?在脱贫攻坚的路上,农发行林西县支行回答了这个问题。

原来,脱贫是柏油路的"黑色"

"要想富,先修路。"在林西县有这样一条路,犹如一条飘逸的彩带,串起了一座座大山,连起了一个个乡村,与农户住家、产业园区巧妙融合,成为助力脱贫攻坚、乡村振兴的致富路、幸福路,这就是林西县支行投放2亿元农村公路中长期扶贫贷款支持建成的204线林西至双井店公路。公路里程52公里,公路的建成为全县贫困群众脱贫致富提供了支撑和保障,打通贫困地区基础设施建设"最后一公里",有效解决了贫困地区"出行难"问题。林西县的路网结构有了明显改善,交通运输发展对产业发展的辐射带动作用更加突出了,"等靠要"的现象少了,更多的贫困户加入了自力更生、自主创业的行列。典型案例是位于公路旁的新城子镇七合堂村,现已形成了"阳坡满山杏,阴坡尽是松,山下野果满地红的生态景象"。全村共发展果树6000亩,年产水果1200万公斤,山杏树1.2万亩,退耕还林4131亩,栽植松树8000亩、杨树6000亩,闯出了一条"内蒙古野果"品牌水果生产之路。七合堂村被中宣部、中央文明办、全国绿化委、国家林业局列为"全国绿色小康村"。

每次去贷后检查时,我们都会看到七合堂村的老党支部书记,看着平坦路面上的车来车往,他脸上露出了笑容。他说,过去村里只有一条泥泞不堪的土路通向村外。苦于没路,村民的外出、农资的运进、农产品的运出都非常不方便,给村民的生产生活带来了制约。村民最大的心愿就是能有一条宽阔的大路通到村里。如今路修好了,村民富裕起来了,买起了电动车、小货车,直接将车子开到了家门口,小日子是越来越红火喽。

原来，脱贫是甜菜田的"绿色"

脱贫致富，产业先行。1999年内蒙古佰惠生新农业科技股份有限公司（原名林西冷山糖业有限公司）经过股份制改造后成立，企业一度面临原料供应不足、产品单一低端、企业效益不高等问题。自2006年企业与农发行建立信贷关系以来，农发行累计投入贷款20.97亿元，助力企业发展成为一家集订单种植、科技研发、甜菜制糖、精深加工、仓储物流为一体的全产业链型现代化制糖企业。特别是2015年全面打响脱贫攻坚战以来，农发行与佰惠生公司精准对接、共同发力，成立了脱贫攻坚联合委员会，创新了"银行＋政府＋企业"扶贫模式，累计向佰惠生公司发放扶贫贷款10.97亿元，带动全县农户1690户、建档立卡贫困人口200户增收，每年为农户增收约1.8亿元；同时佰惠生公司通过财政产业扶贫基金入股模式，连续三年对7450名建档立卡贫困人口进行产业分红，每年人均增收1000元。甜菜生长的季节，15万余亩的甜菜种植基地绿油油一望无际，农民脸上洋溢着丰收在望的喜悦，农业强、农村美、农民富的脱贫之路已经铺就。

产业扶贫才是稳定脱贫的根本之策。"从这些年的实践看，发展产业和支持创业是'五个一批'中带贫面最广、脱贫人数最多的措施。只要一个地方选准了产业，让贫困户加入进来，就能有效减少贫困和防止返贫。"中央农村工作领导小组办公室主任、农业农村部部长韩长赋对产业扶贫在脱贫攻坚战中发挥的作用给予了高度评价。

原来，脱贫是新房子的"砖红色"

俗话说"靠山吃山、靠水吃水"，但当"一方水土养不起一方人"时，易地扶贫搬迁就成为摆脱贫困的有效途径。林西县"易地搬迁＋"模式走出了一条特色之路，贫困群众不但挪出了穷窝，而且在新家园开启了安居乐业、安心创业的幸福生活。该模式在2019中国国际扶贫论坛上荣获"全球减贫案例有奖征集活动"最佳减贫案例奖。

林西县十二吐乡苏泗汰村、新城子镇英桃漠河村、大井镇中兴村曾经是林西出了名的贫困村，这些地区缺水现象严重，人畜饮水较困难；缺少耕地，且无稳产高产农田；散居在自然村庄的农户多数严重缺水，靠天吃饭；生存环境差，生态条件恶劣。乡村公路通而不畅，60%的村到乡镇苏木不通公路，距离场镇远，子女上学难，看病就医难，信息不灵，脱贫难，致富难，生活生产条件十分艰苦，生存环境极其恶劣。"丰年温饱、灾年返贫"的现象普遍存在。2016年，农发行利用42天的时间完成了4

亿元易地扶贫搬迁项目中长期贷款的调查到发放，用于建设安置新区，完善安置区内水、电、路等基础设施，极大改善了农村人居环境，实现搬迁人口946人，其中建档立卡贫困人口261人。彻底解决了"一方水土养不起一方人"的问题，确保了林西县政府易地扶贫搬迁政策的精准实施，为打赢脱贫攻坚战奠定基础。

现今搬迁后小区房屋整整齐齐，小区绿化带各家各户种着各种时令蔬菜，长势喜人；小区距离镇中心不足2公里，离学校不到1000米，都有水泥路相通，搬迁户的吃、穿、住、行、学、医都不存在问题。"吃的、住的、用的……哎呀呀，感觉一下子数都数不完，党和政府为我们考虑得很多很细，我很感恩。"谈及搬迁后的生活变化，55岁的搬迁户张淑英最后用一个词总结：心满意足。

如果脱贫有颜色，那么它一定是美丽乡村的五颜六色，一定是无数扶贫人奋斗的底色，一定是群众笑脸上的神色！

（作者：农发行林西县支行　刘　静）

下篇｜如果脱贫有颜色

■ 农发行林西县支行信贷资金支持易地扶贫搬迁项目地建设，村容村貌焕然一新

■ 农发行林西县支行信贷资金支持企业内蒙古佰惠生新农业科技股份有限公司技术人员到甜菜种植基地向种植户免费提供技术指导

我所经历的脱贫攻坚故事

让足迹在脱贫攻坚一线闪光

  脚下沾有多少泥土，心中就沉淀多少真情。作为农发行辽宁省分行创新处一名副处级干部，被精选为6名挂职扶贫干部之一，派驻到朝阳市建平县政府任副县长以来，吕建锋始终牢记省分行党委嘱托，把"不忘支农初心、不辱挂职使命、不负群众期望"作为自己的座右铭，充分发挥自身金融专业优势，扎根基层、脚踏实地、勤勉尽责，全心全意当好政策性金融扶贫支农的桥梁纽带，为建平县脱贫攻坚事业一直努力着。

> **心系一方热土，走村入户摸实情、办实事，**
> **用深厚情感架起金融精准扶贫的"连心桥"**

  吕建锋深知，只有多到农村去、多到贫困老百姓中去，带着深厚情感去工作，脱贫攻坚的措施才能够精准、成效才能够扎实。建平县共有30个乡镇场街、260个行政村，建档立卡贫困人口12326户25487人。吕建锋专挑位置偏远、贫困集聚的地方，走村入户宣传落实党的扶贫政策，深入调研了解贫困实际情况，帮助贫困户排忧解难办实事。由于家在外地，他还经常牺牲节假日和休息日下乡调研。针对烧锅营子乡教育资源匮乏的问题，他多方联系引入北京中华思源工程扶贫基金，为小学捐建美术教室，让乡村的孩子共享首都的优质教育资源；针对贫困户普遍对白内障、青光眼等眼病无常识、不重视的问题，他积极协调引进何氏眼科入驻建平，定期组织医生到偏远乡镇义诊手术，为老乡们送去光明。特别是新冠肺炎疫情暴发后，他第一时间驱车从400公里外的鞍山家中赶回建平，带领分管部门的同志们做好疫情防控工作。疫情稳定后，他又大力推动园区企业复工复产，协调增加50多个工作岗位，帮助有劳动能力但无法外出的贫困户解决就业问题。两年多来，他把建平当成自己的家乡、把建平百姓的事当成自己的事，脚印遍布建平贫困乡村的沟沟坎坎，累计募集捐助资金40余万元，为建档立卡贫困户解燃眉之急，用真情实感架起了与贫困群众之间的"连心桥"。

牢记职责使命，多方协调筹资金、引活水，用专业服务当好政银协同发力的"催化剂"

为官一任、造福一方。吕建锋时刻提醒自己，挂职不是挂名，干部必须干事。他始终牢记挂职扶贫干部的双重身份，垂身主动融入，发挥自己在金融领域的专长，积极促成政银协作，为重点项目和民生工程筹措各类支农资金，为脱贫攻坚引来金融"活水"。一是发挥桥梁纽带作用，加大政策性金融投入。聚焦县域重点项目，多方宣介农发行政策，消除"举债即是隐性债"的认识误区，促成当地农发行主动介入，加大扶贫资金投放力度。农发行建平县支行累计审批各项贷款16.1亿元，包括中长期贷款7.9亿元，项目贷款投入惠及2200余户建档立卡贫困户，特别是资金助力正邦生猪养殖项目的快速引入和落地，带动10余个乡镇产业发展和近千贫困人口就业。二是聚焦基础设施短板，着力提升人民群众幸福感。抢抓政策机遇，密切政银合作，首创采用TROT+BOT模式，审批发放水环境和湿地公园项目贷款3.3亿元，极大改善了当地居民生活环境。同时，积极推进家居产业园3.7亿元标房项目、县自来水公司5亿元PPP项目，助力建平基础设施建设进入快车道。三是创新金融服务模式，提升扶贫工作质效。指导印发《建平县推进农村承包土地经营权抵押贷款工作实施方案》《开展农业设施物权登记管理的意见》，解决农村集体资产抵押难题，支持农业新型经营主体发展壮大。促成邮储银行与县扶贫办合作开办"惠农易贷""大户带动扶贫""劳动再就业贷款"等，累计发放贷款324笔共0.23亿元，带动贫困人口就业。四是统筹利用各类资源，深挖扶贫资金潜力。积极争取人民银行"扶贫再贷款""支小再贷款"等专项资金，投放1.46亿元支持35户企业，带动5843户建档立卡贫困户脱贫。倡议启动建平县土地复垦一期项目，包装2000亩农村闲置宅基地和未利用地，带动15个乡镇土地综合治理和贫困农民增收6000余万元，为财政争取资金近亿元。

坚持党建引领，立足实际挖潜力、找出路，用富民产业铺成彻底摆脱贫困的"致富路"

脱贫攻坚任务能否完成，关键在人。吕建锋深切感到，只有全面加强党的基层组织建设，充分调动贫困农户的积极性和主动性，有目标、有重点地发展富民乡村产业，才能彻底拔掉"穷根子"，实现脱贫致富。作为张家营子镇和烧锅营子乡的党建包扶责任人，他始终将党建职责抓在手里、扛在肩上，针对各村在党员队伍建设、制度建设、壮大村级集体经济等工作中存在的问题，逐一进行专题研究，先后建议调整村党支部书记2人、副书记2人，优化各村班子结构，争取20多万元资金对5个村级党建活动场所进行改造升级。通过调整不作为干部、选拔培养使用年轻干部、加强阵地建设等举措，各村干部精神面貌焕然一新，基层党组织的凝聚力、战斗力得到了极大提升。在此基础上，他坚持把党的建设与脱贫攻坚紧密结合，充分发挥村党支部的战斗堡垒作用和村民党员的先锋模范作用，深入实施"石匠沟党建集群"项目，壮大集体经济；走"公司+基地+农户"的产业化经营之路，借助牧原集团等产业化龙头企业辐射带动，向795户贫困户发放扶贫贷款4000万元，带动贫困群众增收；探索创新"党支部+合作社+农户"等模式，鼓励支持村集体创办企业，引导农户通过资金入股、务工就业等方式增加收入，目前设施农业、养驴大户、扶贫车间、光伏发电等项目均已建成投产，保障每户都有产业分红。他还指导和推动9个乡镇20个村搭建扶贫产品电商平台，并亲自上阵拍摄扶贫"带货"宣传片，到网络平台代言建平杂粮等特色产品，解决贫困山区农产品滞销问题。

　　吕建锋扑下身子、融入群众、苦干实干，始终坚守在脱贫攻坚一线，用实际行动践行了一名党员的初心使命，用扶贫成效书写了一名干部的责任担当，更树立了一名农发行选派干部不负重托、不辱使命、务实为民的良好形象，用真情付出和真诚奉献，赢得了基层干部群众的信赖。

（作者：农发行辽宁省分行创新处　吕建锋）

■ 吕建锋引入北京中华思源工程扶贫基金捐建美术教室

孩子爸爸回来了

"孩子爸爸回来了!"

"真的假的?前两天发微信说回来也没回来啊!"

"孩子出生到现在,也没露几回面啊。"

"真的真的,这次是真的,打电话了,刚下高速!"

"那还有半小时就差不多到了。"

"这还行,大忙人终于回来了!"

几位老人高兴起来。

"还是儿子力量大,媳妇都不行。"

也不知道谁说了一句,一屋子人又笑了起来。但有个人笑着笑着,悄无声息地哭了!作为孩子妈妈,她的眼中溢满泪水,深陷在思忆之中。

他们是大学同学,2016年、2017年先后到农发行工作,她在鞍山,丈夫在沈阳,100多公里车程2个小时,常年分居两地,聚少离多。她的丈夫就是这个故事的主角,农发行沈北新区支行客户经理关博航。她记不清孩子爸爸多少次说回来又回不来了,眼泪一滴一滴掉落在手机上,串联起这一年以来的通话记忆。她的眼睛越来越模糊,脑海中的通话记忆却越来越清晰。

2020年9月,去电

"关博航,今天去医院了,医生说我身体状态不大好,刚怀孕两个月,状况不太稳定,想回沈阳家里休息一段时间,顺便也照看照看你,你看这样行不?你能按时回家陪我就行。"

"这……"电话那头只有这艰难的一个字。

"有话别憋着,说啊!"

"呃……我手里有两笔扶贫贷款急需对接调查,呃……还有很多评级……"一向爽快的丈夫迟疑了。

作为妻子的她,耐心等待着。

我所经历的脱贫攻坚故事

"今年,是脱贫攻坚的决胜之年,整个行里都忙得团团转,要及时让贷款落地,给贫困地区带去资金支持,带动老百姓脱贫。全行上下都忙得不可开交,各管一摊,离了谁都不行。这段时间工作确实很集中,从上个月开始就几乎天天加班了,最近业务部门总是灯火通明,工作到九十点钟,保障部门也随时待命,我这也是一堆事等着办,离不开啊。我又是新人新手,完全是摸着石头过河,向老信贷员学习,翻阅文件网页,咨询上级行,对接沟通企业,收集整理贷前调查评估等各类资料,天天跑,有时候真是脚打后脑勺儿……"

"我听明白了,我们这里也是的,咱俩都是农发行的,这点我理解,你照顾好自己就行,别太累着,注意休息。正好我爸妈也在鞍山,我就去那住一段时间,他们也方便照顾我,免得你担心。"

"……"

"好,周末记得回来。"

2020年10月,来电

"这个点儿你休息了吧?知道你等我电话,我也刚到家,今天去做了评级,抽空去趟企业,催一下贷款资料的事,顺便宣传解释一下咱行的管理要求。"

"那早点去呗,本来距离家里就50多公里,这么晚回来多不安全啊!"

"老百姓着急啊,时间紧、任务重,就是为了进展快一点,有时候企业不理解,我这还得解释解释,就可这阵子忙吧。上次我发的办公桌图片你不是看到了吗,调查材料基本上把我埋上了。但也要出头了,放心吧,省分行、市分行亲自督办,条线有时候现场指导,我们支行领导也处处把关,我们一线绝不能拖后腿,往前赶吧。而且,现在风险控制和合规控制都很严格,争取一把成,不留尾巴、不留隐患。估计下个月就能投放,到时候就能相对轻松了。哦,还不行,还有东亚种业呢。哎,说着说着高兴事,把正经事给忘了。就是你那边陪不了你了,你要时刻注意休息啊。"

"……"

"行,记得周末回来。"

2020年10月,来电

"我今天去法库了。"

"哦,看到你发的微信了,去年不是去过一次吗,咋又去了呢?"

"对,去年好像也是10月份,就是全国扶贫日,我跟行领导一起参加东亚种业万企帮万村活动。这个企业当时捐赠了很多种子、化肥和米面油等生活物资,还发挥科技育种优势,为农户讲解耕地育种知识,确实是一家很有责任心的企业。这个村子主要还是依靠传统农业耕种过日子,人口老龄化严重,人均耕地不足4亩,其中国家建档立卡贫困人口11户26人,市级建档立卡贫困人口9户16人,生产能力低下,生活水平真的很低。"

"哦，那确实挺困难的。不过这个企业还是挺好的，扶贫的方向很对，能够解决长久问题。"

"你说对了，这个企业确实好，还有东西部协作扶贫呢。他们公司在甘肃省种子生产基地与当地村委会签订种子生产合同，对方为张掖市临泽县暖泉村、鸭暖村的20户52名贫困户，以每亩2450元的价格租用贫困户土地育种，同时为每户贫困户提供价值500元的生活物资，有偿提供繁育亲本，酌情为建档立卡贫困人口支付地膜、农药、化肥、灌溉预付款或直接提供上述生产资料，待交付种子时如数扣回垫付款，能够保障贫困户脱贫增收，预计实现每人每年增收1万元。前两天，我有幸和企业负责人、临泽县当地扶贫办沟通，双方都非常配合，加急将帮扶协议书和贫困户信息表邮寄到沈阳，预计认定工作很快就能完成。"

"……"

"好，记得周末回来。"

2020年10月，来电

"咋这么早来电话？"

"今天高兴啊，今天的效率高。禾丰牧业11.76万元扶贫贷款第一时间划至卧牛山村养牛合作社了，预计可购买育肥黄牛11头，每户增收1000多元。扶贫认定也很顺利，彰武县卧牛山村144户277名贫困户的帮扶协议书整理确认齐全，我这一边联系企业，一边联系彰武县的驻村干部，委托同事到阜新市彰武县取材料，一天的时间就收集完毕。加上前段时间的东亚种业，这两天就能顺利上报省分行，完成认定。"

"……"

"好，记得周末回来。"

2020年10月，来电

"禾丰牧业的5000万元精准扶贫贷款今天放完了，咋样，可以吧？"

"太好了，你也休息休息吧。"

"……"

"好，记得周末回来。"

2020年11月，来电

"东亚种业11000万元的精准扶贫贷款今天放完了，这下好了，能轻松轻松了。"

"那可真好，老百姓有指望了。"

"嗯嗯……"

"好，记得周末回来。"

2020年11月，来电

"我到锦州了，着急了吧！"

"是啊，去的时候9个小时，这回来时间咋更长呢，连个信都没有。"

"发个微信看你没回，就以为你休息了。这不，回来时赶上了多年难遇的特大沙尘暴，航班停飞，改签火车，估计凌晨到沈阳，明天早晨就能第一时间向领导汇报了。这次真的太充实了，2500多公里，去的时候，改乘了多种交通工具，9个小时才到。这次任务也重，到了就第一时间开展扶贫质效的检查，核查按照协议书约定支付土地承包款的银行卡流水，核对经贫困人员签字的物品发放表，查看贫困户的居住生活环境、贫困户政策享受及收入情况明白卡、精准扶贫联户卡及民情联心卡，侧面了解扶贫质效的真实情况。"

"好，记得周末回来。"

2021年3月，来电

"你那儿咋样？我到机场了，第二次来张掖，要飞沈阳了。"

"我这儿挺好的，稳定了，你放心吧。说说你那儿，听起来你挺高兴的。"

"嗯，确实挺高兴，你那儿也挺好，我这儿也挺顺利。这次是随着行领导来开展脱贫攻坚回头看工作，和今年2月份去彰武县卧牛山村一样，彰武是禾丰牧业的帮扶对象。这次是东亚种业，当地贫困户的基本生活真正得到了改善，老百姓有了笑容，国家政策真的落到了实处，沈北新区支行的贷款真的发挥了作用。现在我们行的扶贫贷款有4.45亿元了，太好了！"

"太好了，我这边困难时期也过去了，也希望你那边工作越来越顺利，记得周末回来。"

"好，一定回去。"

电话终于震动了，一遍又一遍，显示"孩子爸爸"，把她从厚重的记忆中拉了回来，她高兴地擦了擦脸上的泪水，接起电话。

电话那头："媳妇，告诉家人，孩子爸爸回来了！"

她高兴地笑了，尽管还有泪水。

一屋子人，开心地笑了……

（作者：农发行沈北新区支行　关博航）

下篇 | 孩子爸爸回来了

■ 在甘肃省临泽县大鸭村贫困户家中

■ 在彰武县卧牛山养牛合作社

我所经历的脱贫攻坚故事

地瓜、土豆的扶贫故事

2019年10月1日,辽源市四合院早市,一个中年男人拿着本和笔,正在挨个菜摊询问:"你家地瓜多少钱一斤?你家土豆多少钱一斤?"早市中人来人往,但挨家挨户问价并拿着笔在笔记本上记录的行为却稍显另类,不时迎来异样的目光。

这个人名叫尹胜杰,是党员,是农发行东辽县支行办公室副专员。为加快推进东辽县乡村振兴及脱贫攻坚重点任务有效落实,根据辽源市委《关于向村选派乡村振兴指导员的通知》要求,东辽县支行积极响应,在2019年8月选派尹胜杰担任东辽县辽河源镇东平村指导员。

尹胜杰到任后,在村长的配合下,逐户对当地贫困户进行了走访。走访期间他发现当地贫困户在家中囤积了大量的地瓜和土豆,经询问,原来这些东西是贫困户用于过冬的储备,东西倒是不错,都是绿色食品,但却有些单一。尹胜杰想能不能帮助这些贫困农民把手中多余的地瓜和土豆卖出去,既能增加贫困人口收入,又能解决贫困人口冬季饮食结构单一的问题。

尹胜杰立即把想法向村长进行了汇报,村长表示:"之前不是没有这个想法,但是这些东西处境非常尴尬,你说量大吧,还真不大,不够大型收储客户收一次的,价格上来说,卖给大批发客户价格太低,贫困农民没啥利润,改善不了什么生活质量,你说量少吧,菜贩子一下还收不了。你能有这个想法是好的,如果真能销售出去,我代表全村25个贫困人口感谢你!"

听到村长的话后,尹胜杰利用休息时间,先是在辽源当地早市、大型超市、农贸市场等地进行了市场调研,摸清当地地瓜、土豆市场行情。之后他又利用个人关系,向一些当地的商超和蔬菜批发市场的人员询问,看看能否有人一次性购入东平村贫困人员的农产品。但现实往往是残酷的,情况和村长说的基本一致,这些地瓜和土豆还真不是那么好卖的。

面对困难他没有退缩,一直在苦苦思索解决方案。一天早上,一条朋友圈微商卖货的信息给了他灵感,他想着能不能也通过这种方式把贫困农民手中的地瓜、土豆卖

下篇 | 地瓜、土豆的扶贫故事

出去呢？目前城市人口对绿色食品的需求正在逐步增加，这么好的绿色地瓜、土豆，没准能卖个好价钱。想到就做，他立即到村里，拍摄了农产品的照片，了解了种植过程，制作了宣传文案，发到了朋友圈里。还别说，真有几个朋友感兴趣，向他订购几十斤，价格也还很可观。但是一个人的朋友圈人数毕竟是有限的，即使亲友帮着转发，也还是没有实现大量的销售，地瓜和土豆的销售一度又陷入了困境。这时他想到了单位，立即买了50斤地瓜和土豆，一早送到了单位食堂，中午的时候请全行同事品尝了一下绿色食品，又向领导和同事介绍了一下东平村贫困户的情况。领导二话没说："扶贫是大事，咱们能帮就帮，价格让他们定，先给我一样来50斤，我拿回家给亲友们尝尝，也帮着推销推销。同事们能买就买，不能买也帮着转发朋友圈，拓展拓展销路。"之后的1个月里，东辽县支行员工和他们亲友们的朋友圈几乎天天都能看见推销地瓜、土豆的信息。

■ 种植户在挖地瓜

销路有了，可运输又是个问题，东平村位于东辽县东南角，距离市区30多公里，朋友圈销售还得送货上门，这可忙坏了尹胜杰。他白天接单，到贫困户家里取货，晚上下班又到市里挨家挨户送货，把自己的私家轿车活脱脱地变成了货车。但付出总有回报，仅仅1个月，他把18户贫困家的几千斤地瓜、土豆销售一空，而且是按绿色食品的价格，高出普通农产品的市场价格，东平村贫困人口户均增收800余元。望着他们朴实的笑脸，听着他们用那浓浓的乡音表示感谢，这一刻所有辛苦的付出都是值得的。

  生活中有太多的相似，类似尹胜杰的事例在东辽县、辽源市、吉林省，乃至全国都在发生着，也引起了国家和当地政府的高度重视。2020年，省、市、县主要领导带头协助农产品销售，刷新着网络销售的一波波纪录，东平村的农产品早早就被预订一空。

  扶贫是大事，农村贫困人口全部脱贫是一个标志性指标，是全面建成小康社会的必要条件。你一次网上购物，一次帮扶捐助，做一件力所能及的事，就能帮助1名贫困人口。全部脱贫的实现，也正是靠着这一件件事，一步步向前迈进累积而成的。让我们继续凝心聚力，在脱贫攻坚的路上披荆斩棘，一路前行。让贫穷远离生活，让快乐健康常在，让幸福像花儿一样开放。

（作者：农发行辽源市分行　陈洪涛）

驻村扶贫共筑中国梦

初识

一个皮肤黝黑,赤裸着上身,下身穿一条大裤衩,庄稼汉形象十足的老人家跟我说:"喂,伙计,你是新来的驻村干部吗?你好,你好!我是这个村的蒋垂华,欢迎来我们村。"给人第一印象如此热情且富有精神的一个人,很难想象他常年患病,需要药物维持。烈日下的矮墙边,一个衣衫褴褛的老人正坐在椅子上拄着拐杖看着远方,没和我们搭讪,自言自语地说个不停。从蒋垂华的介绍中,我才知道这是他的母亲。于是我担心:像这种家庭,能不能通过短期的努力按时脱贫?聊天中,我还知道他家中一个儿子在外上学,这似乎又让我看到了这个家庭的希望。随后通过交谈,我确定了今后的帮扶目标,并希望通过对蒋垂华讲解国家的扶贫政策,让老人家了解政策。

离别之际,蒋垂华一直念叨说国家的政策就是好,最近当地政府为他们提供帮助,对家里的危房进行了改建。

李洪金夫妇同样是村里的贫困户,老两口常年患病,李洪金又因胆坏死住院治疗,深受病痛折磨。

再相逢

我带上新鲜水果,再一次来到李洪金家中,见到眼窝深陷、瘦骨嶙峋的李洪金。这些年李洪金能够挺过来,她心里万分感谢党的好政策。如今,健康扶贫政策的实施,让李洪金在医药费上压力小了许多。我多次鼓励她,生病不要紧,关键心理包袱要甩开。在扶贫干部及村干部的带领下,她加入了村里的光伏项目、大田人参项目、黑木耳种植项目,每年都能在村里得到产业分红,希望通过大家的努力,增加收入,早日实现脱贫。

我再次来到了蒋垂华家,向两位老人说明了此次入户的目的,拿出了从村部里带

我所经历的脱贫攻坚故事

来的一些资料，随后给两位老人讲解了健康脱贫"1579"综合医保补充政策。蒋垂华挽留我在他家吃饭，我再三言谢，说我还有工作，以后我会经常来，免不了要打扰的。随后我回到了村部，完成了相关表格的填写。

　　回到城里，不经意间我的心里会常常想起桦树镇西南岔村的几位贫困户，多么善良和淳朴的几家人啊！脑海里浮现出这样的情景：蒋垂华在家中收拾院子，望着自家的菜园，更显庄稼人勤劳善良的本色，脸上的皱纹舒展了许多，一切都是那么美好！远处，温室大棚里，肖彩菊看着村里黑木耳长势喜人，虽疾病未除，但仍坚持奔波在治病的行程中，对生活充满信心！

■ 慰问贫困户

　　偶然也是必然的相遇，让我们的心里常常多了一份无形的牵挂！后来，无数次行走在去往蒋垂华、肖彩菊家的路途中，我的步伐越加坚定。因为党的好政策，每次去，蒋垂华、肖彩菊家都会有新的变化！

再出发

　　在这些年的扶贫路上，我深深地意识到：扶贫不仅仅是任务，我们要去了解贫困户的生活困苦，更要帮他们渡过难关。扶贫也是我们和他们交流的绝好机会，通过互相认识、互相了解，拉近彼此的距离。我们常常说心连心，但如果没有踏足贫困户的家中，没有亲眼看到过他们勤劳的身影，不了解他们生活的坎坷，就不可能深刻地认识贫困户，深刻地了解他们的精神力量。

在西南岔村扶贫的过程中，随处可见到劳动的力量、生命的奇迹，让我树立起一种坚定的信念：劳动是最光荣的，劳动人民是伟大的。从他们身上，我学到了百折不挠的精神。其实，在人生的道路上，困难何其之多，只要携带一颗坚持的心，即使荆棘遍布，也阻挡不了前行的脚步。

我是一位金融工作者，扶贫路上我义不容辞！2021年，我和蒋垂华、肖彩菊家有更多交集、更多故事。这些瞬间，温暖了彼此的心；这些瞬间，让我们感受到了党的好政策；这些瞬间，让我们的青春在西南岔村扶贫路上熠熠闪光！

（作者：农发行临江市支行　崔秀成）

我所经历的脱贫攻坚故事

苏苏村换上了"新帽子"

　　我是农发行黑龙江省分行资深行政经理吕维彬，自2017年5月起驻村扶贫，任桦川县悦来镇苏苏村驻村第一书记、扶贫工作队队长。苏苏村是全省远近闻名的老大难村，全村共有2个自然屯，765户，总人口1895人，在脱贫攻坚"回头看"中识别贫困户112户234人，贫困发生率12%。

　　在赫哲语中，"苏苏"的意思是"草木茂盛的地方"，但这个寓意和我所看到的苏苏村现实状况并不匹配。多年来，这个村头上戴着三顶"帽子"：软弱涣散村、贫困村、难点村。这三顶"帽子"重重地压在了苏苏村的头上。加之基本村情存在"六多"现象：积累矛盾多、村级债务多、耕地纠纷多、村民诉求多、上访人数多、贫困人口多。我刚驻村时，村里两年没有党支部书记，基层组织软弱涣散，干群矛盾十分突出。老百姓嘴里经常念叨一句顺口溜："村委会里不见人，只见锁头把大门，碰上问事不知道，愿意哪告就哪告。"我深切感到，这样的贫困村，要想把党和国家的扶贫政策落实落靠、落地见效，必须抓好党支部班子、带好党员队伍，引领贫困群众走上富裕之路，彻底挖掉"穷根子"。因此，我们在全省首创了"抓党建促扶贫"的工作思路，确立了"扶心、扶志、扶风气、扶业、扶才、扶精神"的六扶策略。

　　我们驻村工作队到苏苏村的第一件事，就是挨家挨户走访摸底，确定精准扶贫的贫困户。6月正值农忙，村民们天刚亮就下地干活，天黑了才回来。工作队员们便"倒时差"，晨曦深夜入户，半个月走访下来，听到最多的就是村民们对领导班子的强烈不满，体会最深的就是贫困户坐在家里炕头上"等靠要"。

农民富不富，关键看支部

　　扶贫首先要把党支部扶起来。苏苏村村"两委"班子中午喝酒已经是常态化的习惯，一喝喝到三点，什么事也不管，这种境况长此以往，扶贫工作肯定受到重大影响。为打造一个过硬的村级班子，我们明确提出全力创建学习型、务实型、服务型、创新型、廉政型"五型"党支部,在村"两委"班子中开展了"清脑、整顿、约束、比学"四大行动,在全体党员中四次讲授贴近村情实际的党课,引导他们要想改变苏苏村面貌、改变老百姓生活状态,必须统一思想,那就是"一心为公、服务于民"。从此班子干事创业的劲头出来了,全体党员服务群众的积极性起来了,开始和我们驻村工作队一起走农户、解难题、办实事。

我们用一个月时间,将原村委会改建成面积300平方米的村级党建中心,设立党员活动室、党建档案室、村级发展室、脱贫攻坚室、文化展示室和体育健身室6个"主题室"。6个"主题室"分别用图板、图片、图标、图示、图例,充分体现了党中央明确提出的加强基层党建工作的一系列总体要求,做到了各项制度、发展目标、实现方式、管理措施、脱贫举措、扶贫成果、脱贫变化、农民作品"八上墙"。这些内容,都不是束之高阁的形象工程,而是立足苏苏村实际,展现了全村的发展规划和脱贫举措,做到了制度规划要上墙、路径措施要落地,让村民们看到苏苏村的光明前景和美好未来。

村民守旧思想转不转,重在党员作用明显不明显

苏苏村有党员38名,我们创造性地开展了"十星级"党员评定,每年评出产业发展、引领致富"十星级"党员,这个模式在桦川县105个行政村中进行推广。组织党员实行"一带三"帮扶模式,每名党员帮带3个贫困户,帮助他们提振精神、化解矛盾、谋划发展、解决问题。全村党员开始主动为贫困户脱贫致富鼓实劲、想实策、出实招。两年下来,党员和驻村工作队一起走访农户6654户次,帮助贫困人口解决住房难、饮水难、取暖难、看病难等各种难题471件次。驻村工作队带领全村党员仅用半年时间就完成危房改造101户,让贫困户住上了安全房;饮水改造151户,让全村喝上了安全水;硬化路面23条,解决百姓出行难问题;修建1300平方米体育健身器材齐备的文化休闲广场,丰富了村民体育文化生活;铺建田间路19公里,解决粮食出地难困境。我们用5个月时间完成全村室内水冲式厕所改造任务。贫困户均享受了教育扶贫、医疗扶贫、保险扶贫政策。

村民不脱贫,缺少带头人

我们在脱贫攻坚战中为了做到准上加准、精中有精,明确提出"宣传政策保到位、逐户识别保精准、深入走访保稳定、办好产业保脱贫"的"四保"工作目标,帮助每户贫困户算好"五笔细账":算好收入支出账、算好财产物产账、算好享受政策账、算好致贫因素账、算好脱贫致富账。在此基础上,实行"场社户"三级联动,实施"12515"产业发展引动工程,主要是建好1个果蔬产业园、规范2个水稻合作社、

兴办5个特色家庭农场和企业、选定15个致富带头人，召开了"12515"产业发展引动工程启动会。东旺果蔬产业园、源顺水稻合作社、不怕辣家庭农场都成为带动脱贫企业，与贫困户建立了利益联结机制，每年为每户贫困户分红1000元以上。

  同时我带领村民兴办了全县第一个村办企业——苏苏蓝宇农业发展有限公司，办起了肉鹅肉牛养殖场。该公司2018年当年建设、当年养殖、当年见效，实现利润30万元，成为苏苏村兴村企业和带动脱贫企业。

  驻村工作队是农发行坚定落实中央扶贫精神的窗口，也是农发行扶贫事业的前沿。我们既肩负着扶贫使命，也代表着农发行的形象，只有带着对党的事业的无限热爱、对老百姓的一片纯情，心贴心、心连心地做好脱贫攻坚工作，在抓好党建促扶贫上用足功夫，用真心、动真情、献真力，所驻贫困村才能彻底脱胎换骨。

  我们只有在脱贫攻坚路上奋力前行，才能向省分行党委交上一份庄严的答卷。苏苏村彻底甩掉了"软弱涣散村、贫困村、难点村"三顶"帽子"，一跃成为黑龙江省党建工作示范村、思想政治工作示范村、脱贫攻坚培训基地，从而戴上了三顶"新帽子"，成为黑龙江省脱贫攻坚的一面旗帜，前往苏苏村参观学习的多达200批次、2万多人次。我们驻苏苏村工作队也屡获殊荣，先后6次受邀在全省扶贫培训班上授课，9次在省市县介绍经验，中央和省市县媒体进行40多次报道。我本人也被评为"龙江十大最美人物""最美农发行人""省市县优秀驻村第一书记"。

（作者：农发行黑龙江省分行　吕维彬）

■ 苏苏村蓝宇农业发展有限公司办起了规模养鹅厂

勇立潮头当尖兵

漫漫五年攻坚路，只教山河换新颜。

脱贫攻坚五年，是一部爱与情的画卷，也是一部干群鱼水情的诗篇。相信每个脱贫攻坚战的参与者都有一个个令人难忘的故事，今天借这个机会，我把我经历的脱贫攻坚故事讲述给大家。

2019年5月，我和2名驻村工作队队员来到拜泉县三道镇竞业村驻村扶贫，这里是三道镇唯一的深度贫困村，户籍人口699户2811人，人均耕地2.5亩，有建档立卡贫困人口170户352人。来到村里的那一天，看着质朴的贫困群众，我和队员们就暗下决心，一定要时刻紧绷一根弦、拧成一股劲，带着乡亲们早日脱贫致富，朝着决战决胜脱贫攻坚的目标而不懈奋斗。2020年是实现两个一百年奋斗目标的关键之年，也是脱贫攻坚战的"攻城拔寨"之年。人到半山路更陡，船到中流浪更急。越到紧要关头、关键时刻，我们越要不松懈，不断推动脱贫攻坚工作走深走实。

"驻村"就是"驻心"。进驻到竞业村以来，我们扎根一线，利用近一个月的时间走访了竞业村全部常住户，问情况、找方法、解难题。我们与困难群众朝夕相处，工作在村，生活也在村，已然成为群众眼里熟悉的"村干部"。在走访中，一名特殊的村民引起了我们的注意。竞业村七屯居民于凤春的女儿于洪霞只有15岁，正是应该在学校学习知识的年纪，却因家中贫困，无法支付学费、校车及食宿费用，辍学在家务农。经过深入走访，我们了解到，于凤春和爱人董淑玲都身患疾病，无法外出务工，家里三口人只能依靠自有的9.4亩耕地为生，因家中经济困难，于洪霞的九年义务教育只完成初一阶段。于洪霞天真无邪的眼神，透露着对学校生活的向往，对学习知识的渴望，也坚定了我们帮她重返校园的决心。于凤春家2018年家庭纯收入仅7101元，我们和村、镇干部多次到于凤春家中，帮他找脱贫出路，同时把孩子的情况向齐齐哈尔市分行反映，市分行工会发动全行职工为孩子捐款，共筹集善款4100元，解决了于洪霞的上学问题。

"党建"也是"扶贫"。竞业村曾是远近闻名的党组织软弱涣散村，村党支部凝聚力较弱,党员模范带头作用不强。驻村工作队进驻该村后,从狠抓基层党组织治理入手,强化党建促脱贫的引领作用。每个月的固定时间召集村中党员开展"三会一课"活动,并且联系齐齐哈尔市分行拨付专项资金3万余元集中用于竞业村村部粉刷和党建走廊建设,加强了党建硬件建设,帮助规范了党建制度以及内业管理等各项工作。投入近3万元,先后改造了村燃煤锅炉,购买15吨煤解决了冬季取暖问题。通过党建引领,在学习上发挥示范带动作用,完善和规范制度学习等,村党员的党性意识和主动性普遍增强,村级党组织的作用不断显现。为了更新王家店、肖家岗、刘家店、邹庆云4个村屯近4000米的铁栅栏,市分行又投入近18万元。在工作队与村"两委"及党员的同参与、同劳动下,村容村貌得到了改善和美化,村级党组织的治理能力得到了村民的广泛好评。2019年底,经镇党委审核,竞业村由原来的软弱涣散党支部转变为良好党支部。我们与村"两委"将整治村容村貌作为常态化重点工作,在清理村屯卫生、修整路边杂草、种植绿化树等多项工作中,都能看到驻村工作队和党员的身影。人心思进、人心思变,竞业村基层党组织建设发生了可喜变化。

"扶志"还要"扶智"。竞业村有些贫困户"等靠要"思想比较严重,我们加大了对勤劳脱贫致富典型事例的宣传,尤其是对本村的脱贫模范正面典型进行宣传,不断唱响"勤劳脱贫"的主旋律。竞业村二屯颜家沟贫困户刘永恩,今年67岁,家里只有老两口,而且年纪都比较大,出去也打不了工,生活一度出现困境。2019年,县政府出台"金融扶贫"的惠民政策,如一阵春风吹进了竞业村的家家户户。我们赶紧把这个好消息告诉了刘永恩,刘永恩知道后大喜过望,当即申报了1万元小额扶贫贷款,购买了3头猪,包了20亩地。从此,他开始了每天起早贪黑地种地养猪。虽然农村人大多会一点养猪及种地技术,但为了更好地学习科学养殖及种地,他利用不能干活的风雨天气向附近的养殖大户和种植大户讨教养殖和种植技术。功夫不负有心人。通过一年多的养殖,2020年,刘永恩家的猪已存栏8头,净获利3000余元。授人以鱼不如授人以渔。要让贫困百姓彻底脱贫,就要激发他们脱贫致富的内生动力。我们邀请了省农科院于洪涛主任讲解马铃薯的种植和市医学院教授讲解黄芪的种植,对贫困户进行培训,让贫困户学得会、用得上,从根本上彻底斩断"穷根"。

"防疫"就是"责任"。2020年初,一场突如其来的新冠肺炎疫情,席卷了整个中国大地。因疫情原因,驻村工作队被隔绝在城中,无法进村开展工作。在疫情稍有好转并通过县委组织部驻村办统一组织体检合格后,我们立即返回驻地开展工作,并第一时间奔赴疫情防控卡点参与值勤值守工作,向村民们讲解疫情防控知识。在得知村里防疫口罩告急后,工作队积极与派出单位联系,及时从派出单位防疫物资中调配口罩300只,有效缓解疫情防护物资短缺的实际困难,并迅速将口罩发放到值勤人员手中,用实际行动发挥了疫情防火墙作用。

"输血"不忘"造血"。产业扶贫，是精准脱贫路上的重要一环。根据竞业村实际情况，我们搭建扶贫产业基地，用于增加贫困户收益。以前单纯地把产业基地当作"输血"方式，采用"一分了之"的形式，忽视了贫困户这一主体，我们将"输血"变为"造血"，改变贫困户陈旧的思想观念，让贫困户有一定的信心参与劳动，甚至进行自主创业，依靠自己的双手获得酬劳，从而进一步加快全面小康的步伐。借着"消费扶贫"工作的契机，依托三道镇发展大鹅养殖项目，我们及时向齐齐哈尔市分行寻求支持。市分行党委高度重视，在疫情防控允许入村的情况下，2020年5月初，李嶙峋行长赶赴竞业村与村"两委"商议"消费扶贫"实施计划，并代表行党委捐赠4万元用来购买鹅雏2000只，计划通过职工食堂等"消费扶贫"的方式帮助竞业村销售成鹅，预计每户贫困户可增收1100元。

把心沉浸基层，把爱注入基层，积极探索致富之路，确保扶贫路上一个贫困群众都不掉队。

（作者：农发行拜泉县支行驻村第一书记　左汝南）

■ 左汝南驻村扶贫照片

我所经历的脱贫攻坚故事

用生命点燃希望的灯光

当伟大的脱贫攻坚战如火如荼地进行时，黄文秀等优秀的榜样不断涌现，我时常会想：如果让我从城市去乡村工作，而且是一个贫困村，我愿意吗？如果愿意，我又能坚守多久？人生那么短，用两年多的时间去做一件事，值吗？

我在农发行贾汪区支行原副行长王民卿的身上找到了答案。

2016年2月，年届六十，操劳了半辈子，本该在家享受退休生活的王民卿，接到组织的委派，成为江苏省委驻丰县帮扶工作队的一员，担任华山镇小史楼村的第一书记。

当时，家人和亲朋好友都劝他："老王，你身体不好，已退居二线，何苦再去干这个苦差事？你去向组织申请一下，换别人去不行吗？"王民卿听了这些话，总是笑着说："服务'三农'，让贫困村脱贫，不正是咱们农发行人应该干的事儿吗？"

小史楼村是一个"省定经济薄弱村"，王民卿到来之前，村里连盏路灯都没有，是一个"太阳下山一抹黑"的落后村庄。

为了让村里早日甩掉贫困的帽子，他挨家挨户走访，了解每一家的情况。一开始吃了不少闭门羹，但他说："要想让老百姓愿意接近我，我得先变成老百姓。"下一次他去走访时，一进门就脱下外套，拿起扫帚帮村民打扫院子；人家一次不让他进家门，他就去两次、三次；有谁不在家，他就去田里找，边帮忙干农活边聊天。当村民第一次主动递香烟给他时，他笑了，是那样的开心。

三个月，他磨破两双运动鞋，社情民意记录了三大本，全村建档立卡低收入农户的情况他烂熟于心。

村头的张秀兰大妈患有尿毒症，需要每周三次到县医院进行透析，高额的医疗费用让这个本就贫穷的家庭雪上加霜；还有一个村民叫李先进，才40多岁，在外打工时，左手被机器绞了进去，丧失劳动能力的他作为家里的顶梁柱，只能靠低保勉强维持生活。

有村民问："王书记，你是在城里生活的人，怎么会来我们这么穷的地方？"王民卿说："咱们村是省里脱贫攻坚的主战场，丰县又是我的家乡，我想为家乡建设出份力，让家乡人早一天都能够过上好日子呀！"

为了在最短的时间里规划出脱贫的计划，他不顾身体，夜夜通宵加班，每到晚上都能听到他愈发频繁的咳嗽声。

辛劳的工作换来了切实有效、精准完善的脱贫计划。他动员村民们流转土地800亩，成立了华动农业专业合作社，带动低收入户务工，增加了村集体收入。

■ 丰县华山镇小史楼村第一书记王民卿查看村里小麦长势

2016年，得知江苏省分行要为村里拨发70万元扶贫资金筹建标准化厂房，王民卿激动万分，连宿舍也不回了，吃、住都在项目现场，盯进度，盯质量，只盼望着工程早建成、早投产、早见效。三个月后，一座5000多平方米的标准化厂房拔地而起，当年就为村里创造了12万元的收入，安置了10多名贫困户就业。小史楼村向脱贫迈出了一大步。

眼看着村民离脱贫致富越来越近，这时候，老天却开了一个不好笑的玩笑。2017年初，王民卿体检时，得知自己患上了肝癌。

本该安心住院治疗的他，却一直念叨着村里还没装路灯的事儿："乡亲们眼里没有光，心里也不亮堂啊！"为了找出最便宜、最耐用的路灯，他拖着虚弱的身子，辗转大大小小的建材市场，终于在山东济宁买到了40盏合适的路灯，钱不够，他就拿出自己的办公经费补上。可这照亮了乡亲们的路灯，却是他为小史楼村送上的最后的礼物。

  带着对小史楼村的挂念，王民卿于2018年初不幸离世，乡亲们再也没能见到朝夕相伴的王大哥，发展红火的华动农业专业合作社再也没能等来当年的创办者。

  斯人虽逝，精神永存。正如王民卿生前常说的，哪怕只有一点点的改变，也终将谱写崭新的篇章。

  事业未竟，后继有人。2018年，同样来自农发行的雷胜红，成为第二批江苏省委驻丰县帮扶工作队的一员，继续带领小史楼村的乡亲们脱贫致富奔小康。

  今时今日，农发行已经派驻了四位驻村第一书记，一任接着一任干，续写王民卿同志不朽的"路灯精神"！

（作者：农发行丰县支行　李　魏）

安家

在第一次来到大蟒牛村前，我从来没有这样深刻地意识到，贫困竟是如此可怕的事情。

坑坑洼洼的小路、破旧开裂的土墙、衣衫褴褛的穿着、深深下陷的眼窝、饱经风霜的面容……这里的一切看起来都是灰蒙蒙的，像是没有明天，更没有希望，比我曾设想过的样子更让人心痛。

大蟒牛村所在的灌南县，地处江苏省北部，灌河下游。这里农村地区基础设施比较落后，一些乡村道路长年缺乏维护，严重破损；部分村庄缺乏供水、蓄水设施，排水管网系统不健全。甚至对于一些困难群众来说，拥有一个"可避风雨"的家都是难以奢求的美梦。他们的住房年久失修，岌岌可危。贫困像一张无形的大网笼罩着他们，无法靠自身的力量挣脱，只能眼睁睁地看着自己向更深的尽头坠去。

为圆困难群众的"安居梦"，提升广大农民的生活幸福感，解决发展不平衡不充分问题，2019年以来，灌南县在百禄镇南房村、新集镇徐老庄村开展整村推进试点建设，带动全县撤并搬迁村庄42个，建设新型社区12个，新型社区建设全面铺开。

扶贫攻坚工作的不断推进，就像一大串葡萄在藤蔓间逐渐成熟，随手摘下的，都是一粒粒饱满甘甜的果实。

"这是老祖宗的房子，动不得！"

2018年7月，我和行内领导同事一起，带着贫困人口资料和生活用品，继续当时已经开展了一年有余的扶贫工作。坑坑洼洼的小路减缓了我们的车速，一路上的颠簸让晕车的同事眉头紧锁，脸色发白。一个小时后，我们才到达大蟒牛村。村长和村支书早早在村委会等着我们，在他们的带领下，我们开始挨家挨户地走访。

贫困户王大爷是我们的第一个走访对象。王大爷的家摇摇欲坠，土墙布满裂痕。走进屋子里，映入眼帘的是灰暗光线下一张歪歪斜斜的木头床，家里唯一的电器——

一台陈旧的电风扇，正嗡嗡作响。这老年孤苦的场景让我不禁心头一酸。王爷爷倒是很热情，主动说起自己没有儿女，一个人独自生活，最大的困难是年纪大了，没有经济来源。我们把买的生活用品送给他，他感动地站起来，和我们一一握手，直说感谢农发行。

我们聊起行里的扶贫工作，说到农房改造的事情，何主任笑着和王大爷说："等将来把你的屋子改造好了，你的日子也能过得舒服些啦！"没想到，王大爷却突然面色一沉，眼神里写满了抗拒，嘴里有些生气地嘟囔着："这是老祖宗的房子，动不得！动不得！"

气氛一时变得有些尴尬，村长急忙出来打了圆场："唉，他就是岁数大了，思想也没跟上，中国人嘛，安土重迁……"

"真能把破房子当成自己家一样好好修？"

离开王大爷家，我们来到了第二位贫困户李大娘家，同样的，房子布满裂痕，屋内墙上的白灰已经脱落，屋顶上的瓦片也三三两两地有所掉落。

李大娘的老伴两年前因病去世了，为了给老伴治病，她掏空了家底，还借了不少钱。儿子去了南方打工，一年才回家一次，每次回来也就待五六天时间，家里哪里坏了，也来不及修缮，就要匆匆回去继续打工。

李大娘这样的情况在村里不是个例，他们的贫困不单纯是由低收入造成的，更深层次上是由基本能力缺失造成的。绝大部分住房困难的群众，或是鳏寡孤独，或是常年患病，或是身体、精神残疾，丧失劳动能力。

听闻要进行房屋改造的事情，李大娘惊奇地瞪大了眼睛："我岁数大了，你们不要哄我，真的能把破房子当成自己家一样好好修？"

"再难，也要想办法解决问题！"

在回程的路上，坑坑洼洼的小路依旧颠簸，痛心和疲惫让人百感交集，一路上都没有人说话。

回到行里，我们把贫困户的情况向领导同事作了汇报和分享。听到贫困户的生活现状和困窘的住房情况，大家都沉默了。

贫困户，缺乏经济来源，生活条件艰辛。住房条件简陋是贫困户的共性，住房问题是急需解决的。

手续难、配合弱、收益低，"钱从哪里来"这一至关重要的问题，是农村住房改造能否取得成功的关键。

  这时，王行长打破了沉默："要做成事情，哪有不难的，再难，也要想办法解决问题！"

  当时，在国家严控地方政府隐性债务情况下，要将政策性金融的优势转化为支持农民住房改造、实现乡村振兴的现实效果，很多方面都存在着阻力。为了积极帮助困难户解决问题，行里的会议几乎就没有停过。

  一个个电话、一个个贷前条件的落实、一次次以农民需求为导向的探索，客户经理手边的资料堆成了一座座小山。我们与县政府联系，先将几家危房改造。同时，我们开始积极推进苏北农房改造项目，积极与金灌集团对接。2019年，伴随着同事们的欢呼声，农发行成功投放苏北农房改造贷款共计3.8亿元。

■ 农发行灌南县支行苏北农房改造项目实施后照片

  在这一过程中，我见证了无论是行领导还是基层员工，那一颗颗真真切切想让农民住上好房子的心，和办公楼的灯光一起，闪烁在人民西路的夜里。

  2019年11月，我再次踏上扶贫之路。原来坑坑洼洼的小路已经不见了，取而代之的是宽阔整洁的水泥路；之前的危房也不见了，精心的修缮让老房破房"涅槃重生"，现在是结实的小平房，基本家电家具也一应俱全；农发行发放的改善农村人居环境贷款也已经投入使用,整个灌南新型农村社区项目建设都在井然有序地进行。

  我们回访了曾经的困难户王大爷,何主任笑着问他:"你这老祖宗的房子大变样了,住得好不好啊?"

  王大爷也笑了,又有些不好意思:"幸亏你们和村里一起做了我几个月的工作,不然我哪能住上这么好的房子?谢谢你们,谢谢你们把我这老房子修好了!回头都别急着走啊,我杀只鸡请大家吃。"

  王大爷的笑,让在场的人都感受到了困难群众重新燃起的建设家园的信心和希望。

  身在基层农发行,我一直以来深深被感染的,就是这种坚持为支持乡村振兴、脱贫攻坚发力的信念感。政策性金融的责任和担当让我们扛起了服务乡村振兴的旗帜,把居住环境改善改到人民群众的心坎上。在众志成城的努力下,灌南县农民住房项目稳步推进,不仅实现了群众"居者有其屋"的梦想,更为全面打赢脱贫攻坚战、全面建成小康社会目标实现作出了应有贡献。

(作者:农发行灌南县支行 蒋秋怡)

跨越两千公里的初心与使命

一滴水可以折射出太阳的光辉，一粒沙可以凝聚成塔底的基石。王卫东，现任农发行南通市分行党委委员、副行长，曾任农发行海安市支行党支部书记、行长。正是这样的一滴水、一粒沙，在全行精准扶贫的大潮中，主动担当，提升站位，躬身践行，谱写出扶贫路上的华美乐章。

当好定点扶贫"红娘"

云南省马关县是一个集边境、民族、贫困、山区、老区、原战区为一体的县份，是国家扶贫开发工作重点县，也是总行定点扶贫县之一。2017年初，上级行安排海安市定点帮扶马关县。接到任务后，王卫东第一时间查阅资料摸清马关县基本情况、产业项目情况，了解帮扶需求和发展愿景。当得知马关县贫困面广、贫困人口多、贫困程度深的时候，他坚定这场攻坚战必须好好打、打得好才行，下定决心竭尽全力协助地方政府共同引活水入马关，浇开脱贫致富花。

为准确把握帮扶县的现状、有针对性地开展扶贫工作，他跨越2000公里来到马关进行实地考察调研。一到马关，他便直奔乡镇开展考察，与当地老百姓交心交谈，倾听民声，随身携带着的一本扶贫日记记载了真情实感。通过实地走访考察多个乡镇，他对马关的整体情况有了清晰的认识，马关的一幕幕深深触动着他的内心、湿润着他的眼眶、刷新着他的想象，更加坚定了他帮扶马关的信心与决心。王卫东第一时间将掌握的民情民意以及当地真实情况向地方政府汇报，争取到地方政府成立考察组赶赴马关进行全面现场考察的机会，最终促成海安市政府与马关县政府签订友好合作帮扶框架协议，推动地方政府出台对口帮扶马关工作方案。

引入扶贫资源"活水"

在马关考察期间，他意识到：马关县是农业大县，物产资源丰富，但局限于企业投资、技术水平、人才支撑、资金保障,无法充分发挥地区优势。他深知投资、技术、人才、资金是制约马关经济社会发展最迫切、最直接的问题,需要以此为切入点,不断地动脑筋、想办法助力马关县引入扶贫"活水"。

奔波于政府与企业之间,通过多方拜访协调,他成功帮助马关县政府完成赴南通的考察活动以及马关投资环境推介会在南通和海安两地的开办。他动员地方政府组织企业家赴马关考察项目,面对面交流投资事宜,促成企业向马关提供包括电工、电焊工、机床工在内的20个工种586个工作岗位,签订1000万元农产品采购协议。他提出的加强人才交流和学习的建议得到采纳,主动接受农发行文山州分行和马关县支行10名员工来江苏进行技能培训和跟班学习,提升业务水平和办贷效率。他搭建企业捐资帮扶平台,将加大贷款支持力度、最大限度地压降企业融资成本作为撬动杠杆,支持企业捐款15万元设立产业扶贫基金,引导出资40万元定向资助马关县木厂镇农民专业合作社等新型经营主体,通过发展生产带动76名未脱贫农户掌握生产技能、实现增收脱贫。

2020年新冠肺炎疫情期间,当得知马关县农产品滞销消息后,他率先开展捐赠,并引导全行员工通过"农发易购电商平台"等线上方式畅通农产品产销对接,助力马关大批量销售特色农产品。

■ 2017年在海安召开云南马关投资推介会

浇灌教育扶贫之"花"

王卫东在对贫困乡镇走访调研的时候，发现好多孩子都是留守儿童，因贫辍学，没有机会通过学习汲取知识改变命运，而他所在的江苏南通是全国有名的教育之乡，他深知教育扶贫是斩断贫困代际传递的重要方式，投资教育就是投资未来。为了不让农村贫困家庭学生在学习上掉队，回来后他第一时间承上启下主动对接地方政府和江苏省分行达成共同捐资助学的共识，动员地方政府捐资80万元参与江苏省分行创设的100万元"农发海安·情系马关"扶贫助学基金，定向资助马关县50名建档立卡贫困家庭学子，帮助他们顺利完成大学学业，学成后返乡服务马关建设。

"生命是流淌的江河，奔流不已，滚滚流动；生命是翱翔的雄鹰，搏击长空，展翅高飞；生命是绵延不绝的高山，壮丽挺拔，雄伟高耸。"这段洋溢着生命激情、奋斗热情的话写在王卫东的扶贫工作本上。他深知，巩固拓展脱贫攻坚成果，须进一步与服务乡村振兴有效衔接，作为农发行人，他有责任以使命和担当持续不断地推进这一宏大工程。

（作者：农发行南通市分行　王卫东）

■ 王卫东助推成立教育扶贫基金

我所经历的脱贫攻坚故事

老中青的"买买买"

"予人玫瑰,手有余香。要广泛发动全行每一位员工参与,彰显农发行人的责任担当。"

农发行绍兴市分行陈行长的一席话,正式拉开了该行组织开展脱贫攻坚"夏季攻势"、助力消费扶贫活动的序幕。一时间,线上线下,微信电话,一个个"买买买"的动人故事,在老中青三代员工中深情演绎着。

盛夏以澜,清秋将至,贵州省锦屏县多彩田园里的金秋梨成熟了,金黄色的梨子挂满枝头。身处云贵高原和湘西丘陵过渡地带的锦屏,年均气温16.4℃,昼夜温差极大,独特的气候酝酿了金秋梨酥脆爽口、浓甜如蜜、入口即酥的独特口感。但受限于市场开拓能力、销售渠道和信息传播能力,金秋梨"远在深山人未识"。

"你尝尝看,这梨是不是又脆又甜,皮薄汁多。"年过半百的绍兴市分行客户经理老李,此刻化身"王婆",滔滔不绝地向企业"安利"金秋梨。

老李认为,要扩大贫困地区特色农产品的销售量和影响力,仅在系统内做文章是远远不够的,必须要发挥好政策性银行"牵线搭桥"的作用,动员更多的社会力量加入扶贫事业。"市分行只有120人,就算每人每天吃一个梨,哪怕早晚各吃一个,又能吃几箱梨呢?必须另想他法!"老李心里默默盘算着。

"我和企业负责人熟,企业那里我去说。"获知行里要动员贷款企业也参与消费扶贫工作信息后,这位老员工主动请缨,担负起扶贫"联络员"的职责。他自费购买了5箱金秋梨,顶着烈日,上门拜访,要让企业负责人也尝尝这物美价廉的金秋梨。

被老李的扶贫诚意所打动,同时也考虑到公司近期将开展"情系养老院、温暖献爱心"活动,东湖高科公司最终决定,采购锦屏县的扶贫金秋梨送往养老院,让老人们也品尝品尝这来自千里之外的甜蜜。

于是,满载着锦屏县贫困农户脱贫致富的美好心愿,几百箱"罗丹梨不了"牌金秋梨,翻山越岭,顺丰包邮来到浙江,被送往了绍兴市斗门镇养老院,从而演绎出一段精准扶贫、爱老敬老的动人佳话。

"快递到了吗?麻烦您放在传达室,我们马上下来拿。"挂上电话,入行近10年的绍兴市分行办公室主任助理小朱一脸兴奋地说："新疆的扶贫红枣终于到了！"

从喀什到乌鲁木齐，从西安到杭州，横跨大半个中国，沿途每一次更新的物流信息，都深深牵动着办公室员工的心弦。这12箱色香味俱全的灰枣终于顺利抵达。

"通过采购贫困地区特色农产品，牦牛奶、香菇、五谷杂粮，这些来自大山深处原产地的美味食材，不仅可以丰富员工们的餐桌美食，还可以促进贫困地区特色农牧产业发展。"小朱向食堂采购员解释最近以来她一直坚持"买买买"外地食材的原因。

除了系统内定点购买深度贫困县农产品外，小朱还从新闻媒体上了解到湖北多种农副产品因疫情影响滞销的信息，她主动联系湖北贡水源网络科技有限公司，帮助单位食堂采购了几十斤香菇、木耳等农副产品。

积水成渊、积土成山，脱贫之举，贵众贵恒。绍兴市分行的青年员工们也在默默努力，为脱贫攻坚事业添砖加瓦。

"今晚直播间湖北专题，买吗？"

"买买买！"

"我为湖北拼个单，我为湖北胖三斤！"

青年员工微信群里的消息，一直闪烁个不停。大家纷纷踊跃报名，积极参与湖北滞销农产品促销直播间，下单购买了小龙虾、鸭脖、藕带等美食。

人间烟火味，最抚凡人心。绍兴市分行老中青三代员工们"以购代捐、以买代帮"的动人故事，还在继续精彩演绎着。

（作者：农发行绍兴市分行　应炯剑）

■ 购买扶贫产品现场

我所经历的脱贫攻坚故事

一条"服装线"的千里奔赴

"真的很感谢你们的牵线帮扶，我校的服装生产线顺利开工了。"只听电话那头一个男人边说边呵呵地笑着，生疏的普通话夹杂着些许西南官话。他是云南省马关县民族职业高级中学的校长。2019年，农发行浙江省分行促成雅戈尔集团向该中学捐赠了一批服装设备生产线。这次回电，张校长言语间充满了对农发行的感谢。

2019年4月，浙江省分行基础设施处处长周海峰与总行驻马关县三人小组组长敖四林对接东西部扶贫协作事宜时听闻，马关县的民族职业高级中学因缺乏资金，无法启动服装生产加工实践课程。他及时向行领导汇报了此事，行领导获知此信息后高度重视，当天即召开专题会议研究讨论。会议讨论得热火朝天，行领导指出："全国脱贫攻坚已进入最后攻坚阶段，浙江没有国家级贫困县，定点扶贫工作就成为浙江省分行助力打赢脱贫攻坚战的主要举措。马关县的这次扶贫需求，能帮上的我们肯定要帮。全省合作的纺织服装相关的企业里，雅戈尔这家企业倒可以试着联系看看。"

会议刚结束，他便着手联系宁波市分行、对接企业相关人员。一次次地上门对接，一遍遍地与企业讲解当地情况和扶贫模式，经过不懈努力，省分行最终与宁波当地纺织龙头企业——雅戈尔集团股份有限公司达成初步捐赠意向。

为更好地了解该校的实际需求，切实帮助解决根源问题，基础设施处带队，邀请企业经理等一行人赴马关县实地考察并协商扶贫事宜。马关县地理位置偏僻，群山环绕，火车班次少，且没有直达线路。一行人坐了12个小时的动车到达昆明，再转乘火车到达普者黑，又坐了3个小时的汽车，辗转2天终于抵达文山州马关县。这里山坡延绵，老式建筑席卷视野，不远处的斜坡上还能见到一片片简单的砖房。

来到民族职业高级中学，双方在一间会议室坐定，简单问候下便进入正题。从实地考察和与张校长的聊天中了解到，学校在校生近2000人，学校主要开设了服装、数控、汽修等专业，学生毕业后进入工厂、企业，给当地输送了一批专业技术劳动力。但由于当地经济条件落后，学校的纺织机器设备老化，生产加工线已停止运行，学生们徒有平日所学的服装技艺理论知识，却无法在实践中操作，普遍缺乏纺织实操能力。谈到扶贫需求时，张校长希望能由相关企业捐赠资金，用于在当地购买一批服装生产线。但考虑到当地经济发展情况和前期与企业沟通结果，企业经理提出由企业直接捐赠设备。一方面，东部沿海地区的设备更为先进，比起直接在当地购买更有市场竞争力；另一方面，企业还能专门开展培训教学课程，以教育培训形式让扶贫事业提档升级。"授人以鱼不如授人以渔"，比起传统的捐钱扶贫方式，整个学校的服装线顺利运作对该校来说才是摆脱困境的长远之计。

企业经理的提议得到校企双方的赞同，最终由雅戈尔集团向该校捐赠了一条价值50万元的服装生产流水线，并且派员提供技术指导，其中包括25台电脑平车、2台拷边车、2台电剪刀、1台摇臂烫台等设备。捐赠的生产线不仅实现了学生们亲手缝制衣物的梦想，且通过售卖生产出的衣物，学校减轻了部分开支压力。这条服装生产线从浙江运输到云南，最终在民族职业高级中学扎根，完成了它的扶贫使命。

（作者：农发行浙江省分行基础设施处　王少石）

■ 农发行有关同志在雅戈尔集团捐赠的服装专用设备生产线走访考察

我所经历的脱贫攻坚故事

魂牵路的那一头

　　农发行老林从事银行工作已有38个年头了，再过几年就要退休了。他有一句口头禅：再不抓紧时间干工作，以后想干都干不到了。党中央为了实现第一个百年奋斗目标，规划了脱贫攻坚战略。老林始终铭记习近平总书记的一句话："小康不小康，关键看老乡。"为了贯彻执行上级行的指示精神，老林一心想做一番工作。机会终于来了，县政府筹划农村公路畅通工程项目，农发行作为政策性银行对接并利用信贷支持了这项工程，任务落在了老林身上。老林想：农村修路，是脱贫攻坚一项大工程，惠及千家万户，是农民致富之路，是贫困人口脱贫之路。

　　开展项目评估时，老林干劲十足，实地勘察情况，撰写项目评估报告，忙忙碌碌，经常加班加点。家里的事很少过问，这让老伴憋了一肚子气，但也拿他没辙，只好放任他"自由"。

　　话说刚开始到现场实地勘察的时候，发生了一件事情，刺痛了老林的心。那是一个炎热的夏天，骄阳似火，太阳晒得地皮都冒烟，热浪蒸人。老林一行人来到规划修建的道路现场，了解具体情况。烈日下，大家你一言，我一语，在讨论着项目建设内容。农村的娃，好奇心特别强，看见众多的人，三四个孩子围过来看热闹，叽叽喳喳，欢呼雀跃。只听咕咚一声，大家惊奇地看去，一个孩子摔倒了，趴在地上一动不动，面前流出了一摊鲜血。"不好！孩子摔得不轻。"老林惊喊道，几个箭步飞奔过去。近处一看，傻了，孩子满脸是血。老林急忙喊道："哪家的孩子？"没人答应。其他的孩子用小手指着马路旁一处破旧的房子。其他人朝破旧房子喊去，没人答应。其中一位同志快速奔跑到破旧房子，被眼前的情景惊呆了。一个老人在床上睡着没有任何反应，一个女人不紧不慢面无表情地走出来，好像若无其事。来不及考虑那么多，老林抄起电话拨打120。救护车开来了，又飞驰离开了。老林放下工作，来到了破旧的房子，庄子里的邻居也来了。老林才得知，这一家是贫困户，老人67岁，前几年被家门口路石绊倒，摔成骨折，卧床不起，现已患上老年痴呆症。那个女人是他的儿媳，有严重的智障，摔倒的是她的儿子。老林环顾房子及室内的陈设，心里酸溜溜的，陷

242

入了沉思。原来农村的贫困户是这个样子的。老林站在破旧房子的门口,看到眼前的乡村公路,犬牙差互,除了大大小小冒出的几块石头,就是泥土,上面有几粒石子。孩子为什么摔跤?如果这条路是平坦的水泥路,孩子还会摔跤吗?老林的心不能平静,便暗下决心,一定把这条路修好,让乡村老百姓走上平坦的路。

老林满怀情感撰写了项目评估报告,加速推进项目贷款进程。在省、市机构的大力支持下,项目贷款很快得到了审批,并于2017年1月18日投放2亿元农村路网扶贫贷款。公路修建破土动工了,老林的心里充满着希望。

老林是个责任心极强的人。为了确保工程质量并按计划完工,老林和交通局工作人员经常亲临施工现场,查看工程情况,及时调度资金,做到不会因为资金供应而影响工程进度,真正行使农发行人的职责。

■ 修好的公路

老林是个非常有爱心的人,他始终牵挂着受伤的孩子,牵挂着这户人家的日常生活。每次到达施工现场时,老林都要到那破旧的房子看看那一家人,帮助他们解决一些实际生活困难。

为了受伤的孩子,为了这一户贫困家庭,老林经过慎重考虑,决定长期联系帮扶他们。老林找到村委会,表达了自己的意愿后,回到县里,向扶贫办提出申请,将自己作为帮扶该户的联系人，有计划、有步骤、有措施地对该户开展脱贫帮扶工作。

老林把该户人家5口人当作自己的亲人，无论工作再忙，他都要定期或不定期地去看望他们，自己掏腰包资助孩子上学，购买大米、油送给他们食用，更重要的是他出谋划策，帮助其发展生产脱贫致富。老林认真分析该户的现状，5口人仅有一个劳动力，靠种植粮食解决温饱不现实。于是，他跟村委会协调，将该户15亩地流转给种粮大户，除政府耕地地力保护补贴外，每年能够获得土地流转收入近万元；联系企业，介绍仅存的一个劳动力——孩子父亲做工，年收入1.5万元；向县里申请低保，每年得到收入7200元；帮助家庭每个人办理了基本医疗保险；为孩子申请了教育补贴，解决了孩子上学费用；向村委会协调到30亩池塘，转承包，每年能获得固定的收入；动员该户养猪、养鸡，种植蔬菜，既解决自己食用，又能出售一部分增加收入。2019年，经过多方面协调，该户70平方米的住房翻盖一新，添置了2000多元床上用品、家具及家用电器，2020年又通上了自来水……真正实现了"两不愁三保障"。

一个阳光明媚的早晨，老林带着全家人又来看望帮扶的贫困户了。这次来和往常不一样，宽敞、平坦的乡村水泥路直通贫困户家门口。车辆比往常多了，比平时快了。孩子从老林手中接过新书包和图书，左看看，右看看，爱不释手。忽然间，孩子拿了几本图书奔出门外，消失在人们的视线中。一会儿，叽叽喳喳的声音从门外传来，好不热闹。老林抬头一望，几个孩子朝自己奔来，你一句、他一句礼貌地呼喊："爷爷好！"老林定睛一看，还是那几个玩耍的孩子，便喜悦地抚摸着孩子的头，开怀地笑了。老林弯下身子询问几个孩子："你们要好好读书，长大了想做什么呀？"孩子们的童音异口同声："长大了，我们修路。"质朴的回答，倾进了老林的心窝。老林抬眼望去，平坦的水泥路看不到头，心想：路的那一头，其实就是农民的心啊。

（作者：农发行滁州市分行　陈立喜）

四载扶贫须臾过
未曾磨染是初心

"习总书记说了，脱贫攻坚不获全胜绝不收兵，眼下正是最吃劲的时候。我向组织保证欧庙村脱贫摘帽绝不落下一个贫困户，完不成任务，我绝不撤退。"这是2020年初朱剑对组织的郑重承诺。2016年5月，朱剑领命担任欧庙村驻村第一书记、扶贫工作队队长。三年多来，他用辛勤的汗水和沉甸甸的实绩诠释了一名优秀共产党员的初心和使命。

初心

朱剑是有着二十多年党龄的老党员。"为中国人民谋幸福，为中华民族谋复兴"是朱剑一直以来坚守的初心和使命。无论组织安排什么岗位，他总是不忘初心、践行使命，始终忠诚于党的事业，勇做"新长征"路上的"排头兵"。

在业务岗位，他是骨干，是专家。朱剑在担任粮棉油客户经理期间，管理过萧县政策性收储信贷客户和两个农业产业化龙头企业。他工作态度一丝不苟、严谨较真，贷款调查、查库登记、贷后管理做得标准规范、井井有条，守住了不出现"卖粮难"和"打白条"的政策底线，又保障了信贷资金的安全。

作为扶贫干部，他是挑山工，是领路人。萧县是安徽省为数不多的国家级深度贫困县，欧庙村是萧县87个贫困村之一。欧庙村10个自然村，常住人口5298人，占地面积8.73平方公里，距离张庄寨中心镇8公里路程，是农发行宿州市分行的定点扶贫村。三年前，欧庙村有贫困人口1307人，贫困户467户，贫困发生率高达24.67%，百姓出行难、就医难、住房难、饮水难……就在这样的情形下，朱剑受市分行党委委派，担任欧庙村驻村第一书记。没有经验，没有心理准备，性格直爽的朱剑毫不犹豫地领命出征，一头扎进欧庙村的脱贫攻坚战。从此，欧庙村的一草一木、数千百姓就成了朱剑最大的牵挂。他深知此行的使命是带领欧庙村战胜贫困、摆脱贫困，让贫困户早日脱贫致富，这也是作为一名党员践行国家脱贫攻坚伟大实践的职责所在。

坚守

到岗之初，走村入户、快速熟悉村情是朱剑要面对的第一课。"扶贫工作，精准是关键，重在精准识别，接下来就是因贫施策、精准管理，最终实现精准脱贫。界定一户是不是贫困户，需要实地走访调查，然后再进行评议。评议后再根据致贫原因确定帮扶方案。"这是朱剑驻村三年来的经验总结。"家里有几口人""惠农补贴到位没有""年收入多少""家里有什么困难"，这是朱剑走访说得最多的几句话。村"两委"会议、田间地头、村民家里，人们总能看到他熟悉而忙碌的身影。朱剑抓住一切机会宣传国家精准扶贫政策，全身心投入脱贫攻坚战，以真情扎根群众，很快赢得了全村干部群众的信任和赞誉。

接下来，朱剑忙碌的日子就开始了，向镇里县里争取扶贫资金和项目、铺路、修桥、挖渠、走访……

自选择担任扶贫第一书记起，朱剑就深知没办法守在身患糖尿病且年迈的母亲跟前尽孝了，母亲也是他工作期间最大的牵挂。在"忠"与"孝"的两难选择面前，朱剑毅然选择了"忠"。

摆在朱剑面前的另一个大难题就是出行困难。朱剑多年一直忙于工作，无暇考驾照，而作为第一书记经常要到镇里县里作汇报、讨政策、要扶持，乡村公共交通不便，"百里县乡一日还"就成了难题。体贴的妻子赵玲了解后，主动请缨，陪朱剑一起下乡扶贫，义务担当驾驶员，并把自家私家车无偿贡献出来。

就这样，朱剑和妻子一起把家搬到了欧庙村，妻子驾车载着朱剑走在扶贫路上成了常态，欧庙村也逐渐成了他们的第二故乡。三年如一日，朱剑舍小家为大家，在扶贫一线用行动践行一名共产党员的初心和使命。

攻坚

"要想富，先修路。"为彻底改变欧庙村道路"晴天一身灰，雨天一身泥"的情况，朱剑积极争取资金，向宿州市分行党委寻求帮助。通过努力，他争取了1310万元的农村道路畅通工程建设资金，新修水泥路24公里、砂石路5.5公里，加宽水泥路面5.5公里，农发行贷款支持修建水泥道路2.8公里，彻底解决了困扰欧庙村多年的"出行难"问题。

  2018年洪涝灾害，欧庙村秋季农作物大面积受灾，农田积水不能及时排出，部分农户秋季绝收。朱剑和欧庙村"两委"暗下决心，一定要把水利设施建好。最终，新建了涵管桥216座、板桥8座，开挖水渠23公里、蓄水坑塘8面，新打机井90眼，打破了原来靠天吃饭的局面。

  "精准扶贫，增收是抓手"，朱剑深知这个道理。国家大力提倡光伏扶贫，朱剑带领大家利用村集体的废弃地建起了光伏电站，每天可并网发电1000多瓦，每年光伏发电收入50多万元，带动了149户贫困户增收，每户每年增收近3000元。争取扶贫工厂项目，建了高标准养鸡场，养殖规模超5万只，带动59户贫困户增收，为村集体带来7万元的集体收入。引导有劳动能力的贫困户外出务工，寻求江苏、浙江、上海等发达地区的企业结对帮扶。

■ 朱剑帮助新建设高标准养鸡场

济困

  朱蒙是欧庙村的贫困户之一，是位年仅26岁的女青年。几年前她不幸罹患红斑狼疮，多次外出就医，其间病情一度恶化，后经治疗得到控制，但仍须长期服药。父母离异的朱蒙，只得独自一人靠低保金维持生计，生活十分艰难。朱剑了解情况后报告宿州市分行党委，市分行党委迅速组织职工捐款，并将募集的7500元及时送到朱蒙手中，让她住院治疗。"这些钱救了我的命，如果没有这笔钱，或许我不能撑到现在。"朱蒙激动地说。为了让朱蒙有个稳定的收入，朱剑帮助她做起了电商，目前生活稳定。是宿州市分行全行员工的支持和朱剑的帮助让朱蒙重新点燃了生活的希望。

不同贫困户致贫原因不同，面临的困难也不同，朱剑总能寻找到帮助贫困户摆脱贫困的突破口。70多岁的武永汉是欧庙村的贫困户，膝下无儿无女，生活一直很窘迫，居住的还是很多年前的土坯房屋，眼看着就要倒塌，看着就让人心酸落泪。每逢下雨天，朱剑就坐不住，生怕武永汉老人的房子被雨淋塌了，总是第一时间到武永汉家中值守。解决武永汉老人的问题，朱剑想到了两个方案：一是将老人送到养老院集中供养，二是尽快给老人进行危房改造。朱剑便去征求老人意见，武永汉说年龄大了舍不得搬离欧庙村，选择了第二个方案。朱剑经过多方协调，为老人争取到了危房改造资金，武永汉不久就住进了新房。之后，朱剑还帮助武永汉申请了五保，尽一切力量帮助武永汉改善生活。

变化

现在走进欧庙村，水泥路面干净宽敞，道路两旁青草绿茵，家家户户通上了自来水，路灯也装上了，破危房屋不见了，村部为民服务大厅、卫生室建起来了，村民活动广场上几个大妈跳着广场舞，笑脸盈盈……欧庙村的贫困户已经全部脱贫，村容村貌有了翻天覆地的变化。同时变化的还有朱剑，他的头发越来越少了，脸上的皱纹增加了。唯一不变的是他带领欧庙村全面战胜贫困、摆脱贫困的决心和初心。正如老乡所说，欧庙村的变化离不开"老朱"，欧庙村的村民离不开"秃子"。面对大家的赞誉，他却谦虚地说："很多所处环境比我更艰苦的同志都坚持工作在脱贫攻坚第一线，他们面临的困难比我多，作为一名普通党员，唯有坚守初心，方可不辱使命。"

（作者：农发行宿州市分行　王　杰）

五年风雨扶贫路
"懒汉"养出脱贫蜂

  万安县隶属江西省吉安市,是井冈山革命根据地的重要组成部分,古有"五云呈祥,万民以安"之誉。我在农发行万安县支行担任党支部书记、行长期间,挂点帮扶的贫困村就是万安县宝山乡石龙村,顾名思义,乃深山藏宝、山形似龙之意。它地处罗霄山脉余脉与武夷山脉接汇点,位于万安县最东端,东邻赣州兴国县,北靠泰和县,村东头天湖山就是兴国、泰和、万安三县分界点,我称之为"鸡鸣三县"之地。

  石龙村共17个自然村,14个村民小组,居住369户1614人,建档立卡贫困户80户336人,分别占全村总户数和总人数的21.68%和20.81%,村子呈树杈形分散,在国土面积36平方公里的深山地坳之中。与石龙村相邻的少数民族村(畲族)安长村,是农发行江西省分行2010—2015年连续五年挂点帮扶村。从县城到石龙村村委会,是一条54公里的崎岖山道,晴天驱车风尘滚滚,雨天路边河水洪水滔滔,驱车来回一趟晴天也需3个小时,雨天则要4个小时。石龙村因受交通、气候、自然环境、人文历史等诸多因素影响,村民居住比较分散,大多独家独院住在山坳里,或几户人家居住在一个山坳中,生活节奏比较缓慢。村民多讲客家方言,作为一名外来帮扶干部,在语言沟通上着实吃力。长期以来,石龙村粮食生产种一季稻,农业生产以高山油茶、竹木采伐、养牛、养蜂为主。经深入了解得知,石龙村可是有名的"红色苏区村"。在第二次国内革命战争时期,红军利用有利地形地貌在此开展游击战争,村里有名有姓的烈士就有6名,至今村民房前屋后还保留大量红军标语。可以说,这里是一片红色故土!然而令人没想到的是,这里却是当时万安县最贫困、最落后、最偏远的深度贫困村。

  2015年初,为确保如期打赢脱贫攻坚战,万安县委、县政府对结对帮扶工作下了总攻令。作为当地唯一一农业政策性银行,石龙村结对帮扶任务落到了农发行万安县支行的肩上。支行按照上级行党委要求和当地党政工作部署,率先选派监察业务副经理兼办公室主任张彪脱离业务工作岗位,奔赴脱贫攻坚最前沿,担任驻村第一书记。当时作为支行党支部书记、行长的我，对各项工作承担"第一责任人"责任，成为挂点石龙村主要帮扶干部。回望过去五年的脱贫攻坚帮扶路，石龙村的山与水，干部与群众，深深地感染和熏陶着我。我虽尝遍扶贫的酸甜与苦辣，但无怨无悔。经历很美，故事很多，但最难忘的还是"如何面对客观环境和条件，帮助贫困户激发内生脱贫动力，通过智志双扶，开展产业扶贫"的那些故事。在万安县的5年帮扶工作中，我共负责6户帮扶对象，覆盖因学、因病、因缺乏技术、因丧失劳动能力等致贫的特困户和一般贫困户。其中记忆最深刻的，还是我与一般贫困户王佑源的那段刻骨铭心的脱贫攻坚故事。

帮扶初印象

贫困户户主王佑源，1963年出生，身强力壮，一家三口，妻子许六香，1968年出生，儿子王景涛29岁，母子俩因无技术只能在广东东莞打零工（多为洗碗、端盘子），村里分配承包耕地面积2.01亩、林地60亩、高山油茶20亩。按理说，这样的家庭不应成为贫困户。俗话说："摸不准穷根，扶贫就无从谈起。"带着好奇与疑问，我开始了访贫问苦、排忧解难的帮扶之路。依然记得2016年初，我第一次上他家对接帮扶事项时，他一人在家闲坐着。交谈中得知，他一人在家连蒸饭、炒菜都懒得做，整天游手好闲、无所事事，就一门心思想着当包工头，做能赚大钱发大财的梦，还说："没有脱贫致富的路子，干脆每天早上起来后，骑个自行车到宝山乡街上摊位喝茶、嗑瓜子、闲聊天，吃过中午饭后回家睡大觉，晚上看电视，睡睡觉，一天过得不也挺好。"此刻，我被他弄了个措手不及，顿时感觉帮扶任务艰巨。然而，我没有退却，而是迈开双腿，加紧调研，分析原因。我思考着，对于这样一个"懒汉"，该从何扶起？

"志智"双扶中

之后一段时间里，我风里来雨里去，隔三差五上他家实地考察，与村书记及王佑源一起制订扶贫计划和帮扶方案。我对他说："不要把两亩多耕地荒芜，可以种点粮食，房前屋后旁边菜园可以种点蔬菜，再养养鸡鸭之类，也省得去买米买菜吃。"他立马说："种稻谷野猪会吃掉，养鸡鸭老鹰会抓掉，种菜鸡会啄掉，这都搞不得！""上山搞竹木、油茶抚育也是可以的。"我说道。"这苦力活太累、太脏了，山上很多虫子、蜂、蛇会咬人。"他又立马反驳。至此，我基本摸清了他的"穷根"。2017年3月，我向万安县支行争取到2万元帮扶资金，用于集中采购鸡苗对全村80户建档立卡贫困户进行帮扶，免费给每户贫困户发放20羽鸡苗。令我诧异的是，王佑源领到鸡苗后，居然拿到了亲戚家帮养。面对这样因长期在深山居住养成懒惰习性、思想落后，但又智力、体力正常健全的贫困户主，我没有灰心丧气，而是暗下决心："一定要改变他落后的思想，并努力培育出他勤劳致富的动力，一次不行就两次，两次不行就三次，直到做通他思想工作为止。"于是，我往他家跑得更频繁了，与他交心，做思想工作，讲解扶贫政策，分析脱贫出路。一开始，他还有点不耐烦。慢慢地，隔阂也就逐渐消失了，最后我们甚至成为"亲戚"。我常与他说："我是带着任务来的，那就是让你们脱贫致富。你一日不脱贫，我就一日不心安。作为一个堂堂男子汉，你整天游手好闲，还靠着妻子和儿子打零工赚的小钱来生存，良心上过意得去吗？你也不能成天指望政府逢年过节送温暖，那是不持久的。你这种等、靠、要思想，只能解决一时温饱，绝不是长久之计。"在乡、村干部和我苦口婆心的开导下，特别是看到比他更缺乏技术和劳动能力的贫困户，都能靠着自己的双手开展种养业，生活慢慢变好时，他有些触动了，思想上慢慢开窍了，也有所行动了，变得愿意去做点零工赚点小钱，虽说不多，但好歹迈出了勤劳致富的第一步。

2018年6月，他开始萌发养蜂的念头，对我讲："你是银行行长，我想养蜂解脱贫困，但是没有资金，能搞点借款吗？"我听后很是欣喜，说："你家居住在山里，有很好的环境资源，可以先试着养几箱，等摸索清了养蜂经验和技术后再扩大生产。资金的事不用太担心，我会帮你筹集，但是你一定要用于生产，而不能拿来吃和用在消费上。"他很是开心地答应了我，并表示感谢。于是，我先引导他向本村养蜂人学习，掌握蜂王和蜜蜂的生活习惯与季节交换等养蜂技术，随后帮他解决了养蜂资金问题。到2018年底，他试养了4箱蜜蜂，产出30多斤蜜糖。我和扶贫工作组上门走访时，很是欣慰，当即以市场价付款2100元全部购买下来，并鼓励他说："这是你开始的脱贫，蜜糖就是你勤劳的果实啊。"而后，按照既定规划，他开始扩大生产，并以建档立卡贫困户档案向当地农商行申请到5万元贴息贷款。

2018年7月29日，万安县经过国务院扶贫开发领导小组组织的第三方评估，正式脱贫"摘帽"，退出贫困县序列。

脱贫致富时

2019年5月，在即将调离万安县支行之际，我再次来到石龙村王佑源家，很是惊讶。房前屋后、山前山后都放满蜂箱，菜园里也种上了丝瓜、豆角、南瓜等蔬菜，还夹杂种着几垅西瓜。交谈间了解到，现在王佑源家里还养了20多只土鸡和60多箱蜜蜂，预计年收入可实现2万多元！当我看到他戴起防护罩在忙碌割蜂糖时，内心无比欣慰。五年风雨扶贫路，多少次进村入户，多少次苦口婆心，多少次失望与挣扎，在此

我所经历的脱贫攻坚故事

刻,都转化为了一个"值"字!这就是我所经历的一个烦心、暖心、刻骨铭心的脱贫攻坚故事,一个解决贫困户内生动力不足、开展智志双扶、结出脱贫硕果的脱贫攻坚故事。我想,只要我们设身处地地与帮扶对象心往一处想、劲往一处使,绵绵用力、久久为功,就一定能实现帮扶对象的脱贫梦。

■ 留嵩下乡扶贫

回望在万安县近五年的助力打赢脱贫攻坚战，作为一名挂点帮扶干部，我用真心、扶真贫，帮助帮扶对象努力实现脱贫摘帽梦；作为支行行长，我勇担当、善作为，团结带领全行干部职工找准政策性银行在打赢脱贫攻坚战中的定位，切实履行好"支农为国、立行为民"职责使命，重点支持万安县水利、棚改、土地整治、乡村旅游、农村公路、城乡一体化、易地扶贫搬迁、农民集中住房、高标准农田建设等项目17个，累计发放项目贷款达24.29亿元，并通过投放农发重点建设基金0.69亿元支持县域重点建设项目3个，为提高贫困地区内生发展动力、带动贫困人口增收、打赢脱贫攻坚战发挥了积极作用。万安县支行连续五年获评县委、县政府授予的支持县域经济先进单位，连续三年获评万安县服务脱贫攻坚贡献奖和特别贡献奖单位，连续五年获评吉安市分行年度综合考评先进单位。

　　但愿苍生俱饱暖，不辞辛苦出山林。转眼间，我已从万安县支行调到永新县支行工作一年多。作为一名农发行党员干部，我将继续以饱满的精神状态和负责的工作态度，有一分热，发一分光，在我国乡村振兴伟大事业中作出自己力所能及的贡献！

（作者：农发行永新县支行　留　嵩）

我所经历的脱贫攻坚故事

同心同行　筑梦远航

"老龚，今年医保要交多少钱啊？怎么交？""老龚，我老婆得病住院，医药费怎么报销呀？""老龚，我家小孩刚考上大学，想申请国家助学贷款，怎么办理？"……在枧坑村，村民总喜欢围着老龚问这问那，想着他帮助解决问题。这位百姓口中的老龚，就是农发行广昌县支行驻塘坊镇枧坑村第一书记龚建华。

服务村民的"贴心人"

龚建华始终把百姓的冷暖挂在心中，在村民的心里，他是一名信得过、不是亲人胜似亲人的书记，村民们都亲切地叫他"老龚"。但初来驻村的老龚，村民对他爱答不理。为改变现状、扭转局面，他拎着扶贫宣传袋，深入田间地头，走户串门了解村民家庭基本情况，掌握村情民意，为群众办实事、解难题。下雨天，看到群众家有漏雨情况，龚建华立即与村干部向镇领导汇报，并提出了解决方案，对10户会漏雨的房屋开展了维修，赢得了群众的赞誉。为确保村民饮用水安全、达标，他组织人员对6个取水点、水井进行清理消毒。得知在外务工的贫困户袁春盛家房顶装置的铁皮被暴风雨吹翻后，他和村干部赶赴现场，及时转移屋内物资，排干积水，并帮助维修房顶。了解到贫困户易宗秀家中寒冬还盖着薄被子，孙子上学还背着个破书包后，他当即送去10斤重的棉被、电热毯和崭新的书包，易宗秀的脸上笑开了花，一个劲地说党的政策好，扶贫干部好……1000多个日夜，他就这样用自己的行动默默地为村民服务，甚至顾不上卧病在床的老父亲。老父亲今年90周岁，一直卧病在床，身体不能活动，身为驻村干部的他，吃住都在村里，根本无暇顾及，平时生活起居只能由同样高龄的母亲照顾，母亲也因此累坏了身体，住进了医院。但是母亲并没有责怪他，而是继续勉励他沉下心来，把精力都放在扶贫工作上。

抱团增收的"指导员"

枧坑村地处高山，交通不便，耕地面积少，主要种植作物有白莲、水稻等。全村人口188户601人，贫困户20户58人。为改变贫穷落后的局面，他积极向党员、致富能手、贫困户征询意见，根据村级情况，提出了发展油茶的思路。2018年，他协调资金150万元，新建"富民油茶加工厂"项目，该加工厂可年产无公害茶籽油5000多斤，预计可实现税后利润25万元，为村集体经济增收8万元。成立翠茂油茶种植专业合作社，充分利用荒山资源，以"合作社＋贫困户"的模式发展油茶种植及加工，带动16户贫困户就地就业，实现户均增收6000余元，走出一条"抱团增收"的路子。通过朋友圈推送、线下营销的方式推介茶油、白莲等产品，拓宽销售渠道，帮助村民销售茶油360余斤、白莲1320余斤，价值9.5万余元。

秀美村庄的"参与者"

"一条断头路，在第一书记的努力下，协调资金12万元现已打通，方便我们出行与农产品的运输。"村民刘家纯说道。驻村以来，龚建华对村内道路、农田水利、人饮管网等进行了摸底，协助村委会建立项目库。为改善贫困群众生产生活条件，他厚着脸皮、硬着头皮向派出单位及有关单位汇报，积极争取资金。协调资金36.3万元建设骆家组上围背水陂水渠工程，开展水井清理、消毒。争取项目资金9万元，修建5000多米的水渠，解决农田灌溉问题。实施了村级活动场所的升级改造，配齐了电脑、打印机等设备，使村级活动场所成为党员干部联系群众、服务群众的"主阵地"。实行了村庄绿化、亮化工程，改善了人居环境，刷新了村庄"颜值"。

扶贫方式的"探索者"

很长一段时间，一提到扶贫就是直接给贫困户送油送米，逢年过节给贫困户送温暖发红包，"大水漫灌"式的扶贫方式滋生了贫困户等靠要的心理。为彻底扭转这种情况，进一步提升脱贫成效，他积极研究符合当地实际情况的帮扶措施。为解决视坑村白莲、香菇等农产品滞销问题，他主动担当推销员，向兄弟行介绍当地农产品，积极开展"以购代捐"活动，共销售白莲757斤，销售收入37862元，增加了贫困户的收入，极大地调动了贫困户生产的积极性，同时也增强了贫困户对驻村扶贫小分队的认同感。

赤诚帮扶的"践行者"

在他的帮扶对象中有这么一户贫困户，正当壮年却不幸身患尿毒症，只能靠血透维持生命，每个月的血透费用和医药费对于这个每月不足2000元钱收入的贫困家庭来说无疑是雪上加霜。他知道这一情况后，对此事高度关注，一直牢记于心，第一时间

我所经历的脱贫攻坚故事

向当地政府征询此类情况相关帮扶政策，持续跟踪此事进展情况，最终等来了国家帮扶政策的倾斜，对该贫困户血透费用的90%给予报销。除此以外，他还主动找到当地民政部门，详细介绍贫困户的困难情况，争取到每年额外3000元的贫困补助金。他的一颗赤诚之心深深打动了这个朴实的贫困户家庭，他们眼含热泪，对此连连感谢。

疫情防控的"急先锋"

2020年年初，新冠肺炎疫情来势汹汹。经排查，枧坑村共有5人从武汉务工回来，加之当地村民疫情防控意识比较薄弱，疫情防控物资比较缺乏，疫情防控形势严峻。为做好枧坑村疫情防控工作、打赢疫情防控阻击战，他匆匆结束春节假期，赶赴枧坑村与村干部一起到村口轮班值守，防止人员过分流动、增加病毒传播风险。同时，他向行领导请示多渠道购买口罩、消毒水、额式体温枪等防疫物品，将其送至村民手中，确保驻村干部与村民有充足的防护用品，从而避免病毒传播。在他和村干部的辛勤付出下，枧坑村新冠肺炎感染病例为零。

"来了就要干点实事，才能对得起村民的信任。"苦心人天不负，在2019年的扶贫工作考核中，他当之无愧获得塘坊镇扶贫工作第一名，被评为"四进四联四帮"先进个人。考虑到扶贫工作的连续性以及个人对扶贫工作的热爱，他主动提出继续驻村，蹲下身子当好一名"村干部"，用实际行动诠释"第一书记"的责任与担当。

（作者：农发行广昌县支行　龚建华）

■ 枧坑村施工前后对比

送"礼"

　　江南的初春总是姗姗来迟，尤其是这样的阴雨天，显得格外阴冷。祝主任把车停靠在离高速路口不远的路边，一边抽着烟、皱着眉，一边紧盯着高速收费站出口，一般从县城开往市里的大巴都会在这里下一拨乘客。他抬手看了一眼表，时间显示12点15分。两个小时前，他接到了分管行领导钟行长的一个电话，要他帮忙接待一位特殊的"客人"。

　　这位"客人"究竟啥来头，有多特殊，这还得从头说起。2015年8月以来，农发行上饶市分行按照市委市政府关于做好定点帮扶贫困村的安排，负责结对帮扶余干县黄金埠镇塘湾村，市分行机关每个副科级以上干部都负责结对帮扶十户贫困户。几乎每隔半个月或逢传统节假日，帮扶干部们都要前往结对贫困户家中，了解生活情况，帮助解决生活中的困难。这次钟行长要祝主任帮忙接待的"客人"正是钟行长的结对帮扶贫困户周大爷，往日里都是大家往贫困户家里跑，这贫困户自己跑上门来的，还是头一回。本来，钟行长要亲自接待这位远道而来的老乡，不过中午临时有其他重要公务，这才拜托办公室祝主任负责接待。他在电话里再三嘱咐，无论这位大爷有什么需求，只要是合理的、我们能办到的，都尽力满足。

　　这周大爷来找钟行长到底什么事呢？凭着办公室工作的职业习惯和敏感，祝主任在挂了钟行长的电话后，马上和这位周大爷取得联系，仔细询问他来上饶的意图，可电话里这周大爷就是说来看看，怎么都不肯说有啥事。祝主任只好作罢，便与他约好时间，在高速路出口处接他。挂了电话后，祝主任越想越不对劲，这分明就是"上访"的节奏嘛，他赶紧致电驻村帮扶的徐书记，仔细询问这位周大爷的近况。徐书记一听有贫困户"进城上访"，心想这下可要出大事了。他告诉祝主任，周大爷是个五保户，快70岁了，一直也没成家，没有儿女。自从与钟行长结为帮扶对象后，平日里为了帮助解决他家房屋漏雨、地势低进水等一些七七八八的事情，钟行长没少费心，这突然奔着市里去，难道还有什么事情没解决到位？听徐书记这么一说，祝主任的心揪得更紧了。"算了，来都来了，反正领导也交代了，有事尽量帮，实在帮不了，也没办法。"想到这，祝主任轻轻地松了口气。

　　虽然已经过了中午饭点，但过往的车辆依然很多，从塘湾村到这里，开私家车需要近3个小时,周大爷坐班车过来,至少要倒三次车、花近5个小时才能到市里,究竟是什么重要的事情让这位年近七旬的老乡大冷天地折腾这么久过来呢?祝主任的心里又打起了小鼓。就在这时,他手机响起来,是周大爷的!

"喂,祝主任,我到了。啊,你在哪里啊?哦哦,我看到了。"祝主任下车一看,雨雾蒙蒙中,一位身着灰色夹袄的老汉,左手拎了一只鸡、右手拎了一个油壶,胸前挂了个挂包,伞也没撑,一步一跟跄地朝他的车走来。"糟了,还带了'礼',看这阵势,肯定是有事找上门了。"祝主任心里一紧,赶紧撑着伞迎了上去。"祝主任吧?你好,你好,谢谢你哦,还跑来接我。"老汉脸上也不知是水是汗,坐上车,祝主任赶紧扯了几张纸巾递给他:"大爷,您这过来得挺长时间吧?"

"是哦,我早上6点多就出门了,今天天气不好,车不好等。"周大爷擦了把汗,把刚上车时车门上被鞋蹭脏的地方也顺手擦了擦。

已经过了饭点,单位食堂也打烊了,祝主任把周大爷领到单位附近一家干净的小餐馆,点了几个下饭菜。询问他要不要喝点酒,周大爷连连摆手:"不要不要,我们乡下人喝惯了自己家吊的酒。"

本来就过了饭点,小餐馆也没啥客人了,菜很快就端上了桌。祝主任给周大爷和自己各拿了一瓶饮料,边就着下饭菜,边聊天。

"大爷,您这过来一趟,是不是有什么事啊?钟行长本来中午要陪您吃饭的,结果临时中午有公事,没来成。您放心,他特意交代了我,有事您跟我说是一样的!"祝主任边给周大爷倒满饮料边问道。

"我没啥事,就过来转转。钟行长,他还好吧?"周大爷吃了口菜说道。

"钟行长挺好的,就是工作太忙了,等忙完这段,他也准备去看您呢。"祝主任赶紧把装鱼的盘子往周大爷跟前挪了挪。

"没事,忙就别过去了,大老远地来回跑。"周大爷边喝口饮料边摆摆手。

"这些都是我们应该做的,家里还有啥困难,您可要直说啊。"祝主任边给他添上饮料边说。

"国家政策好呀,每个月有补贴,看病还免费!我自己种田、种菜,吃都吃不完,剩下的粮食我就吊点酒,我自己平时喝点,多了还能卖点钱。"周大爷越说越激动,黝黑的脸颊泛出点点红晕。

"那好呀,这日子就越过越好呢。"祝主任听得也很高兴。

"是呀,日子越过越好咯!我是个农民,没读过书,但谁对我好,谁真心,我感受得到嘞……"周大爷说着,眼睛有点湿润了。

"哎哟,对了对了,差点忘了。"周大爷一拍脑袋,"我们乡下,没什么值钱的东西,鸡是自己家养的,酒也是自家地里种的粮食吊的谷酒,祝主任啊,麻烦你帮我交给钟行长,一点点小东西,让他别嫌弃。"周大爷停住了筷子,把放在地上的酒和鸡往祝主任那边挪。

"哎哎哎，那可不行，大爷。"祝主任赶紧放下筷子，按住周大爷手，"您要是有啥事，就直说，心意我替钟行长收下了，这东西我们是绝对不会收的。"

"我真没事，平日里，都是钟行长去看我，给我买这个买那个，今天我就是想来看看他，让他也尝尝我们农村的土货。"周大爷一看祝主任拒绝，有点急了，"你要是再不收，我就去钟行长他家门口等着。"

"不是，大爷，我们工作有原则的，不能随便收老乡的东西，您得理解我们呀。"祝主任一脸真诚地说。

"这东西不是你们要的，是我想送的，啥原则还能拦着我自愿送东西不成。"周大爷急得涨红了脸。

祝主任再三推辞，最后想着周大爷带着这些东西奔波了近6个小时送来，这一番满满诚意，也觉得不好再拒绝了，就替钟行长先收下了这份特殊的"礼"。周大爷一看事情"办"成了，高兴得跟个孩子似的，赶紧扒拉碗饭，说自己还得搭三点钟的最后一班车回去。

吃完饭后，祝主任把周大爷送到车站，帮他买好票送他上车。大巴缓缓开动，车里的暖气让人浑身暖和起来，周大爷正想抱着包打个盹，发现摸上去硬硬的，打开一看，里面不知何时放了折叠着的600块钱，正寻思着，手机响了，是钟行长发来的短信：周大爷，您好。您的"礼"我收到了，谢谢您。我们的"礼"，请您也收下。祝您身体健康，生活越来越好。我们下次见。

看着窗外的盎然春意，握着这崭新的钞票，周大爷眼眶湿润、心窝暖暖地进入了梦乡。

（作者：农发行上饶市分行　李　薇）

■ 贫困户家今昔对比

我和黄坳村

2016年7月,我来到于都县罗坳镇黄坳村,开展驻村帮扶工作。四年以来,我在黄坳村经历了我人生种种"第一次",在这片土地上挥洒了无数欢笑与泪水,收获了无数成长与感动。

第一次当"书记"

25岁那年,我被组织推荐任命为黄坳村扶贫第一书记,成了当地最年轻的第一书记。"这么年轻的第一书记,真能带领我们村的贫困户脱贫致富吗?"第一次户主会上,我作完自我介绍后,一位村民代表站起来发问。当时的我尴尬住了,竟说不出话来,台下一片唏嘘。会后,我独自一人坐在办公桌前,回想着会上台下每一位代表的神情,回想着自己为何面对质疑却无言以对,我突然明白,虽然之前自己从事了几个月的扶贫工作,但还只是停留在表面,简单地认为扶贫就是为贫困户填填表格、讲讲政策、出出主意,殊不知角色发生转换,肩上担负着的担子更重了,担负着的是村里十几户人家摆脱贫困、迎接美好生活的迫切愿望。而我,作为一名在城市里长大的孩子,从小享受着优越的生活,对那些挣扎在贫困线上人民的生活一无所知,更无法理解他们心中那份改变现状的迫切心情。那天,我在办公室坐了许久,暗下决心要当好村里的第一书记,让大家明白,年轻代表的并不是稚嫩,而是从零开始干起,是冲破质疑的勇气,是不破楼兰终不还的坚持。接着,我静下心来捋了捋下一步工作的思路。当时的我确实相对缺乏一些扶贫工作的经验,对村里方方面面的情况也不了解,别人对我心存质疑再正常不过了。但经过前几个月在村里走家串户的上门走访,我发现村里有一群留守儿童,父母常年在外打工,它们大多数都在村里的一所小学上学,加上"六一"临近,我也许可以为他们做点什么。

第一次当"老师"

"'六一'儿童节马上就到了,我想到黄坳村小学给小朋友们举办一次活动,大家有什么好点子吗?"回到行里,我立马召集所有青年员工,把自己这几天关于儿童节方案的设想与大家一起交流。为了筹备好此次活动,我详细了解了黄坳村小学的教学情况和每一位学生的家庭情况。黄坳村小学共有学生35名,年龄8岁至14岁不等,学校按照他们的年龄和学习情况划分就读年级,学校大多数孩子都是由爷爷奶奶抚养,父母均外出打工,其中还有一位特殊的残障儿童,每天靠家里的亲人接送到学校上学。学校面临的最大困难是师资力量有限,学生的知识水平参差不齐,教学质量与县城小学相差甚远。当我把这些情况一一转述给在场的各位青年员工时,我感受到大家心里都和我想的一样,希望能借此机会,尽自己所能为这些儿童送去些许温暖。紧接着,我向大家讲了举办这次活动的初衷:"之前大多数送温暖活动,更多都是停留在物质层面,购买一些儿童上学所需的文具等物品,但这次我想在此基础上,为孩子们开展一次别开生面的趣味课堂。我认为,在这个时代,除了提供物质上的帮助,也应从精神上开阔孩子们的视野,引领他们探索和发现世界。"话音刚落,在场的一位青年员工说道:"那我们为孩子们上一堂手工课吧,以此来激发孩子们的想象力和创造力,同时也给他们配发文具和奖品,寓教于乐,双管齐下!"提议一出,便取得大家的一致赞同。主题确定后,我便将人员分成两组,一组负责此次活动物品的采购,另一组负责细化活动方案,最终由我与校方进一步接洽。活动当天,孩子们用热情的舞蹈迎接了我们的到来,当我站在讲台上拿着一张需要绘色的京剧脸谱,为大家讲解我国京剧的发展历史时,看着台下孩子们渴望认真的眼神,我就知道我们来得还是太晚了。自此,"六一进校园"活动成了我们行每年儿童节的保留节目,关注教育,关注下一代的成长,也成了我扶贫工作的重要一环。

第一次当"医生"

几个月的走访下来,我已经掌握了全村47户贫困户的基本情况,因病、因残致贫就占了一半,患病农户未能得到及时发现,就不能得到有效的治愈。在一次上户走访中,我发现贫困户袁某说话经常出现语无伦次的情况,没有逻辑。通过询问附近邻居和包组干部,才知道他出现这样的情况已经有一段时间了,从未就医服药,我判断他可能精神方面出现了问题。我立即与镇医院联系,把他的生活和行为情况进行了介绍,与村组干部一同将贫困户送去精神病医院进行全面检查,并办理了慢性病证明和残疾证,还专门为他申请了残疾补贴,每月享受50元的救助金。2019年6月17日的晚

我所经历的脱贫攻坚故事

上,我接到了75岁独居老人贫困户叶师傅的电话:"杨书记,我的胃病终于好了,多亏你送我去医院看病,谢谢你,明天一定要来家里坐坐。"一个月前,我上户时发现叶师傅的身子骨越来越瘦了,没有以前那么有精气神了,便坐下来详细询问其配偶邱婆婆。她告诉我:"叶师傅这段时间一直这样,吃不下东西,胃还隐隐作痛。""为什么不去医院看看,检查一下?"邱婆婆回答我说:"老毛病了,以前也做过手术,过段时间自己就能好,去县里的医院太远了,还要花钱,咱们就不给政府添麻烦了。"听到这,我心里咯噔一下,解释道:"现在政府的政策好了,看病不用花很多钱,都有报销,叶师傅身体好了,才能陪你更久呢。"说完,我马上联系村干部,开车将老人送往县人民医院急诊科。经检查,老人是急性胃出血,多亏送医院及时,病情得到了控制。自从有了这几次的经历后,我每次上户都会带上一句话:"最近身体还好吗?"

人生有很多"第一次",这就是我所经历的脱贫攻坚故事。

(作者:农发行于都县支行　杨六六)

■ 农发行于都县支行驻黄坳村第一书记宣传种植蔬菜政策

进退之间　方显本色

时光的车轮碾过一道又一道深深的轮印，在我的身后，留下一串又一串彩色的记忆。漫步在静谧的回忆路上，阳光轻轻地披在肩头，细品周围的风景，幸福、温暖，就如蜜一样，浓浓地糊在心头。转眼间，来农发行已有一年之久，忘不了当初得知录用时的喜悦，忘不了从重庆启程，跋涉这1400多公里时的忐忑，更忘不了身边同事们努力打好脱贫攻坚战、日日夜夜奋战前线的身影。

我所在的农发行广信区支行作为区域脱贫攻坚工作的重要推动者和参与者，自脱贫攻坚工作启动以来，全行上下心往一处想，劲往一处使，个个仿佛化身游击队员，在这枪林弹雨中，进进退退之间，精确瞄准，不放过一个敌人。

进，能深入基层温暖人心

上饶市广信区曾为上饶县，是国家级贫困县。面对着对于脱贫无从下手的百姓，广信区支行的党支部书记、副行长、业务经理、办公室主任四人主动请缨，组成帮扶队伍，挂点帮扶枫岭头镇坑口村贫困户12户。不顾工作的辛劳，帮扶队每周坚持走访，与村民们聊聊天、拉拉家常，实时了解他们的近况，逢年过节，更是自掏腰包给贫困户购买大米、食用油、牛奶及其他生活必需品。要致富先修路，帮扶干部与当地村委会一起，从基础设施、产业发展入手，帮助解决帮扶对象生产生活中的实际困难。渐渐地，村里的路直了，水利设施有了，贫困保障房建设起来了，人们的心更是亮了。

2020年初的新冠肺炎疫情无疑是当头一棒打在了村民的头上，医疗物资成了大问题。"乡亲们的条件差，咱们在注意自身安全的同时，要优先保障他们的安全。"这是疫情初期远在北京的谢行长第一时间在帮扶干部群中发的消息。由于春节期间人手不够，办公室吴主任一人包揽了全行的防疫工作。一天高强度的工作结束后，他顾不上与家人团聚，拖着疲惫的身子又立马动身前往贫困户的家中，送去了口罩和医用酒精，叮嘱他们要注意卫生，有困难尽管提，行里会尽最大努力提供帮助。当疫情逐渐稳定，人们开始返工的时候，四名帮扶干部发动全行的力量，帮助因疫情失业在家的贫困户寻找适合他们的工作，解决就业的难题。

如今，帮扶的12户贫困户已全部通过国家验收，达到脱贫标准，广信区支行被区委区政府授予"脱贫攻坚特别贡献奖"。

退，能用好政策拉动内需

习近平总书记说过，绿水青山就是金山银山。广信区的灵山大峡谷具有良好的自然条件、秀美的原始风光，是开发生态旅游的绝佳胜地。为了用好这块宝地，全行在行长的带领下，不断思考、探索。无论刮风还是下雨，大家每天都坚持进行实地勘察，掌握第一手资料。依稀记得那个星期五的下午，刚勘察回来的谢行长指了指手中厚厚的记录本，高兴地对我们说："同志们，有了它，咱们这个项目能成！"凭着这个势头，大家利用周末时间头脑风暴，终于在星期一拿出了一整套方案，将旅游开发与脱贫攻坚美丽乡村建设相结合，通过吸纳建档立卡贫困户参与项目建设，提供乡村导游、保洁员、服务员等就业岗位的方式，进一步解决当地贫困人口就业问题，通过搭建农产品销售平台，解决农户创业难题。最终广信区支行以旅游扶贫贷款为依托，发

■ 农发行广信区支行支持的旅游扶贫项目——望仙谷景区

放全市首笔旅游扶贫项目贷款3.6亿元，支持上饶灵山大峡谷景区建设。该项目旅游扶贫辐射10个行政村、81个自然村，带动贫困人口2651人。贷款投放后已实现精准帮扶建档立卡贫困人口15人，平均每人每年增收约6000元。

生命不息，战斗不止。全行紧接着又将目光放在能够有效实现"工业品下乡"和"农产品进城"双向流通，解决"小生产对接大市场"难题的农村电商基础设施建设上。通过发放中长期网络扶贫项目贷款1.3亿元，覆盖广信区23个乡镇、207个行政村、2380个自然村，服务区内人口667272人，其中建档立卡人口67292人，占项目服务区域内人口数的10.08%。该项目将招商引入相关电子商务、仓储物流产业，对于广信区电子商务发展、新增就业岗位产生了巨大的促进作用。预计可增加就业岗位6000个，推进约7万名建档立卡贫困人员每年人均增收2000元，促进贫困人口早日脱贫。

为了打造可持续发展的经济基础，建立本地特色产业，看项目、访企业、与政府对接，这三点一线的模式在信贷部已是常态。他们如同面临大考的学子，不言弃，不言累，每天都在紧张有序地准备着。这样的状态不知持续了多少个日夜，但是，他们的目光从当初的漫无目的渐渐变得坚定起来。按照"产业扶贫项目资金撬动，银行资金注入，国有农投公司承贷，政银联合管控，新型农业经营主体经营，村集体固定收益分红"的贷款运作思路，他们创新设计贷款模式，全力打造广信区"一区十园"的产业布局，推动现代农业产业园项目建设。该项目累计投放中长期贷款6亿元，支持入园企业62户，支持土地流转2000多亩。基本做到"一村一品""一村一特色"，直接带动区域内15个乡（镇）的12960户48822名贫困人口增收致富，共向农户流转土地65200亩，在保留各项农业生产综合补贴的基础上，实现每亩土地每年流转收入750元。

广信区支行全员支农的身影、扶贫的话语无不深深地印在我的回忆里。每每翻开这一段段美好的记忆，它就会化作力量激励着我们在支农的路上砥砺前行。

（作者：农发行广信区支行　林琮翔）

我所经历的脱贫攻坚故事

初心如磐担使命
扶贫路上铸浓情

  2020年5月25日，在德州市陵城区滋镇后仓村担任第一书记的王书青突然收到一封信，信中写道："尊敬的王书记，您好！自从您来到后仓村以后，村里发生了翻天覆地的变化，几代人想都不敢想的事您做到了！您所付出的良苦用心村民看在眼里喜在心里！"令人泪目的是，这封信来自一位身患绝症、正在弥留之际的老农民，他双手挂着吊瓶无法执笔就让儿子代笔，语言能力几乎丧失就反复说上十几遍，信递出当天，老人就去世了。王书青书记做了些什么，使老人在即将离开这个世界的时刻，一定要把最想说的话讲给他，一定要把最后的感动留给他？

王书青其人

  王书青，50岁的鲁西北汉子，精神爽朗，目光坚定，言语朴实。王书青是一名共产党员，时刻树牢"四个意识"，坚定"四个自信"，坚决做到"两个维护"。他牢记习近平总书记对农村工作队和驻村干部"要一心扑在扶贫开发工作上，强化责任要求，有效发挥作用"的谆谆教诲，主动请缨，2015年在陵城区担任起了第一书记，一干就是六年，在平凡岗位上践行了共产党员的初心使命。王书青是农民的儿子，他的父亲在20世纪80年代长期担任农村基层干部，他从小生在农村、长在农村，对农村有着特殊的认同感、归宿感，农民就是他的父母亲人，驻村工作更使他毫无保留，全意全情投入到广袤的乡野天地。用王书青的话讲，闻着村里清香的草木气息，听着朴实的乡言土语，看着一个个辛苦耕作的背影，他觉得自己的人生就属于这里，这里是自己待得最踏实的地方。王书青来自农发行德州市分行，多年的农业政策性金融工作历练，使他树立了浓厚的家国情怀，坚定了服务乡村振兴和脱贫攻坚的决心信心。他把农发行人"讲政治、讲奉献，懂金融、懂农业，爱农村、爱农民"的工作素养运用到驻村实践，出实招、下实功、干实事，以高度的责任担当持续帮扶村子脱贫攻坚。

打造坚强的战斗堡垒

习近平总书记指出，要真正把基层党组织建设成带领群众脱贫致富的坚强战斗堡垒。王书青对总书记这句话有着深切体会。他第一次走进后仓村，第一印象就是脏乱差，"三大堆"充斥街巷胡同；该村主要种植玉米、小麦，年集体收入只有几千元，是省级贫困村；村民文化水平低，思想观念落后，普遍存在等靠要思想，对生活没啥高的指望。王书青认为，问题根源在于基层治理能力跟不上，要改变这些，首先要给村"两委"班子"动手术"，加强班子建设，消除慵懒软散，强化责任担当，为村民脱贫致富打造"主心骨"。

于是，王书青详细制订了党建工作规划，建立完善党员学习制度、议事公开制度、村民参议制度、权利清单制度。他围绕"两学一做"学习教育、"不忘初心、牢记使命"主题教育，组织全体党员每月开展活动，坚持每季度"四个一"活动：一次集中调研、一次专题教育、一次报告会、一次主题讨论，提升理论水平，强化服务意识。该村老党员较多，对新技术掌握不熟，他就手把手教他们使用手机，一位快80岁的老党员打趣说："都快入土了又学这新鲜活，一辈子没用过手机的俺，'学习强国'快一万（分）了，活到老学到老！"王书青健全了青年、妇女、民兵各类组织，定期召开村民代表大会，强化村务监督，注重培养后备干部和入党积极分子。他促成后仓村党支部和农发行德州市分行机关党支部结对共建，该行负责同志十多次带队前来走访慰问、参加活动，组织捐款捐物，累计折合人民币近20万元。

王书青认为，驻村书记必须当好带头人，发挥"领头羊"作用，要求别人做到的，自己首先做到做好。驻村伊始，王书青对88户群众逐户走访，拉家常、听心声，出主意……对6名贫困户建立工作台账，对他们的生活状况、吃穿住房、子女入学都了如指掌，逐一帮扶，当年的贫困户现已全部摘掉了穷帽子。从2016年起，村里成立了义务服务队，王书青就是队长，坚持每周上街清扫垃圾。冬日的早晨，村民刚从梦中醒来，看到王书记他们扛着扫把、拎着铁锨已经回来了，寒风凛冽，他们却面色红润，挂着细汗，有人摘了帽子，头上冒着"热气"，身后是整洁明亮的街道。2019年8月，"利马奇"台风登陆，很多人躲在家里不出门，王书青带领干部们不顾狂风暴雨，披着雨衣，穿着靴子，拄着棍子，每天到田间地头察看庄稼灾情，及时报告镇政府和有关部门，采取补救措施；带领大家疏通低洼排水，帮助村民修葺漏水房屋，尽可能降低损失。2020年初新冠肺炎疫情肆虐，第一书记守在村边路口，当起了"1号门将"；加强政策宣传，帮助村民掌握防控知识，消除恐慌，稳定生活；经他倡议，德州

我所经历的脱贫攻坚故事

市分行为该村捐赠了大批口罩、酒精、洗手液、食品等物资,为抗击疫情提供了强力支援。

修到百姓心里的致富路

现在走进后仓村,宽敞干净的柏油道路,两旁绿树成荫,家家户户大门前花木葱茏,让人心情舒畅。村民们会告诉你,几年前可不是这样,村里全是坑坑洼洼的土路,晴天一身土,雨天一身泥,车辆都开不进来,当时村里十几个大龄光棍儿,一直找不到对象,原因是姑娘一看这破路就吓跑了,谁也不愿嫁到这么个脏乱的村子,多亏他们的王书记,想方设法修好了路,使村貌焕然一新。谈起这些,大家对王书青充满了感激,说他为大伙真是动了脑子,磨破了嘴,跑尽了腿。

没钱怎么办?一说修路,大家都觉得困难不小,首先是缺少资金。"钱的事我想办法!"王书青斩钉截铁地说。他到乡里,把村里的情况和村委意见向镇党委、政府作了汇报,得到有力支持,镇上把后仓村北的主路列入全镇公路改造计划,统一施工修建。他到德州市分行,把情况向行领导进行了汇报,行领导立即组织募捐,一下子就协调了资金10余万元,用于修建3条村内公路,资金难题顺利解决。

■ 德州市后仓村第一书记王书青工作照

老百姓门口树木、猪圈影响施工怎么办？很多村民都在门口种树、养猪、搭棚子，给道路施工带来重重阻碍。王书青先后召开党员大会、群众代表大会，宣传发动村民签字同意修路，涉及各户的树木、猪圈等自行清理拆除，党员发挥模范作用，首先拆除自家的，再给自己亲戚做工作，逐户动员拆除，最后剩下个别不愿拆的，王书青就登门做工作。临近施工，村民老李仍不愿拆门口的鹅圈，王书青三次上门，耐心和蔼地做工作，讲修路给集体和个人带来的利处，解开老李思想疙瘩，最后王书青和老李一起动手把鹅圈拆掉了，清除了工程障碍。

施工遇到难题怎么办？道路开修，保障质量是关键。王书青丝毫不敢马虎，当起了编外"监理"，每天都要到施工现场查看进度和质量，遇到问题和施工队协调解决。一次，他发现一个路口没留过水涵洞，直接轧上了灰土，马上要铺沥青。他立刻要求施工队停工，而施工队觉得返工太麻烦，干脆停工不干了。王书青跑到小卖部花了好几百元钱，买了3条店里最好的烟分给包工头和工人，说："我在这里才待几年？路是给村民修的，不能留下后遗症，要让老百姓真受益。"施工队员们很受感动，说就凭王书记这种负责的态度，一定干得让老乡们满意！

路修好了，解决了困扰村子多年的顽疾，还解决了部分村民积累的矛盾。有几户人家曾因排水问题十多年互不搭理，现在路口都留了涵洞，路面溜平，水流畅通，没了"矛盾源"，邻里关系自然和谐，大家都说这路真修到了百姓心坎上。王书青还协调资金20万元，修建1200平方米文体广场，已投入使用；修了一处公共厕所；修缮了池塘护坡护栏；对沿街院墙修补喷涂；在路旁种植了500多棵核桃树、金叶榆，既美化了环境，又增加了收入。村民生活质量上去了，热情高了，也纷纷"爱美"起来，2020年有5户庭院被镇里评为"美丽庭院"示范点。

产业扶贫拔穷根

王书青深深懂得，基础设施改善的只是生存环境，要做好持续稳定脱贫文章，必须改变传统思想，调整传统的农业种植结构，鼓足老百姓腰包，以产业振兴增强"造血"功能。王书青带领村党支部5人成立了陵城区创富合作社。在充分调研、集体研究的基础上，他们于2019年6月流转了10亩地，用来种植"夏松58"有机菜花，这种菜花耐高温、生长期短、营养价值高，是备受消费者青睐的绿色食品。王书青和他的合作社成员多次跑到区蔬菜局，找专业人士学习，邀请他们来村全程指导，先后5次到外地种植基地现场观摩，当年实现菜花产量3万公斤，给村集体带来3.5万元收入。王书青算过账，合作社承包了2个大棚，种植了2400棵西瓜，西瓜收获后还能种植两季菜花，再加上清理闲置土地用来租赁，或种果树、种中药材，保守估计，集体收入将超过5万元。

  为了进一步增强村民素质，王书青越来越注重引导大家学习文化知识。他主动联系了区宣传部门和镇政府，建立了"农家书屋"，收藏图书1000余册，涉及政治经济、医疗保健、文化科技、少儿画册等。王书青利用广播大喇叭反复宣传号召，鼓动大家来"农家书屋"学习，村民们在他的感染下，逐步形成了茶余饭后逛书屋的新时尚。村南的王风顺种了几亩菜地，平时喜欢看看蔬菜种植的书，他说现在干啥都讲文化，掌握了技术才能种好菜、不赔本。村西的陈大嫂喜欢带着8岁的闺女来书屋，孩子和别的小朋友一起看书，讲讲有趣的故事，自己就翻翻杂志，和大家闲谈，小书屋里洋溢着欢声笑语。王书青统计过，"农家书屋"开放以来，每周大约借阅20人次，村民学文化、学科学的主动性强，热情高涨，通过读书学习，大家更容易接受新鲜事物，改进传统思想，不知不觉就增强了追求美好生活的思想动力。

  "今年是打赢脱贫攻坚战的收官之年，我这个第一书记要在区政府、德州市分行的后盾支撑下，牢记责任，不辱使命，一如既往地扎根仓村，按照'摘帽不摘责任、摘帽不摘政策、摘帽不摘帮扶'的要求，稳固开拓村子发展增收的路径，全力做好驻村帮扶。"王书青掷地有声地说。

（作者：农发行德州市分行 王海鹏）

黄杏熟了

"丁零零……"手机响了，我赶忙接了过来。

手机那边传来一阵大而沙哑的声音："小朱，在忙吗？啥时候有时间能来我家？我刚摘了黄杏，带回去，给家人尝尝鲜。"

电话中的老人，名叫刘红彦，1955年出生，瘦小的身躯，面色蜡黄，患有慢性病，听力也不太好。我和刘红彦结识，是在2018年8月。那年我研究生毕业，怀着无比激动的心情来到农发行单县支行。那时，我的心就像炎炎夏日的太阳一样炙热。

入行第二周的上午，单位分配给我三户贫困户，其中有一户，行领导对我说："这个贫困户比较特别，要用心帮扶。"我心里泛起了嘀咕："这刘红彦到底是个啥样的人？"接到任务后，我马不停蹄地走访贫困户，争取用最短的时间熟悉这三个贫困户的情况。前两个贫困户，在村干部的指引下，很快就走访过了，只剩下刘红彦。村干部和我多方打听，才得知他在村南外的小树林中乘凉。顶着烈日，我们找到了他。他头戴草帽，坐着小马扎，拿着芭蕉扇慢悠悠地摇曳着，眼睛眯成一条缝，凝视着远方。

他第一次见到我不是很友好，认为贫困户帮扶人只是做做样子、走走形式。当我向他问好时，他只是轻声地"嗯"了一声。对于他的反应，我早已做好了心理准备。我耐着性子主动与他沟通，小心翼翼地与他聊天，和他拉拉家常，说说我在单位的事情，慢慢地他对我排斥的态度有了改变，从漫不经心地听，到饶有兴趣地问，就这样我们熟悉了起来。那次走访，我深刻领悟到，人与人之间需要交流，需要倾听。贫困户也一样，他们在现实生活中往往被边缘化，很少被人重视，这些弱势群体渐渐地在思想上"怯懦"了起来，从而不愿沟通，甚至不敢沟通。

精准扶贫、精准脱贫是党中央作出的重大战略部署，是打赢脱贫攻坚战、全面建成小康社会的重要遵循，关乎广大群众福祉，关乎党执政之基的巩固。自2013年习近平总书记首次提出"精准扶贫"以来，单县支行党支部积极响应党中央及上级行党委的号召，动员、引导、鼓励和支持全体员工投入扶贫工作。我很幸运，能够迅速加入这支斗志昂扬的扶贫队伍，在这场脱贫攻坚战中实现自己的报国之志。

精准帮扶，讲究方式方法，不能只是喊口号，做表面文章。在我的脑海中，帮扶责任人就得因人施策，因事施策。第一次走访让我知道了，贫困户不仅仅是物质上的贫困，更需要精神上的帮扶。在接下来的工作中，在行领导的支持下，我利用下班时间和休息日找刘红彦聊天，讲一些党中央和县委县政府的惠农支农政策。他文化水平不高，识字少，我就读报纸给他听，用手机搜索他爱听的小调和戏曲，在抚慰其孤独心理的同时，用最简单的方式丰富他的精神文化生活，激发其对美好生活的憧憬。在这些陪伴的日子里，我深深地懂得了，陪伴是对贫困户最深情的帮扶。

刘红彦在我的鼓励下，对生活的态度逐渐有了转变，精神面貌焕然一新，由消极懒惰逐渐变为积极向上。以前的他，胡子拉碴，头发几乎没洗过，更别说洗脸刷牙了，身上穿着破衣烂衫，还时常发出熏人的气味。现在的他，注重个人卫生了，理了个短发，看着精神抖擞，穿在身上的衣服虽有些年代感，但干净整洁。他敢于和人打招呼了，比以前更爱笑了，整个人看起来轻松温和。

辛勤劳动是脱贫致富的"法宝"。在拆迁之前，他曾经有一块栽着10棵杏树的土地，这块地虽已被政府征用，但一直空闲着，杏树也矗立在地里，由于缺乏管理，长势颓废。他走上了田间地头，挥动锄头，在长满荒草的土地上劳作起来。2019年，刘红彦通过摆地摊和走街串巷把成熟的黄杏销售一空，他给我算了一笔"致富账"，刨去化肥、农药、水费和电费等成本，一年收入3000多元。2020年5月，我帮他向民政部门申请了五保户名额，当年6月，刘红彦由低保户转为五保户，五保金直接打到了他个人账户。看到他的收入提高了，生活比以前好了，我觉得现在的工作更有意义了。

因病致贫，因病返贫，是脱贫攻坚的"老大难"问题。刘红彦患有高血压和心脏病，每天都要吃药，仅药费每年就要花费几千元，让本就贫困的他更加雪上加霜。社区医院和刘红彦签过家庭医生服务协议，但他很少和签约医生联系，也不清楚政府的健康扶贫政策。我了解情况后，主动加了签约医生微信，经常沟通咨询，每次走访时，我都会把最新的健康扶贫政策告知刘红彦，让他掌握并及时享受到政府的惠民利民政策，也会用随身携带的血压仪给他测量血压，把测量指标通过微信发给签约医生，让医生实时掌握贫困群众的身体状况，并提供相应的健康咨询指导，尽可能地让刘红彦足不出户就能充分享受医疗卫生资源。

■ 朱经瑞为贫困老人刘红彦测量血压

居住权是人生存权的基本保障，改善贫困户的居住环境是打赢脱贫攻坚战和实现乡村振兴的基石。为做好贫困户房屋改造查漏补缺工作，我紧紧围绕"两不愁三保障"目标，多次对刘红彦房屋安全等级挂牌情况进行鉴定核实，并拍照留存，做到一户一档，为单县住建局的普查认定工作提供了准确、真实和有效的数据。为给贫困户营造一个干净整洁、环境优美的庭院，我定期给他收拾庭院、擦拭门窗桌椅板凳、清理房前屋后的杂草和垃圾，彻底清除庭院卫生死角，改善了刘红彦的生活环境。

青春由磨砺而出彩，人生因奋斗而升华。自参与精准扶贫工作以来，我多次到贫困户家深入调查，反复核对扶贫资料，了解并掌握贫困户所需，把走访过程中发现的问题，及时向有关部门反映，真正做贫困户和扶贫主管部门之间的桥梁和纽带。在扶贫工作中，我用他们最易于接受的方式和他们沟通，用自己的实际行动，去温暖贫困户的心，增强他们的脱贫意识和希望。

接过刘红彦洗过了的黄杏，吃着这硕大饱满的果子，我的热泪夺眶而出！

（作者：农发行单县支行　朱经瑞）

北呼村里来了一位"四多"书记

小雪节气过后,朔风凛冽,位于黄河故道滩区的国家级贫困县滑县的北呼村气温骤降。作为驻村第一书记的范国军,在村室旁临时支起的简陋小厨房,随便对付着吃了几口早饭,便匆匆出门。

此刻最让他牵挂的是2018年识别的贫困户王付勇。王付勇的孩子王子栋14岁,2018年6月查出白血病,当年看病花费20多万元,11月被识别为贫困户。为了给孩子看病,作为父亲的王付勇已经无法外出务工,他们夫妇主要精力都放在照顾孩子身上。王子栋2019年下半年已休学,现在病情还不稳定,每半个月就要到郑州住院化疗。

子栋今天气色还不错,看到范书记来了,消瘦的脸上浮现出一抹会心的笑,对于这个没有丝毫血缘关系的叔叔,小子栋显得那样亲切。子栋和范书记的孩子年龄相仿,本应有一个生活快乐、阳光健康的少年时代,每天背着书包快乐地去上学,可他小小年纪却遭受这么大的人生磨难,范书记心里有说不出的难受和惋惜。从门旁拉出一个马扎,范国军和王付勇攀谈起来,详细询问了小子栋的治疗情况,鼓励小子栋边养病边学习。在得知其治疗费用很高时,范国军一再嘱咐,钱的事不用担心,国家健康扶贫政策可以解决90%以上的医疗费,还可以通过与农发行结对帮扶解决一些,并鼓励王付勇,现代医疗技术非常发达,一定要让孩子树立信心,战胜病魔,争取早日康复。

他质朴的话语,让王付勇这个北方汉子连连点头,他拉住范书记的手,久久不愿松开:"范书记,子栋的病您真没少操心,有您的关照,我就是再难也要坚持下去。"

得到这个肯定答复,范国军才放下心来。被农发行河南省分行派驻北呼村任第一书记以来,这样的入户帮扶范书记不知道进行了多少次,村中的大杨树也不知见证了他多少回早出晚归的身影。他结合村情,真抓实干,切实加强基层党建工作,全力帮贫困户解困,积极发展集体经济,努力提高乡村综合治理水平,不断推动和谐发展,在脱贫攻坚战线上奉献了农发行人的担当与力量。

2017年,正在农发行济源市支行任副行长的范国军接到河南省分行通知,让他去北呼村任第一书记。第一书记,这个高频词汇,如此近距离和自己出现交集时,他心里充满忐忑。一方面，他大多数时间在银行从事内部工作，对农村工作一窍不通，不知道头绪从何理起；另一方面，他担心做不好工作，辜负省分行和领导的重托。

全力服务脱贫攻坚是农发行"五个全力服务"方略之一，作为农发行人就要有政治担当和家国情怀。"要干就干出个样，不能砸了农发行的牌子。"参加完省委组织部驻村办和扶贫办举办的培训班，范国军带着一股干劲来到北呼村。

北呼村地处偏僻，交通不便，且黄河故道沙丘起伏，长期干旱缺水，是国家级贫困村、落后村，资源匮乏。全村建档立卡贫困户142户647人，虽然2015年摘掉了贫困村的帽子，但不少脱贫户的家庭人均收入仍不稳定，脱贫攻坚到最后决战阶段，面对的多数是贫中之贫、困中之困，都是难啃的骨头。

"要脱贫须先吃透村情，把自己当成一滴水化到村子里。"农村生活对范国军来说并不陌生，他小时候在农村生活过12年，后来到县城上学才离开了农村老家。为尽快熟悉村里情况，便于开展工作，他在村室大院一间偏房落下脚，在两房之间，挤出一角搭建了一个4平方米的铁皮小屋，当作厨房自己做饭。就这样他简简单单扎下了根，并且一扎就是两年。村委是一座旧房，墙体很薄，门窗透缝，一到冬天整个屋都冻透了，有时捂两床厚被还没有一股热气。取水更是困难，只有室外有水管，冻上后连个洗脸水都要到村民家里去接，有时他甚至只用湿巾擦擦。单位的职工们去看望他，见了住所后，都忍不住感叹："范行长，您这吃住条件连贫困户都比不上啊。"就是在这样的环境下，范国军和上一任驻村第一书记彻夜长谈，了解了驻村工作的职责、任务、目标及相关政策，心里有数，放下了包袱；就是在这样的环境下，他和村"两委"干部多次沟通交流，树立信心、鼓足了干劲。

通过调研，范国军很快总结出了农村工作的规律和路数：农村工作都是每天早上到镇里参加工作例会，镇领导安排部署一周或当天工作，领了工作任务，回去具体落实到包村干部、村支书和驻村第一书记身上。尽管村"两委"干部有分工，但毕竟他们算不上专职人员，自己还有很多农活和私事。很多工作需要他亲力亲为，工作自然而然就推开了。思路一变天地宽，"驻村就要多走、多看、多听、多做"。很快北呼村人就认识了这位"四多"书记。为了动态掌握贫困户的情况，他给自己规定，每月都要把村里的贫困户遍访一次，真正摸清穷根。见到村民，他都会聊上几句，听听他们的意见，问问他们的收成。遇到务工返乡的村民，他还会问问有没有好的打工地点，收入如何。遇到近年发展不错的村民，他更是拉住不放，问问有没有带动大家的好项目。风里来雨里走，很快，村里多少户人，各家情况如何，他清晰牢记；慢慢地，村里有多少土地、多少家底，他了如指掌。他听得多，记得多，想得做得更多，几本厚厚的驻村日志，记录了他的点点付出。

摘掉贫困帽子难，保住脱贫效果更难。要把乡亲们带到小康路上，就要找出致富的金路子。在多方调研中他了解到，北呼村地处黄河故道，土质含沙多，松软固湿，比较适合种花生，但原有花生品种老化。范国军把调整农业种植结构，作为促进村民增收的切入点，无数次奔波，协调县农村农业局引进种植高油高脂花生"豫花37号"2100亩，所产的花生品质极好，县滑丰公司将其作为种子收购，收购价高于市场价0.2~0.5元，仅此一项就为村民增收近30万元，真正做到了在土地里"掘金"。产业和集体经济发展，决定着村里的可持续发展后劲，也是实施乡村振兴战略的基础。他因地制宜，探索种植大棚蔬菜，又鼓励村干部带头示范，进行蔬菜种植技术培训，聘请农艺师进行指导，引导更多的村民种植特色农作物，增加农业种植收入。

在农发行和北呼村结对帮扶之后，北呼村村容村貌变化很大，主街道和胡同都进行了路面硬化，街道两旁进行了绿化，安装了太阳能路灯，修建了文化广场和活动室，进行了电网改造，有线电视和宽带网络做到了全覆盖，还开通了到县城的公交车。现在村民生活水平提高了，村里小伙娶媳妇容易了，出门串亲戚方便了，大家实实在在地享受到了国家的惠民政策，都非常满意，获得了充分的幸福感。范书记讲，说实在话，在村里酸的苦的辣的尝得少，甜蜜的回忆却很多。有次河南省分行的领导到村里调研指导工作，有一贫困户知道后，立即摘了两袋西瓜送到村党支部，无论如何要农发行的领导尝尝，感激农发行对北呼村的支持。这就是我们的村民，你为他们做了些微不足道的小事，他们就会记住你、发自内心地感谢你。

（作者：农发行滑县支行　范国军）

■ 范国军询问贫困户蔬菜大棚种植情况

嵩山脚下扶贫情

巍巍嵩山五岳魂，悠悠农发扶贫情。

按照中央扎实推进农村扶贫工作精神及登封市委、市政府脱贫攻坚工作部署，2015年4月我有幸被登封市委组织部选派到大金店镇段南村担任驻村工作队队长一职（2017年11月又被派到告成镇豹沟村担任驻村第一书记）。从此，我踏上了脱贫攻坚之路，并与脱贫攻坚结下了不解之缘。回望走过的5个年头，从刚开始精准识别建档立卡贫困户，到现在精准脱贫，经历了很多感人的故事，收获了很多，心里很欣慰、很感动，也很自豪，但也有一点遗憾：2020年5月，我接到市委组织部通知，结束了长达5年的驻村工作，所驻村"两委"班子及群众一致纷纷向镇党委书记杨伟平和市委组织部提出强烈要求，要我留任，我婉言拒绝，我说：听党话、跟党走，听从组织安排。

我总结了几年驻村经历，概括为：不简单、不平凡、不容易、不虚度、人向上、产业旺、真扶贫、扶真贫、村庄美、奔小康。

与群众心手相连　初心点亮扶贫路

2020年5月，豹沟村村民孙得水老人高兴地对来检查工作的镇党委副书记郑俊峰说："俺村变化可大了，村里的经济发展了，群众的收入增加了，村容村貌也变了样，真是感谢岳书记。"

驻村以来，我坚持用真心谋事、用真情干事，在基层党组织建设、脱贫攻坚、人居环境改善、村集体经济发展、农民增产增收、脱贫攻坚、精准扶贫等方面做了大量卓有成效的工作。疫情防控期间，冲锋在前抗击疫情，舍小家为大家，组织爱心捐赠，以良好的工作业绩和工作态度，诠释了一名优秀共产党员的初心和忠诚，受到广大群众的赞扬和镇党委、镇政府的充分肯定。

引水浇出"丰收花"。豹沟村属于丘陵山地，十年九旱，有时粮食收成还不够种子、农药、化肥成本，庄稼缺水现象十分严重。针对这个问题，我积极带头谋划，联合村"两委"班子成员商议，与中煤新登集团公司有关领导协商，建议充分利用煤矿井水。中煤新登集团公司若将水排入河流，每吨水需要0.8元污水处理费，一年下来少则数百万元，多则上千万元，倘若将井水经过处理再利用，会大大降低成本。我当时产生了一个大胆想法，就是在山坡上建造一个1000立方米蓄水池，把经过处理的水提灌到高处，利用水自流方式，蓄水池的水顺地势可灌溉土地1000余亩。听了我的提议，村"两委"纷纷表示，这是一举两得的事，何乐而不为？于是我们一拍即合，经过多次与中煤新登集团高层协商、论证，最终达成一致意见，建设费用由集团出，村里协调涉及村民耕地地下铺设管道等工作。工程建成后，不仅降低了集团排水成本，更为豹沟村增加了灌溉土地面积1000亩，使近1500人受益，仅一季农作物每亩地就增收360元。

提升村貌"家乡美"。针对豹沟村文化基础设施相对滞后的困局，我着眼于改善群众精神面貌的实际需求，坚持扶贫与扶智齐头并进，有机结合，大力加强村文化阵地建设，筹资修建村文化广场，以先进文化引导、健康生活倡导为目标，丰富农村群众文化生活，让群众闲暇之余有一个寓教于乐的精神乐园，推动了全村精神文明建设再上一个新台阶。同时，为大力改善村民居住和生产条件，提升村容村貌，我经过大量走访调研后，联合村"两委"班子启动村级公园项目建设，修建木亭子、木椅、培植林木、花草、花圃、花坛供村民休闲娱乐，打造绿色生态环境，为该村成为生态村打造了一张响当当的名片。

从"脱贫羊"到"致富羊"

2019年初春时节，豹沟村脱贫户陈银生家的院子里传来此起彼伏的"咩，咩，咩"声，走进院子就看见胖乎乎、白生生的小羊羔，蜷曲的毛像一团团绒球贴在身上，陈银生爱人何天芹在院子里忙前忙后，熟练地将草料依次倒进食槽。小羊扎堆跑向食槽，低着头伸着脖子啃着食草料，羊圈里热闹不已。

养羊是件操心事，也是件麻烦事。正值春寒料峭，陈银生两口子每天都要给羊群添水、补料、防疫、上山放羊，一个流程下来，秋衣常常被汗水打湿，头上也冒起热气。"虽然辛苦些，但这些羊儿可是让我脱贫致富的'香饽饽'。多亏农发行派驻我村的岳书记给我协调的'救命钱'，要不我怎么能发展到今天这么多只羊？"陈银生在自家羊圈里一边搅拌着饲料一边跟记者说着脱贫致富的酸甜苦辣。

55岁的陈银生是豹沟村的建档立卡贫困户（现为低收入户）。一家人挤在三间平房内，守着几亩地，每年的收入只能勉强解决温饱问题。陈银生常年有病，并患有椎间盘突出，重体力活干不了，妻子身体不好，两个孙女还在上幼儿园，儿子因病去世，儿媳妇又改嫁，日子很是拮据，一家人因此被纳入建档立卡贫困户名单。

2017年，我了解到陈银生家情况后，主动做陈银生夫妇工作，让其发展养殖——养羊。没有资金购买母羊，我个人拿出600元，村"两委"干部每人拿出300元，村里又挤出3000元，共筹措5600元，为其购买6只"脱贫羊"，建议他小规模发展养殖，自繁自养山羊。陈银生暗暗发誓：一定要改变贫困的命运！说干就干，买山羊，修羊圈，陈银生就这样走上了创业之路。

由于本钱少，陈银生开始只是小打小闹，从6只羊开始，到年底发展到13只羊。考虑到陈银生自身知识和技术有限，我通过镇畜牧站长请到市畜牧局技术人员到陈银生家指导防疫等。功夫不负有心人，陈银生的小羊圈第一年就获利近万元；2018年底已发展到31只羊，获利2万余元；2019年发展到56只羊，获利近4万元。

尝到甜头的陈银生想扩大养殖规模。"我只有放开手脚，好好干上一场，才有机会彻底脱贫……"扩大规模就要扩建羊圈，买山羊、购买草料的资金都得翻番，家里的钱都凑上还有一大块资金缺口。

正在他一筹莫展时，恰好我到他家采集第四季度收入，得知情况后，我召集村"两委"商议，决定为该户再筹措5000元资金，自己再筹措一部分，给陈银生重建了羊舍，计划养殖规模可达到100只以上。养殖数量翻一番，效益也会翻一番，"脱贫羊"养成了"致富羊"。

驻村精准扶贫的政策，让陈银生一家得到了真正的实惠，走上了致富之路。陈银生动情地说："真要感谢党的扶贫好政策，感谢好的驻村第一书记，让我这小羊圈有了生机，家里日子也红火了，咱农发行就是好啊！"

（作者：农发行登封市支行　岳怀涛）

■ 向贫困村捐款

我所经历的脱贫攻坚故事

莫道桑榆晚　扶贫情满天

"我去上学校，花儿对我笑……"我被小朋友们欢快的歌声吸引，一眼望去，笔直的水泥路边，绿树长出新芽。村民有散步的，有跑步的，俨然一幅"绿树村边合，青山郭外斜"的现代田园美丽乡村画卷。"搭帮我们村来了个优秀的扶贫工作队，特别是有个'拼命三郎'工作队长，村里孩子不用踩着泥泞的机耕道上学了，下雨天也不怕打滑了，孩子们安全了，大人也就安心了。"易地扶贫搬迁脱贫户周启兰向我们介绍。

这个"拼命三郎"工作队长就是农发行宜章县支行派驻天塘镇山背村扶贫工作队的吴回勇。他，1960年11月出生，中共党员，还有5个多月就可以光荣地退休了。退休前，本可以选择先退居二线，过两年清闲日子再退休，但吴回勇没有，他至今还坚守在脱贫攻坚第一线。他以良好的个人素质、务实的工作作风赢得好口碑。2018年初扶贫工作开始时，他就被宜章县委组织部任命为天塘镇猴子冲村扶贫工作队队长兼村委第一书记。

主动请缨，临危受命

宜章县为省级贫困县。从2016年起，宜章县支行响应党中央号召，积极投身扶贫攻坚事业，作为贫困村天塘镇山背村的后盾单位，一直选派专人驻村进行帮扶，同时根据"一拖一"工作要求，对隔壁的非贫困村猴子冲村也进行入驻。山背村是贫困村，辖10个村民小组，338户1552人，原有贫困户110户494人；猴子冲村下辖8个村民小组、9个自然村，296户1409人，原有贫困户49户191人。帮扶的这两个村，位于湖南省宜章县天塘镇东南部，距离县城60多公里，地处偏僻，交通不便，自然条件差，属于典型的农业经济，靠天吃饭。

2017年12月，农发行派出的扶贫专干由于临近退休，身体较差，已无法胜任驻村工作，当地政府要求更换扶贫队员。宜章县支行党支部考虑到扶贫工作十分重要，必须派一个责任心强、待得住、住得下、做得好的同志去工作队。当时宜章县支行一线业务人员少、工作任务繁重,一般年轻人都不愿意去驻村"受苦"。正当党支部书记犯难的时候,时任宜章县支行办公室主任吴回勇毛遂自荐、主动请缨:"行长,派我去吧,我是退伍军人,不怕苦,又是农村出身,对农村熟悉,比较好开展工作,我去最合适了。"就这样,2018年初,吴回勇代表宜章县支行成为驻山背村扶贫工作队队员。

同吃同住,澄清底数

他深知脱贫攻坚是一项重大的政治任务和重点民生工程,责任重大,来不得半点马虎。从驻村开始,吴回勇就开启了两点一线的驻村扶贫工作模式,奔走在山背村和猴子冲村的各个角落,周末加班加点成为常态。他始终坚守在扶贫一线,没有叫苦叫累,没有向组织提要求、讲条件,一心扑在扶贫工作上。他勤勤恳恳,精心耕耘,被当地村民和村干部亲切地称为"拼命三郎"工作队长。

"吴主任进村后,就开始走家串户。村民们白天都忙生产,忙赚钱,到晚上才会有时间,吴主任就利用晚上的时间,去贫困户家中调查了解,访贫问苦。"山背村村支书范于洋说。两年多来,吴回勇不知道在两个帮扶村10多个自然村曲折坎坷的小路上走

■ 吴回勇开展入户调查

了多少遍，不知道磨破了多少双鞋，流了多少汗，因为他深知熟悉每一户情况对做好帮扶工作至关重要。就这样他把村里的"两委"班子、党员队伍建设、农业开发、种植养殖、外出务工经商、生活状况和民风民俗等基本情况摸得一清二楚，并逐户建立了档案资料。脚下沾有多少泥土，心中便沉淀了多少真情。

小家难顾，忠孝难全

蹲不住就不能及时了解老百姓的心声，不能有针对性地开展工作。驻村以来，吴回勇坚持出满勤，从未因个人问题请假，保证坚守岗位。由于驻地离镇里太远，每次他都是自己驱车前往镇里汇报工作，从不给村里添麻烦，自己租房、自己做饭，2019年在村里借了一块闲置的菜地种了些菜，解决了吃菜的问题。他每月至少有25天吃住在村里，双休日基本不休息，随时为贫困户纾困解难。

2018年是扶贫工作最吃紧的时候，全县申请脱贫出列，脱贫攻坚任务繁重，要填报的扶贫台账摞起来有成年人那么高。连续工作100多天，工作队的同志累倒了，吴回勇还在孜孜不倦地继续着，他主动把其他队员的任务接了过来。2019年6月脱贫验收时，这两个村的工作因基础扎实、资料齐全、满意率高，获得了省验收组的好评。队员曾凡兰说："吴队长就像一个大家长，生活上无微不至地关照我们，工作上承担了最繁重的部分。他工作扎实，业务素质高，情况很熟悉，县里每次交叉检查都会点他去。"吴回勇平时话不多，总是做的比说的多。大家也都看在眼里，两年的年度考核都要给他评优秀，但是都被他推脱了。他说："我都快退休的人了，把这些荣誉留给年轻的队员。"

自古忠孝难两全。时间天平的一端倾斜给了扶贫事业，留给家人的时间就少了。与家人聚少离多成了常态，家里的事情，他大多没能顾上。"我父亲90岁了，去年检查出肺癌晚期，身体状况很差，这几天又生病住院了，昏迷中一直在喊着我哥的名字，我哥又来不了。"与吴回勇的弟弟吴回海聊天，他责备中带着点心疼，他知道哥哥是想陪在父亲身边的，但是他冒着"子欲养而亲不待"的风险，是因为他心里有着对扶贫大爱的坚守，他坚信老父亲会理解他。

民有所求，我有所为

民有所呼，我有所应；民有所求，我有所为——这是吴回勇心中做好基层农村工作的法宝。尽管2019年两个村的贫困户已全部脱贫，但他继续带领宜章县支行8名党员和1名党员发展对象与贫困户"结穷亲"，建立起"一对一"的帮扶关系，2019年先后为帮扶户送去价值1200余元的慰问品和11000元的慰问金。"吴主任来了以后，通组公路修通了，机耕路做好了硬化绿化，村里装上了路灯，还安装了监控设备。村内环境改善了，晚上我们可以到篮球场用健身器材锻炼身体，我老婆每天还能出去跳跳广场舞。现在的生活跟城里没什么区别啦。"猴子冲村谢开勋掩饰不住内心的喜悦，眼里闪烁着对未来美好生活的憧憬。

为了给村里修路、建篮球场、安装路灯，他没少跑工地现场，有时一天跑上两三次，村干部看他整天风吹日晒，气色也不好，关切地问他累不累，劝他休息几天，他总是说，"我来村里就是为老百姓做事的，只要能实实在在为群众做点事，苦点累点不算什么"，俨然忘记了自己已经年近花甲。

"我们家三个小孩上学，一家五口就靠我外出打工赚钱，家里父母年纪也大了，家庭负担很重。吴主任来了以后，鼓励我跟着我叔叔学装修，还经常帮我介绍活干，现在我每个月收入至少有3000元，我老婆也被介绍去了县里超市上班，一个月1000多元的收入也可以补贴家用。由于我们在家照顾，小孩子的成绩也上来了，现在都能拿到'三好学生'的奖状了呢。"33岁的谢齐拾抚摸着大儿子的头，抑制不住内心的骄傲。

自来水全部到户，安全饮水问题全部解决；危房全部拆除，旧房全部修缮，安全住房问题全部解决。

因地制宜发展扶贫产业，整修灌溉水渠，解决300多亩农田灌溉问题。

引导贫困户与村里一起种烤烟、建猪场、种茶树。

……

驻村以来，吴回勇自己都说不清为村里办了多少事情。

一滴水可以折射出太阳的光辉，一粒沙可以凝聚成塔底的基石。吴回勇的敬业奉献精神和扶贫工作成绩得到了当地村民和村干部的充分认可，2019年被宜章县委组织部评为驻村扶贫工作队先进工作者。他说："当我们看到群众对党的政策评价越来越满意时，碰到我们都发自内心地打招呼问好时，我觉得一切都值了。"

（作者：农发行宜章县支行　陈婷慧）

我所经历的脱贫攻坚故事

用有限的生命
创造出无限的价值

　　我身边有这样一位同事，他从一个行业新手做起，短短20年，就获得了农发行总行"优秀共产党员""五一劳动奖章""脱贫攻坚特别奉献奖"等荣誉，成为同事的楷模、行业的标杆。

　　雷锋曾说过：人的生命是有限的，可是，为人民服务是无限的。我的这位同事就是一个把有限的生命，投入到了无限地为人民服务之中的英雄人物。他，就是农发行怀化市分行的一名普通员工——优秀共产党员孙俊强。

　　他用仅仅43年有限的生命，创造出了推进农发行事业发展的无限的价值。

　　在农发行近20年的工作中，孙俊强从事过支行财会、信贷、办公室和市分行客户经理等工作，担任过支行副行长、市分行高级副主管等职务。

　　刚入行时，他想自己只上过初中，文化少，底子薄，没经验，就决心从"零"开始学起，一步一个脚印，把学业务、学技能、早日胜任工作，当作自己的奋斗目标。到出纳岗后，他每天主要练习点钞、算盘、翻打传票这些基本功。当时同岗的杨晓文入行早，一直在财会部，业务上是师傅。她回忆说："孙俊强勤快好学，手脚麻利，总是一脸笑容可掬的样子，同事们给他取了个小名叫'孙猴子'，大家都乐意带这个既乐观开朗又聪明好学的小伙子熟悉业务流程，教些财会知识。他不懂的问个究竟，不熟的反复练习，做事非常敏捷。"时任支行行长石华对他的工作态度印象非常深刻，一心想要培养提高他。

　　2010年9月，怀化市分行借调他到客户服务部做客户经理，分管全市41家农业小企业、产业化龙头企业以及流通体系企业贷款业务。到新岗位后接手的项目越来越多，贷款金额越来越大，孙俊强感觉自己的信贷知识不够用。他沉下心认真研究项目评估技术、信贷管理知识、企业财务报表，多次参加省市分行项目贷款评估培训、客户经理培训，买来一系列专业书籍，书中内容多，一时看不过来，他就用目录学习法的窍门，使学习事半功倍。办公室同事廖长青对孙俊强的虚心好学非常佩服，他说，在孙俊强的U盘里，收集了农发行历年来成功的评估报告、业务文件、项目审批程序文件，分门别类，便于参考。2011年，他营销怀化电力集团2亿元流动资金贷款项目遇到困难，按当时银监会的指引文件，通过测算存货、应收账款等流动资产平均占用来测算流动资金贷款需求，结果是这家企业不需要贷款。事实上，怀化电力集团流动资金的缺口非常大。通过认真思考，他认为电力部门最大的日常现金支出是工资、电网维护费，这部分支出并未形成企业资产，而是费用化处理了。因此，他倾向于增加货币资产平均占用列为流动资金贷款需求项，因为这符合该行业实际。尽管当时这种测算没有文件依据，也没有先例，但他果断上报湖南省分行，一举通过，发放湖南省农发行系统首笔电网企业流动资金贷款。经过不断自我加压，刻苦学习，实践积累，孙俊强不久就能独立完成对客户的营销、调查、评估等一系列工作。2011年，他被推荐为湖南省分行贷款调查中心成员，成为农发行不可或缺的业务骨干。

他不仅爱岗敬业，勇挑重担，而且不断创新工作局面，默默地践行着一名共产党员的使命担当。2014年初，孙俊强到农发行沅陵县支行任副行长，上任后立马着手风险贷款的处置化解工作。由于主要股东资金链断裂，沅陵麻子溪林木药材开发公司2000万元贷款存在风险。他三次跑长沙，督促企业负责人签署了资产处置授权委托书。他又多次向沅陵县主要党政领导进行专题汇报，提出将药材公司一并收购的建议。县委县政府对此高度认同，立即着手成立林权林地核查小组，20多天里摸清了林木资产的真实情况，最终确定由县农发公司按照2300万元的价值，依照法律程序接收企业林权林地两项流转资产。沅陵县支行顺利收回2000万元到期贷款，圆满化解了这笔贷款风险。此后两年沅陵县支行贷款综合收息率均达到100%以上，不良贷款持续保持为零。有了这把好手的加入，沅陵县支行实现了政策的无缝对接和项目申报质量的大幅提升，信贷业务迅速增长，2015年底，各项贷款余额已由3.33亿元增加到8.84亿元。尤其值得一提的是，2014年12月，他负责营销的金额1亿元的沅陵县土地开发整理项目自受理到投放，仅用了20天时间，创造了"沅陵速度"。

因常年加班熬夜、在外奔波、饮食没有规律，疾病在悄悄侵蚀孙俊强看似健壮的身体，特别是可怕的高血压，几次差点将他击倒。他经常感到晕眩，有几次差点跌倒在地。怀化市分行创新与投资业务部高级主管吴蔚有次惊讶地看到，孙俊强的血压竟然高达140/220，连忙嘱咐他多休息。但孙俊强停不下来，也压根儿不想停下来。"生活中那么多的坎坷，始终没有阻挡他前行的脚步。"他身边的同事吴蔚这样感慨，"这就是人们常说的'生命不息，战斗不止'吧！"

我所经历的脱贫攻坚故事

  2016年7月初,孙俊强从湖南省分行回来,感到实在支撑不住,被迫住进了怀化市第一人民医院。从7月8日到19日,整整12天,这是能够查到的孙俊强唯一的住院记录。尽管疾病在身,但孙俊强还是那么乐观豁达,脸上总是挂着微笑。没有人看到他焦虑,也没有听到他抱怨。无论是公事私事,他都满口答应,全力去做。2017年10月,怀化市分行对全市棚户区改造集中推进,将业务部门人员分成两个组,其中一个组由孙俊强带队。孙俊强向行里分管领导提出建议:每个项目要人盯人、具体跟踪,明确完成时间,制定奖罚办法。建议得到采纳后,工作进展非常顺利。到11月底,完成怀化武陵新苑棚户区改造等7个项目、融资金额21亿元的项目申报。

(作者:农发行怀化市分行 肖 荣)

■ 孙俊强生前照——向往诗和远方

用力用情扶真贫　同心同行致富路

张云建，农发行广东省分行派驻信宜市山背村扶贫工作队队长兼第一书记，一个坚守在脱贫攻坚最前线5年的排头兵，也是该村87户245位贫困户的贴心人。

幸好有您，张书记

还记得2016年5月20日信宜市遭遇超过200年一遇的特大水灾时，张云建刚进村扶贫还不到半个月。当天上午，突如其来的强降雨瞬间打破了山背村原本的平静，洪水开始肆虐。当时，有50多名孤寡老人、五保户、残疾人住在危险地带，张云建立马组织村干部赶到现场开展转移工作。面对过膝的水势，张云建毫不犹豫地把一个个老人背了起来，送上转移的车辆，确保每一位群众的安全。

随着洪水渐渐退去，张云建并没有停下来休息，而是亲自带领工作队对全村近600户村民逐一入户调查，摸清受灾情况，对全倒户、五保户、孤寡老人进行安置，还向上级行申请协调从茂名紧急调来四台重型机械，清理村口已经被黄泥堵塞了的道路。当天下午，他就带着发动本单位职工筹集的捐款、100袋大米、200箱方便面和矿泉水回到山背村。看到每一个村民住得暖、吃得饱，他紧绷的神经才放松一点。

隔日，张云建又不顾个人安危，带队排查山体滑坡隐患，在没有专家支援的情况下，身体多处受伤。爬上荆棘茂密的山顶，他发现了一条长达100多米、宽近10厘米的裂隙。他赶紧把险情向上级报告，联系省地质专家，制订了排险方案，迅速排除隐患。在排险施工过程中，由于部分村民安全意识淡薄，在晚上偷偷跑回家住，张云建连续几个星期每晚8点后都会挨门逐户检查一次，确保全员转移。

从受灾到灾后复产的两个月时间，张云建始终顶在前面带领着、保护着村民，诠释着驻村第一书记的责任和担当。村民们都说："幸好有您啊，张书记！"而鲜为人知的是，张云建因抢险留在低洼处的汽车被洪水淹没报废了。地方政府在抢险救灾工作会议上总结道:"山背村在这次超过200年一遇的大灾面前,农发行扶贫工作队与村镇干部组织及时有效,不但没有一人死亡或失踪报告,而且在短短的2天时间内就基本恢复了'三通',灾民生产生活秩序恢复良好,很值得肯定和表扬。"然而,脱贫攻坚的道路上还有更多的困难和问题在等着张云建一一解决。

敲开贫困户的"心门"

"你们不给我办理低保户,休想进我家门!"那是张云建赶早入户摸查的一天,被一句怒喝堵在门口,吃了头一遭"闭门羹"。一年过后,还是那户人家,张云建上门"家访",跟踪脱贫动态情况。"张书记,您又来了,快进来坐坐。"屋主人笑脸相迎。从怒气冲冲到喜气洋洋,大家感觉到不可思议。

乡邻都知道,谭桂华一家情况有点特殊,一共五口人,夫妇俩和3个子女,其中大女儿是一级精神残疾,长期需要监护人看管,造成家庭生活困难。他曾大闹村委会,并威胁说,如果不给他低保户指标,就把精神残疾的女儿送到村委会去。张云建要求一定要把事实摸准,真正做到精准识别,做到不落一户、不漏一人。那天,他首次来到谭桂华家门口,和在场的镇村干部在门外说明来意,耐心向谭桂华说明相关的扶贫政策,屋主却并不买账,不断驳斥道:"你们是扶哪门子的贫?总不见真正帮助过我们,就是耍老百姓。"反复被骂了半天,张云建明白了,群众的抵触心理,说到底就是对干部、对政策的不信任,必须先解"心结",敲开"心门"。张云建坚持每天探访,不怕骂,不怕撵,终于以真诚打动谭桂华主动开门配合核查。经过严格的程序识别,谭桂华被认定为"一般贫困户",大女儿也被纳入低保。

这只是张云建驻村5年的一个小缩影。为了换取群众的支持和信任,他扎根山背村,放弃了节假日和双休日,进村入户,全面掌握当地生产资源、发展潜力、攻坚发力点,认真做好脱贫规划,为87户建档立卡贫困户量身定制了"一户一法""一户几法"组合式的帮扶措施,村民们逐渐放下疑虑、打开心怀。

参与种养项目"以奖代补"、组织技能培训鼓励就业、修建古驿道让乡村变景区……随着一个个目标落地见效,山背村村民富了,宜农则农、宜商则商、宜工则工,贫困人口从人均年收入不足4000元增加到13975元,87户245人全部脱贫;环境美了,杂草丛生的荒地变成运动小广场,乡村旅游火了起来;邻里和睦了,曾经的"吵架村"变成了"茂名市文明村"。"扶贫就要用心、用情、投入。"回首这5年,张云建如是说。

(作者:农发行茂名市分行 黄子玲)

下篇 | 用力用情扶真贫　同心同行致富路

■ 张云建带领贫困户种植番石榴，走上致富路

■ 张云建与贫困户谈心谈话，用真诚敲开贫困户的"心门"

我所经历的脱贫攻坚故事

隆林战贫战疫故事汇

新房

"磨破了愈合，愈合了又磨破，年仅30岁的第一书记竟有一双建筑工人般长满老茧的双手。"

按照"八有一超"的脱贫标准，没有住房没法脱贫，一个老寨村居然有7户未达标，资金短缺、材料不足、人手不够，这些都是摆在眼前的问题。"哪怕是村干部全部顶上也要干"，这是李书记的决定。从作决定的那一刻起，李书记就按照贫困户房子的危险程度安排工期，与村干部们起早贪黑，拿出自己的2000元先进驻村干部奖金，一户一户帮贫困户建起了新房。"400袋水泥、24000块石砖、7栋新房。"李书记如数家珍般报出这些数字，这是他用双手撑起的楼房。3年了，李书记的手更粗了、人更黑了，而老寨村，如期脱贫了。

担保

"我的车押在这里，先帮他们把门窗装好，缺多少钱，我来补。"

住房再结实，也挡不住无情的北风，李书记到任初期，最愁的就是贫困户的生活问题。纸糊的窗、床板的门是老寨村多年来遗留的"穷病"，一到冬天只能通过不断地生火取暖，柴草消耗跟不上采集的速度，更多时候只能一家人围在一起瑟瑟发抖，加上不时的大雪封山、坡陡路滑，严重威胁着贫困户的生命安全。"'穷病'也是病，是病就得治"，李书记下定决心一定要让贫困户装上门窗，一定要让贫困户不再受寒，一定要根治这个多年养成的"穷病"。春节刚过，李书记就回到村里，开始挨家挨户动员贫困户装门窗，可是几十年的"病根"又怎会这么容易根除？"有这些钱装门窗，我还不如打二两酒舒服。"这是李书记听得最多的一句话。92户，10公里的村路，李书记足足走了5遍，终于有10户被感动了，同意安装门窗，但是条件是要村里先垫钱。一穷二白的村部账户上只剩下五角八分，哪里还有钱？"我来想办法。"只留下这简短的5个字，李书记就动身前往镇里，一家一家商店沟通，一点一点商量，终于找到了可以赊账的商家。李书记把存款都拿出来后还差5000元，为28户装上了门窗。看到了李书记的真诚，村民也纷纷释怀。冬天到来时，全村92户贫困户已经全部装上了门窗，全村终于不再受冬天严寒的困扰，而欠着商家的钱，李书记早已自己悄悄还上。

抗疫

"非常时期，就要有非常的觉悟，哪怕不吃饭不睡觉我们也要拿下。"

2020年初，新冠肺炎疫情肆虐，人心惶惶。别的部门还在错峰上班的时候，农发行隆林各族自治县支行（以下简称农发行隆林县支行）信贷部早已全员到岗。面对全国性疫情防控重点保障企业隆林昌隆服装有限公司的疫情防控应急贷款申请，隆林县支行青年突击队队员[①]们在收到通知后，全部放弃春节假期，回归岗位。"只有3天时间"，根据广西壮族自治区新型冠状病毒感染的肺炎疫情防控工作领导小组指挥部医疗物资保障组所发的《关于协助支持广西南宁腾科宝迪生物科技有限公司生产应急防疫物资的函》，需要在指定时间内完成物资交付，由于要留出物资生产所需时间，因此留给信贷员的时间非常有限。疫情就是命令，隆林县支行行长带领5位信贷部员工立即动身，前往企业看场地、核材料、对文件，轮流加班加点，饿了吃一碗泡面接着干、困了拿出行军床躺一会儿继续改报告，接续奋战72小时，终于按时将百色市第一笔300万元应急贷款投向广西防疫紧急物资重点保障企业生产第一线，为疫情防控作出了贡献。

入户

"连续3年，每年按时完成帮扶，从未上过黑榜，从未受到通报。"

扶贫既是任务，也是责任，脱贫攻坚战打响之后，隆林县支行全面落实"绝不落下一个贫困地区、一个贫困群众"的庄严承诺，党支部书记、行长带头建立"党员+建档立卡贫困户"一对一帮扶机制，全行12名员工在定点帮扶村与21户贫困户结对子、认"亲戚"，按照县委、县政府指示，开展扶贫加强日活动，利用每周末进村入户，与贫困户"同吃、同住、同劳动"，宣传扶贫政策，团结带领群众主动摘帽。单位没有车，员工就用自己的车，单位没有司机，员工就自己上。农村道路都是开在山上，道路的旁边就是悬崖，员工从开始的恐惧到后来的娴熟，6个小时来回的路程，一走就是

[①] 隆林县支行青年突击队队员包括杨晋、石旺国、黄章磊、韦仕欢。

我所经历的脱贫攻坚故事

3年，平均每年入户20余次。"进村扶贫的钱就不报了"，员工对贫困户的帮扶都是无偿的，缺肉了，员工帮着买，缺水了，员工帮着挑，从未向单位要过差旅费。"农发行是隆林这么多后援单位中最称职的。"隆林县副县长黄桂华说。面对村集体的困难，隆林县支行帮助筹集80多万元捐赠资金，改善老寨村群众的生活生产条件。由于双休日需要入村，家在外地的青年干部最长3个月没有回家探望父母，坚持带领群众养殖清水鸭、种植中草药等，帮助45户196名贫困人口全部顺利脱贫摘帽。

■ 农发行隆林县支行荣获"全国脱贫攻坚先进集体"称号

■ 农发行隆林县支行员工合照

奉献

"无声的奉献！"

隆林县支行原行长王创业，摸爬滚打只为从山沟沟走出去，但毕业后他没有留恋大城市的繁华，毅然回到生养他的家乡，投入支持隆林扶贫的事业，转眼已在隆林支农战线奋斗了20年。

2020年是脱贫攻坚的关键年，可是这一年也是王创业最艰难的一年。先是疫情来袭，打乱了扶贫部署，上半年贷款投放极其艰难，而这个时候，他的妻子却被检查出了癌症，需要马上住院手术，他陷入了两难的境地：若照顾妻子，就难以完成总行交给的扶贫任务；若坚守岗位，就没有办法照顾住院的妻子。他一度难以抉择，但最后毅然选择了继续奋斗在扶贫事业上。陪同妻子做完手术后，他只照顾了7天，就立马返回了工作岗位，妻子住院的一个月里，因为扶贫，他都没能到场照顾。然而，扶贫就是一场没有硝烟的战争，冲锋号一吹响，就没有回头的余地。复工复产后，县政府将双休日定为扶贫加强日，每周末都要下乡扶贫，他回家照顾妻子的时间更少了，妻子7次化疗他都没办法陪同。他梳着妻子越来越少的头发，一个历经事业上艰难都未曾流泪的男子汉竟默默地潸然泪下。

在他的带领下，隆林县支行2020年6月率先超额完成总行下达的贷款投放任务；2020年11月20日，隆林县顺利脱贫摘帽；2021年2月25日，隆林县支行荣获"全国脱贫攻坚先进集体"称号。脱贫的道路终于走到了终点，他则继续前往下一个岗位为乡村振兴而奋斗。

（作者：农发行隆林各族自治县支行　莫威英）

我所经历的脱贫攻坚故事

不负韶华
走完扶贫最后一公里

几年前,我从城区颠簸一个多小时,初次来到平南县平山镇慈边村。一座三层老式村委会坐落在公路旁边,党旗飘扬在空中,村委会旁边有一排村民正在聊天,看到我下车,他们就交头接耳议论:"看这个长得白白净净的,是哪家的娃?好像不是本村人,没见过哩。"在村民们的议论声中,我第一次走进慈边村村委会,接到我人生中第一次精准扶贫的工作任务。或许是初夏,炙热的太阳使我汗珠不停地往下流,衣服都湿透了,我暗下决心:这里真的是太远了,处在平南县最南端的偏远山区,我一定要将青春的汗水,抛洒在这个山沟里,一定要和他们打成一片,实现脱贫致富奔小康。

慈边村共有830户4223人,贫困户共有78户285人。其中安排2014年脱贫户4户16人、2015年脱贫户7户25人、2017年脱贫户12户39人,剩余55户共205人。贫困人口发生率高达5%,这个数字触目惊心。听陈支书讲,该脱贫的已经脱了,这些都是硬骨头,很难啃的。我从小的性格就是不服输,犟起来的时候十头牛也拉不回来,我斗志昂扬地对陈支书说:"来都来了,不怕!"

没在村里待过的我,兴高采烈地要求村支书带我入户,村支书语重心长地说:"你这个小伙子,我在这里那么多年,人家下村'镀金',在村委会坐坐就行了,你却要求我带你入户。"我瞬间脸红起来,但还是说出来了:"我来扶贫,拿的是党和国家的工资,做的是扶贫工作,我不能拿着老百姓的钱,办被老百姓戳脊梁骨的事。"村支书拗不过我,就带我入户了。每到一户,我都仔细打量他们的家,逐一了解家庭基本情况、住房情况、饮水安全、小孩上学情况等,并认真记录下来。我从小爱说话,人缘好,所以跟他们也十分聊得来。

老陈是慈边村贫困户中的一员,我初次来到他家时,他只是一个捡破烂的。一座20世纪80年代砖瓦结构的老房子,堆满了捡回来的破烂,雨后太阳一晒,破烂堆

294

散发着刺鼻的异味。一个妇人坐在门口，时不时对着天上叫喊，见我们来了，兴高采烈起来，傻傻地笑着，跑到老陈的旁边扯着老陈的衣服叫："哎，哎，哎……"老陈回头看到我和村支书来了，忙放下手中的破烂，用手擦擦衣服："支书好，有啥关照？我手那么脏，就不握手了。"村支书笑了笑说："老陈啊，这是县里新派下来的指导员，以后就住咱村了，主要负责脱贫攻坚这一块。"我伸出双手要和他握手，老陈似乎不好意思，我主动握住他的手说："你放心，我来到这里，会尽我的能力帮你脱贫的。"老陈眼光还是对着村支书，有点怀疑："嗯，知道了。"老陈家还有3个小孩，都是残疾，最小的3岁，最大的7岁，他老婆是老陈2012年在路边捡到的，当时老陈看她无家可归太可怜，就捡回来了，日久生情，然而造化弄人，生出几个娃都有先天性疾病，他也没啥盼头了，就捡点破烂维持生活。告别老陈家，我感到十分难受，以前以为贫困户就是那种一般农户，没想到会有这么困难的。此项工程十分重大，得从长计议。

　　回到村委会，我马上向村支书了解贫困户能享受的政策情况，好多新名词都是从这时候开始了解的：低保、残疾、危房改造、教育补助……经过一周多时间的仔细琢磨，我终于把贫困户政策吃透，开始给老陈制订脱贫计划。我信心满满地向村支书提议：将老陈一户纳入危改范围，这是脱贫第一步。村支书也十分赞同我的说法，但是他又说名额提上去了，总是轮不到老陈。我马上拨通了平山镇负责危房改造的副书记的电话，向他介绍了老陈的情况，申请给个绿色名额，经过多次沟通，终于成功协调。我马上将这个好消息告诉老陈，老陈一口回绝："我没钱。"2016年成为贫困户以来，家里基本生活都靠他勉强维持，建房子的事他根本没敢想。我一五一十向老陈说明了情况，他才相信，激动地抱起老婆呵呵地笑，他老婆也跟着笑，一起庆贺这个令人振奋的好消息。经过多番努力，老陈一家终于在2018年底住进了宽敞明亮的新房。村委又给他安排了公益性岗位，他偶尔还可以到外面打点零工。2019年老陈家成功摘掉贫困户帽子，现在再也不用捡破烂了。

　　2018年我刚来不久，镇里就要求慈边村建立产业基地，发展贫困户入股。为了这事，我和村支书整天在登明村基地转，经过20多天的努力，从伐木、钩土，再到选苗、植树，我们在慈边村发展了25户贫困户入股三红蜜柚35亩。2019年，应贫困户要求，我们新建了58亩油茶基地种植油茶，发展了40户贫困户入股产业，加起来共有65户贫困户入股产业合作社。

　　2019年，平山镇引进资金3.5万元修建路灯，共100盏，极大地方便了当地群众夜间出行，也得到了慈边村村民的一致好评。同年，该镇申请乡村风貌提升项目，对慈边村的松子屯、康宁屯、朋冲屯进行了乡村振兴提升风貌基本整治改造，总投资7.3万元。在政府的大力扶持下，慈边村发生了翻天覆地的变化。

我所经历的脱贫攻坚故事

  驻村两年多,硕果累累,道不尽的酸,品不完的甜,吃不尽的苦,尝不完的辣。经过两年多奋战,我与村民打成了一片,也从一个白白净净的城里小伙子变成了慈边村的小黑娃。2019年底,慈边村实现整村脱贫,贫困户发生率从原来的5%降到0,这个来之不易的数字0,是对我和其他驻村队员扶贫工作的一种认可。

(作者:农发行平南县支行 许 鹏)

■ 许鹏为贫困户讲解国家脱贫政策

走进大山深处的
驻村干部"黄阿叔"

"黄阿叔,我们的槟榔树得黄化病了,这几天槟榔叶发黄的面积越来越大了,怎么办呀?"忙了一上午的黄海军在南坵村村委会门前的石凳上刚坐下扒拉了几口饭,就碰到几位急急忙忙跑来求助的贫困户村民。"别急,具体什么情况,慢慢说。我们先去槟榔园看看,下午我再跟村委会汇报,我们一起想办法解决。"面对已经不是他驻村扶贫以来第一次遇到的突发情况,黄海军放下饭碗,和气地安抚着村民。这位村民们口中的"黄阿叔",就是农发行琼中县支行副行长黄海军,一晃他来到这里已经半年多了。

2018年5月,精通黎族语言的黄海军被农发行海南省分行派驻到省分行定点帮扶村琼中县中坪镇南坵村担任驻村工作队副队长。

琼中,曾是海南5个国家级贫困县之一,南坵村地处琼中县边远山区,距离琼中县城约28公里,是黎族聚居村落,有6个自然村,共240户901人,建档立卡贫困户就有111户,是琼中黎族苗族自治县唯一的深度贫困村。这里的村民缺技术、缺劳力、缺产业收入和稳定的工作,因病、因学致贫现象普遍,村民文化程度不高,"等靠要"思想严重,部分没有列入建档立卡贫困户的一般户对扶贫政策了解不多,存在不平衡心理,对扶贫工作有抵触心理,脱贫攻坚任务十分艰巨。

怀着支农为国的初心,担着扶贫为民的使命,黄海军告别了瘫痪卧床15年的老父亲和看护两个孙子的70岁的老母亲,义无反顾地走进大山深处,开始了他的驻村生涯。

初到南坵村,黄海军便发现,南坵村党支部底子弱、工作思路不清,党员带头作用不明显,群众对干部意见很大。黄海军意识到,抓党建、凝人心,才能扶好贫,不下一番功夫,实现整村高质量脱贫的目标只能是空谈。

有了思路,就要立即行动。黄海军协助南坵村党支部组织开展了"我为党徽添光彩，建设美好新南坵"系列活动：利用"七一"党日活动到革命纪念场所举行"升国旗""重温入党誓词"仪式；发动全体党员叫响"看我的、跟我来"口号，提升党员干部凝聚力；开展"篮球赛比起来、广场舞跳起来"活动，调动广大村民追求健康生活的积极性，拉近了与村民的距离；开展感恩教育活动，让村民学会感党恩、坚定跟党走。这一系列活动为后来拆旧建新、改善人居环境、提升乡风文明及整村脱贫出列等工作起到了保障作用。

南坵村降雨量全国排第三，雷雨季节经常停电，雨水漫过桥面导致车辆无法通行，更别说电话网络，当地人称为"三断"，即断电、断路、断网络。这里既没有资源优势，又没有人才助推，更谈不上什么产业经济，想要改变贫穷的面貌，谈何容易？

面对这样的情况，黄海军暗下决心，要通过自己的力量帮助南坵村改变贫穷的面貌。从驻村那天开始，他就深入田间地头与村民一起劳作，与村民同吃同住，走村串户面对面地做工作，渐渐地，"黄行长"这个称呼被人淡忘了，村民们都亲切地叫他"黄阿叔"。

有一次，几位贫困户种植的槟榔出现了黄化病，于是便出现了文中开头的那一幕，虽然黄海军表面很镇静，但是他比谁心里都着急，因为他很清楚，如果不及时治理，黄化病会不断蔓延，将使贫困的村民雪上加霜。他及时将情况汇报给村委会和琼中县支行。海南省分行了解情况后，及时组织专门生产无公害新型农药的贷款企业正业中农公司的专家联合琼中县支行和南坵村村委会共同到贫困户的槟榔园中施药治理，由于处理及时，黄化病很快得到了遏制。看到翠绿的花苞逐渐成形，树顶长出新叶，黄海军开心地跟村民们一起手舞足蹈。但是他没有满足于此，细心的他为了防止其他槟榔园也出现同样的情况，未雨绸缪，再次联系企业到村里为村民们开展槟榔病虫害防治知识讲座，并促成琼中县支行与企业联合免费为贫困户发放槟榔病虫害防治药物。

南坵村原有危房、猪圈一百多间，整个村庄民居破败不堪，同时弥漫着一股难闻的猪屎味，为了改善村民的居住环境，"黄阿叔"决定协助村里拆旧建新，整治环境。

有了前期一系列党建工作的铺垫，南坵村党支部凝聚力空前高涨，在拆旧房过程中各村小组不断涌现出"从我先拆"的党员。但也有个别村民对拆旧工作不予配合，村里的一户贫困边缘户要求享受贫困户的福利政策，否则说什么都不配合，家里两个儿子甚至对驻村工作队队员挥起了拳头，老户主情绪过激住进了医院，老太太气愤地吼道："都是你们，我老伴都被气住院了！"拆旧房工作一度陷入僵局，镇领导到户做思想工作仍未果。后来，"黄阿叔"了解到这户人家里的灵芝、蜂蜜、糯米酒由于没有销售渠道而积压，收入锐减。他便利用消费扶贫方式帮助他们销售了大量农副产品，逢下雨天就到他们家里帮忙收晒在外场的稻谷，经常跟他们谈心，讲政府的扶贫政策，讲农发行的扶贫措施，慢慢地这一家人感受到了他的诚意，终于主动提出配合拆旧改造。村里的另一户五保户单身汉也让"黄阿叔"犯了难，他无儿无女无工作，家里穷得连件像样的家具都没有，平时还常给拆迁工作找麻烦。"黄阿叔"不气馁，他通过扶贫电商平台帮助他销售农产品，自掏腰包给他家添置了新家具，平日还经常送饭送菜。从那以后，这个五保户把"黄阿叔"当成了自家人，危房改造工作也就顺利推进了。

但是南圩村危房改造任务依然繁重，地板未硬化、门窗未装、水电没通。因开工条件差，要求竣工时间短，很多工程队都不敢接建房工程，接下建房工程的工程队也是今天来明天走。污水处理建设工程因工程队吃住问题、用电问题无法入场，污水引管因村民阻挠而"建建停停"。"黄阿叔"在这些困难面前没有退缩，再次寻来工程队，多方协调解决其吃住问题，协调好村民争议问题，使工程队安心下来加班加点赶工程进度。

在危房改造最后攻坚时期，突遇台风袭击，导致全村断电，严重影响工程进度，"黄阿叔"便驾驶自用汽车顶风冒雨急行56公里，借来发电机恢复工程用电，保证了危改房、污水处理建设工程的如期完成。在1个半月的时间里，南圩村完成了危房改造"五个直观"29套，危房建设15间，房屋补漏35间；在1个月的时间里完成了2处污水处理室建设和设备安装。

终于，南圩村共成功拆除危房与猪舍150多间，得到了县委书记和县长的表扬，并引来其他乡镇驻村干部学习经验，曾经的"猪屎味村"变成了省级"美丽乡村""卫生示范村"。

习近平总书记强调，发展产业是实现脱贫的根本之策。海南省分行聚焦产业扶贫，在2017年6月联合省扶贫办、省工商联创新搭建了"农业政策性金融产业扶贫合作平台"，吸收了42家农业领军企业加盟，通过引领平台企业到贫困地区因地制宜发展各类特色产业，带动当地贫困人口脱贫致富。在平台的引领下，种桑养蚕、槟榔种植、污水处理等多个项目纷纷落地南圩村，给这个贫困的村庄带来了致富的希望。

为巩固和增加贫困户收入，"黄阿叔"积极与企业沟通协商，推动项目有效落地，并将贫困户参与产业发展遇到的情况及时向企业反馈，以便项目能够发挥更加精准的扶贫效益。对于种桑养蚕项目怎么开展，"黄阿叔"也有自己的想法，他代表农发行与项目公司——海南中丝发展有限公司协商，出谋划策创新种桑养蚕做法，即由镇政府出资帮助村民种桑建蚕房，公司出技术指导，农发行发放优惠扶贫贷款支持公司收购蚕茧，政府种桑到成茧的第一批后再交予农民手中，这种做法有效克服了农民劳动力不足和技术不娴熟的问题，得到村民的一致认可和欢迎。很快，农户销售蚕茧

我所经历的脱贫攻坚故事

就达到了18000斤，产值26.2万元。一张张收获的笑脸，是对"黄阿叔"扶贫工作的莫大肯定。

"黄阿叔"还主动创新"村委会+致富带头人+村民"的模式支持养羊产业，为此他多次找到致富带头人做思想工作，最终在海南省分行依托"农业政策性金融产业扶贫合作平台"成立的"稳固脱贫成效基金"的支持下，养羊项目顺利开展。在他的努力下，村民已养殖黑山羊100余头，创建发展基地解决35人的就业问题，帮助4户贫困边缘户（监测户）增加收入，严防返贫，扶贫成果显著。

2018年12月，南圻村实现了全村建档立卡贫困户111户483人整村脱贫出列，南圻村脱贫攻坚中队部获得"海南省打赢脱贫攻坚战先进集体"称号，海南省分行定点扶贫工作连续4年被省扶贫领导小组评为"好"。

■ 黄海军荣获"2018年度海南省打赢脱贫攻坚战先进个人"荣誉称号

2019年5月，在全省聚焦的"两不愁三保障"脱贫攻坚"背水一战"推进大会上，"黄阿叔"从海南省省长手中接过"海南省打赢脱贫攻坚战先进个人"表彰奖状，此时电视机前，他的老父亲流下了热泪，一旁的老母亲也红了眼眶，年幼的儿子拿起手机高兴地喊道："看啊！看啊！我爸爸上电视了！我爸爸上电视了！我爸爸在做一件特别有意义的事情，我要把它发到朋友圈去！"儿子似乎忘记了他对爸爸的埋怨，就在几天前他还在抱怨："爸爸为什么不参加我的家长会呢？"

而"黄阿叔"，他怎么会不想对父母尽孝、对儿女尽责？哪怕给老父亲递上一杯热茶、给睡着的孩子披一披被子也好啊，可是南坵村近千个村民更需要他，200多个家庭的父母、孩子更需要他。

南坵村致富奔小康的步伐继续前进着，而"黄阿叔"的老父亲病情却日渐严重，于2019年10月永远地离开了"黄阿叔"，老母亲时常望着老伴的遗像说道："老头子，当初你给儿子起'海军'这个名字，是希望他能当一名真正的海军战士，守卫祖国的南海国防。咱的儿子，今天用了另外一种方式，用他满腔的热血耕耘着自己的家乡沃土，为脱贫致富贡献着力量啊，我打心底为他感到骄傲！"

"黄阿叔"心中有一个坚定的信念：虽然南坵村已经实现全村脱贫，但是南坵村的脱贫致富路要一直走下去，脱贫攻坚成果需要巩固，乡村振兴的新蓝图还在等着他去描绘！

（作者：农发行琼中县支行　黄海军　郑　青）

小山村中尽付家国情深
扶贫路上更显使命担当

田庆平是农发行秀山县支行的一名老党员，作为派驻对口扶贫帮扶村重庆市秀山县兰桥镇官舟村的扶贫第一书记，他全面摸排掌握村情民意，从加强党的基层组织工作、完善基础设施建设、指导扶贫产业经济发展、帮助贫困户脱贫致富入手，团结协助村委会，艰苦奋斗、攻坚克难，共同推动官舟村水、电、路全通，村民吃、住、行均有保障，村容村貌发生翻天覆地的变化。2017年11月，官舟村顺利实现脱贫摘帽。正因为在服务脱贫攻坚中作出的杰出贡献，田庆平获评农发行重庆市分行第二届"最美农发行人"、2018—2019年度脱贫攻坚贡献奖先进个人，被重庆金融工会表彰为重庆金融系统优秀扶贫干部。

勤走访、深调研，理清发展思路

官舟村位于国家级贫困县——秀山县兰桥镇西北部，辖区面积14.61平方公里，全村2636人中有267名贫困户，是全县85个贫困村之一。山高田少、地瘠民贫、劳动力补给不足、交通运输不便、农业结构单一，成为山村脱贫致富的瓶颈。

2015年7月，经秀山县支行推荐上报，田庆平作为扶贫第一书记进驻官舟村，开展服务脱贫攻坚工作。从进村开始，为掌握官舟村的真实情况，他埋头扎进村子，苦寻精准扶贫的思路。官舟村以山地为主，山高林密，交通成为困扰村民脱贫的首要难题。刚到官舟村的时候，村里有好几个组只有小路上山，每次去都要爬三四个小时的山路，他主动与村委会干部商量，打报告，递申请。一方面，向秀山县支行汇报，支行捐款5万元资助该村发展。另一方面，积极向政府及有关部门反映情况，全力争取扶贫资金。在各方努力下，争取到移民搬迁配套资金共计694万元，主要用于修建完善农村公路近13公里，修护河堤等350米，改建涵管桥4座，实施危房改造、人居环境改造34户，完成安置点地面硬化、排污工程，实施院坝硬化、新建蓄水池等工程建设。如今，通村通组公路修好了，村民们有了便捷的出行路，山货的对外销路也更加畅通。

抓班子、带队伍，筑牢党建基础

作为兰桥镇官舟村的驻村扶贫第一书记，同时也是秀山县支行的一名老党员、老职工，田庆平始终坚持扶贫开发和脱贫攻坚的关键是要加强和改善党的领导。他主动联系所在的秀山县支行党支部与兰桥镇官舟村党支部联合开展党建共建活动。双方共享党建工作成果和红色教育资源，联合探索和实践提升党组织建设的各类制度和机制，构建了"资源共享、优势互补、互相促进、共同提高"的党建工作新格局，推动党的组织优势、政治优势转化为发展优势，充分发挥基层党组织"推动发展、凝聚人心"的作用，动员全村全员力量，齐心协力打赢脱贫攻坚战。

兰桥镇官舟村小学共有学生100余人，学生家长多外出务工，贫困留守学生有40余人。为了改善贫困村小学生学习环境、丰富课余生活，秀山县支行党支部组织了对口帮扶村兰桥镇官舟村小学的捐赠仪式，并提前组织全行员工捐款捐物，采购了学习和体育用品，在为孩子带去欢乐的同时，进一步拉近了党组织与贫困户的距离。

忙"输血"、促"造血"，搞好产业经营

"原先守着一亩薄田，不晓得怎样才能过上好日子。"建档立卡贫困户杨卫华的话让他思考了很久。如何让老百姓脱贫且不返贫，能真正富起来？这个问题始终萦绕在他的脑海中。没有产业支撑，群众脱贫只是一句空话，致富更是无源之水。他通过查阅资料和走访考察，研究官舟村的土壤成分和特点，与村委会共同确定了产业发展方向。先是规划建设了500亩百合种植基地，村民们可以通过将土地出租给种植公司，同时在种植公司工作获取收入。然后规划建设了182亩百香果种植基地，土地流转租金5.4万元，劳务费收入5.8万元，为村民整合资金11.2万元。

发展村集体经济，建立华安专业合作社，种植500亩银杏产业已启动，计划为村民整合资金104万元。产业扶贫取得的成效让贫困户重拾生活信心，但部分村民依然存在着等、靠、要的落后观念，扶贫更要扶智。他与村干部一道日夜思考，挖掘扶贫活水，制定了扶智措施，通过走家串户、开展座谈、动员鼓劲、加强宣传和理念引领，彻底消除了"脱贫全靠等和要"的落后观念。在他和村干部的努力下，全村的精神面

貌焕然一新，在村委会的带领下，脱贫攻坚劲头十足，大家坚信，通过积极生产、自主发展一定能实现脱贫致富。

排民忧、解民难，彰显价值追求

回忆起刚进驻村子时，村民都以为田庆平是来完成任务的，随意了解一下情况就走，对待他的访问都很冷淡。但他一待就是四年半，跋山涉水，吃住在村，把官舟村当作自己的家，把村民当作自己的家人。眼看着全村52户建档立卡贫困户逐步都实现了脱贫，村民也真正拿他当亲人了。

建档立卡贫困户黄烈富老人，膝下无子女，与配偶两人相依为命，所住的两间老木屋年久失修，房屋倾斜，存在严重安全隐患。田庆平家访时见此情景，立即与村委会干部协商，向民政部门申请危房改造资金2万元，将原有的木屋拆了之后，为其重新修建两间平房，使两位老人得以安度晚年。另一位贫困户杨志文，因患精神疾病长期住院，妻子离家出走，家里尚有86岁高龄且多病的母亲和两个年幼在读学生，全靠低保维持生活。为助其子女安心读书，他向民政部门申请生活费补贴1000元和两床棉被，亲自送到正在读书的两个学生手中。

守初心、担使命，谱写脱贫凯歌

在扶贫路上，乡亲们都亲切地叫他田书记。因长期紧张的工作节奏和巨大的工作压力，田庆平的支气管炎发作日益频繁，身体状况越来越差，但他仍坚持把全部心思放在官舟村的脱贫攻坚工作上。很多人都劝他："你都五十好几了，还有几年就退休了，不要那么拼命地冲在一线，要保重身体、注意休息啊。"他却说："扶贫工作是一场持久战。四年多的驻村扶贫，看到老百姓们谷仓满粮，越来越好，能为村里办点实事，我真的很自豪。组织既然把这项工作交给了我，我就一定要鞠躬尽瘁，不负所托。"

扎根基层，才能吸收土地的养分。脱贫攻坚、乡村振兴、长江大保护，这些都是极有意义的事情，对口帮扶只是秀山县支行创建扶贫特色党支部的一个缩影。田庆平作为一名基层农发行人，面对病痛依然恪尽职守，在平凡的岗位上作出了不平凡的业绩，在点点滴滴中彰显了农发行人的家国情怀，在拼搏实干中诠释了农发行人的使命担当。

（作者：农发行重庆市分行　石建麟）

下篇｜小山村中尽付家国情深　扶贫路上更显使命担当

■ 秀山县兰桥镇官舟村驻村第一书记田庆平走访贫困户

■ 秀山县兰桥镇官舟村驻村第一书记田庆平检查百香果产业发展情况

我所经历的脱贫攻坚故事

搬新家换新颜
幸福生活在眼前

这一周来，农发行凉山州分行员工地布曲的微信朋友圈都被老家的亲戚朋友刷爆了。

近日，昭觉县支尔莫乡的贫困户村民开始陆续搬出世代居住的大山，住进新建的昭觉县城易地扶贫搬迁安置点。地布曲是凉山州昭觉县支尔莫乡说组村的一名彝族小伙。"我家老房子就在悬崖村钢梯附近，这几天，老家的贫困户亲戚都在朋友圈晒新房，我妈吉克家那边的亲戚很多都是悬崖村的，还在朋友圈给习总书记报告搬家情况呢。"地布曲拿着手机给同事翻看微信朋友圈，高兴地说道。

"老表，晓得你搬新家了，新闻上都看到了，悬崖村这几天真是跟过彝族年一样热闹啊！放心，我会给布曲看你新房子照片的。"地布曲的父亲挂了电话，感慨道："布曲啊，你吉克达莫舅舅已经从悬崖村搬进昭觉县城易地扶贫搬迁安置点的新家了。在安置点，政府为他们配备了全新的家具，锅碗瓢盆一应俱全，不够的东西现场还有特惠小卖部可以购买，真正是'拎包入住'，房间宽敞，还有两个阳台。他发了很多照片过来，还嘱咐我一定要拿给你看。"

地布曲的父亲地日海莫出生在20世纪50年代，是支尔莫乡走出大山的第一代大学生。看着今天老家的亲戚朋友们乔迁新居，一幕幕回忆不断浮现在脑海：泥泞不堪的村道、衣裳破旧的孩子、低矮破烂的房屋家徒四壁，长期以来生活都是"土豆填肚子、养鸡换盐巴"的低温饱状态，贫困带来的不仅是生活水平的低下、孩子的失学、生病了没钱去就医，思想上的缺位与滞后更是严重到无法想象。这就是地日海莫记忆里儿时的生活。中国工农红军长征过凉山犹如一声惊雷，震醒了西南边陲这片沉睡的土地，将红色的种子播撒在了崇山峻岭之间，在无数人心中生根发芽。地布曲的爷爷是大山里最先受到影响而变得开明的一代人，他坚信扶贫必先扶志扶智，尽管家里无比困难，仍坚持让儿子完成学业。尽管不识字，也不明白课本里的内容，但是每次干农活的时候，他总喜欢让儿子大声背诵课文，这琅琅读书声既像气势磅礴的船工号子让人振奋，又像沁人心脾的歌谣让人忘却了生活的烦恼。地布曲的爸爸就是这样一步步求学、一步步走出了大山，用知识改变了自己的命运，大学毕业后成为昭觉县畜牧局的工作人员。

让地布曲没想到的是自己的工作选择也是因一份乡愁而最终确定。2016年，昭觉县悬崖村孩子们攀爬藤梯上学放学的情景全国瞩目，也牵动了习近平总书记的心。农发行总、省、州三级行快速联动，第一时间赶到悬崖村，现场办公、集中审贷，用不到一个月的时间就完成了6000万元四川省首笔改善人居环境扶贫贷款的审批和首笔贷款240万元的发放工作。这不仅为当地修建起了方便出行的钢梯，更是为老百姓打通了通向幸福生活的天梯。还在大学校园里的地布曲看到这则新闻的时候热泪盈眶，他比谁都更了解这笔贷款带来的改变是多么的重要，乡亲们告诉他农发行这个名字，他与农发行也就此结下了不解之缘。

2018年，地布曲毕业了，脱贫攻坚工作在他的家乡如火如荼地开展着，为了曾经的羁绊，也为了心中的梦想，他不想当一名看客。于是地布曲毅然决然地加入了农发行的大家庭，他想用他自己的脚步来丈量"精准扶贫之路"。凉山州分行委派地布曲到越西县俄洛村，深入扶贫工作一线，担任驻村第一书记。俄洛村现已顺利脱贫，站在农发行的平台上，地布曲深深扎根凉山，冲在脱贫攻坚的最前方，用自己的行动回馈着这片土地。

■ 农发行客户经理在悬崖村改善农村人居环境项目现场实地调研

我所经历的脱贫攻坚故事

■ 地布曲在村民家中

■ 地布曲与孩子们

地布曲说道："现在党的政策好，家乡的贫困户只用了几年就走完了之前我父亲花了几十年才走完的奔小康之路。我是彝族的后代、大山的儿子，祖辈也曾经历过贫穷困苦的日子，我现在工作了，有知识、有文化，就要努力帮助更多的父老乡亲早日脱贫，过上好日子……不管遇到什么困难，都不要退缩，坚持住，勇往直前。"

山山水水魂牵梦绕祝福你，孜莫格尼（彝语：吉祥如意），亲爱的祖国。地布曲说："这是我最喜欢的一句歌词，我深深地爱着我的亲人和这片大山。党和国家真是让我们的生活发生了翻天覆地的变化，你看我舅舅发来的安置点新家的图片，100平方米，三室两厅，我老婆说比我们的婚房还大还漂亮，我说这才哪儿到哪儿啊，幸福的生活才刚刚开始。"

（作者：农发行凉山州分行　蔡　阳）

我所经历的脱贫攻坚故事

"给没给"和"给不给"

在四川省通江县铁佛镇凤凰村，有这样一位勤勤恳恳、兢兢业业却又清正廉洁、任劳任怨的第一书记，他的名字叫彭必华，是农发行通江县支行派驻的驻村工作队队长。由于他的年龄在全行同事中偏大，加之他性格豪爽，日常与年轻人打成一片，私底下年轻人都称呼他"老彭"。

通江县铁佛镇，是一个位于半山腰的贫困村，全村坡地多、平地少，交通闭塞，生产生活条件落后，青壮劳动力几乎都外出务工了，在家村民日常补贴家用主要靠养殖家禽。老彭清正廉洁的故事，就跟家禽有关。在讲这个故事之前，我们不得不先夸夸老彭担任第一书记后作出的一系列成绩：为村子争取项目资金拓宽了村社道路、协调修建了易地扶贫搬迁安置点、引导外出成功人士返乡成立了青花椒种植合作社……脱贫攻坚工作做得有声有色，他深受村民爱戴，多次获得各级政府表彰。

事情还要从驻村工作队队员的伙食说起，对于驻村工作队队员来说，一提到做饭大家就傻了眼。除了老彭以外，谁也没有勇气给大家炒个菜、做个汤，一日三餐不是米饭配豆瓣酱就是泡面配火腿肠。老彭是个不服输的人，又是驻村工作队队长，眼见着队员们一个个成了"寿司王子""泡面达人"，他看在眼里急在心里，平时回到行里就往职工小食堂里钻，和炊事员赵姐"窃窃私语"，同时开辟了村部后面的荒地，种上了小葱、大蒜、青菜、胡萝卜……

还记得那是老彭第一次做午饭，虽然只有简单的炝炒青菜、豆瓣酱，加上一盆西红柿、鸡蛋和蒜苗混搭的"怪味汤"，但大家第一次吃上热腾腾的饭菜都很开心，两名工作队队员甚至连喝了几大碗"怪味汤"。后来，饭桌上渐渐能看到荤腥，有一次竟然吃到了味道不错的麻辣鸡。

事情就发生在麻辣鸡上，我们要问做麻辣鸡的食材是从哪里来的呢？原来，通江县支行在对驻村第一书记履职情况例行走访中，有村民反映老彭经常从其他村民家买鸡，按村民的描述，"三天两头就要去拿"。这句简单的话却让大家寝食不安。"去拿？不会吧？到底买鸡给没给钱？"大家心中犯嘀咕。驻村帮扶工作开展以来，通江县支行就十分关爱驻村人员的工作和生活，持续压实扶贫领域腐败和作风治理，驻村帮扶工作获得村民和地方党政的一致称赞。但遇到村民反映的"异常情况"时，大家又不免担心起来。

正所谓："功过是非须经历史检验，廉洁勤政要由群众评说。"针对这个"异常情况"，通江县支行进行了详细的调查，原来那些鸡有些是老彭为了改善驻村工作队的伙食自己购买的，有些是老彭为城里的朋友代购的。前前后后老彭已经6次向村民买鸡了，按个头大小，小的100元一只，大的200元一只，每次都是钱货两清，买鸡的钱都给了！通江县支行又对家禽价格进行了详细了解，老彭按个头大小给的价格远高于市价，村民都争先恐后想把鸡卖给老彭，一些村民还提前预约了。了解到这里，同事们都松了一口气，"根深不怕风吹，行正何惧天地"，事实证明老彭是清白的。

回村部的路上，一位老同志突然问了一句："最近几次入户帮扶都是老彭提供的午餐，大家该不该给他缴纳生活费呢？"经同事提醒，大家才猛然想起，老彭决定自己动手做饭以来，大家已经"白吃"三次午餐了，每次都是荤素齐全，甚至有一次还炒了麻辣鸡，算下来这也是一笔不小的开支。尤其是联想到买鸡"给没给钱"这个小插曲，几位同志都若有所思。那位老同志又说道："这个问题需要高度重视，监督的探头不能只照别人不照自己！"

回村后，大家围坐在国旗下的台阶上，针对该不该缴纳生活费的问题讨论了起来。此时，老彭看大家都围在一起嘀嘀咕咕，一边用腰间的围裙抹了抹手一边说道："有什么重要的事情吃完饭后再谈。"贫困户石大哥一看见老彭便说："彭书记，你的同事要给你饭钱！"老彭一愣，问道："什么饭钱？"大家便把给饭钱的想法告诉了他，老彭这才明白是要和他算"经济账"，急忙挥手说："别给别给，都是几个家常菜，值不了多少钱。"大家围着他从扶贫领域作风建设的大道理讲到农村微腐败的小案例，好说歹说老彭就是不依，执意不收饭钱。

正在僵持不下时，工作队的一位同志说："彭书记，别推辞了，我认为生活费不仅应该给，还应按标准缴纳。不仅你的同事们要给，我们驻村工作队队员也要给，村'两委'搭伙吃饭的同志也要给。扶贫干部应严格遵守纪律和规矩，于纪于法都要给，这关系到党风廉政建设，当然彭书记你也应该给我们出个收条。给不给生活费看上去是小事，其实是关系到干部作风的大事。"

记得有句话说得好：搞一次特殊，就降低一分威信；破一次规矩，就留下一个污点；谋一次私利，就失去一片人心。考虑到村上生活不便，大家一致决定每顿生活费按出差一天的餐补标准计算，4个人3次午餐补缴了生活费600元，连带当天的生活费200元一共800元给到老彭手上，其他人员按相应标准把钱塞给老彭，老彭也给大家出了收据。

我所经历的脱贫攻坚故事

  立党为公一心为民最重,执政为民清正廉洁为要。那天中午,麻辣鸡、青菜豆腐汤,大家吃得格外香!

(作者:农发行巴中市分行　屈　洋)

■ 第一书记亲授"花椒经"

■ 第一书记走访贫困户建立"民情台账"

并肩奋战助力脱贫
携手攻坚情满杉乡

2020年3月3日，是一个值得23万锦屏人民永远铭记的"里程碑"式的日子。

这一天，贵州省人民政府发布公告，锦屏县与其他23个县一道提前一年退出贫困县序列。位于苗岭深处、清水江畔的"杉木之乡"锦屏县，与全省大部分县市同步彻底撕掉了千百年来的贫困标签。

作为一名农发行派驻一线的"80后"青年，我有幸经历了这一历史时刻，从农发行贵州省分行党群部门到脱贫攻坚一线，结缘于两年前那次不一样的出差。

缘起：别样的出差

"来，绍帆，你把那台显示器递过来，我卡在这里，就不会晃了。"2018年10月31日早上，在贵州省分行大楼下，省分行司机陶师傅带着我，把200册图书和8台全新电脑，小心翼翼地放进越野车的后备厢和后排座位上，准备前往黔东南州锦屏县。

作为曾从事多年宣传工作的我，这趟出差，因为没有像以往那样带着相机、镜头、三脚架等一应设备而显得有点别样。

两个体重加起来超过400斤的胖子，在狭小的空间里辗转腾挪、细心码放，画面颇有点滑稽。但我俩谁都不敢大意，我们清楚，这一车带去的，不只是电脑和图书。这车物资与此前已由供货商送抵的50套课桌、36套校服、12套工装一起，是全省农发行系统一千余名干部职工对锦屏的关心、关注和对平金小学全校174名师生的关怀、关爱。

平金小学，地处锦屏县三江镇平金村，建校80余年，有6个教学班，教学辐射7公里，服务当地4个自然村寨620户农户2390人。在校的162名学生中，建档立卡贫困学生

37人，占比接近四分之一。此前，贵州省分行工会到该校调研，发现学校图书陈旧、种类较少、质量不高，难以满足师生阅读需求。

扶贫先扶智。当年8月，经请示贵州省分行党委同意，省分行工会、团委联名向全省干部职工发布了倡议书《与君同援手　山院满书香》，号召全省农发行人携手捐助平金小学爱心书屋，1358名干部职工捐款总计6.69万元，其中5万元物资捐赠平金小学，省分行工会还整合往年捐赠结余，捐赠现金3万元至锦屏县慈善总会，全力助推脱贫攻坚。

而这，仅仅是当年贵州省分行党群工作处发起的爱心捐赠活动之一。仅2018年，党群工作处就先后以女工委、工会、团委名义发起爱心捐赠3起，累计动员干部职工开展爱心捐赠3154人次，捐款总计21.16万元，全部用于支持脱贫攻坚。

在平金小学捐赠仪式的筹备现场，我目睹了那些换下来的破旧不堪的课桌：原木桌面坑坑洼洼，斑节早已脱落，零零星星的小孔洞恰似一双双渴望的眼睛，紧紧盯着教室的天花板；有的桌腿断裂后仅用钢丝捆扎继续使用，深嵌进去的钢丝已经锈蚀，不知用了多少年月……很难想象，这些长在苗岭腹地的共和国花朵，用一双双稚嫩的小手，是怎样艰难地在这样的课桌上书写充满希望的将来？

不忍细看，不及细思，背过身去，七尺男儿的泪花在眼眶里不停打转，差一点就滑落下来。可谁也不曾料想，正是那一次别样的出差，在我心里埋下了一颗种子……

2019年6月末，贵州省分行号召青年员工报名驰援扶贫一线，我毫不犹豫地向组织提交了申请。"党有号召，团有响应。在脱贫攻坚的关键时刻，积极投身一线，是我们团委应有的担当。虽然我们处只有三个人，但你放心去，处里的困难，我来想办法。"省分行团委书记、党群工作处处长汤宏源给予了充分的鼓励。7月2日，省分行党委明确派我到锦屏县驻点扶贫，我妻子于春红也辞去了贵阳的工作，带着不满6岁的儿子和我一起奔赴前线……

攻坚：同样的奋战

"爸爸，还有多远……"最后一个"啊"字还没来得及说出口，我的儿子杨承佑就在后排安全座椅上呕吐起来。2020年1月1日，从锦屏县城赶往平秋镇的路上，从来不晕车的儿子再也没能扛住最后的500米，哇哇哇地吐。

蜿蜒的山路、破损的路面，加上能见度不足15米的大雾，22公里的车程，开了整整90分钟。这一趟出行，是要到锦屏县海拔最高的平秋镇和彦洞乡，实地查看锦屏县支行贷款支持的农村人居环境改善项目建设情况。

下篇 | 并肩奋战助力脱贫　携手攻坚情满杉乡

■ 蜿蜒的山路和大雾

头一天，是年终决算日，算得上银行人的"除夕夜"，是一年到头经营"成绩单"出炉的日子，对银行人而言，是最振奋人心的时刻。但在锦屏县支行的会议室里，没有欢呼雀跃，支行行长王芳渭有序地安排："秦（小军）处长、唐（鲲鹏）处长去固本乡；我和陆显红去偶里乡；欧永辉、姚礼霞，你们俩负责隆里、钟灵2个乡……"现场查看，两人一组，每组负责1至2个乡镇。锦屏全县15个乡镇，支行彼时在岗职工仅9人，人手根本安排不过来。"咱农发行是一家人，行里的事就是家里的事。"总行来的帮扶小组组长秦小军经常这样说。那一晚，帮扶小组4人全部到位，积极配合支行的统一安排。由于实在缺人手，我带上爱人组成一组踏上了实地查看之旅。

■ 我们一家三口在罗丹村

我所经历的脱贫攻坚故事

到了平秋村，稍稍缓过来的儿子问我："爸爸，为什么我们要在这冷天，爬这坑坑洼洼的弯路来这里？"

孩子的问题，我一时半会儿也讲不清楚。"不只是路不好走，这里还有很多地方需要建设，这就是扶贫的任务。建设好了佑佑来这里就不晕车了。"我向孩子解释。

当日核查的内容是锦屏县支行贷款2.4亿元支持的人居环境改善项目，覆盖全县15个乡镇，惠及全县贫困人口20701人，涉及乡村的每家每户，是全县提升脱贫指标"三率一度"中"群众认可度"的重要举措。此项，仅仅是支行支持锦屏脱贫攻坚的一个缩影。

数据显示，自2017年10月17日正式开门营业以来，锦屏县支行累计投放精准扶贫贷款14.37亿元，支持脱贫攻坚项目建设8个，涵盖易地扶贫搬迁、教育扶贫、江河治理、生态修复等众多重点民生领域，服务全县建档立卡贫困人口40832人；建成移民安置点7个，搬迁群众17900余人；新建锦屏第四中学，解决2000余名搬迁学生就读问题……这些数据，在锦屏县支行不胜枚举，每个员工都如数家珍。

携手：花样的青春

"罗帮何，3300元！"

"刘见华，10537元！"

"刘和平，48631元！"

……

2019年9月3日上午，锦屏县敦寨镇罗丹村村委会4楼会议室，在"罗丹梨不了"金秋梨线上销售收入发放现场，锦屏县杉乡文旅公司当场向30余户种植金秋梨的果农发放现金收入24.06万元。

其中，果农姚本兰实现销售收入4.86万元，成为当天收入发放会的"冠军"，全年售果收入7万余元，是上年的2.1倍。罗帮何、刘坤学、刘坤源……大伙儿或忙不迭地数着刚刚到手的现金，或交流来年的种梨打算，乐得眼睛都眯成一条缝，脸上的笑容迷人而可爱、自信又从容，不禁让人想起那一句——"幸福生活比蜜甜"。

更让罗丹村村民振奋的是，在驻村第一书记秦小军的带领下，农发行援建的果园水窖已正式投入使用，解决了全村500余亩金秋梨种植缺水问题；同样是由农发行援建的罗丹村水果保鲜冷库也已于8月8日正式建成投产，库容总计1200立方米，已向当地果农收购金秋梨近10万斤；经过连续两年实施果品提升工程，罗丹村金秋梨的糖度从2018年的7提升到2019年的11，再提升到2020年的14，质地更细腻、口感更脆爽，收购价格高于市场平均水平，全村223名建档立卡贫困户在这一产业的带动下实现全面增收。

下篇 | 并肩奋战助力脱贫　携手攻坚情满杉乡

■ "罗丹梨不了"金秋梨

■ 农发行援建的果园水窖

"我们村的金秋梨真正实现品质提升，要感谢霍老师的指导咧！"罗丹村村主任刘明祥说。他口中的"霍老师"是一名来自山西朔州的农技师、"90后"小伙——霍良。

霍良原来是山西一家农牧公司的技术员。2019年，经秦小军对接联系，罗丹村从山西引进多肽有机肥试点土壤改良。同年5月，霍良受邀来到罗丹村开展墒情检测、施肥配剂，指导村民清园蔬果、实施水肥管理……一套完整的水果种植精细化管理方案在罗丹村逐步推开，他这一干就是5个月。

2019年7月下旬，我出差到锦屏，经组长秦小军引荐，与霍良相识。两个同样从山沟沟里走出来的年轻人，在锦屏一见如故，在思想交流中碰撞出了"罗丹梨不了"这个品牌。

此后的日子里，从9月初我刚来报到至10月末霍良返晋，短短两个月的时间，无论是他从村里到县城对接线上销售，还是我随同到村里调研走访，两颗年轻的心、两个青年就聚在一起、聊在一起，从农技支持到乡村发展、从乡间趣事到脱贫攻坚、从职业规划到青年理想……无话不谈、越聊越深。

2020年5月初，我接到了霍良的电话：

"杨哥，我到锦屏啦！"

"这次准备待多久？"

"这次来，就不走啦！"

"真的？"

"真的！我工作都辞啦，准备到林总公司上班呢。"

原来，我们全家赴锦屏扶贫的事情深深触动了霍良，加上经过上一年的实践，他也深知罗丹村乃至锦屏全县农业产业的发展确实需要技术。

"广阔天地，大有可为！"不曾想，聊天中无意引用的一句话，引得他萌生想法，毅然辞职离家，远隔万里关山，选择长驻锦屏。经帮扶小组对接，霍良入职锦屏县杉乡文旅集团，成为该公司派驻罗丹村的专职技术指导员，也是帮扶小组帮助引进特殊人才的第一人。

在罗丹村果园里，我问他："从'引进来'到'留下来'，有啥感想？"霍良笑着回答："在这里，能干我喜欢的事，这是最开心的事。我要把青春融进这片雪白的梨花。"

抗疫：别样的战役

"战贫"刚刚获得阶段性成效，新冠肺炎疫情风险又疾疾袭来，保障群众安全、阻击返贫风险——一场叠加的战役悄然打响。

2020年2月7日上午，随着最后一个标有韩文的包装纸箱运抵锦屏县红十字会，农发行捐赠锦屏县的20箱口罩全部到位，共计4万只。"感谢农发行及时援助，在困难时刻帮了我们的大忙啊！"锦屏县副县长龙咸勇在盘点现场对我们说。

回溯到1月25日（正月初一）。锦屏县委、县政府连夜发布《关于调整春节放假时间的通知》，要求干部必须于2020年1月27日全部到岗到位，正常上班。"疫情就是命令，防控就是责任。"我们小组成员未等通知，全部主动放弃难得的与家人团聚的时光，匆匆赶赴锦屏防疫一线。

我和总行来的唐鲲鹏在大年初三就准时回到工作岗位。当时，与全国大部分地区情况一样，锦屏也已"一罩难求"。我们从街道卡点了解到，值守人员两三天才能领到一只一次性口罩，紧缺程度可见一斑。黔东南州分行来的潘贵平得知情况后，立即遍访凯里各大药店采买口罩等防护用品。

在由京返锦的高铁上，秦小军组长与我们多次电话沟通，强调："越是在紧急关头、关键节点，越是在严峻挑战下、特困环境中，越要践行党员的初心使命，彰显农发行的政治担当。我们不是医护人员，缺乏专业医护知识，但我们要充分发挥组织优势并挖掘自身资源，及时主动协助县委、县政府协调解决防疫物资紧缺的问题。"

1月27日晚，我们小组连夜启动"万只口罩援锦屏"行动，明确从农发行对锦屏的特困专项捐赠资金中拿出10万~15万元，坚持"多、快、好、省"的采购原则，在3万~5万只范围内，自行交流确定采购事项，加紧采购。

"功夫不负有心人。"为不占用国内资源驰援湖北、支持武汉，小组决定委托经我大学校友帮助联系的北京某公司直接从韩国进口。

渠道已找到，又遇新问题。在资金汇划上，春节假期各家银行尚未营业，等待营业再行付款将错失采购机会；在付款方式上，渠道商明确"不接受对公账户结算""先款后货""一次性付清"；在风险预估上，采购缺乏第三方监督、从威海港进

■ 采购防疫物资

口清关时间不明确、货运途经多个省市恐被征用……一系列的问题接踵而来。疫情当前，诸多风险，这可怎么办？

"口罩采购，效率为上；若有风险，自行承担。两横一竖，就是干！"打定主意后，我连夜通过手机银行转账先行垫资12.5万元迅速采购5万只口罩，其中4万只捐赠锦屏县红十字会，余下部分由帮扶小组统筹捐赠帮扶联系村寨。

疫情发生以来，农发行捐赠物资折价总计53.64万元，占锦屏全县金融机构捐赠的71.4%。贵州省分行专门向锦屏捐赠抗疫资金10万元。省、州、县三级行紧急联动发放锦屏县首笔疫情防控贷款133.736万元，累计向锦屏发放疫情防控贷款893万元，支持医疗设施建设、应急调控粮油采购等。

在金融机构助力锦屏县疫情防控工作中，农发行捐赠次数最多、捐赠力度最大、贷款投放最快，新华网等中央主流媒体以及省、州、县三级党媒先后以《铁军利刃斩穷根》《农发行向锦屏县捐赠口罩4万个》《"疫"线担当 实干为民》《秉家国情怀 解燃眉之急》等为题，展开专题报道。全县唯一确诊病例为武汉务工返乡人员，已于2月24日康复出院；复工复产有序推进，复商复市基本完成，各学段学生全面复课。锦屏的疫情防控阻击战取得较好成果，顺利保障了脱贫攻坚的进程。

秉承家国情怀，担当扶贫使命。"把耽误的时间抢回来，把遭受的损失补回来。"农发行"四融一体"全面发力，2020年仅用时6个月，就全面超额提前完成了定点帮扶锦屏的全年8项指标，进度和强度都是帮扶以来之最。其中，投放信贷资金2.11亿元，完成率211%；系统内投入、系统外引进无偿帮扶资金分别为979.18万元、1037.06万元，分别完成122.4%和148.15%；帮助引进企业投资500万元的任务，全部落实到位；培训技术人员711名、基层干部233名，分别超出目标任务58个和45.63个百分点；系统内采购锦屏县农特产品147.35万元，完成113.35%，帮助向系统外销售锦屏县农特产品115.44万元，超出目标任务15.44个百分点。

数据平淡，帮扶情浓。"四融一体"托起的是23万锦屏父老乡亲对早日脱贫解困、早日战胜疫情的殷殷期望，凝结的是总行党委对定点帮扶锦屏的关注与关心，聚集的是贵州省分行党委对锦屏的关怀与厚爱，展现的是农发行人团结一心、携手奋战的集体意志，善打硬仗、能打胜仗的优良作风，决战脱贫、不胜不休的责任担当。

在暂离党群工作岗位的300多个日子里，在脱贫攻坚的接续奋战中，我们深知，定点帮扶锦屏县脱贫出列，不是最终点，而是新起点。脱贫巩固、产业发展、百姓致富……脱贫攻坚结束，乡村振兴启程，苗乡侗寨的腾飞征途如虹，定点帮扶的重任依旧在肩。没有豪言壮语，唯有满腔热血，化作简单一句：脱贫攻坚有我，我是农发行青年。

（作者：农发行贵州省分行党群工作处 杨绍帆）

奋战一线的扶贫伉俪

  直到2020年7月14日，55岁的岳父与世长辞，我和妻子杨兰才发觉，已经很久很久没有好好陪伴父母了，而这场猝不及防的生死离别，却不允许我们有更多的悲伤。为岳父治丧完毕，与妻子简单地相互安慰后，我们再一次出发，分别奔赴遥远的傈僳山寨，继续前行在相隔两地的扶贫之路。

在不是家却胜似家的乡村，一次次相聚又离别

  我与妻子同进退参加扶贫行动，更先走上扶贫之路的是妻子杨兰。2012年她成为一名普通的乡镇公务员，从走上岗位的那天起，她就扎根在了基层一线。2016年，随着脱贫攻坚号角全面吹响，妻子杨兰肩上的担子也越来越重。那年，我们新婚不久，每逢周末，我都要翻山越岭去妻子所在的永胜县光华乡看望她，年轻的我们，在不是家却胜似家的乡村一次次相聚又离别。

  在妻子参与脱贫攻坚行动时，我也开始和同事接触脱贫攻坚的项目，参与农发行宁蒗县支行和国家级贫困县宁蒗县政府合作的人居环境提升、四类人群农危改、脱贫攻坚补短板、易地扶贫搬迁等脱贫攻坚政策性金融支持项目。但真正让我投入脱贫攻坚一线的，还是妻子与女儿对我的影响。

  随着脱贫攻坚行动持续深入，原本周末相聚的时间，成了我们各自加班的时间。2018年，原计划孩子断奶后可以交付给岳父岳母，可不幸的变化来临，岳父被查出胰腺肿瘤。由于正带领乡包村工作人员、村委会及驻村工作队队员开展入户调查，同时柯乐村产业发展正进入关键期，妻子无法抽身，只好带着女儿走村访户，只能由我请假陪着病重的岳父去昆明作进一步的检查。唯一夫妻二人共同陪岳父是在成都华西医院做手术。然而，就在岳父手术期间，我的父亲也住进了大理大学第一附属医院。两边都是至亲，我们小两口觉得天都要塌下来了，岳母不得已带着孩子来到成都照顾岳父，我俩又带着孩子赶回大理看望父亲，短暂相聚后又回到了各自的工作岗位。

我所经历的脱贫攻坚故事

  乡政府通往柯乐村的乡间小路坡陡、弯急,一小时的路程总是让孩子晕得小脸泛白、呕吐反胃。晚上如果开会,妻子只能带着孩子参会,头几次孩子总是在会上牙牙学语,妻子顾不及尴尬,想方设法让她安静,记不清孩子有多少次在会上睡着。妻子只能默默流泪在电话里说道:"可以忍受颠簸漫长的山路,废寝忘食一遍又一遍地入户调查、开会、帮贫困户搬家和打扫,可就是不能忍受孩子在身边跟着受苦。"我听着心疼不已,但第二天夫妻俩又会各自走向没有硝烟的脱贫攻坚战场。

■ 郭俊伟正在为贫困户搬砖

■ 郭俊伟工作照片

爬不同的山，涉不同的水，走相同的路

2019年3月，我也加入了扶贫一线的工作，进驻了农发行宁蒗县支行的扶贫挂钩点——金棉乡龙通村。这个距离县城3小时山路的山村，是一个新中国成立前还处于原始共耕制的村落，贫困程度深、生产条件差、发展难度大。一开始，我不知道如何将这个消息告诉妻子，但几次内心挣扎后，我还是向妻子开了口。"我要去驻村了。"电话另一头，沉默稍许的妻子简单说了句："既然选择了就好好干，我支持你！"

此后，我和妻子的电话里除了孩子，更多的话题就是扶贫。妻子告诉我，她所在的永胜县光华乡柯乐村试种的牛尾山药已全部获得成功，产业发展又有了新希望，村里的农户都已住上安全稳固的住房，易地扶贫搬迁25户建档立卡贫困户在她们的努力下都搬迁到了柯乐村阿尼定集中安置点。我则向妻子说起农发行已向宁蒗县发放12.5亿元的扶贫贷款，在遍访龙通村362户人家的过程中有了太多的第一次。

扶贫之路有太多故事。我们忘记了女儿三岁生日；岳父胰腺癌复发，只有岳母每月带岳父去昆明化疗……其间有悲伤和无奈，也有太多值得铭记的收获和成长。

妻子杨兰所在的柯乐村村委会已发展山药165.8亩，发展魔芋229.6亩；全村建档立卡贫困人口中劳动力人口有550人，外出务工303人，实施易地扶贫搬迁26户124人。2020年4月光华乡通过国家验收，永胜县整体脱贫。而我所在的龙通村，截至2019年底，由2014年贫困发生率57.5%降至2.37%，共脱贫186户676人。

在扶贫之路长大的女儿口中时常会说"扶贫""视频会""党员带头""贫困户"等词汇，也许多年以后，女儿不曾记得外祖父的模样，但扶贫路上的点滴，会成为她最珍贵的童年记忆，而这也是我和妻子选择的最具意义的人生经历。

（作者：农发行宁蒗县支行　郭俊伟）

我所经历的脱贫攻坚故事

一篮子鸡蛋的故事

当太阳静静照在狭窄的山乡小镇，照在社区居委会门前那条笔直的柏油马路上，有大货车为工地搬运材料的轰鸣，有附近村民赶去庄稼地里驾驶的三轮摩托的咆哮，偶尔还有七嘴八舌的话语混杂着忙碌纷沓的脚步声……所有的一切，都彰显着这座山乡小镇从沉睡中醒来的喧嚣与繁华。

我刚陪同农发行来帮扶的同志回到办公室坐下，见一个头上包着粉色布帕的妇女走进了我的办公室，后面跟着一个瘦高的男孩，约莫十七八岁的光景，稍卷的黑发下一张偏长白嫩的娃娃脸。

"施大嫂，到这里坐吧！"我走过去，指着身旁的黑沙发说道。

"请喝水。"我从热水器上依次接了两杯直冒热气的开水，放在她们面前的茶桌上。她问道："你是农发行派来的驻村扶贫工作队队员董老表吗？"我点点头。

"来的路上想好了，找的就是你，你可要帮我们家作主呀！"她打开了话匣子，接着说："董老表，你晓得我们家的扶贫联系人？"我说当然晓得，就是我们单位的老崔啊。

"对对对……就是他，平常一副笑脸，下村时管我们叫'老乡'的。今天找你，就是让你帮忙调解一下我家与帮扶人老崔的事。"施大嫂扑闪着睫毛连声说道。

"什么？"我绷紧了神经，一头雾水。

"事情是这样的，老崔一直是我们家的贫困帮扶人。一年前这娃娃技校毕业，是他跑腿操心，帮我家落实的工作，老崔不仅帮了娃娃，连我老倌的命也是老崔捡回来的。"

"没那么夸张吧？"我有点瞠目结舌了。

"记得去年立夏栽种节令，有天晚上老倌忙完庄稼地里的活计刚回家，突然嚷嚷肚子疼，跟着像四五岁的娃娃一样满地打滚，脸色都变了。当时煮饭的我吓傻眼了，后来冷静一琢磨，想起老崔多次留下的话：'甭客气，有困难可以找我。'我不得已连忙拨打了电话。老崔说别急，赶快送人到医院，把老倌连夜送到了州医院。到了那里我人生地不熟，是老崔跑前跑后，找熟人帮忙，才及时做了阑尾切除手术，捡回来老倌的命。真是好人哪！"

施大嫂的情绪似乎又激动起来，声音控制不住地颤抖着说道。

"老崔以前还资助我家钱买过猪崽，叫我们好好养殖，搞活生产，不能灰心，家庭的困难是暂时的，只要大家共同努力，一切都会好起来。多贴心的话呀，听着心里暖呼呼的。其实他也一直就这么做了，每次来探望，不是提上一桶香油，就是扛来一袋大米，从没空过手。这些年过来，老崔帮了咱们家很多很多，我和老倌都是耙田种地的，两人商量来商量去最后决定，老崔的家庭也是上有老下有小的，干脆提一篮鸡蛋表表心意。"

"事情就出在这篮鸡蛋上。"

"什么？"我疑惑地瞪大眼睛，不敢相信自己的耳朵。

■ 崔庆工作照

"那天把鸡蛋送到老崔面前，老崔拒绝了，说自己是国家公职人员，有铁的纪律规定，不能违反，经不住我和老倌再三软磨硬泡，他才勉强答应下来。随即他从衣袋里摸出两百元钱递了过来，我们连忙摇头，他却放下钱就跑开了。"施大嫂陈述着过程，又接着补充道，"可事情还没有完……"

"前几天老崔下村来，他说这次驻村工作队队员进村入户有两件事情：一是调查建档立卡贫困户的收入情况，二是叫我们着手准备集镇统建安置房的搬迁入住。"施大嫂的睫毛飞快地闪动，真是应了那"喜上眉梢"的成语。"这次老崔仍然拎了一床棉被，嘱咐着马上要过冬了，应该用得上。我们晚上唠唠家常，第二天他就回单位了。"

"那后来呢？"我饶有兴趣地问道。

"也就在昨天，我们铺开那床被褥，发现了这些……"

施大嫂一边说着，一边从肩上的挎包内摸出一张红色的纸条递了过来。

这是一张折叠成方形的纸条，我把它放在桌子上，小心翼翼地铺展开来，顿时映入眼帘的是两张显眼的百元钞票，纸上还有游龙走蛇的潦草字迹，我好奇地阅读起来。

"老乡，感谢你们全家这些年来对我工作的支持，里面的钱不算鸡蛋钱，请别再纠结，是我的一点心意，望理解收好。你们熟悉的老崔。2018年10月。"

我又把钱及纸包叠成原来的样子，递还给施大嫂。

"不……不不，董老表，这钱我们家不能收，这事你得帮忙调解调解。"

施大嫂连忙摆摆手，还没等我作出任何解释，便唤上身边的儿子，骑上摩托飞也似地离开了。

我追出门，望着他们消失的背影，手里捏着的钱还感觉留有余温。在艳阳普照的天空下，我胸中有一股莫名的涌动，眼眶似乎渐渐地潮湿、视野渐渐地模糊了……

这200元钱足足在我手里拿了三个多月才以其他方式送给了施大嫂。

在扶贫路上，感人的故事还有很多，除老崔还有老李、老王等诸多同志。他们的爱心就像一股春风，温暖着每个贫困户的心房；他们的关爱像是一支火炬，照亮着每个贫困户的行程。

（作者：农发行楚雄州分行　董志坚）

"亲人"给予的心安

"羊啦肚子儿手啦巾哟，三道道格蓝，咱们见格面面容易，哎呀拉话话的难。"站在王化家沟村村口，我听到这熟悉的声音，灵魂和心都是安宁的。

2018年夏天，在有幸加入"四支"帮扶队伍后，我终于懂得了爸爸常教育我的一句话：一切有利于人生的正向体验，都值得你去尝试且为之付出。初到王化家沟村的我，新奇和尴尬并存。新奇的是陕北高原的"特产"并未将黑皮鞋的亮度稍减一分；尴尬的是导航一直提示目的地就在附近，可是我原地转圈怎么也找不到。在与三位贫困户见面沟通后，我又增加了太多的不知所措——语言不通！我说："爷爷您好，我是晓晓，是您的新帮扶干部。"爷爷和奶奶回答："啊？啊？你这个'心儿'（当地人对孩子的昵称）。"在反复解释自己不叫"心儿"而没有回应后，我瞅着包里的扶贫档案，越加发愁，愁到在前往贫困户家的路上被"秋老虎"打趴下了，然后被赶集回来的任爷爷扶上三轮车喝藿香正气水。但就是因为这次经历，我才将不知所措和反感丢掉，得到了两位"亲人"。

任爷爷家是村里有名的干净整洁户。屋里面，任奶奶即使腿疼难安也每天坚持打扫。屋外面，任爷爷不仅将菜园子打理得井井有条，而且将土墙都修整得有棱有角。在2019年春节慰问时，我看到任爷爷一脸发愁，但是了解他老人家有革命精神，从不在外人面前讲困难，所以我也没有多问。进屋坐暖炕上和任奶奶聊天才知道，他们家积压了一窑洞粉条卖不出去，时间太久容易变质。曾见过他们左手拿漏瓢右手拿小棒槌一下一下敲打漏粉的画面，我能体会、感受到他们言语里的可惜。我当即就说："我买，先给我来80斤，今年过年拜访亲戚就送清涧粉条！"任爷爷吼道："年纪轻轻就知道乱花钱，你能吃了那么多粉条？"我笑着说："我不吃，我给我爸妈还有亲戚们买，让他们尝一尝！"任爷爷瞅了我一眼说："又在骗我们！城里人谁稀罕这东西！"

其实话说出口我就后悔了，一位每天将中山装穿得有棱角的人，怎么会不懂我话里的意思呢？最后我以没见过老窑洞仓库为理由骗任奶奶打开仓库门，偷偷拍了几张照片，顺手将照片和上次漏粉的视频剪辑发到朋友圈，没想到带来了迄今为止都让我感到很意外的收获。亲戚们责怪我没有把这么绿色健康的食品带回家，常年在东北开饭店的朋友责怪我为什么不将粉条卖到东北，系统内同事们责怪我这种事情怎么不早点告诉他们，等等。一系列的责怪和订单汹涌而来。

第二天，当我拿着列好的清单告诉任爷爷这一消息时，他还是一副年轻人就知道骗老年人的模样。好在机智的我让每一位朋友在下订单的时候发了一段语音，以此来证明我的"清白"。我将每一段语音或者视频播放后，任奶奶说："年轻时期就轴，老了还一个样！吼人家'心儿'干啥，一天帮咱还帮错了？"任爷爷诺诺地说："我不是怕她乱花钱嘛，每次来的时候这'心儿'拎着几袋东西，走的时候就一个包，一口一个爷爷，一口一个奶奶，叫得多亲，今年这'心儿'看咱们的次数比家里面那两个都多……"

■ 和任爷爷、任奶奶的合影

我拍了拍任爷爷的肩膀说："我爷爷在我初中的时候生病去世了，他也爱穿中山装，也是个怪脾气，和您一样。再说了，人和人是相互的，你们老两口做清涧煎饼的时候不也打电话叫我来吃吗？我虽然是你们的帮扶干部，但我还是你们的孙女呀！孙女不疼爷爷？毛主席可没这么说过！"任爷爷着急地拍了我一下说："你这'心儿'，毛主席肯定没说过这话！不敢胡说，国家现在的政策多好！"任奶奶大笑着说："能不好吗？都让你白捡了一个孙女！"任爷爷一边下地穿鞋一边说："那可不！"短短半个月的时间，一窑洞的粉条就空了一半，看到老两口脸上洋溢的惊奇、满足的笑容，我感觉到了一种莫名的幸福感和成就感。

  作为一名年轻帮扶干部，我从不觉得扶贫工作是一项压在我肩上的重担，反而觉得它是我幸福、快乐的源泉，因为我在两年多的扶贫经历中收获了两位"亲人"。"亲人"永远都是我最在意的人，不是吗？

  远方再次传来熟悉的陕北民歌，此刻它不仅是地方文化，更是我心中的"平安灯"。

（作者：农发行清涧县支行 郝晓晓）

心怀家国情，扶贫曲共鸣

魏家鸣，中共党员，农发行富平县支行副行长、大荔县羌白镇布头村驻村扶贫第一书记兼驻村工作队队长。2018年4月，他积极响应农发行渭南市分行党委号召，身揣一颗火热之心、秉承浓浓家国情怀，投身驻村扶贫一线。他用心用情帮扶183位建档立卡贫困群众，用真心扶真贫，用真情扶真困。他2019年6月被大荔县羌白镇党委评选为"优秀共产党员"，2020年3月获评农发行陕西省分行"2018—2019年度脱贫攻坚先进个人"。

他是群众眼里的"实在娃"

"这么年轻又是个'城里娃'，能把村里的活干好吗？"起初，一些村民带着怀疑的眼神，甚至心里还有所戒备，对这位年轻的驻村第一书记并不信任。但魏家鸣没有气馁和退缩，而是用实际行动一步步拉近与村民的距离。

布头村所辖7个村民小组，有695户2969人，其中建档立卡贫困户54户183人。他深入调查研究，熟悉村情村貌，听取群众心声。他充分征求村"两委"意见，为每一户贫困群众精心制订帮扶计划。除去开会及汇报工作的时间外，魏家鸣坚持每日必到贫困户家中帮助收拾院落，到田间地头和群众一起下地干活、生产劳动。谁家家里几口人，几亩地，种的啥，收入多少，家里人身体怎么样，住房情况如何，他都能"一口清"。

为了改善村上落后的基础设施，他多方奔走、不遗余力，帮助村上修整生产路12公里，硬化巷道、埋设管线、改造排水3公里，新打机井21眼，联系农信社发放贴息贷款50万元新建大棚50亩……

现在，村民们见到魏家鸣时，总是热情地和他打招呼、拉家常。大家都愿意对魏家鸣敞开心扉。

他是群众称道的"贴心人"

在魏家鸣心中,群众再小的事也是大事。他常讲:"把群众身边的小事解决了,群众才能信任你。"

2019年底,田会蕊反映新桥村村民孙仓合欠自己西瓜苗款1700元,王马村代办商黑娃欠自己胡萝卜销售款4000余元,由于近期亲戚家红白喜事较多,欠款要不回来,彩礼钱都不够,想让村上帮助索要欠款。

得知这一情况后,魏家鸣立即带着田会蕊,几次三番到王马村黑娃、新桥村孙仓合家中索要欠款。"功夫不负有心人",田会蕊将近6000元的欠款全部收回。

2020年5月初,党水云到村委会反映忘记银行卡密码,丈夫去世遗留的惠农卡和自己银行卡里的钱都取不出来。魏家鸣立马带党水云到羌白镇信用社重置密码,先将党水云自己卡中的1100余元取出。后得知因其丈夫已去世,丈夫银行卡里的钱属于遗产,需要进行公证后才能取出,又马不停蹄地带着党水云到大荔县公证处办理公证手续。但因其女儿已出嫁,无法到场,公证程序未能顺利完成。第二天,他又与村镇领导等一道,带党水云到羌白镇信用社进行协调。由魏家鸣、村镇领导等进行担保,党水云终于将丈夫遗留的6500余元取出。

受新冠肺炎疫情影响,夏耀帮家种植的莲花白销路受阻,眼看就要烂在地里。魏家鸣得知后,及时向渭南市分行领导汇报,经联系对接,2020年5月12日,他和夏耀帮一起拉着1500斤莲花白,送至大荔县官池工业园区大荔牧原农牧有限公司,为夏耀帮增收700元。

得知大荔牧原农牧有限公司招工,魏家鸣又立即联系贫困群众,鼓励他们去应聘。当初赵军峰态度消极,并不愿去。第二天,魏家鸣又专程来到赵军峰家,与其深入谈心交流,耐心细致地做思想工作。这一次赵军峰被魏家鸣的真诚所打动,欣然同意,最终被录用,月收入近3000元。

他舍"小家"为"大家"

2018年5月,魏家鸣妻子去医院做例行产检,被诊断为重度子痫前期,住院第二天便紧急剖宫产,儿子早产2个月,接到家里电话时,魏家鸣还在忙着入户扶贫。之后,妻子和儿子分别在渭南和西安两地住院。他只短暂照顾妻子5天,将妻子从医院接到家中后,便又返回了扶贫一线。儿子因为早产,在新生儿重症监护室住院36天,妻子身体尚未恢复,但因为忙于扶贫,魏家鸣只能每天打车一个小时往返于家和医院之间,直到儿子出院当天，他才抽出时间返回西安，将儿子接回家中安顿好，第二天又匆匆返回大荔县参加扶贫会议。

2018年11月，儿子因支气管肺炎住院治疗。由于出生时住院太久，孩子身上没有一处好的血管可供打针，每次扎针都要试三四次。妻子哭得不能自已，他却只能忍着担忧，利用周五晚上匆匆赶往医院安抚妻子、看望儿子，心里满是对妻儿的愧疚，周六一早，他便又前往杨凌学习。

"对于妻子和儿子，我亏欠他们许多。儿子现在2岁了，我平时陪在他身边的日子屈指可数。听妻子说，儿子最近在小区院子里看到身形和我相像的男同志就会叫着爸爸扑上去。"每次想到这里，素日坚强乐观的魏家鸣难掩愧疚的泪水。

他让青春为党旗更添光彩

作为一名共产党员，魏家鸣始终坚守初心、勇担使命，坚持党建与扶贫融合发展。

在驻村期间，他积极推广党员"承诺、践诺、积分、评议"一体化管理监督模式，发展年轻党员。

■ 魏家鸣核查贫困户胡萝卜种植情况

2019年，在开展"不忘初心、牢记使命"主题教育中，魏家鸣带着党建书籍，来到身患残疾的老党员王天贵家里，一段段地把党的政策念给王天贵听，鼓励他增强脱贫信心、奔向幸福生活。

几年来，他通过渭南市分行党委协调财政及移民资金百余万元，为村上新建涝池、变压器、垃圾收集站、文化广场等；开展劳务培训，组织劳务输出，帮助贫困户促销瓜果蔬菜；争取专项捐赠款，设立"扶贫帮困基金""爱心超市"，购买化肥等农用物资……"小魏同志觉悟高，能吃苦，有担当，是扶贫战线上的好干部。"布头村村支书孙石桥说。

"服务脱贫攻坚和乡村振兴是我的职责，只要一切为了贫困群众，我甘愿奉献青春、义无反顾！"这是魏家鸣发自内心的铿锵誓言。

（作者：农发行渭南市分行　魏家鸣）

我所经历的脱贫攻坚故事

风从戈壁起　人自春天来

　　3月的新疆塔城地区额敏县乍暖还寒，但二道桥乡阔克苏村却已是春意盎然。3月24日，村民文化中心里，一面绣着"驻村帮扶结深情　情系百姓解民忧"的锦旗送到了正在这里慰问村"两委"的农发行新疆维吾尔自治区分行党委委员、副行长王涤手中。村民热依扎·哈斯叶提激动地说："阔克苏的路灯亮了，柏油马路通了，自来水流出来了，院子绿起来了，我们农民的口袋更是越来越鼓了。感谢共产党！感谢农发行！"

　　王涤对村党支部书记布丽布汗·努尔合麦提说："这是我从咱们阔克苏村村民手中收下的第二面锦旗了。"布丽布汗·努尔合麦提回答："是呀！三年前送给您一面锦旗，这次乡亲们听说您又来村里了，大家就想用这种方式再次表达对农发行各级领导和驻村工作队辛勤付出的感激之情。"

　　额敏县二道桥乡阔克苏村是一个哈萨克族聚居的村落，地处全国著名的老风口风线区，冬春两季的风力在7~10级，年6级以上的大风天气在200天以上，2014年被列为自治区级贫困村，全村建档立卡贫困户占比超过40%，贫困户年均收入不足3000元，村集体收入不足5万元。然而，自从2016年农发行塔城地区分行"访惠聚"驻村工作队来到这里，一切都发生了改变。

11个外出务工的"逃兵"

　　2017年7月的一天，阔克苏村治保主任向时任第一书记、工作队队长孙卫军反映，农发行组织外出务工的11位村民昨天晚上偷跑回来了，顿时，整个文化室的气氛凝重了起来，大家最担心的事情还是发生了。

　　5月，针对阔克苏村部分青壮年整天无所事事的情况，塔城地区分行党委专门委派一位副行长包车带领11位"精挑细选"的村民，远赴奎屯市、沙湾县两家企业考察试工，在企业用工饱和的情况下，经软磨硬泡，最终安排11位村民在3家公司就业。谁知，才短短两个月，月保底3500元收入终没能抵过"不习惯生活"和"离家孤独"的想法，11位村民全部"铩羽而归"。

　　这次失败并没有动摇塔城地区分行驻村工作队持续推进全村转移就业脱贫的决心。工作队一班人从扶贫扶智入手，首先撬开贫困户的思想瓶颈，一户一策，10月举办了一场外出务工人员表彰会，让在北京、乌鲁木齐和其他地州的外出务工人员介绍经验，发给1000元左右的奖金，承诺来年出去务工者补贴运费。有示范有引领，农户的思想有了转变。建档立卡贫困户叶尔旦·吾拉孜曾是在奎屯佰郑纺织有限责任公司务工的"逃兵"。在工作队反复开导下，现在的他已经是村滴灌带厂的岗位能手了，每个月都有4000元收入。叶尔旦·吾拉孜感激地说："工作队改变了我的思想，让我知道幸福是奋斗得来的。今后，工作队要给我多找活，我要多打工、多挣钱，要超过其他人，让全家过上更好的日子。"阔克苏村308名贫困人口中除去不具备劳动能力的人员，有166人常年在外就业务工，确实离家有困难的，优先安排到村办企业做餐厅服务员、驾驶员、超市营业员、锅炉工、厨师、美容师、微商、基建工等，2019年贫困户通过转移就业增加收入近60万元。广大贫困户已经充分享受到了转移就业给家庭带来的"雨露甘霖"。现在外出务工增收致富的比学赶帮超情景已然成为阔克苏村一道最亮丽的风景线。

打通"断头路"　大道迎小康

　　2018年6月7日，塔城地区分行驻村工作队在全面调查论证的基础上，召开了阔克苏村重点项目建设推进会，决定对让群众闹心多年的"断头路"进行拓通改造，彻底破解制约群众脱贫致富的瓶颈问题。10月1日，一条长8公里、耗资360万元的柏油路竣工通车了。在阔克苏村"挣扎"了几十年的"断头路"，只用了3个月的时间便成为"坦途"，从而结束了阔克苏村上不连接乡政府、下不连接居民区的"断头路"历史。

　　这条路修好以前，全村老百姓和工作队可以说谈路色变，心底都有无限的伤痛。这条路虽然只有8公里，但一路崎岖、低洼不平、尘土飞扬，下雨天更是泥泞难行，对每天上学的孩子以及拉运物资的车辆来说犹如噩梦一般，工作队的越野车更是行驶了不到一年就大修了。当时，整个二道桥乡流传着这样一句话："不到阔克苏村，不知道路有多难行，不深入村民家中，不知道对修路有多期盼！"

　　如今这条曾经让村民如鲠在喉的"断头路"已经成为宽敞平坦的致富大道，曾经从乡政府到村里40分钟的车程，现在只需要5分钟。村民赛力克哈力·萨依兰说："以前的路实在是太烂了，有一次给我送化肥的货车走到一半偏是不来了，我只能

我所经历的脱贫攻坚故事

用拖拉机再去转运。那时候我们没事都不愿出门,不想走这条路。现在不一样了,自行车、电动车都随便跑。"村民托列吾汗·巴塔力别克高兴地说:"现在我家门口就是柏油路,中国有句民谚'要想富,先修路',用到我们村太合适了。现在来往村子的车辆变多了,物资丰富了,价格下来了,大家都方便了,以后发展肯定会越来越好的!"

2017年以来,塔城地区分行驻村工作队不断完善基础设施建设,全力助推乡村振兴战略。累计争取项目资金817万元,先后完成了8公里通村柏油路、3600平方米人行彩砖道路、81户贫困户自来水入户等14个项目建设。塔城地区分行出资4.8万元完成环绕全村的文化墙建设,投入5.2万元购置了新文化阵地全套办公桌椅。站在阔克苏村村口,你就会看到一个充满崭新气象的村容村貌。

■ 项目前后对比照片

庭院里玉米和土豆的对话

"土豆兄弟，快一年没见面了吧？怎么胖了？""你这长长的胡子，是玉米老哥还是老叔呢？可我不认识你呀。""春天你蔫不拉几的，还让主人大卸八块种在院子里，我在房后的地里长到八九月，看到你绿油油的，还开了紫花。""原来是玉米大哥，听妈妈说过你，主人这一年没少给咱们吃好的，我胖了，你也真结实！"这里是村民赛日克·胡达衣贝尔干家的院子，有一大堆晾晒的玉米和一堆准备入窖的土豆。他们夫妇俩年轻肯干，但庭院以前一直是杂草丛生，一座废弃的旧房屋占去了一大半，人畜混杂，粪味冲天。工作队帮助绘制了庭院改造图，经过半个多月的施工，新建了卫生厕所，把生活区、养殖区、种植区分离开来，庭院整洁干净、井井有条。尤其是新开的1.5亩土豆地，每年直接带来5000元收入，无法种植蔬菜的地就种上玉米，每亩也有1吨多的产量，彻底让以前荒废的土地变为"小钱罐"。现在，赛日克家的红皮土豆已成为乡里乡亲以及周边村队抢购的越冬主要物资，每当秋天收获的时候，他家的庭院里总是热闹异常。

2016年以来，驻村工作队调查发现村民庭院面积平均在3亩以上，多的有5亩，适合发展庭院经济。但由于客观上缺乏合理规划，主观上没有经营意识，这些庭院基本没有效益。随着脱贫攻坚战略对贫困户思想认识的强化提高，工作队和村"两委"反复研究讨论，制定了因地制宜深入推进庭院改造、以种植土豆和玉米为主、促进庭院经济发展和扎实做好精准扶贫的工作措施，通过农业科技夜校培训、重点户示范先行、市场营销推广三个步骤让农户种得放心、卖得舒心。工作队还提出庭院改造不搞"一刀切"，经济作物种植和牛羊育肥不搞"一刀切"，充分发挥每户村民在养殖、种植方面的专长。阔克苏村再无一户庭院被荒芜，极大地推动了全村庭院经济发展。

热依拉的小木床

"我有自己的小床了！我们有漂亮的幼儿园了！"热依拉·托列吾汗小朋友欢呼雀跃，开心地在幼儿园里奔跑着。热依拉今年5岁，以前从来没有上过幼儿园，第一次入园，看到美丽的园舍处处涂上了漫画，和蔼可亲的老师，整齐的桌椅，洁净的食堂，热依拉和几十位小朋友打心眼里喜欢，尤其是幼儿园有一张专门属于自己的小床，这在家里可不敢想，还有大脸猫的被子和白雪公主的褥子、印着小鹿的枕头，睡在上面别提多舒心了。孩子的妈妈说："农发行工作队不仅帮助我们大人生产致富，还关心我们的孩子，我们要永远感党恩、听党话、跟党走！"

园长肯巴提·努尔别克感叹道："非常感谢党的好政策，为孩子们建成了这么漂亮的幼儿园。还要感谢农发行，感谢工作队，为我们捐赠了物资，才能让阔克苏村双语幼儿园顺利开班。"

原来，早在三个月前，在获悉二道桥乡3个双语幼儿园即将建成，但缺少课桌、饭桌、鞋柜、儿童床、食堂用具等学习生活必备物资后，驻村工作队及时向塔城地区分行党委报告，立即获得了大力支持。开园前一周，塔城地区分行捐赠的价值11万元的桌椅及相关配套设施整整齐齐地摆放在了孩子们的教室和睡眠室。一时间，农发行助力教育扶贫的好故事在整个二道桥乡老百姓中传为佳话。

五任队长身上的芨芨草精神

塔城地区分行驻村工作队有一个不成文的规矩，每次新队长到来，都要带着全体队员站在村外的芨芨草丛里拍一张"全家福"，工作队的荣誉柜上已经整整齐齐地摆放着五张合影了。这是首任队长鲁洪泽倡议的，五年过去了，无论工作队人员如何调整，工作队队长在全队发挥的头雁精神就像这戈壁滩上的芨芨草，牢牢地在阔克苏村扎下了根，任任相传、坚忍不拔、迎风挺立。2016年，塔城地委组织部将在沙湾县驻村的农发行工作队调往现在的额敏县二道桥乡阔克苏村，时任第一书记、工作队队长鲁洪泽到村里的第一天就被这里的自然环境和贫困户的困境震撼了，他在沙湾县驻村一年，已经觉得那里很贫困了，没有想到额敏县比那里的情况更糟糕。他一边熟悉情况，一边谋划发展，但更多的是带领工作队和村民与日益猖獗的"三股势力"作斗争、与乡村干部腐败行为作斗争。队员们住在一个被村民废弃的四面透风的土屋里，躺在上铺的队员夜晚可以看到星星，半夜常常被冻醒，因为雨下到脸上了。队员们每天都是在大风与窗户外塑料布的噼里啪啦声中入睡。村民们都想，这里的风这么大，工作队肯定很快就走了，因为上一个工作队就是因此撤退的。可是一年过去了，工作队反分裂、惩腐败、战严寒、斗酷暑，站稳了阵地、收获了民心。57岁的鲁队长离开工作队时，许多老村民闻讯赶来送行。就是现在，他到村里下沉工作，仍然受到大家的热情相拥。

第二任工作队队长孙卫军已经在村里住了一年，塔城地区分行党委要他当队长再留一年时，他唯一的顾虑是老父亲确诊癌症，但是看到村里开始向好的状况和仍然艰巨的驻村工作任务，他咬牙坚持下来，"我首先是共产党员，有困难党委会解决，先把'访惠聚'工作做好"。经过和一位村民反复协商，五名工作队队员搬进了条件相对好一些的扶贫房，70多平方米，虽然还要顶风打水、上茅房，可是不用再担心外出回来晒被子，不用隔几日就要从被褥里捏虫子，这已经让队员们非常开心了。仍然是一个季度才休息几天，仍然是应急状态连这几天假都取消，但是党和国家的扶贫政策一天比一天好，惠民政策一天比一天实在。每个周一村民能来村委会升国旗了，铲除腐败后的村集体开始增加收入了。一天，从远在数百公里外的乌苏传来孙队长母亲确诊癌症的消息，为了不再让员工为家庭感到愧疚，塔城地区分行党委立即研究，报请自治区"访惠聚"办公室同意，让乌苏市支行行长田桂辉速到工作队接任队长。当年秋季，孙卫军的母亲去世，队友们集体送去花圈致哀，希望队长节哀，祝愿老人无憾。

2017年下半年既是维稳压力最大的时期，也是国家加大对建档立卡贫困户扶持的时期。田桂辉长期身患糖尿病，他带领队员逐户走访，一一核实身份，特别是纳入教育培训的人员，工作事不过夜，一宿不睡、不按点就餐已经是家常便饭，甚至几天都回不了宿舍休息。他因为工作延误了一次次入院检查，塔城地区分行只好安排专人专车强制他到地区人民医院体检。就在新的工作队周转房落成之时，田桂辉确诊双肾开始衰竭，属于病危期。在乌鲁木齐人民医院，同病房的人问前来探望的行领导："他是驻村干部吧？晚上经常说梦话，都是值班和检查的事情。"

2018年8月，塔城地区分行营业部经理姜永录临危受命，成为第四任队长。面对村集体年收入不足5万元的窘境，姜永录一上任就把发展壮大村集体经济带动村民脱贫致富作为首要工作任务，从土地上做文章、向土地要效益。经过调查摸底发现，一方面该村经济基础薄弱，另一方面该村土地多年来以每亩50元、80元的价格承包给种植大户，村集体得到的收益很少，要突破这个制约村集体经济发展的瓶颈，必须增加土地承包收入。为提高承包价格，姜永录带着工作队顶住各方面压力，多次到县国土、农经等部门寻找政策依据，就提高承包价格与土地承包户逐户商谈，给承包户讲法律、讲政策，晓之以理，动之以情，最终65户土地承包户与村委会重新签订土地承包合同，仅这一项，每年就可为村里增加集体收入25万元以上。村集体收入增加了，村民也获得实实在在的收益，全村庭院经济蓬勃发展，工作队帮助村民建起了民族特色糕点烘焙房、奶制品加工合作社、绿色蛋禽生产基地，实现集订单生产、销售于一体的产业模式，确保贫困户产得出、销得掉、能增收。

2019年底，按照塔城地区"访惠聚"工作的新部署，距阔克苏村8公里的吉也克村也由农发行帮扶，塔城地区分行党委委员、副行长张英浩担当总队长和这个村的第一书记。两个村互为犄角、共同发力，推动了全乡社会稳定、经济发展。

2016年以来，塔城地区分行严格落实"队员当代表，单位做后盾，'一把手'负总责"工作机制，发挥派出单位领导作用，勇挑脱贫攻坚主体责任，积极落实好自治区"七个一批""三个加大力度"各项惠民政策。选派多名工作队员，其中大部分都是党员干部和业务骨干，派最强的力量来啃最硬的骨头。同时，塔城地区分行党委当好后盾，主要领导每年驻村调研60天以上，并且先后包联结亲贫困户10多人，与贫困农户同吃、同住、同劳动、同学习30天以上，全行员工都有结亲帮扶对象。在"访惠聚"驻村工作队的带领下，阔克苏村在2017年实现整体脱贫，所有建档立卡贫困户全部脱贫。2019年村集体收入达到53万元，是2015年收入的12倍；贫困户人均年收入达1.6万元，是2015年收入的4倍。全村脱贫攻坚成果进一步得到巩固，实现了"两不愁三保障"。

　　脚下沾多少泥土，心中有多少真情。2016年以来，塔城地区分行已经累计选派26名干部脱产驻村，全行112名干部与村民结亲。这三年中，大家在阔克苏村的扶贫工作不知道开展了多少，大家为村民真心实意做过的事情不知道有多少，这样的故事还有很多很多，点点滴滴，就像千泉之水汇成洪流，让塔城地区分行驻村工作队以初心聚民心、以实干谱新篇的真情挚意在阔克苏大地上生根发芽，正如农发行塔城地区分行党委书记、行长汪建兵所说："高质量完成脱贫攻坚年各项目标任务的责任非常重大，使命神圣而光荣，阔克苏村不仅仅是塔城地区分行全面落实脱贫攻坚任务非常重要的一个环节，也代表了全国农发行系统的意志和决心，我们有信心、有能力坚决保障阔克苏村在脱贫路上再致富，让乡亲们的生活越过越幸福。"

（作者：农发行塔城地区分行　王　磊）

芨芨滩铺上了"花地毯"

2017年的春天，我第一次来到了额敏县二道桥乡阔克苏村，这是一个自治区级的贫困村，坐落在一望无际的芨芨草滩上。这次是来认亲，给我分的"亲戚"就生活在这里，同时这个村也是农发行塔城地区分行"访惠聚"工作队的驻村点。记得那天我几乎是被漫天黄沙推搡着进了一间老墙斑驳的土房子，在飞舞的尘土里我见到了"亲戚"马地——敦厚的哈萨克族中年男人，身后是一个五口人的建档立卡贫困家庭。这两年有一句话说得挺多："认一个亲，结一生缘。"如果不是因为结亲，我可能不会踏上这一片芨芨滩，也想象不到距离我家不到百公里还有这么贫穷的小村、还有生活这么贫困的一家人。

从那天起，我的心里就多了一份牵挂，因为感动所以牵挂，从未谋面的"亲戚"在我离开时硬塞给我一包还存着温热的鸡蛋，那一股温暖至今仍在手心弥漫；从那天起，我的心里就多了一个牵挂的地方，因为贫穷所以牵挂，这个老风口风线上的村庄，几十年风沙肆虐，荒凉贫瘠超出了我的最大想象。然而，在认亲回来的路上，当我惊喜地看见路边的几棵钻天白杨在狂风的裹挟中仍然顽强地抽出一抹新绿，便想到习近平总书记说过"脱贫路上一个都不能少"，那一刻我坚信幸福一定会叩开阔克苏的大门，我也以"大风，挡不住春天的脚步"为题记下了自己第一次走进阔克苏的故事。

斗转星移，时间在我和"亲戚"马地的你来我往中已经过去了三年。大风，挡不住春天的脚步，阔克苏的春天来了吗？一起再去看看吧。

初夏，老风口的风季已经过去；五月的晨雾里混合着草香、花香、庄稼香，阔克苏迎来了一年中最好的季节。七点天蒙蒙亮，马地从羊圈里牵出一只羊，在儿子的帮衬下麻利地把羊放倒，捆住四肢，只十多分钟的时间，一只羊就分别按照烤肉和煮肉的需要被娴熟地分割好了。妻子和儿媳也陆续忙起来了，婆媳分工，架火、揉面、炼羊油，不一会儿，一个个胖乎乎、金灿灿的包尔萨克在油锅里翻滚着、欢跃着；这边，父子俩的200串烤肉将要完工，整整齐齐地码放在铁盘里。20个塔巴馕也已经用花头巾包好，像是做好了去赶一场盛宴的全部准备。

"哎，马地，准备得咋样了？"一个大胡子的中年男人把皮卡车停在大门口，探出头笑呵呵地问道。"好了，好了，马上出发。"这个农民模样的人是农发行驻阔克苏村工作队的队长。"今天可是个好日子，你们可都要把最好的手艺拿出来招待客人哟。"

什么好日子？客人又是谁？事情还得从三年前说起。

一次偶然的机会，额敏新闻中一条关于赏花经济的报道引起了工作队的注意。看似娇贵的芍药花居然能在临乡试种成功，而且还铺就了村民的致富路。常年恶劣的风沙天气让阔克苏的土地产量很低，仅仅靠这一点收成，脱贫遥遥无期。如果这里也能引种芍药花，乡亲们的生活或许会有所改变。大风地里能种活这娇贵芍药花吗？带着忐忑不安，工作队请来农业专家"号脉"，结果令人振奋，有一个耐倒伏的品种完全可以适应阔克苏的气候和土壤。问题又来了：谁来种，怎么种？芍药花要想有好的收益，必须大规模种植，但村民们的地少。此外，芍药花田间管理要求比较高，让村民自己种，如果养护不好就会影响根茎的药用品质。不如"栽下梧桐树，引来金凤凰"，把土地流转给专业种植大户，仅租金就有上万元，服务日常田间管理还能挣钱，腾出的时间村民们还可以出去打工。对于这样的计划，大家都很满意。

就这样，在农发行工作队的带领下，阔克苏的"花地毯"铺起来了，而且一年比一年大，一年比一年漂亮。每年的五月至六月，风季刚刚结束，就迎来了花季；妖艳多姿的芍药花竞相绽放、药香四溢，放眼望去，成片的花海顺着芨芨滩波澜起伏、美轮美奂，引得塔额盆地的游客纷至沓来，就连克拉玛依的游客也驱车上百公里一睹这芨芨滩上的花海。

看着接踵而至的赏花人，工作队的同志又冥思苦想：如何变人气为"商气"，抓紧近一个月的花期大力提升赏花"内涵"呢？正当大家一筹莫展时，正在村里调研工作的塔城地区分行汪行长给出了金点子，以芍药花艺术节搭台，引人气、营"商"气、聚"财"气。说干就干，在工作队和塔城地区分行的打造下，2018年第一届阔克苏芍药花艺术节在五彩斑斓的芍药画卷中"绽放"了。

"老板，再来20串烤肉，奶皮子茶来一壶，上次的那个黑鸡还有没有？我还要两只。"蓝色凉棚下，马地一家正忙得不可开交，四张圆桌都围满了来看花的客人。每年的芍药花节，我都会赶来给"亲戚"帮忙，向客人们宣传马地家的美食。"妹妹啊，今年这个芍药花节嘛，比去年还热闹，你看，车也多，人也多，还有客人早早打电话让我准备鸡蛋和土鸡，今天要一起带走呢。"马地大哥的笑脸俨然比芍药花还要美呢。花田里欢声笑语、舞台上歌舞飞扬，在工作队为村民搭建的美食大排档里，游客正在大快朵颐。烤肉、胡尔敦、酥油、塔巴馕，各家的美食摊一字排开，让前来赏花的客人们既饱眼福又饱口福，吃完了还要把村里的土特产带回去。

天色渐晚，芍药花田里安静了下来，马地也送走了最后一批客人。正在清理舞台的大胡子队长经过烤肉炉边，问道："兄弟，今天的收成怎么样啊？""老哥，客人都高兴地走了，你看看我的口袋，鼓鼓的呢。谢谢工作队，我们的日子就是塔巴馕抹上了蜂蜜，越来越甜。""不要谢我们，感谢党的好政策，大家的日子会越来越好。"

芍药有花期，可是"花经济"产业链却延伸到了阔克苏的一年四季。因为芍药花，来阔克苏的客人多了，一传十、十传百，乡亲们的舌尖美味特别受城里人的青睐；工作队还帮助乡亲通过微商、抖音宣传特色农产品，让没有来过阔克苏的人隔屏闻香。春天的土鸡蛋、夏天的甜玉米、秋天的树上黑鸡、冬天的风干牛肉，一箱一箱、一车一车，被发往额敏、塔城、克拉玛依、石河子等地，塔巴馕也摆上了乌鲁木齐的奶茶馆，村民合作社的奶制品更是供不应求，芍药花里蕴藏的"钱"景在工作队的深挖细掘下，正在铺起乡亲们的脱贫路、致富路。

三年过去了，老风口的大风依旧那样疯狂，可是马地家的日子却越来越好，告别了残破不堪的土坯房，搬进了漂亮舒适的安居房，家里买了车，每天按时给县城的商店送土牛奶、塔巴馕，钱袋子一年比一年鼓；阔克苏村的面貌也在工作队和农发行的大力扶持下焕然一新，柏油路通了、路灯亮了、清清的山泉水引下来了；傍晚走在芍药花大道上，烤塔巴馕的草灰烟升起来了，糕点房里的麦香味飘过来了，幼儿园的小巴郎们欢呼雀跃地跑出来了，村民广场上的"黑走马"跳起来了，大风挡不住春天的脚步，茇茇滩铺上了"花地毯"，阔克苏的幸福生活，来了。

（作者：农发行塔城地区分行　马丽娟）

■ 阔克苏的芍药花

我所经历的脱贫攻坚故事

吐格曼贝什村脱贫记

吐格曼贝什村位于南疆和田县英阿瓦提乡，距离乌鲁木齐2000多公里，是一个紧邻沙漠、有着500多户2000多人的"三区三州"深度贫困村。全村都是维吾尔族，信仰伊斯兰教，贫困人口年均收入不到2000元。2017年以来，在农发行总行党委的关怀下，在新疆维吾尔自治区分行的大力帮扶下，这里发生了翻天覆地的变化，提前实现了脱贫目标。

用生命守护着祖国边疆的稳定和安宁

当时的新疆南疆地区，暴恐袭击事件不时发生，社会稳定形势异常严峻复杂。驻村前，2016年12月和田墨玉县发生暴恐袭击事件，2017年2月和田皮山县发生暴力恐怖事件。在这样的背景下，有着南疆生活经历、略通维吾尔语又是共产党员的我在新疆维吾尔自治区分行党委的选派下，于2017年2月来到了离家2000公里的吐格曼贝什村参加"访惠聚"维稳扶贫驻村工作。到最危险的地方去，到最贫困的地方去，到最艰苦的地方去，到最困难的地方去，"支农为国、立行为民"成为我们这群驻村人最朴素的家国情怀和初心使命。习近平总书记说过，稳定西北才能经略东南，全面建成小康社会不让任何一个人掉队、不让任何一个民族掉队。"和田再危险，它也是我们祖国的土地！村民思想再极端，他也是我们的同胞兄弟"成为生在南疆的我最真实的想法。我们的驻村点吐格曼贝什当时是全县有名的"乱村""乞丐村""老大难村"，离墨玉县仅有4公里，全村500户2005人全是维吾尔族，只有5名驻村队员是汉族，99%以上的村民不懂国家通用语言文字，90%以上的村民初中以下文化，全村260多人涉及维稳事件，牵连直系亲属上千人，涉及五代亲属基本覆盖全村人口，全村宗教氛围浓厚，极端思想盛行，"泛清真"思潮严重。驻村当月皮山县发生暴恐事件，一个月后，所在乡也发生了暴恐事件。为开展工作，刚去时，我们入户走访必须由村警、民兵、村干部、翻译共同陪同，2名以上队员结伴同行，至少6人以上才允许外出。当时是大冬天，很多孩子还光着脚，村民住在四处漏风的土房子里，取暖就烧点玉米芯。每天两

344

顿饭，早晨啃干馕喝凉水，下午一顿素拉条子，几个月看不见一次羊肉。通过持续不断的每日入户走访，每周一固定与村"两委"组织全体村民同升国旗、共唱国歌，开展爱国主义宣讲，宣传党的政策、社会主义核心价值观和现代文化理念，以"三会一课"规范村委工作，加强全村维稳管控和值班巡逻，开展声势浩大的"除极端揪两面打暴恐保稳定"和全体村民发声亮剑活动，对极端行为、涉恐人员予以坚决打击。在一系列坚强有力的维稳"组合拳"实施下，全村的宗教氛围、村民的极端思想日渐淡化，社会大局趋于稳定和安宁。

用真情换来了"民族团结一家亲"

刚开始，入户走访村民不支持不配合，扶贫慰问村民拒绝和抵触，敲门不开、问候不答、对话不理，我们却从不厌烦、毫不气馁，一次敲门不开，就十敲家门、百敲家门、千敲家门，直到敲开门为止。观察到村里维吾尔族同胞们尊老爱幼的优良传统细节，为拉近距离、融洽感情，我自购糖果和点心，每次入户走访时看到孩子就抓一把糖果，看到老人就递上几块点心，大胆地用不太流利的维吾尔语与村民们交流，同时留心看看村民厨房是否缺米面油，下一次再去时就买上一桶油，或一袋面、一袋米，让村民感受到自己的细心、真心和真情。7月的一个酷暑天，我到乡里办完事准备回村，刚好碰到了村民玛和布巴汗，大中午她带着2个孩子坐在路沿石边的阴凉处休息，一问才知道她带着5个月大的儿子和小女儿去乡医院排队检查看病，由于等候下午取片、带的钱不多，回到村里一个来回至少20公里，没有多余的钱搭车吃饭。了解情况后，我马上带上她和孩子来到附近烤肉店，付钱要了几十串烤肉、几个片馕，又去商店买了果奶、红茶等饮品。烤肉店的老板还好奇地询问这个汉族人是她什么人，怎么对她这么好。73岁的依明尼亚孜·吐送由于长期患有慢性肺结核，老伴也63岁了，没有劳动力，家中仅有一个正在读高中的外孙女，生活极为困难，还需要长期吃药。我每次去的时候就买上一点米面油，给上一二百元钱，在每次慰问时尽量向这对老人倾斜，还为其争取了困难救助资金。

在入户走访中我了解到合丽且木是贫困户，既无就业技能，又缺乏劳动力，独自一人带着2个年幼的孩子，生活很艰难。我就主动与她结亲，力所能及地帮她干农活、改造庭院、购买生产生活必需品，鼓励引导她在村里的小巴扎摆起粽子售卖摊增加收入，与其他工作队队员一同教她包粽子技能、变换花样、降低成本。外嫁到本村的阿依尼萨失去丈夫后无亲无友、无依无靠，在村里抬不起头，我就经常开导和帮助这家人，联系她到铁艺加工厂务工，推荐她高中毕业的女儿到企业上班。她全家月收入达到7000元，从过去借钱买米买面到如今让周围邻居艳羡，成为全村的勤劳致富榜样。

每次休假回乌鲁木齐时，我都会携带一个能装20多公斤物品的超大行李箱，装满发动亲戚朋友们捐助的男女老少各类衣物、手机等以及村民们能用的各类生活物品，回到村里后送给每一个需要的村民。

春风化雨，润物无声。为村民割麦子、收玉米、锯柴火、清庭院，落户籍、找工作、办低保、解纠纷，我们从点滴做起，在生产中同劳动、同流汗，从生活上关心、帮助，从思想上教育、引导，对待村民就像对待自己的父母、兄弟、姐妹，用自己的一个个小行动、小付出感动着村民、激励着村民，赢得了村民的夸赞、信任和支持。我们也成为村民心中的好"巴拉姆"、好"阿卡"、好"达达"，成为对方的牵挂，"民汉亲如一家"，就像石榴籽一样紧紧抱在一起。

用真心服务着村民的所需所愿

"以后办事太方便了，不用带身份证和户口本，只要说出自己的户号，就能出具所需的各类证明、打印自己的身份照片。"村民在村委会开心地议论着。

驻村伊始，我在入户走访中发现村民的户籍管理比较混乱，人员流动性大，不能及时反映实际情况，给村民办事带来许多不便。如何详细、准确、快速地掌握村民的家庭实际情况，是我一直在思考的问题。在一次入户走访中，来到村民姆卡热姆·热合曼家，姆卡热姆正在为女儿过一周岁生日，我拿起相机，给姆卡热姆一家拍起了全家福，为她留下一个美好的回忆。在南疆有过多年工作经验的我灵机一动："为什么不用影像信息采集，来辅助入户走访信息收集呢？"我随即向驻村第一书记、工作队队长提出这个想法。在经过认真讨论后，工作队采取为村民免费拍全家福、拍户主证件照等方式建立数据库，全村500户2005名村民都有了属于自己的全家福，全村500名户主，512名"70后""80后""90后"青年也有了个人证照影像。这一工作加快了摸实、摸细、摸全村民家庭人员信息的整体速率。

"工作队建立的各类数据库提供了精准的依据，为我们服务村民、提高工作效率打下了良好的基础，特别是了解掌握村里的情况，既方便又实用。"村党支部书记自豪地说。

与此同时，在平常的入户走访过程中，我把手工绘制的村民家庭院落和小队村民家庭分布图以电子绘图方式通过WORD文档进行编辑，并辅以相关的色彩区分，让每一个未进过该户村民家的人都能通过图片了解村民家庭的现状。在我的带动下，其他队员都以这种方式把入户走访信息通过电子绘图方式制作出来、保存下来，这也为后期的户籍精准摸排的房屋绘制、全村门牌的重新标注排序、村民家庭一户一档、左邻右舍标注工作打下了良好基础。通过这些方法的有效运用，工作队队员无论如何调整和轮换，都能很快掌握所分管小队的人员信息、家庭信息、房屋信息、院落信息、位置信息等。

在入户走访时，我还始终坚持"讲要清楚、问要细致、查要认真"的工作原则，做实做细"八必讲、八必问、八必查"工作，在第一遍走访完包联农户后，就对所包联的村民家庭有了基本全面的了解。身为第三社第一小队队长，我第一时间将全小队的贫困人口信息摸准、摸实，全力做到不留一户贫困户、不加一户非贫困户，在全村贫困户公示时，赢得了第三社全体村民的信任和拥护。

用汗水浇灌出致富之花

第一次走进村民家中，看到家徒四壁、缺衣少食的真实场景，我很是心痛。吐格曼贝什村一年下来100多天的沙尘天气，夏秋两季持续几十天的强沙尘暴天气，全年365天我们天天都是清一色的清真饮食，让人总想家。"5＋2""白＋黑"是日常工作常态，每年除夕、春节及传统佳节都是与村民同吃住，全年仅休息48天，碰到重大节假日休假一律取消。加上严格的驻村纪律，每天的活动范围都限定在村子里。由于卫生条件差，365天里恣意横行的跳蚤臭虫咬得队员们浑身上下都伤痕累累、既痒又痛，不时还要与老鼠来几次亲密的肌肤接触。在这样艰苦恶劣的生存环境下帮助村民脱贫致富奔小康更显意义重大。

为做好扶贫工作，新疆维吾尔自治区分行党委提出了"将驻村工作队打造成培养干部的基地、脱贫攻坚的窗口、发挥政策性金融的平台"的思路，这对驻村扶贫工作提出了更高要求。

我们在短短一个月的过渡和适应期后，立即投入到高强度、连轴转的入户走访、宣传宣讲、维护团结、建强组织、做好群众工作、落实党的富民惠民政策等各项工作中。白天摸情况、晚上作研判、半夜学文件、连夜报材料，一下子就进入没日没夜、没公休节假、没有时间思念家人的高负荷工作、思想高度紧张的状态。

我们首先对村委会进行改造，购置办公桌椅，添置现代化办公设施，建起文化大舞台，升起五星红旗，村民夜校、阅览室整洁温馨，村委会也慢慢成为村民最喜欢来的地方。利用新疆维吾尔自治区分行捐赠的20万元购买电脑、课桌椅，在村小学建起了全县乡村小学中第一座现代化"多媒体教室"。对每年考上大学的贫困学生一律资助生活费。发动干部员工捐款3万余元设立了"儿童圆梦基金池"。开办农发课堂，让孩子们从小树立起各民族大团结和爱党、爱国、爱家乡的思想。

在我们的辛苦付出和真情努力下，村里的脱贫攻坚有了起色，社会大局趋于稳定。一年下来，地方党政给予高度评价：工作队为建档立卡工作规范化一年干了四年的工作，为夯实基层基础工作一年完成了县、乡、村十多年没有做成的事情。

第一次来到吐格曼贝什，孩子看到陌生人，都会探出头来好奇地张望。这一天，

我所经历的脱贫攻坚故事

我与队员们入户走访落实帮扶措施，我们要帮助贫困户"亲戚"司地克大叔贷款2万元钱，这是通过农发行支农转贷款发放的扶贫贷款，也是农发行配合当地党政，运用信贷杠杆撬动产业扶贫的一项创举。有了这笔钱，司地克大叔就可以在合作社入股分红了。

吐格曼贝什人均耕地不足0.9亩，是典型的人多地少村，种植结构单一，致富门路非常少。"产业扶贫是政策性金融的载体，我们只有两条腿走路，才能如期实现脱贫攻坚目标。"在南疆四地州脱贫攻坚座谈会上，新疆维吾尔自治区分行党委这样谋划扶贫工作。

通过调研，工作队帮助村民利用庭院空地和村集体自留地，搭建起175亩拱棚用于培育西红柿苗。每棵幼苗1元钱，工作队补贴5角钱，育好苗后，工作队再以每棵3元钱的价格统一收购，销往北疆市场。和田的春天来得早，要比北疆提前20多天甚至一个月，育苗的市场前景很大。"我嘛，有一亩地，今年种了西红柿2000多棵，有了5000块钱利润。"村民买买提明兴奋地说道。

2020年疫情期间，新疆维吾尔自治区分行联系慧尔集团无偿捐赠吐格曼贝什120吨有机肥，为全村顺利开展春耕备耕解决了难题。村主任吐逊托合提说："我们急得跳蹦子，农发行拉来了化肥，亚克西。"

在养殖大棚里，一群白鹅正在抢食。为带领村民致富，工作队从外地购买了2000羽鹅苗，以低于市场的价格提供给村民，对贫困户免费发放，采用订单模式，鹅长大后由政府引导企业统一收购，让村民吃下了"定心丸"。

肉孜完古丽刚满20岁，由于家庭贫困，小学没毕业就辍学了。家里不到3亩地，还有几棵核桃树和杏树。在新疆维吾尔自治区分行的推动下，工作队与和田昆玉纺织厂协商，决定招聘100名青年进厂务工。这天，肉孜完古丽起了个大早，精心梳理着自己的长辫子，换上"亲戚"送的艾德莱丝绸，早早等候在村委会大门口，满脸幸福地憧憬着。

通过与当地开户企业协商，工作队采取"农发行+企业+贫困户"的扶贫方式，已经解决170多名村民稳定就业，每年组织村民外出务工多达500人（次），保证了每个有劳动能力的家庭中至少一人有事干、有钱赚。

吐格曼贝什有100多名铁匠。农发行总行党委大力支持，下拨了100万元党费，新疆维吾尔自治区分行党委又拿出20万元配套使用。分管驻村工作的副行长王军亲自驻村督战，从设计、放线、施工到竣工，短短29天时间，农发行捐建的全乡第一个扶贫铁艺厂宣告落成。开业一大早，村民像过节一样来到厂门口，用歌声、鼓声和笑声迎接"农发行扶贫铁艺厂"的落成剪彩。今年50岁的艾则孜努日笑得合不拢嘴："现在嘛，漂亮的铁艺厂有了，我好好干，一年挣5万块钱恰达克要克。"

做办公室工作的我，充分发挥写作优势，以文字的方式书写着吐格曼贝什村点点滴滴的变化。于是，"'一畜一禽一果一菜'盘活了农家小院""四小建设鼓了村民钱包""外出务工引领吐格曼贝什村新风尚""吐格曼贝什村建起'农发行扶贫工厂'""三业兴旺是这个小村子最美的风景""我心中的吐格曼贝什村"……一篇篇新闻报道相继见诸报端和网络，村民、村干部、队员们看到自己一个个成为媒体宣传中的主人公，笑得更甜、干得更有劲、驻村更有信心了。一大批妇女大胆走出家门务工，上百名村民主动赴县外、区外甚至疆外务工，快速走上了脱贫致富之路。

自2017年1月"访惠聚"驻村脱贫攻坚以来，我们全体驻村队员一道用生命守护着祖国边疆的稳定和安宁、用真情换来了"民族团结一家亲"、用汗水浇灌出致富之花。短短几年时间，一个曾经是全地区的维稳重点村、基层党组织软弱涣散村、属于国家级贫困县的深度贫困村、闻名全乡的"乞丐村"的和田县英阿瓦提乡吐格曼贝什村，相继获得和田县"平安村""民族团结进步模范村""劳动力转移就业工作先进村"，和田地区"'五星级'党组织先进村"荣誉称号，全村127户1229名建档立卡贫困户全部脱贫摘帽，经新疆维吾尔自治区检查组和国家检查组验收退出贫困村。所在工作队连续2年被评为新疆维吾尔自治区"访民情惠民生聚民心"驻村工作先进工作队。我本人也荣获新疆维吾尔自治区"访民情惠民生聚民心"驻村工作领导小组"五个一百"群众工作能手称号，感人的驻村事迹被新疆人民广播电台专题采访和刊发报道，并荣获了农发行第三届"最美农发行人"称号，先进事迹被农发行官方网站、农发行微信公众号和《农业发展与金融》杂志刊发宣传，在全疆农发行系统中广为传播。

如今，吐格曼贝什变了样，实现了路路通、家家亮、人人干、一家亲。工厂就建在家门口，铁艺、养殖、种植齐头并进。吐格曼贝什也全面实现了整村脱贫，正在接续推进乡村振兴。因为扶贫工作做得好，农发行新疆维吾尔自治区分行也被自治区评为脱贫攻坚"优秀组织单位"。

作为一名普通的共产党员，在"访惠聚"驻村脱贫攻坚工作中，我们用自己平凡的事迹谱写了不平凡的人生，用一言一行践行着入党誓言以及农发行的使命。驻村几年来，工作队队员原本英俊的面庞逐渐变得黝黑粗糙，年迈的父母不能照顾，心爱的家人不能陪伴，幼小的孩子生病不能照看，孩子参加高考时不能陪伴左右，挚爱的亲人去世时无法赶回。但是，看到村子里平坦笔直的柏油路，干净整洁的庭院，一个个富民产业，和谐稳定团结的祥和氛围，我们都笑了。这不正是驻村以来最大的收获吗？这不正是千万个共产党员的殷切希望吗？

今天的新疆维吾尔自治区分行，有很多像我们驻村工作队这样的党员干部，他们不忘初心、牢记使命，奉献不言苦、攻坚不畏难，推动着新疆维吾尔自治区分行高质量发展。为有牺牲多壮志，敢教日月换新天，他们不是生而英勇，只是选择无畏，他们有一个共同的名字：中国农业发展银行新疆维吾尔自治区分行共产党员。

（作者：农发行新疆维吾尔自治区分行营业部　张振威）

我所经历的脱贫攻坚故事

■ 在田间地头向村民了解收入情况

■ 与村民同劳动